SE NÃO AGORA, QUANDO?

PRIMO LEVI

SE NÃO AGORA, QUANDO?

Tradução:
NILSON MOULIN

1ª reimpressão

COMPANHIA DAS LETRAS

A tradução contou com o apoio do
Ministério de Relações Exteriores da Itália e do
Istituto di Cultura de São Paulo

Título original:
Se non ora, quando?

Capa:
Victor Burton

Foto de capa:
Kuzma Petrov-Vodkin
Óleo sobre tela, 1932 (detalhes)

Preparação:
Eliane Mattalia
Ângelo Stefanovits

Revisão:
Carmen S. da Costa
Ana Maria Alvares

Dados Internacionais de Catalogação na Publicação (CIP)
(Câmara Brasileira do Livro, SP, Brasil)

Levi, Primo, 1919-1989.
Se não agora, quando? / Primo Levi ; tradução Nilson Moulin— São Paulo : Companhia das Letras, 1999.

Título original: Se non ora, quando?
ISBN 85-7164-858-1

1. Romance italiano I. Título.

99-0127 CDD-853.91

Índices para catálogo sistemático:
1. Romances : Século 20 : Literatura italiana 853.91
2. Século 20 : Romances : Literatura italiana 853.91

1999

EDITORA SCHWARCZ LTDA.
Rua Bandeira Paulista, 702, cj. 72
04532-002 — São Paulo — SP
Telefone: (011) 866-0801
Fax: (011) 866-0814
e-mail: coletras@mtecnetsp.com.br

ÍNDICE

Gdansk
Haia
HOLANDA
Berlim
Bruxelas
BÉLGICA
ALEMANHA
Glogów
Rawicz
Dresden
Neuhaus
Breslau
Plauen
Czestochow
Luxemburgo
Wolb
Praga
TCHECOSLOVÁQ
FRANÇA
Munique
Danúbio
Bratislava
Viena
Berna
Innsbruck
ÁUSTRIA
SUÍÇA
Brenner
Bolzano
HUN
Trento
Milão
Verona
ITÁLIA
IUGOSL

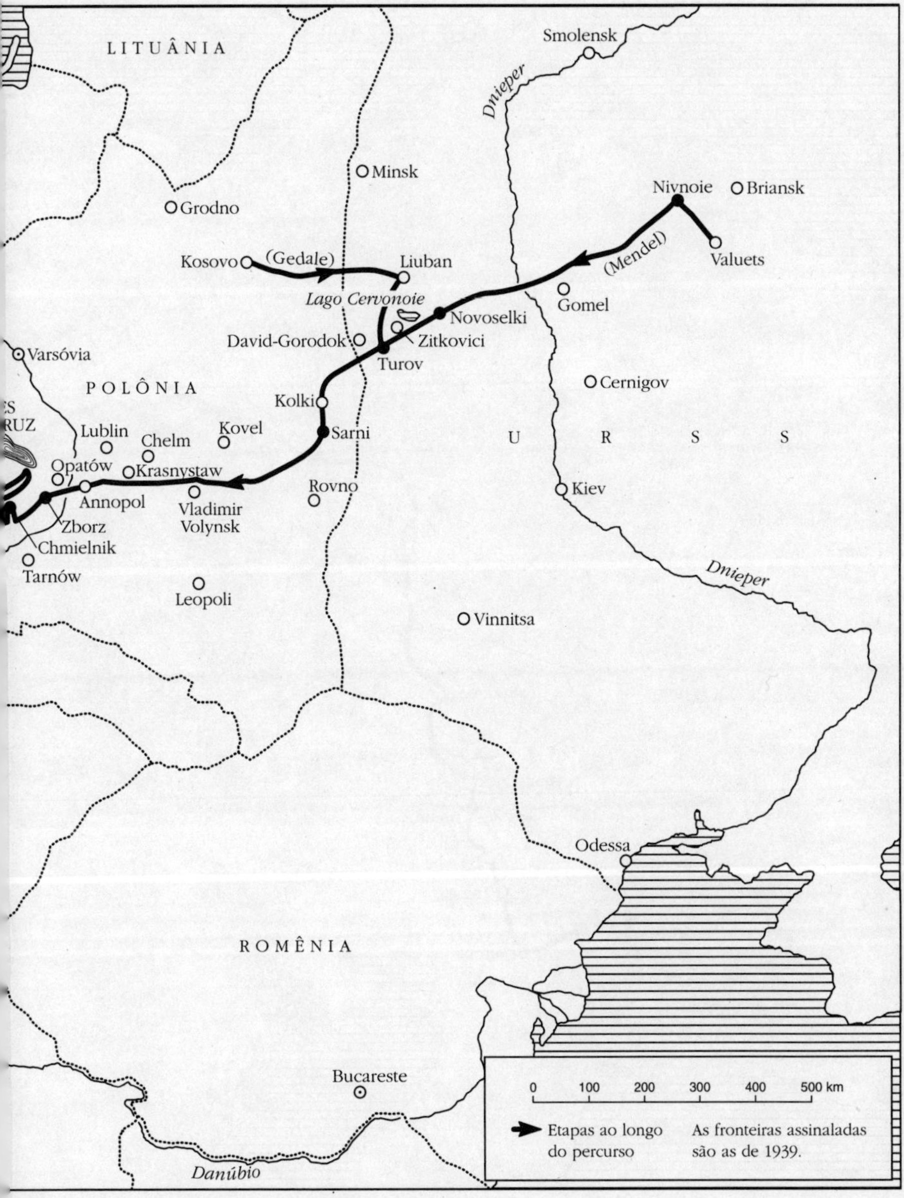

LITUÂNIA
Smolensk
Dnieper
Minsk
Nivnoie
Briansk
Grodno
(Mendel)
Valuets
Kosovo
(Gedale)
Liuban
Lago Cervonoie
Gomel
Novoselki
David-Gorodok
Zitkovici
Turov
Varsóvia
POLÔNIA
Cernigov
Kolki
Lublin
Chelm
Kovel
Sarni
U R S S
Opatów
Krasnystaw
Annopol
Rovno
Kiev
Vladimir Volynsk
Zborz
Chmielnik
Tarnów
Leopoli
Dnieper
Vinnitsa
Odessa
ROMÊNIA
Bucareste
Danúbio
0 100 200 300 400 500 km
Etapas ao longo do percurso
As fronteiras assinaladas são as de 1939.

1
JULHO DE 1943

"Na minha aldeia, havia poucos relógios. Havia um no campanário, mas estava parado fazia não sei quantos anos, talvez desde o final da revolução: nunca o vi funcionando e meu pai dizia que ele também não. Nem mesmo o sineiro tinha relógio."

"Então como fazia para tocar os sinos na hora certa?"

"Escutava a hora no rádio, e se guiava pelo Sol e pela Lua. Além disso, não tocava todas as horas, mas só as importantes. Dois anos antes que estourasse a guerra, tinha arrebentado a corda do sino: rompera-se no alto, a escadinha era bamba, o sineiro era velho e tinha medo de se pendurar lá em cima para pôr uma corda nova. A partir de então marcava as horas atirando para o alto com um fuzil de caça: um, dois, três, quatro disparos. Continuou assim até a chegada dos alemães; tomaram-lhe o fuzil, e a aldeia ficou sem saber as horas."

"Atirava até de noite, o seu sineiro?"

"Não, mas de noite nunca tinha tocado nem os sinos. De noite, todos dormiam, e não era preciso ouvir as horas. O único que fazia questão disso na verdade era o rabino: ele precisava da hora certa para saber quando começava e quando acabava o sábado. Mas não precisava dos sinos, tinha um relógio com pêndulo e um despertador; quando funcionavam direitinho e os ponteiros se acertavam, ele era gentil, quando desregulavam e os ponteiros não entravam num acordo, logo se percebia, pois se tornava briguento e batia nos dedos dos meninos com uma régua. Quando cresci, me chamava para que os acertasse. Sim, eu era relojoeiro, diplomado; justamente por isso o pessoal do distrito me colocou na artilharia. Tinha o tórax do tamanho certo, nem um centímetro a mais. Tinha o meu laboratório, pequeno, mas ali não faltava nada. Não consertava apenas relógios, eu sabia consertar de tudo um pouco, incluindo rádios e tratores, desde que não apresentassem defeitos muito complicados. Era o mecânico do colcós e meu trabalho me agradava. Consertava os relógios em casa, nas horas vagas; eram poucos, mas todos possuíam um fuzil, e eu consertava também os fuzis. E se quiser saber como se chama essa aldeia, chama-se Strelka, como não sei quantas outras aldeias; e se quiser saber onde fica, saiba que não é longe daqui, ou melhor, não era, pois essa Strelka não existe mais. Metade dos moradores se dispersou pelo campo e pelo bosque, e a outra metade está numa vala comum, e ninguém está apertado, pois muitos já tinham morrido antes. Sim, numa vala comum; e tiveram que cavá-la eles mesmos, os judeus de Strelka; mas dentro da vala há também cristãos, e agora não existe mais tanta diferença entre eles. E fique sabendo que eu que lhe falo, eu, Mendel, o relojoeiro que consertava os tratores do colcós, tinha uma mulher, e ela também está na vala; e que me considero feliz por não ter tido filhos. E fique sabendo também que essa aldeia que não existe mais foi por mim amaldiçoada várias vezes, porque era uma terra de patos e de cabras, que tinha igreja e sinagoga mas não tinha cinematógrafo; e agora, ao pensar nela, me parece o Jardim do Éden, e cortaria uma das mãos para que o tempo retrocedesse e tudo voltasse a ser como antes."

Leonid escutava sem ousar interromper. Havia tirado as botas e as tiras de panos dos pés, e as tinha posto fora, ao sol, para secar. Enrolou dois cigarros, um para ele e outro para Mendel, depois tirou os fósforos do bolso, mas estavam úmidos, e teve que riscar três antes que o quarto acendesse. Mendel o observou com calma. Era de estatura média, com membros mais nervosos que robustos; tinha cabelos negros lisos, um rosto oval, bronzeado, não desagradável apesar da barba hirsuta, nariz curto e direito, e dois olhos escuros, intensos, meio salientes, dos quais Mendel não conseguia afastar o olhar. Irrequietos, ora fixos e ora esquivos, cheios de exigências. Olhos de credor, pensou: ou de quem se sente com crédito. Mas quem não se sente credor?

Perguntou-lhe: "Por que parou justamente aqui?".

"Por acaso, assim mesmo: avistei um paiol. E depois pela sua cara."

"O que tem a minha cara de diferente das outras?"

"Exato, não tem nada de diferente." O rapaz esboçou um sorriso embaraçado. "É uma cara igual a tantas, que inspira confiança. Você não é moscovita, mas se circulasse por Moscou, os forasteiros haveriam de pará-lo para perguntar o caminho."

"...E fariam mal; se eu fosse tão bom para achar os caminhos, não teria ficado aqui. Veja que não posso lhe oferecer muito, nem para o estômago nem para o espírito. Meu nome é Mendel, e Mendel equivale a Menachém, que significa 'consolador', mas nunca consolei ninguém."

Fumaram alguns minutos em silêncio. Mendel havia tirado um canivete do bolso, pegara no chão um calhau, em que cuspia, a intervalos, e no qual afiava a lâmina; de vez em quando controlava o corte, experimentando-o sobre a unha do polegar. Quando ficou satisfeito, começou a cortar as outras unhas, passando o canivete nelas como se fosse uma lixa. Quando as dez estavam cortadas, Leonid lhe ofereceu outro cigarro; Mendel recusou.

"Não, obrigado. Na verdade não deveria fumar, mas quando encontro tabaco, fumo. O que pretende que faça um homem quando lhe toca viver feito lobo?"

"Por que não deveria fumar?"

"Por causa dos pulmões. Ou dos brônquios, não saberia lhe dizer. Como se fumar ou não fumar tivesse alguma importância quando o mundo inteiro desaba ao seu redor. Vamos, dê cá esse cigarro; estou aqui desde o outono e acho que é a terceira vez que encontro o que fumar. Existe uma aldeia, a quatro quilômetros; chama-se Valuets, há um bosque em torno dela, e os camponeses são muito boa gente, mas tabaco ninguém tem, nem sal. Por cem gramas de sal lhe dão uma dúzia de ovos, ou então um frango."

Leonid se calou alguns instantes, como se estivesse indeciso, depois se levantou, entrou no paiol, descalço como estava, saiu com a mochila, apalpando-a por dentro. "Aqui está", disse depois brevemente, mostrando a Mendel dois pacotes de sal grosso. "Vinte frangos, se as suas cotações estiverem corretas."

Mendel estendeu a mão, agarrou os pacotes e sentiu o peso deles com ar de aprovação. "De onde vêm?"

"De longe. Chegou o verão, e o cinturão do exército já não me servia, eis sua origem. O comércio não morre nunca, nem mesmo onde morrem o capim e as pessoas. Há lugares onde se tem sal, outros onde se tem tabaco, e outros onde não se tem nada. Também eu venho de longe. Faz seis meses que vivo um dia depois do outro e que caminho sem saber aonde quero ir; caminho por caminhar, caminho porque caminho."

"Então você vem de Moscou?", perguntou Mendel.

"Venho de Moscou e de uma centena de outros lugares. Venho de uma escola, onde aprendi a fazer contabilidade, e depois, de repente, esqueci tudo. Venho da Lubianka, pois aos dezesseis anos roubei e me puseram na cadeia por oito meses; afinal, roubei um relógio, veja que somos quase colegas. Venho de Vladimir, do curso de pára-quedistas, porque quando alguém é contador acaba entre os pára-quedistas. Venho de Laptevo, perto de Smolensk, onde me atiraram de pára-quedas no meio dos alemães. E venho do Lager de Smolensk, pois fugi; fugi em janeiro, e desde então não fiz nada senão caminhar. Desculpe, colega, estou cansado, com dor nos pés, com calor e queria dormir. Mas antes queria saber onde estamos."

"Já lhe disse, perto de Valuets — é uma aldeia a três dias de marcha, partindo de Briansk. É um lugar tranqüilo, a ferrovia fica a trinta quilômetros, o bosque é fechado e as estradas são cheias de lama, ou de poeira, ou de neve, conforme a estação: lugares assim não agradam aos alemães, só aparecem para roubar gado, e mesmo assim raramente. Venha, vamos tomar banho."

Leonid levantou e se preparou para pôr as botas, mas Mendel o deteve: "Não, não no rio: nunca se sabe, e além disso fica longe. Aqui atrás, atrás do paiol". Indicou-lhe a instalação: uma barraca de tábuas, um reservatório de metal no telhado, onde a água se aquecia ao sol, uma pequena estufa para o inverno, feita de argila endurecida no fogo. Não faltava sequer a ducha do chuveiro, que Mendel havia aberto numa lata furada e ligada ao reservatório por um cano de metal. "Tudo feito pelas minhas mãos. Sem gastar um rublo, e sem a ajuda de ninguém."

"O pessoal da aldeia sabe que você está aqui?"

"Sabe e não sabe. Vou até a aldeia o mínimo que posso, chegando cada vez de uma direção diferente. Conserto os carros deles, falo o menos possível, recebo como pagamento pão e ovos e vou-me embora. Vou-me embora de noite; não creio que ninguém tenha me seguido. Vamos, tire a roupa. Sabão não tenho, ao menos por enquanto; dá para se virar com cinza, está lá naquela lata, misturada com areia do rio. É melhor que nada, e dizem que mata piolhos melhor que o sabão medicinal que nos dão no exército. A propósito..."

"Não, não tenho piolho, não fique com medo. Viajo sozinho há meses."

"Vamos, dispa-se e me dê a camisa. Não é o caso de se ofender. Decerto dormiu em algum paiol ou monte de capim, e eles são uma raça paciente, que sabe esperar. Como nós, afinal de contas, feita a devida distinção entre o homem e o piolho."

Mendel examinou a camisa como conhecedor, costura por costura. "Bem, está *koscher*, nada a reprovar. Eu o teria acolhido da mesma forma, mas sem piolhos a acolhida é mais calorosa. Vá então tomar banho primeiro; já tomei hoje de manhã."

Examinou de perto o corpo magro do hóspede: "Como é que não tem marca de circuncisão?".

Leonid contornou a pergunta: "E você, como se deu conta de que também sou judeu?".

"Do sotaque iídiche não nos livramos com dez banhos", citou Mendel. "De qualquer modo, você é bem-vindo, pois ando cansado de ficar sozinho. Fique, se quiser; mesmo que seja moscovita, e tenha estudado, e tenha fugido sabe-se lá de onde, e tenha roubado um relógio, e não queira me contar a sua história. Seja meu hóspede. É uma sorte que tenha me encontrado. Também eu devia ter construído quatro portas em minha casa, uma para cada parede, como fez Abraão."

"Para que quatro portas?"

"Para que os viajantes não tivessem dificuldade em encontrar a entrada."

"E você, onde aprendeu essas histórias?"

"Esta é do Talmude, em alguma parte da Michna."

"Ah, então você também estudou!"

"Quando criança, era aluno daquele rabino de quem lhe falei. Mas agora também ele está na vala comum, e já esqueci quase tudo. Só me lembro dos provérbios e das fábulas."

Leonid se calou por instantes, depois disse:

"Não disse que não quero lhe contar a minha história. Só disse que estou cansado e com sono." Bocejou e se dirigiu à barraca do chuveiro.

Às quatro da manhã já era dia, mas os dois só acordaram duas ou três horas mais tarde. Durante a noite o céu havia ficado nublado, garoava, e do poente chegavam fortes lufadas de vento, como ondas do mar, anunciando-se de longe com o murmúrio das folhas e o estalido dos galhos. Levantaram-se descansados e bem-dispostos. Mendel não tinha muito mais a esconder:

"Certo. Também eu sou um desgarrado, não um desertor. Desgarrado desde julho de 1942. Um dos cem, duzentos mil desgarrados; haverá alguma vergonha nisso? E quem sabe se é possível contar os desgarrados? Se fosse possível, não seriam desgarrados; contam-se os vivos e os mortos, os desgarrados não são nem vivos nem mortos e não se podem contar. São como fantasmas.

"Não sei se a vocês, pára-quedistas, lhes ensinam a se atirar. A nós tinham ensinado tudo, todas as armas graúdas e miúdas do Exército Vermelho, primeiro por desenhos e por fotografias, parecia até que tínhamos voltado para a escola, e depois ao vivo, umas coisonas que metiam medo. Bem, quando me transferiram para o front com a minha companhia era tudo diferente e não se entendia mais nada; não havia duas peças iguais. Havia armas russas da Primeira Guerra Mundial, armas alemãs e austríacas, até algumas vindas da Turquia, e você pode imaginar a confusão provocada pela munição. Exatamente há um ano, minha posição ficava no alto das colinas, a meio caminho entre Kursk e Kharkov. Apesar de judeu e relojoeiro, eu era o artilheiro principal, e a peça não era da Primeira Guerra Mundial mas da Segunda, e não era russa, mas alemã; sim, era um 150/27 dos nazistas que havia ficado ali, sabe-se lá por quê, talvez porque se tivesse estragado, desde outubro de 1941, quando os alemães tinham feito a grande ofensiva. Sabe, uma vez instalado, não é fácil remover um instrumento como aquele. Ele me foi entregue no último momento, quando a terra já havia começado a tremer ao redor e a fumaça ocultava o sol, e era preciso coragem, não digo para atirar com precisão, mas só para permanecer ali. E como se faz para atirar com precisão se ninguém lhe passa os dados para a mira, e você não pode pedi-los pois o telefone pifou, e além disso a quem você pediria quando vê que tudo se tornou um caos, e o céu está tão negro que não dá para saber se é dia ou noite, e a terra explode ao seu redor, e você sente uma espécie de avalanche que está a ponto de sepultá-lo mas ninguém lhe diz de onde virá e então não sabe sequer para que lado fugir?

"Os três ajudantes fugiram, e provavelmente fizeram bem, não poderia lhe dizer porque deles não soube mais nada. Eu não: não que quisesse cair prisioneiro, mas nossa regra é que nenhum artilheiro deve deixar sua arma para o inimigo; assim, em vez de fugir, fiquei na mesma posição, estudando o melhor modo de sabotar a peça. É claro que estragar uma arma é mais fácil que consertá-la, mas mesmo estragar um canhão de tal modo que não possa mais ser consertado exige inteligência, pois cada peça tem seu ponto fraco. Enfim, a idéia de fugir não me agradava. Não é que eu seja algum herói, nunca me passou pela cabeça ser um herói, mas você sabe, um judeu entre os russos deve ser duas vezes mais eficiente que os russos, senão logo lhe dizem que é um velhaco. E pensava também que se não conseguisse sabotar a arma, os alemães a colocariam em outra posição, e disparariam contra nós.

"Por sorte eles mesmos pensaram nisso. Enquanto manejava a arma, com a cabeça que só pensava na sabotagem e as pernas que só queriam me levar embora, veio uma granada alemã, enfiou-se no chão mole bem debaixo da carreta e explodiu. O canhão deu um salto e caiu de lado, e creio que ninguém conseguiu mais endireitá-lo. Penso até que foi exatamente ele que me salvou a pele, pois interceptou todos os estilhaços da granada. Só um, não sei como, me feriu de raspão aqui, está vendo? Na testa e entre os cabelos. Sangrou muito, mas não desmaiei, e o corte depois sarou sozinho.

"Aí comecei a caminhar..."

"Em que direção?", interrompeu Leonid. Mendel respondeu ressentido: "Como, em que direção? Tratei de me juntar aos nossos; e de resto você não é o tribunal militar. Já lhe disse, o céu estava negro de fumaça, e não havia como se orientar. E a guerra é sobretudo uma grande confusão, no campo de batalha e na cabeça das pessoas também; muitas vezes nem se entende quem venceu e quem perdeu, isso é decidido depois pelos generais e por quem escreve os livros de história. Era assim, uma confusão só, eu também estava confuso, o bombardeio continuava e caiu a noite. Estava meio surdo e todo coberto de sangue, pensando que a minha ferida fosse mais grave do que de fato era.

"Caí na estrada, e acreditava estar indo para o lado certo, ou seja, estar me afastando do front e seguindo rumo às nossas linhas. De fato, à medida que caminhava, o barulho diminuía. Andei a noite inteira, no início via outros soldados que caminhavam, depois mais ninguém. De vez em quando se ouvia o assobio de uma granada que chegava, e eu me atirava no chão, achatado contra uma fenda, atrás de uma pedra. No front, a gente aprende logo, percebe-se uma cavidade onde um morador da cidade só vê uma superfície plana como um lago gelado. O dia começava a surgir, e pronto, ouvi crescer um barulho novo, e a terra recomeçava a tremer. Não entendia do que se tratava, era uma vibração, um rumor contínuo; olhei em volta buscando um esconderijo, mas só havia campos já ceifados e terra inculta, sem uma sebe, sem um muro. E em vez de proteção vi uma coisa que jamais tinha visto, embora já estivesse na guerra fazia um ano. Paralela ao meu caminho havia uma ferrovia, e no primeiro momento não me dei conta, pareceu-me de início que na ferrovia deslizava uma fila de chatas, como aquelas dos rios. Depois entendi, tinha errado a direção, estava na parte alemã do front, e aquilo era um trem blindado alemão; ia no sentido do front, e em vez de um trem com vagões, me pareceu um trem de montanhas; e decerto lhe parecerá estranho, estúpido, ou até uma blasfêmia, pois não sei o que você pensa dessas coisas, mas me veio à mente a bênção de meu avô quando ouvia o bordão: 'A sua força e a sua potência enchem o universo'. Bem, são coisas incompreensíveis, porque os trens blindados foram construídos pelos alemães, mas os alemães foram feitos por Deus; e por que os fez? Ou por que permitiu que o demônio os fizesse? Pelos nossos pecados? E se um homem não tem pecados? Ou uma mulher? E que pecados tinha minha mulher? Ou talvez uma mulher como minha esposa tenha que morrer e jazer numa vala comum com uma centena de outras mulheres, e com crianças, pelos pecados de outro qualquer, quem sabe pelos pecados dos próprios alemães que as metralharam à beira da vala?

"Bem, desculpe-me, me deixei arrastar outra vez, acontece que faz quase um ano que rumino essas coisas e não encontro uma solução; faz quase um ano que não falo com um ser humano, pois para um desgarrado é melhor que não fale — só pode falar com outro desgarrado."

Parara de chuviscar, e da terra semeada se levantara um perfume tênue de cogumelos e de musgo. Ouvia-se a música de paz das gotas de chuva que caíam de folha em folha, e das folhas até o chão, como se não houvesse guerra, como se nunca tivesse havido. Dali a pouco, à música das gotas se sobrepôs um som diferente: uma voz humana, uma voz doce, infantil, a voz de uma menina que cantava. Esconderam-se atrás de uma moita e a viram — conduzia preguiçosamente adiante de si um pequeno rebanho de cabras, descalça e magra, embrulhada num capote militar que lhe chegava até os joelhos. Tinha um lenço amarrado ao pescoço e um rostinho magro e gentil, bronzeado pelo sol. Cantava tristemente, no tom artificial e nasalado dos camponeses, e avançava indolente na direção deles, seguindo suas cabras, mais do que conduzindo-as.

Os dois soldados trocaram um olhar; não havia remédio, seria impossível abandonar o esconderijo sem que a menina os visse; e os teria visto de qualquer jeito, porque vinha direto na direção deles. Mendel se pôs de pé e Leonid o imitou; a menina parou de um golpe, mais surpresa que assustada, então saiu correndo, ultrapassou as cabras, juntou-as e as empurrou para trás, na direção da aldeia. Não disse uma palavra.

Mendel se calou por alguns instantes. "Acabou; nada a fazer. Eis o que significa viver como os lobos. É pena, logo agora que você tinha chegado; mas agora é pior ainda, porque somos dois. Não acontecia há meses. Uma menina, e acabou. Provavelmente se assustou quando nos viu, e nós nem somos um perigo para ela; ao contrário, ela é um perigo para nós, porque é uma criança e com certeza vai falar. E se a ameaçássemos para ficar quieta, falaria mais ainda. Falará, e decerto dirá que nos viu, e os alemães da guarnição virão nos procurar: daqui a uma hora, ou daqui a um dia, ou daqui a dez, mas vão aparecer. E se não vierem os alemães, ou antes mesmo de chegarem os alemães, virão os camponeses, ou os bandidos. Pena, colega. Você chegou no momento errado. Vamos, me dê uma ajuda, que faremos a mudança. Lamento pela instalação, será necessário recomeçar tudo do zero. Sorte que é verão."

Não era uma grande mudança; todos os bens de Mendel cabiam comodamente em sua mochila militar, incluindo as reservas de víveres. Mas quando a bagagem estava pronta, Leonid percebeu que Mendel demorava para se pôr a caminho: hesitava, indeciso entre duas escolhas.

"O que há? Esqueceu alguma coisa?"

Mendel não respondeu; sentara-se de novo num toco e coçava a cabeça. Depois se ergueu decidido, tirou da mochila a curta pá de trincheira e disse a Leonid: "Vamos, venha comigo. Não, as mochilas não, vamos deixá-las aqui, são pesadas, viremos buscálas depois".

Dirigiram-se ao bosque, primeiro por uma trilha bem marcada, depois pelo meio do mato. Mendel parecia se orientar por algum sinal conhecido só por ele, e ia falando enquanto caminhava, sem se voltar, e sem se certificar de que Leonid o seguia e o escutava.

"Veja, não ter escolha é uma vantagem. Eu não tenho escolha: tenho que confiar em você à força, além disso estou cheio de viver sozinho. Já lhe contei a minha história, e você não tem vontade de me contar a sua. Paciência, deve ter suas razões. Escapou de um Lager, entendo que não tenha vontade de falar. Para os alemães você é um foragido, além de ser russo e judeu. Para os russos você é um desertor, e ainda suspeito de ser espião. Talvez o seja. Cara não tem, mas se todos os espiões tivessem cara de espião não poderiam desempenhar seu papel. Não tenho escolha, preciso confiar, e agora você precisa saber que lá no fundo, à esquerda, há um grande carvalho, aquele que se vê mais ao longe; ao lado dele há uma bétula rasgada por um raio; e entre as raízes da bétula se encontram um fuzil-metralhadora e uma pistola. Não é um milagre, fui eu quem os colocou lá. Um soldado que se deixa desarmar é um velhaco, mas um soldado que carrega suas armas em terreno dominado pelos alemães é um cretino. Pronto, chegamos, você cava, já que é o mais jovem. E peço desculpas pelo 'velhaco', não era dirigido a você; sei perfeitamente o que significa cair de pára-quedas bem na linha inimiga."

Leonid cavou em silêncio durante alguns minutos, e as armas apareceram, envoltas num pedaço de lona impregnado de óleo.

"Esperamos aqui até que chegue a noite?", perguntou Leonid.

"É melhor não, para não corrermos o risco de aparecer alguém e levar nossas mochilas."

Voltaram ao paiol e Mendel desmontou a metralhadora a fim de que coubesse na mochila. Dormiram até o anoitecer, depois pegaram a estrada rumo ao poente.

Pararam para descansar após três horas de caminhada.

"Cansado, hein, moscovita?", perguntou Mendel. Leonid negou, mas sem convicção. "Não é cansaço, acontece que não estou acostumado ao seu passo. Durante o treinamento, participávamos de marchas, e também nos explicaram como se vive num bosque, como podemos nos orientar, o musgo nos troncos, a estrela polar, e como se cava um esconderijo: mas era tudo teoria, os instrutores também eram moscovitas. E tampouco estou habituado a andar fora das estradas."

"Bem, aqui vai aprender. Eu também não nasci no meio dos bosques, mas depois aprendi. O único bosque da história de Israel é o Paraíso Terrestre, e você bem sabe como terminou; então basta, por seis mil anos. Sim, quando há guerra, tudo é diferente, é preciso nos resignarmos a nos tornar diferentes também nós, e provavelmente não nos fará mal. E afinal, durante o verão, o bosque é um amigo, tem folhas para esconder a gente e até oferece alguma coisa para comer."

Retomaram o caminho, sempre na direção do poente. Era a ordem de Moscou, que ambos conheciam: os desgarrados que ultrapassavam a linha do front deviam evitar a captura, adentrar o território ocupado pelos alemães e se esconder. Caminharam bastante, primeiro sob o vago brilhar das estrelas, depois da meia-noite, à luz da lua. O terreno era firme e ao mesmo tempo suave, não ressoava sob os passos e não dificultava a caminhada. O vento tinha cessado, não movia uma folha e o silêncio era total, somente rompido, de vez em quando, pelo bater de asas de um vôo ou pelo canto triste de algum distante pássaro noturno. Perto da aurora, o ar refrescou, impregnado do respiro úmido da floresta adormecida. Observaram dois riachos, atravessaram um terceiro graças a uma pinguela providencial e inexplicável; durante a noite inteira não haviam percebido nenhum outro sinal humano.

Encontraram um assim que amanheceu. Erguera-se uma neblina leitosa, baixa, parecendo viscosa; em alguns trechos chegava só até o joelho, mas era tão espessa que ocultava o terreno e aos dois homens parecia atravessarem um pântano; em outros pontos elevava-se acima da cabeça e perturbava a orientação. Leonid tropeçou num galho caído, recolheu-o e se surpreendeu ao notar que fora cortado reto, como a golpes de machado. Logo em seguida perceberam que o terreno estava coberto por lascas de troncos e pedaços de folhas e de madeira — acima da cabeça deles, a floresta se apresentava podada brutalmente, galhos e copas decapitados como por um gigantesco golpe de foice; quanto mais avançavam em seu caminho, mais o nível do corte se aproximava do chão, viram arbustos cortados a meia altura, lâminas e restos metálicos, e depois ele, o monstro vindo dos céus. Era um caça alemão, um bimotor Heinkel, que jazia, inclinado sobre um flanco, em meio às árvores torturadas. Perdera as asas mas não a fuselagem, e as duas hélices tinham as pás dobradas e tortas como se fossem de cera. Sobre o volante de direção, estava pintada em negro a suástica, orgulhosa e horrenda, e junto dela, um debaixo do outro, oito perfis que Leonid não custou a reconhecer: três caças franceses, um batedor britânico e quatro cargueiros soviéticos, os adversários que o piloto alemão abatera antes de cair. Devia ter caído vários meses antes, pois nos sulcos que havia arado no terreno já começavam a crescer de novo as ervas e os arbustos do sub-bosque.

"É a nossa boa estrela", disse Mendel. "O que poderia você querer de melhor como bivaque? Ao menos por alguns dias? Antes ele era o senhor dos céus, agora somos nós os seus senhores." Não foi difícil forçar a portinhola da cabine de pilotagem; os dois entraram e se dedicaram com alegre curiosidade a fazer o inventário. Havia um cachorrinho de pano, gorduroso e mole, em cujo pescoço alguém tinha amarrado um colarzinho de pelica marrom; era um mascote, que evidentemente não tinha funcionado. Um ramalhete de flores artificiais. Quatro ou cinco fotos, daqueles instantâneos que os soldados de todos os países carregam consigo: um homem e uma mulher num parque, um homem e uma mulher numa feira de aldeia. Um pequeno dicionário alemão-russo: "Vai saber por que o carregava num vôo", perguntou-se Mendel. "Talvez previsse o que lhe sucederia", respondeu Leonid. "O pára-quedas não está aqui, talvez ele tenha se atirado e esteja por aí, desgarrado como nós, e o dicionário lhe teria sido útil." Mas observaram melhor e viram que o livrinho não fora editado na Alemanha, e sim em Leningrado. Estranho.

À medida que o inventário prosseguia, aquele avião lhes parecia cada vez mais estranho. Duas das fotos representavam um jovem magro com a farda da Luftwaffe, junto com uma moça baixa e gorducha, com tranças morenas; as outras três, ao contrário, mostravam um jovem à paisana, encorpado e musculoso, de rosto largo e maçãs salientes, e também sua namorada era diferente, morena também, mas com os cabelos cortados curtos e o nariz achatado. Numa das três, o jovem vestia uma camisa com bordados geométricos, e se distinguia ao fundo uma praça e um edifício com pórticos, com janelas de arcos agudos, profusamente trabalhado com arabescos: não se parecia nada com um cenário alemão.

O rádio de bordo fora arrancado, e no compartimento destinado às bombas não havia bombas. Em vez delas, havia três pães de centeio fechados, várias garrafas cheias e um panfleto em língua bielo-russa que conclamava os cidadãos da Rússia Branca a se alistar nos batalhões de polícia organizados pelos alemães, e as cidadãs a se apresentar nos escritórios da Organização Todt: receberiam uma boa remuneração trabalhando para a Grande Alemanha, inimiga do bolchevismo e amiga sincera de todos os russos. Havia um número bem recente da *Nova Bielo-Rússia*, o jornal que os alemães imprimiam em bielo-russo, em Minsk — trazia a data de sábado, 26 de junho de 1943, e ali se podia ler o horário das missas na catedral e uma série de decretos relativos ao desmembramento dos colcoses e à distribuição de terras para os camponeses. Havia um tabuleiro, obra de mãos pacientes e rústicas, confeccionado num grande talho de casca de bétula; as casas pretas tinham sido obtidas raspando-se a resina superficial de cor clara. Havia também um par de botas, igualmente rústicas, que Leonid e Mendel reviraram longamente entre as mãos sem entender de que material era feito; não, não era couro, o inquilino do avião tinha arrancado o revestimento de couro falso dos assentos e o tinha costurado com pontos grandes usando fio elétrico encontrado entre as ferragens. Belo trabalho, avaliou Mendel, mas o que fazer agora, uma vez que o alojamento já estava ocupado? "Vamos nos esconder e esperá-lo; vejamos que tipo é, depois decidiremos."

O inquilino chegou ao anoitecer, com passo cauteloso; era o homenzinho musculoso das fotos. Vestia calças de militar, uma jaqueta de couro de ovelha e o boné quadrado preto e branco dos usbeques. Dos ombros robustos lhe pendia um alforje, do qual arrancou um coelho vivo. Matou-o golpeando-lhe a nuca com a parte externa da mão, abriu-o e começou a lhe tirar a pele assoviando. Mendel e Leonid, muito próximos, não ousavam falar com medo de ser ouvidos. Leonid, que desamarrara a mochila, entreabriu-a e indicou a Mendel os pacotes de sal; Mendel entendeu no ato, e por sua vez indicou a metralhadora: podiam dar sinal de vida.

O usbeque, ao vê-los surgir dos arbustos, não demonstrou surpresa. Largou o coelho e a faca, e os recebeu com desconfiança cerimoniosa. Não era tão jovem como aparecia nas fotos, devia ter uns quarenta anos. Tinha uma bonita voz de baixo, educada e suave, mas falava russo com incertezas e erros, e com uma lentidão irritante. Não que hesitasse na escolha das palavras: interrompia o discurso a cada frase, ou no meio das frases, sem tensão nem impaciência, como se o próprio discurso tivesse deixado de interessá-lo e ele considerasse supérfluo chegar a uma conclusão; então, inesperadamente, recomeçava a falar. Peiami, assim se chamava: Peiami Nasimovic. Certamente um nome estranho, mas também o seu país era estranho. Pausa. Estranho para os russos, e os russos eram estranhos para os usbeques. Pausa longa, que não dava sinais de terminar. Um desgarrado? Na certa, também ele era um desgarrado, um soldado do Exército Vermelho. Perdido havia mais de um ano, quase dois. Não, não sempre no avião: andando pelas isbás dos camponeses, meio integrado nos trabalhos dos colcoses, meio agregado a grupos que faziam emboscadas, às vezes com alguma mulher. Aquela da foto? Não, aquela era a esposa, distante, distante, numa distância sem fim, três mil quilômetros, para lá do front, para lá do Cáspio, para lá do mar de Aral.

Lugar no avião? Que julgassem eles mesmos, não havia muito. Uma noite sim, apertando-se um pouco; talvez até duas, por cortesia, por hospitalidade. Mas ficariam mal os três. Leonid falou rapidamente em iídiche com Mendel, a questão podia ser resolvida por vias drásticas. Não, respondeu Mendel sem mexer a cabeça e sem mudar a expressão do rosto; não tinha por que matá-lo, e se o expulsassem podia denunciá-los. E além do mais um avião abatido não era um arranjo ideal nem definitivo. "Já matei muito. Não mato um homem por um lugar num avião que não voa."

"E mataria alguém se o avião voasse? Se o levasse para casa?"

"Qual casa?", disse Mendel. Leonid não respondeu.

O usbeque não havia entendido o diálogo, mas reconhecera a música áspera do iídiche.

"Judeus, não é? Para mim dá no mesmo, judeus, russos, turcos, alemães." Pausa. "Nenhum come mais que o outro quando está vivo, e nem fede mais que o outro quando está morto. Havia judeus também na minha terra, muito bons no comércio, menos bons para fazer guerra. Igual a mim, aliás; e então, que razão haveria para fazer guerra entre nós?"

O coelho já estava limpo. O usbeque pôs o couro de lado, retalhou o bicho com a baioneta apoiando-se num toco e começou a assá-lo sobre uma chapa do avião que dobrara feito uma frigideira. Não tinha posto gordura nem sal.

"Vai comê-lo inteiro?", perguntou Leonid.

"É um coelho magro."

"Gostaria de sal?"

"Sim."

"Aqui está", disse Leonid, tirando um pacote da mochila, "sal em troca de coelho: um bom negócio para todos."

Negociaram longamente sobre quanto sal valeria meio coelho. Peiami, embora não perdesse a calma, era um negociador incansável, sempre pronto a acrescentar novos argumentos; pechinchar o divertia como um jogo e o exaltava como um exercício cavalheiresco. Observou que o coelho nutre mesmo sem sal, ao passo que o sal sem coelho não nutre. Que o seu coelho era magro, e por isso mais valioso, pois a gordura do coelho é nociva para os rins. Que no momento ele não tinha sal mas que na região a cotação do sal era baixa, havia sal em abundância, os russos o atiravam de pára-quedas para o pessoal dos bandos: eles não deviam se aproveitar da escassez em que ele casualmente se encontrava, se caminhassem na direção de Gomel encontrariam sal em todas as isbás, a cotações ínfimas. Enfim, por puro interesse cultural e curiosidade pelos costumes alheios, perguntou:

"Vocês comem coelho? Os judeus de Samarcanda não comem: para eles é como porco."

"Somos judeus especiais; somos judeus famintos", disse Leonid.

"Eu também sou um usbeque especial."

Concluído o negócio, de um esconderijo surgiram maçãs, fatias de beterraba assadas, queijo e morangos silvestres. Os três jantaram, ligados pela amizade à flor da pele que nasce das negociações; no final, Peiami foi até a carlinga pegar a vodca. Era *samogon*, explicou, vodca selvagem, caseira, destilada por camponeses; muito mais forte que a do Estado. Peiami especificou que ele era um usbeque especial porque, embora muçulmano, a vodca lhe agradava muito; e, depois, porque os usbeques são um povo belicoso e ele, ao contrário, não tinha vontade de participar da guerra:

"Se ninguém vier me procurar, continuo aqui fazendo armadilhas para os coelhos até terminar a guerra. Se vierem os alemães, vou com eles. Se vierem os russos, vou com eles. Se vierem os da resistência, vou com eles."

Mendel gostaria de saber algo mais sobre os da resistência e os bandos para quem os russos jogavam sal. Tentou inutilmente obter outras informações do usbeque, que a essa altura tinha bebido demais, ou considerava imprudente falar no assunto, ou de fato não sabia mais nada. De resto, o *samogon* era mesmo poderoso, quase um narcótico. Mendel e Leonid, que não eram grandes bebedores e não tomavam nada de álcool fazia certo tempo, deitaram-se na cabine do avião e adormeceram antes do anoitecer. O usbeque ficou do lado de fora por mais tempo; limpou a louça (ou seja, a sua frigideira peculiar) primeiro com areia e depois com água, fumou cachimbo, bebeu de novo, e por fim se deitou também, empurrando para um lado os dois judeus, que não acordaram. Às onze, na direção do poente, o céu ainda estava levemente luminoso.

Às três da madrugada já estava claro; a luz invadia não só as duas escotilhas mas também as rachaduras das placas de metal avariadas no impacto do avião contra os troncos e o solo. Mendel estava dolorosamente acordado; doía-lhe a cabeça e tinha a garganta seca: "Culpa do *samogon*", pensou, mas não era só o *samogon*. Não conseguia tirar da cabeça a referência que o usbeque fizera aos bandos escondidos nos bosques. Não que fosse uma informação totalmente nova para ele: tinha ouvido falar neles, e até com freqüência; tinha visto, pregados nas cabanas das aldeias, os cartazes alemães bilíngües, em que ofereciam dinheiro a quem denunciasse um bandido e ameaçavam todos aqueles que o protegessem. Tinha visto também, mais de uma vez, os enforcados pavorosos, rapazes e moças, com a cabeça violentamente deslocada pelo puxão da corda, os olhos vidrados e as mãos amarradas nas costas: traziam no peito cartazes escritos em russo "Voltei à minha terra", ou outras palavras de escárnio. Sabia de tudo isso e sabia também que um soldado do Exército Vermelho, como ele era, e tinha orgulho de ser, caso se encontre desgarrado, deve se juntar aos da resistência no mato e continuar combatendo. Ao mesmo tempo, estava cansado de lutar; cansado, vazio, esvaziado da mulher, de sua terra, dos amigos. Já não sentia no peito o vigor do jovem e do soldado, mas cansaço, vazio, e desejo de um nada branco e tranqüilo, como uma nevasca de inverno. Experimentara a sede da vingança, não conseguira aplacá-la, e a sede tinha se atenuado até se consumir. Estava cansado da guerra e da vida, e sentia correr em suas veias, em vez do sangue vermelho do soldado, o sangue pálido da estirpe de que sabia descender, alfaiates, comerciantes, violinistas de aldeia, míticos patriarcas de prole abundante e rabinos visionários. Estava cansado também de caminhar e de se esconder, cansado de ser Mendel — qual Mendel? Quem é Mendel, filho de Nachman? Mendel Nachmanovic, à maneira russa, como estava escrito na lista do pelotão, ou Mendel ben Nachman, como naquela época, em 1915, havia escrito no registro civil de Strelka o rabino dos dois relógios?

De qualquer modo, sentia que não conseguiria continuar vivendo assim. Alguma coisa nas palavras e nos gestos do usbeque lhe fizera intuir que, sobre os bandos da resistência no mato, ele sabia mais do que queria demonstrar. Alguma coisa sabia, e Mendel sentia no fundo da alma, num canto mal explorado da alma, um impulso, um estímulo, como uma mola retraída: uma coisa a ser feita, e rápido, naquele mesmo dia, cuja luz o havia arrancado ao sono do *samogon*. Precisava ouvir do usbeque onde estavam e quem eram aqueles bandos, e precisava decidir. Precisava escolher, e a escolha era difícil; de um lado havia o seu cansaço velho de mil anos, o seu medo, a repugnância pelas armas que mesmo assim tinha enterrado e depois carregado consigo; do outro, havia pouco. Havia aquela pequena mola retraída, que talvez fosse o que no *Pravda* era chamado o "sentido da honra e do dever" mas que talvez fosse mais apropriado descrever como uma necessidade muda de decência. A respeito disso não falou com Leonid, que tinha acordado nesse intervalo. Esperou que o usbeque acordasse e lhe fez algumas perguntas precisas.

As respostas dele não foram muito precisas. Bandos, sim: existiam ou tinham existido; daqueles da resistência ou de bandidos, ninguém teria lhe podido dizer. Armados, certamente: mas armados contra quem? Bandos-fantasmas, bandos-nuvens; hoje aqui, fazendo explodir uma ferrovia, amanhã, a quarenta quilômetros, saqueando os silos de um colcós; e nunca as mesmas caras. Caras de russos, de ucranianos, de poloneses, de mongóis vindos sabe-se lá de onde; judeus também, sim, alguns; e mulheres, e um festival de fardas. Soviéticos vestidos de novo pelos alemães, com farda de policiais; soviéticos totalmente esfarrapados, com a farda do Exército Vermelho; até algum desertor alemão... Quantos? Quem sabe! Cinqüenta aqui, trezentos ali, grupos que se formavam e se desfaziam, alianças, brigas e alguns tiroteios.

Mendel insistiu — então Peiami sabia de alguma coisa. Sabia e não sabia, respondeu Peiami; isso eram coisas que todos sabiam. Ele havia tido um só contato, meses antes, com um bando de gente bastante séria. Em Nivnoie, no meio dos pântanos, nos confins da Rússia Branca. A negócios: vendera o aparelho de rádio do avião, e segundo ele fora um bom negócio, pois a aparelhagem estava em cacos e ele não imaginava que aquela gente fosse capaz de consertá-la. Tinham pago bem, com duas fôrmas de queijo e quatro caixinhas de aspirina, porque ainda era inverno e ele sofria de reumatismo. Depois tinha feito outra viagem em abril: levara consigo o pára-quedas do alemão morto. Sim, quando chegara, o piloto ainda estava ali, morto sabe-se lá quantos dias já fazia, todo comido por corvos e ratos; tivera um trabalho enorme para limpar um pouco a cabine de pilotagem e botar ordem nela. Carregara o pára-quedas, mas em Nivnoie tinha encontrado outra gente, outras caras, outros chefes, que não tinham feito tanta cerimônia, tinham levado o pára-quedas e o pagamento fora feito em rublos. Uma verdadeira provocação; o que podia ele fazer com rublos? E com aquele pára-quedas podiam fazer ao menos umas vinte camisas. Em suma, um negócio desastroso, sem falar na viagem, pois até Nivnoie eram três ou quatro dias de marcha. Não, não voltara mais lá; até porque lhe disseram que estavam para se transferir para outro lugar, sabe-se lá para onde, não sabiam ainda ou não quiseram lhe dizer. Foram eles que lhe deram de presente o dicionário de alemão; dispunham de um pacote inteiro, vê-se que em Moscou o tinham publicado aos montes.

Pronto, era tudo o que sabia dos bandos, além naturalmente da história do sal. Sal tinham, atiravam-no de pára-quedas, e não apenas sal; aí está, justamente por isso tinham dado tão pouco pelo pára-quedas do alemão, embora fosse fabricado com tecido mais fino. Enfim, meter-se no comércio é sempre um risco, mas se torna um risco grave quando não se conhecem as condições do mercado; e quando o mercado é um bosque, onde você não sabe nem se tem vizinhos, e que tipo de gente são, e do que precisam?

"De qualquer modo, vocês são meus hóspedes. Não creio que pretendam continuar já seu caminho; fiquem um pouco aqui, façam seus planos e retomem a caminhada amanhã mais tranqüilos. Desde que não tenham motivos para se apressar. Compartilharão minha jornada; poderão descansar, e por um dia não estarei sozinho."

Acompanhou-os numa volta pelo bosque, ao longo de trilhas recém-percorridas, verificando as armadilhas, mas nada de coelhos. Havia uma doninha, meio machucada pelo nó mas ainda viva; ou melhor, tão viva que era difícil se defender de suas mordidas frenéticas. O usbeque tirou as calças, dobrou-as para duplicar sua espessura, enfiou as mãos dentro delas como num par de luvas, e libertou a criatura, que fugiu rápido através do sub-bosque, flexível como uma serpente. "Quando se tem muita fome, há quem coma até esse bicho", disse Peiami com melancolia. "Na minha aldeia, não havia problemas deste tipo; mesmo o mais pobre podia se saciar ao menos com queijo, todos os dias da semana. Jamais conhecemos a carestia, nem nos anos mais terríveis, quando na cidade comiam ratos. Mas aqui é diferente, não é fácil matar a fome; conforme as estações, encontram-se cogumelos, rãs, caramujos, aves de arribação, mas nem todas as estações são boas; pode-se ir até as aldeias, certamente, mas não de mãos vazias: e é preciso cuidado, pois atiram com facilidade."

A uma centena de metros do avião mostrou o túmulo do piloto. Fizera um bom trabalho, uma cova profunda, com mais de um metro, nada de pedras porque não se encontravam na região, mas uma cobertura de troncos pequenos, um túmulo de terra batida, e até uma cruz com o nome dele, Baptist Kipp — tinha retirado da plaqueta militar.

"Por que tanto esforço para sepultar um infiel? E além do mais alemão?", perguntou Leonid.

"Para que não volte", respondeu o usbeque. "E depois porque os dias são longos, e é necessário ocupá-los de algum modo. Gosto de jogar xadrez, sou até bastante bom. Na minha aldeia, ninguém ganhava de mim. Bem, aqui fiz as peças entalhadas na madeira, e o tabuleiro com casca de bétula, mas jogar sozinho não tem graça. Invento problemas, mas é como fazer amor sozinho."

Mendel disse que ele também gostava de jogar; ainda tinham muitas horas de luz, por que não jogar uma partida? O usbeque aceitou, mas quando chegaram ao avião manifestou o desejo de que eles, Mendel e Leonid, jogassem a primeira partida. Por quê? Por cortesia de anfitrião, disse Peiami, mas estava claro que pretendia mesmo era ter uma idéia de como jogavam os dois futuros adversários. Era daqueles que jogavam para vencer.

As peças brancas couberam a Leonid, e eram de fato brancas e ainda cheiravam a madeira fresca. As pretas, ao contrário, tinham várias tonalidades de marrom, tostadas, defumadas; umas e outras eram pouco estáveis, até porque o tabuleiro não era perfeitamente plano, mas ondulado e cheio de asperezas e de saliências. Leonid abriu com dama, mas logo deu para notar que não conhecia o desenvolvimento normal da abertura e se viu em dificuldades, com um peão a menos e as peças mal posicionadas. Murmurou alguma coisa a respeito do jogo, e Mendel lhe respondeu no mesmo tom baixo, mas em iídiche: "Fique de olho nele você também, nunca se sabe. A metralhadora e a pistola estão na cabine. Xeque no rei". Era um xeque insidioso, com o rei dos brancos mal defendido atrás dos peões. Leonid sacrificou um peão numa fútil tentativa de defesa e Mendel anunciou o mate com três movimentos. Leonid inclinou o seu rei em sinal de estar rendido e em homenagem ao vencedor, mas Mendel disse: "Não, vamos até o final". Leonid compreendeu; Peiami devia ficar satisfeito, não havia nenhum perigo de que se afastasse, estava seguindo a partida com a atenção profissional e sanguinária dos viciados em corridas; era melhor não privá-lo do espetáculo do golpe de misericórdia. Veio o golpe de misericórdia, e o usbeque desafiou Leonid, que aceitou de má vontade.

O usbeque abriu a ofensiva com o peão do bispo da rainha: os olhos dele, com a córnea de um branco tão puro que se aproximava do azul-celeste, eram ainda mais provocadores. Jogava com gestos exibicionistas e grotescos, avançando a cada movimento os ombros e o braço como se a peça que movia pesasse uns doze quilos; ele a batia com força no tabuleiro como para enterrá-la, ou girava cada uma como para parafusá-la. Leonid logo se viu em situação difícil, seja por essa mímica, seja pela superioridade evidente do adversário: estava claro, Peiami só queria eliminá-lo o mais rápido possível para se bater contra Mendel. Movia as peças com uma rapidez insolente, sem perder tempo para refletir nas jogadas e manifestando uma impaciência grosseira diante das hesitações de Leonid. Deu-lhe o mate em menos de dez minutos.

"Agora nós dois", foi logo dizendo a Mendel, com um ar tão decidido que ele achou graça e ao mesmo tempo se sentiu inquieto. Também Mendel, dessa vez, jogava para vencer, como se a aposta fosse uma montanha de ouro, ou a vida segura, ou a felicidade eterna. Percebia confusamente que não jogava só para si mesmo, mas como campeão de alguma coisa ou de alguém. Começou atento e prudente, disciplinando-se para não se irritar com a atitude do outro, o qual, por sua vez, abandonou logo as gesticulações perturbadoras para se concentrar ele também no tabuleiro. Mendel estudava as jogadas, Peiami, ao contrário, tendia para um jogo temerário e lampejante; atrás de cada movimento dele, Mendel tinha dificuldades para entender se escondia uma premeditação, ou o desejo de impressionar, ou a audácia fantasiosa do homem de aventura. Após umas vinte jogadas, nenhum dos dois tivera perdas, a situação estava equilibrada, o tabuleiro se achava horrivelmente confuso, e Mendel se deu conta de que estava se divertindo. Perdeu algum tempo de propósito, com o único objetivo de induzir o usbeque a revelar suas intenções, e viu que o outro se irritava: agora era ele quem hesitava diante das jogadas, observando Mendel nos olhos como para ler dentro deles um segredo. O usbeque fez uma jogada que imediatamente se revelou desastrosa, pediu para refazê-la, e Mendel permitiu; depois se levantou, sacudiu-se feito um cachorro saindo da água e sem dizer nada se dirigiu para o avião. Mendel fez um sinal para Leonid, que compreendeu, seguiu-o de perto e entrou atrás dele na cabine; mas o usbeque não pensava em armas, fora até lá só para pegar o *samogon*.

Beberam, os três, enquanto o céu já começava a escurecer e se erguera o vento fresco do pôr-do-sol. Mendel se sentia estranho, fora do tempo e do lugar. Aquele jogo levado a sério se associava em sua memória a tempos e lugares e pessoas muitíssimo diferentes; a seu pai, que lhe ensinara a jogar, que ganhara dele facilmente nos dois primeiros anos, com dificuldade nos outros dois, e depois aceitara as derrotas sem problema; aos amigos, judeus e russos, que diante do tabuleiro tinham se educado com ele na astúcia e na paciência; ao calor tranqüilo da casa perdida.

Provavelmente o usbeque bebera demais. Quando sentou novamente diante do tabuleiro, desencadeou uma série interminável de mudanças da qual emergiu uma situação aliviada e decantada: ele com um peão a menos, Mendel senhor da grande diagonal e seguramente rocado. O usbeque bebeu de novo, precipitou a própria catástrofe com uma tentativa absurda de contra-ataque, deu-se por derrotado e declarou que queria a revanche; tinha sido fraco, sabia que quando se joga não se deve beber, cedera ao vício como uma criança. Já estava muito escuro, mas queria a revanche — amanhã de manhã, cedo, assim que clareasse. Cumprimentou, subiu tropeçando na escadinha portátil, desconjuntada, que conduzia à cabine, e cinco minutos depois já estava roncando.

Os dois ficaram em silêncio por alguns instantes. Ao murmúrio das copas, tocadas pela brisa, sobrepunham-se sons menos familiares: frêmitos de insetos ou de pequenos animais, chiados, um coro distante de rãs. Mendel disse:

"Não é este o companheiro de viagem que precisamos, não é mesmo?"

"Não precisamos de nenhum companheiro de viagem", disse Leonid, ainda zangado por causa da derrota.

"O tempo dirá; de qualquer modo, é hora de retomar a marcha, antes que seja noite alta."

Esperaram que o ronco do usbeque se tornasse regular, pegaram as mochilas na cabine e se puseram em marcha. Por precaução, dirigiram-se primeiro para o sul, depois fizeram uma conversão brusca e rumaram para noroeste; mas o terreno estava seco e não detinha as pegadas.

2

JULHO-AGOSTO DE 1943

Mendel queria ir até Nivnoie, seguindo as vagas indicações obtidas com o usbeque; Leonid não queria ir para lugar nenhum, ou melhor, não sabia para onde queria ir, e não sabia nem se queria ir para qualquer parte, ou fazer o que quer que fosse. Não que recusasse as propostas de Mendel, ou se rebelasse contra suas decisões, mas exercitava um sutil atrito passivo contra qualquer impulso ativo: como a poeira nos relógios, pensava Mendel. Teria pego poeira, embora fosse jovem: é estúpido dizer que os jovens são fortes. Muitas coisas compreendemos melhor aos trinta anos do que aos vinte, e até conseguimos suportá-las melhor. De resto, ele, Mendel, se lhe perguntassem quantos anos tinha, e quisesse responder com absoluta sinceridade, como deveria responder? Vinte e oito anos nos documentos, pouco mais nas juntas, nos pulmões e no coração, mas nas costas uma infinidade, mais que Noé e Matusalém. Sim, mais que eles, já que Matusalém gerou Lamec aos cento e oitenta e sete anos passados, e Noé tinha quinhentos quando pôs no mundo Sem, Cam e Jafé, e seiscentos quando construiu a arca, e ainda um pouco mais quando se embriagou pela primeira vez; e segundo a opinião do rabino dos dois relógios, justamente naquela ocasião teria tido a intenção de gerar um quarto filho, se não tivesse acontecido aquela história horrível com Cam. Não, ele, Mendel, relojoeiro em trânsito pelos bosques, era mais velho que eles. Já não desejava gerar filhos nem plantar vinhas nem construir arcas, nem mesmo se o Senhor tivesse lhe ordenado; mas não parecia que o Senhor, até agora, estivesse muito preocupado em salvá-lo e aos seus. Quem sabe porque não era tão justo quanto Noé.

Pesavam-lhe os silêncios de Leonid. Leonid, instintivamente, lhe agradava: parecia-lhe uma pessoa em quem se pode confiar; mas sua passividade o aborrecia. Quando um relógio está empoeirado, é sinal de que é muito velho, ou então de que a caixa não está vedada; então é preciso desmontá-lo inteiramente e lavá-lo peça por peça com gasolina diluída. Leonid não era velho; portanto, a sua caixa devia ter rachaduras. Que tipo de gasolina seria necessária para lavar as engrenagens de Leonid?

Várias vezes tinha tentado fazê-lo falar. Daí havia extraído cacos, fragmentos de um mosaico a ser reconstituído pacientemente, com encaixe, como em certos brinquedos de criança. O Lager dos alemães; certo, agradável não devia ter sido, mas lá ficara pouco tempo e não tinha perdido a saúde; até tivera sorte, por que não queria admiti-lo? Se tivessem percebido que tinham nas mãos um pára-quedista judeu, as coisas não teriam acabado assim. Ter sorte é uma boa coisa, é garantia para o futuro; renegar a própria sorte é uma blasfêmia. O relógio roubado e a prisão: Deus Nosso Senhor, havia pecado, havia pago. Quem dera que todos os pecados pudessem ser expiados, que todos pudessem acertar as contas dessa forma. Devia haver outra coisa em Leonid, uma cicatriz interna, algum tipo de nódoa, talvez um halo dolorido ao redor de um rosto humano, de um retrato; à cabeça de Mendel vinham as grandes fotografias ovais do século passado, com as imagens solenes dos ancestrais no centro de uma auréola cinzenta e indistinta. Tratava-se da família dele, disso Mendel tinha certeza, com base não nas respostas de Leonid, que eram breves e impacientes, mas com base nos silêncios dele. Ali estava: o mosaico a ser recomposto era constituído em boa parte de peças pretas — respostas evasivas, nulas ou até insolentes. Era preciso paciência, pouco a pouco o quadro seria definido; agora, Mendel era um homem paciente. Examinava-se, noite após noite no caminho, frustrado pelas recusas e pelas interrupções iracundas e histéricas do companheiro de estrada; não havia dúvida, ele, Mendel, não era homem de muitas virtudes, mas paciência ele tinha; bom, quem dispõe de paciência que a use.

Para chegar aos pântanos de Nivnoie não bastaram os três dias calculados pelo usbeque. Mendel e Leonid gastaram seis, ou melhor, seis noites, pois durante o dia preferiam parar e descansar. Atravessaram estradas e caminhos desertos, uma ferrovia (devia ser o tronco Gomel—Briansk, pensou Mendel), clareiras, vários riachos de águas límpidas e baixas, alívio para a sede e para os pés exaustos. Evitavam as aldeias e as fazendas: isso os obrigava a longos desvios, mas quem disse que tinham pressa?

Assim, deslocando-se apenas no escuro e contornando os lugares habitados, encontravam poucas pessoas, pastores, camponeses nos campos, viajantes retardatários, que não ligavam para eles. Um encontro, todavia, não puderam evitar; no quarto dia, com as primeiras luzes da manhã, quando andavam numa estradinha para carros, tiveram que entrar numa trincheira que cortava uma ondulação do terreno; da outra extremidade da trincheira vinha uma carroça puxada por um cavalo velho e cansado, conduzido por um homem de meia-idade. Mendel empunhou a pistola. O carroceiro trazia no braço a faixa azul dos ajudantes ucranianos. Mendel lhe perguntou:

"O que está carregando?"

"Farinha, como pode ver."

"Para onde?"

"Para os alemães. Até o armazém de Mglin."

"Desça e vá embora. Sim, vá embora: continue a pé."

O ucraniano deu de ombros; experiências desse gênero não deviam ser novidade para ele. "O que devo dizer?"

"O que preferir. Que alguns bandidos o assaltaram."

O homem foi embora. Na carroça havia seis sacos de farinha e um feixe de capim que acabara de ser ceifado. Mendel guardara a pistola e parecia perplexo.

"O que pretende fazer agora?", perguntou Leonid.

"Não sei. Não sei o que faremos, mas o que pretendia fazer era justo. Queria tomar partido, como quando alguém derruba uma ponte atrás de si e não sabe se está certo ou errado, porém depois que a ponte caiu não há mais escolha, não se pode voltar atrás. Vamos, soltemos o cavalo e vejamos quantos sacos pode carregar."

"Por que não ficamos com a carroça também?"

"Porque de agora em diante vão nos procurar e temos que evitar as estradas."

O cavalo não prometia muita utilidade. Tinha a cabeça e as orelhas baixas, e mostrava no dorso feridas úmidas cobertas de moscas e moscardos. Com pedaços de corda encontrados na carroça, deram um jeito de pendurar dois sacos nele — mais não seria sensato. Em cima dos sacos, que pendiam desengonçados sobre as costelas descarnadas do animal, acomodaram o feixe de capim.

"E a carroça? E os outros sacos?"

"Vamos escondê-los o melhor possível."

Não foi fácil, mas enfim conseguiram, antes que o dia clareasse totalmente: a carroça num barranco cheio de mato, e os sacos debaixo da carroça. Depois se puseram novamente a caminho, abandonando a estrada e arrastando o cavalo, preguiçoso e cabeçudo, e ainda mais lento em razão da carga mal arrumada, que enganchava continuamente nos galhos baixos. Caminharam bastante, em silêncio, depois Leonid disse:

"Eu não sei o que desejo, mas tenho consciência disso. Você também não sabe o que deseja, mas, ao contrário, pensa que sabe."

Mendel, que ia à frente e puxava o cavalo pelo cabresto, não se virou e não respondeu, mas pouco depois Leonid o provocou novamente:

"Na sua aldeia não havia cinema. Mas não existiam nem cavalos?"

"Sim, mas eu não precisava me ocupar deles. Fazia um trabalho diferente."

"Também eu tinha outro ofício, mas um cavalo como esse não agüenta uma carga assim, ou não agüenta por muito tempo. Qualquer um veria isso."

Havia pouco com que objetar, e de resto já estava muito claro para prosseguir. Detiveram-se em meio à vegetação densa perto de um riacho, deram de beber ao cavalo, amarraram-no a um tronco, deram-lhe o capim para comer e adormeceram. Quando acordaram, pelo meio da tarde, o feixe tinha acabado, o cavalo tinha comido os poucos arbustos que se achavam ao seu alcance, e puxava pela corda para chegar um pouco mais longe; devia estar mesmo com muita fome. Pena que os sacos contivessem farinha e não alfafa; experimentaram pôr um pouco de farinha diante dele, mas o animal besuntou o focinho até os olhos e depois começou a tossir, ameaçando sufocar. Tiveram que lavar a boca e o focinho dele no riacho, em seguida retomaram o caminho. Sentia-se no ar um odor novo, fresco e adocicado: os pântanos não deviam estar longe.

A meia jornada para Nivnoie se depararam com uma camponesa anciã e resolveram puxar conversa. O cavalo? A mulher o examinou com olho experiente:

"Ah, pobre besta. Certamente não vale muito, está velho, cansado, com fome, e até me parece doente. Quanto à farinha, é uma outra conversa, mas não posso lhes fazer nenhuma oferta, pois não tenho nada para lhes oferecer."

Não devia ser nenhuma tonta. Observou os dois com olhar igualmente esquadrinhador. Assim, como em resposta a uma pergunta subentendida, acrescentou:

"Não tenham medo, há tantos outros como vocês por aqui. Talvez até demais, porém os alemães são poucos e pouco perigosos. Quanto ao cavalo e à farinha, já disse, não tenho nada para lhes dar, mas posso falar com o ancião da aldeia, se estiverem de acordo."

Mendel tinha pressa de se livrar do animal; servia-lhes pouco ou nada, e pior, parecia que a simples presença dele estimulava o mau humor de Leonid, seu espírito crítico e sua vontade de brigar. Consultou-o rapidamente. Não, nada de intermediários, estava claro que a mulher trataria de tirar proveito do negócio, por menor que fosse. Mas ambos sentiam desconfiança quanto a entrar no povoado.

"Está certo", disse Mendel. "Trate de combinar um encontro com esse ancião, a meio caminho, em algum lugar isolado, é possível?" "É possível", disse a mulher.

O ancião chegou pontualmente, ao pôr-do-sol, numa cabana que a camponesa havia indicado. Andava pela casa dos sessenta, era de poucas palavras, encanecido e robusto. Sim, ele, ou melhor, a aldeia, podia pagar; tinham ovos, toucinho, sal e maçãs, mas o cavalo valia pouco.

"Mas não é só o cavalo", disse Mendel. "Há também uma carroça e seis sacos de farinha; dois aqui e outros quatro escondidos a uma pequena distância, junto com a carroça."

"O negócio não está claro", disse o ancião. "O cavalo e dois sacos dá para ver, mas quanto valem uma carroça e quatro sacos escondidos no bosque, e não se sabe bem onde nem se existem mesmo? Quanto vale um tesouro na Lua?"

Leonid deu um passo à frente e interveio com dureza:

"Valem quanto vale a nossa palavra e a nossa cara, e se você não..."

O ancião olhou para ele sem perder a calma; Mendel afastou Leonid e se interpôs:

"Entre pessoas cordatas a gente acaba sempre se entendendo. Veja, a mercadoria está perto da estrada, cedo ou tarde alguém há de encontrá-la, levará tudo de graça e será uma perda para vocês e para nós; e se recomeçar a chover, a farinha não vai agüentar muito tempo. E nós estamos de passagem: temos pressa em prosseguir."

O ancião tinha olhos miúdos e espertos. Fixou-os sucessivamente no cavalo, nos sacos, em Mendel e disse:

"É horrível estar com pressa e ter que ir devagar. Se ficarem com o cavalo, vão andar lentamente como ele. Se o venderem, sem vender os dois sacos, carregando cada um meio quintal nas costas, não vão depressa nem muito longe; no máximo hão de negociar com outra pessoa. Não têm muita escolha."

Mendel captou um olhar de Leonid, rápido mas carregado de alegria maligna — era a revanche da derrota no xadrez. Os argumentos do ancião eram fortes, e ele teria feito melhor se não tivesse falado em pressa. Só restava retroceder:

"Está bem, velho. Vamos ao concreto. Quanto oferece pelo que vê? Por um quintal de farinha e o cavalo?"

O velho coçou a cabeça empurrando o boné sobre os olhos:

"Hum, do cavalo é melhor não falar. Não vale nada, nem como carne para açougue. Talvez só o couro, se trabalhado como deve ser. Quanto à farinha, não se sabe de onde vem; vocês não me disseram, poderiam ter dito e eu acreditaria ou não; quem comercia tem o direito de dizer mentiras. Pode ser russa ou alemã, comprada ou roubada. Não quero saber de nada, e lhes ofereço em troca oito quilos de toucinho e uma trança de tabaco, é pegar ou largar; é coisa que não pesa muito, podem carregar sem esforço."

"Façamos dez", disse Mendel.

"Dez quilos, mas então sem o tabaco."

"Dez quilos e o tabaco pelo couro do cavalo."

"Nove quilos e o tabaco", replicou o velho.

"Está bem. E quanto oferece pelo que não vê? Dois quintais de farinha e a carroça?"

O velho empurrou o boné ainda mais para baixo:

"Não ofereço nada. Aquilo que não se vê é como se não existisse. Se existir de fato, nós encontraremos mesmo que não nos diga onde está; e mesmo que nos diga, e seja verdade, podemos chegar lá e não encontrar mais nada. Há tanta gente andando pela floresta; e não é só gente, mas também raposas, ratos, corvos: você mesmo disse que qualquer um pode encontrar. Se lhe fizesse uma oferta, o povoado haveria de rir de mim pelas costas."

Mendel teve uma idéia:

"Faço-lhe uma proposta: uma informação em troca de outra, coisa que não se vê contra coisa que não se vê. Nós lhe dizemos onde está a carroça e você nos diz... bem, pelo caminho ouvimos alguns rumores de que em Nivnoie, ou perto de Nivnoie, ou nos pântanos, está ou esteve certa gente..."

O velho ergueu a pala do boné e olhou Mendel direto nos olhos, coisa que não fizera até aquele momento. Mendel insistiu:

"É um bom negócio, não? Não lhe custa nada: é como se lhe déssemos de presente a carroça e a farinha; porque existem, não estamos enganando-o, palavra de soldado."

Para surpresa de Mendel e Leonid, o ancião se soltou um pouco, tornou-se quase loquaz. Sim, havia um grupo, passara por ali: um bando. Cinqüenta homens, ou talvez até cem, da região e de fora. Alguns, cerca de meia dúzia, eram rapazes da sua aldeia: melhor cair na clandestinidade do que ir parar na Alemanha, não é verdade? Armados, sim, e também boa gente, bons até demais às vezes. Mas tinham partido, fazia poucos dias, com as armas, as bagagens e alguns animais. Havia sido melhor para todos, que tivessem partido. Com que destino? Não, isso ele não sabia com certeza, não tinha visto nada; mas alguém os vira pelo caminho, e parecia que marchavam rumo a Gomel ou Zlobin. Se pegassem o caminho de Zurbin, era um atalho, talvez conseguissem alcançá-los. Saiu, voltou meia hora depois com o toucinho, o tabaco e uma balança, para que os dois pudessem controlar se o peso estava certo. Concluída a pesagem, Mendel lhe explicou com precisão onde estava escondida a carroça. Inesperadamente, o velho tirou do embornal uma dúzia de ovos cozidos; disse que era um extra, um presente que lhes dava, pois eram pessoas simpáticas; e também uma indenização, porque era seu dever de hospitalidade lhes oferecer um lugar para dormir, mas o conselho da aldeia se opusera. Conduziu-os até o caminho e se despediu, levando o cavalo com os dois sacos.

"Se não tivesse nos identificado como judeus, hoje à noite dormiríamos numa cama", resmungou Leonid.

"Pode ser, mas mesmo que nos oferecesse, é discutível se teríamos feito bem em aceitar. Não sabemos nada sobre esta aldeia, que tipo de gente vive nela, o que pensam, se têm só medo ou se trabalham para os alemães. Não sei, é apenas uma impressão, mas a velhinha me inspirou mais confiança que esse velho: mais que um amigo me pareceu um meio amigo. Tinha pressa em se livrar de nós; por isso nos deu os ovos e nos ensinou o caminho. E, além do mais, tomamos uma decisão, não é verdade?"

"Que decisão?", perguntou Leonid hostil.

"De nos juntar ao bando, não?"

"É uma decisão que você tomou. Não me perguntou nada."

"Não era preciso perguntar. Há vários dias falamos nisso, e você ficou sempre quieto."

"E agora não estou mais quieto. Se quiser ir com o bando, vá sozinho. Cansei de guerra. Você tem as armas e eu o toucinho: para mim está bom. Volto para a aldeia e encontro uma cama, e não só para uma única noite."

Mendel se virou e estacou de repente. Não estava preparado para enfrentar a ira; menos ainda a ira de um fraco, pois em Leonid via um fraco. Tampouco estava preparado para a tempestade de palavras que Leonid, até então silencioso, lhe atirava no rosto.

"Basta: basta! Encontrei-o no bosque, mas não me casei com você. Pensei que estivesse tão saturado quanto eu: enganei-me, paciência. Mas para mim basta, não dou mais nem um passo. Vá você para os pântanos: ficou com medo de dormir na aldeia, e agora quer me levar para o meio de gente que não se sabe nem que língua fala, nem se nos querem com eles, nem de onde vêm, nem para onde vão. Sou de Moscou, mas tenho bons braços e cabeça também; de fome não morro, prefiro ir trabalhar num colcós, ou nas fábricas dos alemães. Não dou mais nem um passo e não dou mais nem um tiro, nunca mais. Não é justo que alguém, não é justo que alguém... E depois nem você sabe o que quer: já lhe disse, pensa que sabe e não sabe. Banca o herói, mas você também quer o mesmo que eu, uma casa, uma cama, uma mulher, uma vida que tenha sentido, uma família, uma terra que seja a sua terra. Quer ir com os da resistência, pensa que quer, mas nem sabe o que quer e o que faz, me dei conta disso com a história do cavalo. Você é uma pessoa que conta mentiras para si mesmo. É como eu. É um *nebech*, um desgraçado e um *meschugge.*" Leonid se dobrou lentamente sobre si mesmo e sentou no chão, como se tivesse cuspido a alma e não tivesse mais forças para se agüentar nas pernas.

Mendel tinha ficado em pé, mais curioso e surpreso que enfurecido. Percebeu que esperava aquele desabafo havia muito tempo. Deu a Leonid algum tempo para se acalmar, depois sentou ao lado dele. Tocou-lhe as costas, mas o rapaz se encolheu de estalo como se tivesse sido tocado por um ferro em brasa. *Nebech* é um homúnculo, inerme, inútil, digno de pena, um quase-não-homem, e *meschugge* significa "doido", porém Mendel não se sentia ofendido, tampouco com vontade de retribuir a ofensa. Em vez disso se perguntava por que Leonid, cuja língua materna era o russo, tinha recorrido ao iídiche, que falava com dificuldade, naquela ocasião; mas o iídiche, todos sabem, é um imenso reservatório de insultos peculiares, engraçados ou sanguinários, cada um com seu matiz específico — podia ser uma explicação. "Um judeu lhe dá um soco no nariz e depois pede socorro", pensou, mas não enunciou o provérbio em voz alta. Ao contrário, disse com uma voz tão calma que surpreendeu a si mesmo: "Dá para entender; tampouco para mim é uma escolha fácil, mas creio que é a melhor. Um homem deve pesar bem suas escolhas". E acrescentou, com segundas intenções: "...e também suas palavras". Leonid não respondeu.

Já estava quase escuro; Mendel preferia caminhar à noite, mas aquele caminho era incômodo e mal sinalizado. Propôs que bivacassem ali mesmo, pois a temperatura estava agradável e a noite era curta; Leonid aceitou com um sinal de cabeça. Enrolaram-se nas cobertas e Mendel já estava quase dormindo quando Leonid, como se continuasse um discurso iniciado havia muito tempo, começou a dizer de repente:

"Meu pai era judeu, mas não era praticante. Trabalhava como ferroviário, depois foi aceito no Partido. Fez a guerra de 1920 contra os brancos. E mais tarde me pôs no mundo, e depois o mandaram para a cadeia, em seguida para as ilhas Solovki, e nunca mais voltou. É assim que as coisas são. Já tinha estado nas prisões do czar, antes que eu nascesse, mas dali tinha voltado. Mandaram-no para as ilhas Solovki dizendo que havia sabotado a ferrovia, pois se os trens não saíam a culpa era dele. É isso."

Dito isso, Leonid virou para o outro lado, voltando as costas para Mendel, como se o assunto estivesse concluído. Mendel pensou que aquela era uma estranha maneira de se desculpar, e logo a seguir se convenceu de que mesmo assim era uma maneira de se desculpar. Deixou passar alguns minutos e depois perguntou timidamente a Leonid: "E sua mãe?". Leonid grunhiu: "Agora, me esqueça. Por favor, me esqueça. Por hoje basta". Calou-se e não se mexeu mais, contudo Mendel percebeu que não dormia — só estava fingindo. Insistir para que continuasse era inútil, até nocivo: como colher um cogumelo que acaba de aparecer. Eles não crescem mais, e a gente não leva nada para casa.

Caminharam durante duas semanas, às vezes de dia, às vezes de noite, com chuva e com sol. Leonid não falou mais, nem para contar alguma coisa nem para discordar; aceitava quieto as decisões de Mendel, como um servo sem vontade própria. Encontraram pouca gente, uma aldeia incendiada, e sinais cada vez mais freqüentes do bando que os precedia: cinzas das fogueiras dos bivaques às margens da pista, pegadas na lama seca, restos de comida, um pouco de louça e alguns trapos; aquela gente não tomava muitas precauções para não se fazer notar. No local de uma parada, observaram até uma árvore crivada de balas; alguém devia ter treinado tiro ao alvo, talvez tivessem feito uma competição. Raramente precisaram pedir informações aos moradores das aldeias; sim, tinham passado por ali, dirigindo-se a tal lugar. Desgarrados, ou desertores, ou aqueles da resistência, ou bandidos, conforme o ponto de vista; de qualquer modo, e na opinião de todos, gente que seguia seu caminho sem perturbar muito nem pretender demais dos camponeses.

Certa noite os alcançaram: conseguiram vê-los e ouvi-los quase ao mesmo tempo. Mendel e Leonid se encontravam no topo de uma colina; viram os meandros preguiçosos de um grande rio, sem dúvida o Dnieper, e pouco distante da margem, a três ou quatro quilômetros deles, brilhava uma fogueira. Começaram a descida e ouviram disparos, desordenados, de fuzil e de pistola; viram relâmpagos vermelhos, seguidos pelos estouros mais surdos das granadas de mão. Um combate? E contra quem? E então por que o fogo? Ou uma briga, uma rixa entre dois grupos? Mas numa pausa entre os disparos distinguiram o som de um acordeão e gritos e um vozerio alegre — não era uma batalha mas uma festa.

Aproximaram-se cautelosamente. Não havia sentinelas, ninguém os deteve. Ao redor da fogueira havia uns trinta barbudos, jovens e menos jovens, vestidos de modos muito diferentes, ostensivamente armados. O acordeão tocava uma canção de ritmo alegre, alguns o acompanhavam batendo palmas, outros dançavam com fúria, com todas as armas no corpo, fazendo piruetas sobre os saltos das botas, em pé e agachados. Alguém devia tê-los visto; uma voz pastosa mas sonora gritou absurdamente: "São alemães?".

"Somos russos", responderam os dois.

"Então venham. Comam, bebam e dancem! A guerra acabou!" Seguiu-se, à guisa de ponto de exclamação, uma longa rajada de parabélum, disparada contra o céu avermelhado pelo fogo e pela fumaça. A mesma voz, inesperadamente encolerizada e dirigida para o lado oposto, retomou: "Stiooopka, cretino, filhote de corvo, traga logo garrafas e canecões, não está vendo que temos hóspedes?".

Já estava escuro, mas dava para ver que o acampamento, bastante reduzido, se condensava ao redor de três centros: a fogueira, em torno da qual havia um vaivém barulhento de homens em festa; uma grande tenda, diante da qual cochilavam dois cavalos amarrados a dois tocos; mais separados, três ou quatro jovens silenciosos que terçavam armas ao redor de alguma coisa.

O homem da voz possante foi ao encontro deles levando uma garrafa de vodca. Era um jovem colosso louro, com os cabelos cortados à escovinha e uma barba encaracolada que lhe batia no meio do peito. Tinha um belo rosto oval de traços regulares e fortemente marcados, e estava bêbado a ponto de ter dificuldades para se manter em pé; não trazia divisas no uniforme do Exército Vermelho que usava.

"À saúde de vocês", disse, bebendo um gole pelo gargalo. "Saúde para vocês, sejam quem forem." Depois passou a vodca para os dois, que beberam e retribuíram o brinde. "Stiopka, tonto, lesma, e essa sopa, não vem?" Depois continuou, dirigindo-se a eles com um sorriso radioso e cândido: "É preciso desculpá-lo, talvez tenha bebido demais, contudo é um bravo companheiro. Até corajoso, considerando que é um cozinheiro; mas ágil não, nada disso, não é propriamente ágil. Ah, ei-lo de volta. Esperemos que a sopa não tenha esfriado pelo caminho. Vamos, comam, depois tratemos de escutar se há outras notícias".

Contrariamente à opinião do colosso, Stiopka não parecia nem tão lento nem tão bobo. "Não, Venjamín Ivanovic, não se consegue de jeito nenhum. Cada um tentou um pouco, sucessivamente, mas a voz está cada vez mais fraca. Não se entende nada mais, só se ouvem as rajadas."

"Vocês não servem para nada, que o diabo os carregue! Justo hoje tinham que estragá-lo! Julguem vocês mesmos: a guerra acaba, de um momento para outro deverá surgir Stalin dizendo para irmos todos para casa e estes filhos da puta arrebentam com o rádio... Como é possível, não sabem de nada? Os americanos desembarcaram na Itália, retomamos Kursk e Mussolini está na cadeia. Na cadeia, sim, feito um melro na gaiola; o rei o mandou para a prisão. Vamos, companheiros, bebam mais uma rodada: pela paz!"

Leonid bebeu, Mendel fingiu beber, depois acompanharam Venjamín ao posto de rádio. "É exatamente o rádio do usbeque!", disse Mendel a Leonid, que à luz da lanterna vira as etiquetas do aparelho. "Mas é claro que com baterias assim não podia funcionar muito tempo. Já é um grande milagre que tenha durado até agora." Mendel conseguiu se colocar entre Venjamín, que continuava a trombetear injúrias e ameaças inúteis, e os três jovens responsáveis pela recepção. Daí nasceu uma acalorada discussão técnica que se estendeu por vários minutos, freqüentemente interrompida pelos destemperos de Venjamín e de outros barbudos que tinham vindo, curiosos, dar palpites. "De rádio, entendo pouco, mas esses aí não entendem nada", sussurrou Mendel a Leonid. Por fim, prevaleceu a proposta de substituir o eletrólito das baterias por água e sal. Venjamín a aceitou rapidamente, convocou Stiopka, deu ordens confusas; chegaram a água e o sal, a operação foi concluída entre rostos atentos, numa atmosfera de espera religiosa, e as baterias foram de novo conectadas, mas o rádio transmitiu apenas uma musiquinha idiota por poucos segundos e depois silenciou definitivamente. Venjamín tinha ficado de mau humor e se zangava com todo mundo. Dirigiu-se a Leonid, como se o visse pela primeira vez:

"E vocês dois, de onde surgiram? Russos? Não me parecem exatamente russos; mas hoje deixemos de lado, embora tenham quebrado o rádio, pois hoje é um dia de festa." Mendel disse a Leonid: "Vamos ver amanhã, quando tiver passado a bebedeira, mas me parece que as coisas não estão lá muito favoráveis".

Foram acordados de manhã pelos barulhos pacíficos do acampamento. Os cavalos estavam pastando à beira do rio, homens nus tomavam banho ou chapinhavam na água rasa, outros remendavam ou lavavam as roupas, outros ainda estavam estirados ao sol e ninguém parecia se preocupar com eles. Na maior parte eram russos, mas se escutavam também gritos e cantos em línguas que Mendel não conseguiu identificar. Quando a manhã ia alta, apareceu Stiopka procurando por eles:

"Podem me ajudar? Há um doente, lá dentro da tenda; queixa-se, está com febre, e não sei o que fazer. Querem vir comigo?"

"Mas não somos médicos...", objetou Leonid.

"Tampouco eu sou médico, e nem sequer enfermeiro, porém sou o mais velho do grupo; e além disso perdi as armas quando fizemos o assalto à estação de Klintsy, e então me obrigam a fazer um pouco de tudo, porém não me mandam mais para o campo de batalha. Faço também papel de guia, pois conheço bem estes lugares, melhor que ninguém, melhor que o próprio Venja, já trabalhava como guia em 1918, para os guerrilheiros vermelhos, justamente por aqui, e não há atalho, vau ou estrada que eu não tenha percorrido dezenas de vezes. Em suma, até doentes me dão para tratar, e vocês precisam me ajudar; tem febre e sua barriga está dura feito um pedaço de pau."

Mendel disse: "Não entendo por que insiste justamente conosco. Não entendo do assunto mais do que qualquer outro".

Stiopka fez uma cara embaraçada:

"É porque... dizem que vocês, faz muitos séculos, são grandes..."

"Nós não somos diferentes de vocês. Nossos médicos são tão bons quanto os de vocês, nem mais nem menos, e quando um judeu que não é médico trata de um doente, corre o mesmo risco de matá-lo que um cristão. Tudo o que posso lhe dizer é que sou da artilharia, e vi muita gente com a barriga aberta, depois dos bombardeios, e quem está com a barriga aberta não deve beber: mas isso é uma outra história."

Leonid interveio:

"Parece que o seu chefe é boa gente: por que não pede a ele? Deve haver uma aldeia ou uma cidade por perto; levem o doente até lá, certamente estará melhor que aqui no campo e acabarão encontrando um médico."

Stiopka deu de ombros:

"Venjamín Ivanovic é ótimo para outras coisas. É corajoso como um demônio, conhece muitos truques e inventa outros, sabe se fazer respeitar e até temer, não é nunca desconfiado, e é forte como um urso; mas só funciona durante a batalha. E depois gosta de beber, e quando bebe, muda de humor de um momento para outro."

Acompanharam Stiopka até onde jazia o doente, para não contrariá-lo. Era um tártaro que havia desertado da polícia alemã, e ainda usava o uniforme do inimigo. Não pareceu muito grave a Mendel — tinha a barriga meio dura, mas não sentia dor ao ser apalpado, e a febre também não devia estar muito alta. Seu estado nutricional era bom; Mendel tratou de tranqüilizar Stiopka, aconselhou mantê-lo em jejum por um dia e não lhe dar remédios.

"Não há perigo", disse Stiopka, "não temos remédios. Tínhamos um pouco de aspirina, mas acabou."

Saindo da tenda esbarraram com Venjamín. Estava irreconhecível; não era mais nem o anfitrião acolhedor, bêbado de vodca e de vitória, nem o meninão desiludido por causa do rádio quebrado. Era um temível exemplar humano, um jovem guerreiro com movimentos rápidos e precisos, de aparência inteligente e olhar intenso mas indecifrável. "Uma águia", pensou Mendel, "será preciso ficar alerta."

"Venham comigo", disse Venjamín com autoridade tranqüila. Afastou-se com eles para um canto da tenda e perguntou quem eram, de onde vinham e para onde iam; falava com a voz mansa e segura de quem sabe que é respeitado.

"Eu sou da artilharia, ele é pára-quedista. Estamos desgarrados, encontramo-nos por acaso nos bosques de Briansk. Tivemos notícias deste bando, procuramos por vocês e os alcançamos."

"Por intermédio de quem tiveram notícias?"

"Do usbeque que lhes vendeu o rádio."

"Por que nos seguiram?"

Mendel hesitou um instante.

"Porque gostaríamos de entrar para o bando."

"Estão armados?"

"Sim: um fuzil-metralhadora, uma pistola alemã e um punhado de munição."

Sem mudar de tom, Venjamín se dirigiu a Leonid:

"E você, por que não fala?"

Leonid respondeu com embaraço que deixava Mendel falar porque era mais velho e porque as armas eram dele.

"As armas não são dele", disse Venjamín. "As armas são de todos; as armas são de quem sabe usá-las." Calou-se por um momento, como se esperasse uma reação; mas também Leonid e Mendel permaneceram em silêncio. Depois retomou:

"Por que desejam se unir ao bando? Respondam separadamente. Você?"

Leonid, apanhado de surpresa, sentia a língua presa. Tinha a impressão de ter retrocedido às provas orais escolares; pior ainda, ao interrogatório humilhante que sofrera quando o detiveram e prenderam na Lubianka. Murmurou qualquer coisa sobre os deveres do soldado e sobre seu desejo de se reabilitar da condição de desgarrado.

"Você foi prisioneiro dos alemães", disse Venjamín.

"Como sabe?", interveio Mendel, surpreso.

"Quem faz as perguntas sou eu. Mas está escrito na cara dele. E você, artilheiro: por que deseja vir conosco?"

Mendel se sentia como se o pesassem numa balança, e se irritava com isso. Respondeu:

"Porque ando desgarrado há um ano. Porque estou cansado de viver como um lobo. Porque tenho uma conta pessoal para saldar. Porque creio que nossa guerra seja justa."

A voz de Venjamín se fez ainda mais mansa:

"Vocês nos encontraram num dia estranho, belo e horrível. Belo porque a notícia que ouviram é verdadeira, o rádio a repetiu duas vezes, Mussolini caiu. Mas ninguém garante que a guerra vai acabar logo; ontem gritamos isso uns no ouvido dos outros, cada um convencia o outro e cada um estava pronto a se deixar convencer, pois a esperança é contagiosa como o cólera. Ontem à noite estávamos de férias, mas nós conhecemos os alemães; esta noite pensei bem e creio que a guerra ainda vai durar muito. E ontem foi também um dia horrível porque o rádio quebrou. É mais grave do que vocês pensam: um bando sem rádio é um bando órfão, surdo e mudo. Sem o rádio não sabemos onde está o front, e em Moscou não sabem onde estamos, e não podemos chamar os aviões com foguetes; tudo chega por meio do rádio, os remédios, o trigo, as armas, até a vodca. As notícias do rádio também trazem a coragem. E como sem trigo não se vive, quando falta é preciso tomá-lo dos camponeses, assim um bando sem rádio se torna um bando de bandidos. É bom que vocês saibam disso e que pensem antes de decidir. E é bom que saibam igualmente uma outra coisa. Que há oito meses éramos cem, e agora somos menos de quarenta. Que em nossa guerra não existe nunca um dia igual a outro: somos meio ricos e meio pobres, um dia saciados e outro famintos. E que não é uma guerra para quem tem nervos fracos; vimos de longe e vamos longe, e os fracos morreram ou foram embora. Reflitam bem, e antes de nos darem uma resposta, também eu vou pensar nisso."

Ouviu-se um ruído metálico. A sopa do meio-dia estava pronta, e Stiopka tinha dado o toque de reunir batendo com uma pedra num pedaço de metal pendurado num galho. Todos fizeram fila diante do caldeirão, incluindo Venja, Mendel e Leonid, e Stiopka os serviu. Quase todos tinham acabado de comer, e muitos já tinham se estendido ao sol para fumar, quando se ouviu uma voz que gritava da margem do rio: "Os troncos estão chegando!". Chegavam de fato os troncos, navegando devagar na correnteza: grossos troncos sem ramos, dispersos, espalhados. Venjamín se aproximou da água e ficou atento. Perguntou a Stiopka:

"De onde vêm?"

"Em geral vêm do porto de Smolensk, trezentos quilômetros acima; sempre se fez assim, custa menos do que mandá-los pela ferrovia. Vão até a Ucrânia, para armar as minas."

"Sempre se fez assim, mas agora as minas trabalham para os alemães", disse Venjamín coçando o queixo. Nesse momento, na curva do rio, apareceu alguma coisa mais volumosa: era um comboio de balsas, talvez uma dezena, que surgiam em fila atrás de uma língua de terra coberta de vegetação.

"É preciso pegá-las", disse Venjamín.

"É um trabalho que nunca fiz, mas já vi fazer", disse Stiopka. "A um quilômetro, rio abaixo, há um braço morto; se corrermos, chegamos em tempo. Mas precisamos de varas."

Num instante Venja dominou a situação. Deixou dez homens de guarda no acampamento, enviou outros dez com serrotes para derrubar e desgalhar árvores pequenas, e desceu rapidamente ao longo da margem com os que restavam, entre eles Leonid e Mendel. Atingiram o braço morto antes da madeira e pouco depois chegaram os dez que carregavam varas, mas o comboio de balsas já estava à vista. "Rápido, quem nada melhor? Você, Volodia!" Mas Volodia, fosse um impedimento real ou má vontade, não conseguiu se livrar em tempo das botas: estava agachado todo torto, com o rosto congestionado pelo esforço, e Venja se impacientou. "Não presta para nada, grande inútil! Rápido, me dê esse pau." Num instante ficou descalço e nu. Em parte pelo vau, em parte nadando com uma das mãos, atravessou o remanso, mas quando atingiu a ponta coberta de grama que separava os dois braços do rio, o comboio de balsas já a estava ultrapassando. Deu para ouvi-lo xingar e imergir de novo na correnteza; outros homens o seguiram com outras varas. Nadou rápido ao encontro das balsas, perdeu as primeiras, conseguiu subir na última, e logo manobrou com a vara a fim de desviá-la para a ponta coberta de grama, onde parou na lama; porém, logo se viu que não ficaria ali por muito tempo, as outras balsas, arrastadas de leve pela correnteza, pressionavam o ancoradouro, e um homem sozinho não conseguiria resistir. Sem fôlego, Venja gritou para que os homens subissem cada um numa balsa; apoiando com força as varas no fundo lamacento, conseguiram afastar o comboio da margem, remontar a correnteza e contornar a ponta, e empurrar triunfalmente a madeira na água parada do remanso. "Assim está bem", disse Venjamín, tornando a se vestir, "veremos, talvez depois a gente puxe tudo para a margem e ponha fogo; contanto que não vão para as minas. Vamos voltar para o acampamento."

Na breve marcha de retorno, Mendel ficou ao lado dele e o cumprimentou. "Sei que para os alemães não foi um grande dano", respondeu Venjamín. "Mas, para gente como essa, não há nada pior do que ficar parado. E nada melhor do que o exemplo. Vocês dois, enxuguem-se e depois venham até minha tenda."

Na tenda, Venjamín foi direto ao assunto:

"Pensei no caso, e não é fácil. Vejam, à nossa maneira, somos especialistas; conhecemos esta zona, estamos treinados. Mantê-los conosco seria uma responsabilidade. Admito que vocês são bons combatentes; nós, mais que combatentes, somos gente de retaguarda, somos sabotadores, diversionistas. Cada um de nós tem suas tarefas, que não se aprendem em poucos dias. E depois..."

"Hoje de manhã não falava assim", disse Mendel. Venja baixou os olhos.

"Não, não falava assim. Pronto, não tenho nada contra vocês; tive amigos judeus desde criança, outros foram companheiros meus em Voronez, no centro de treinamento, e sei que são gente igual aos outros, nem melhor nem pior, talvez até um pouco mais..."

"Para mim já basta", disse Leonid. "Se não nos quer, vamos embora, e será melhor para todos. Não vamos ajoelhar para..."

Mendel o interrompeu:

"Já eu quero que me diga o que aconteceu entre hoje de manhã e agora."

"Nada. Não aconteceu nada, nenhum fato. Só ouvi alguns comentários, e..."

"Somos soldados, você e eu. Usamos a mesma farda, e quero que diga quem falou e o que foi dito."

"Não lhe direi quem falou; não foi um só. Por mim, seriam aceitos, mas não posso impedir meus homens de falar; e não sei se estariam seguros. Aqui existe gente com diversas idéias e mãos ágeis."

Mendel insistiu; queria saber, palavra por palavra, o que Venjamín tinha ouvido, e Venjamín lhes repetiu, com a expressão de quem cospe um bocado de comida estragada:

"Dizem que a eles os judeus agradam pouco, e menos ainda quando estão armados."

Interveio Leonid:

"Vamos embora, e você vai dizer a esses seus homens que em Varsóvia, em abril, os judeus armados resistiram aos alemães muito mais tempo que o Exército Vermelho em 1941. E nem sequer estavam bem armados, e tinham fome, e combatiam meio mortos, e não tinham aliados."

"Como sabe disso?", perguntou Venjamín.

"Varsóvia não fica tão longe e as notícias correm mesmo sem rádio."

Venjamín saiu da tenda, falou baixo com Stiopka e com Volodia, entrou de novo e disse:

"Devia tirar as armas de vocês, mas não o farei. Viram quem somos e onde estamos, não devia deixá-los partir, mas vou fazê-lo; um dia conosco foi pouco, mas talvez o que viram venha a lhes servir. Partam, fiquem atentos, sigam para Novoselki."

"Por que Novoselki? Onde é Novoselki?"

"Na curva do Ptic, cento e vinte quilômetros rumo ao poente, em meio aos pântanos da Polessia. Parece que lá existe uma aldeia de judeus armados, homens e mulheres. Os guardas-florestais nos contaram, eles andam por toda parte e sabem de tudo, são o nosso telégrafo e o nosso jornal. Talvez lá suas armas lhes sejam úteis. Conosco não podem ficar."

Mendel e Leonid se despediram, atravessaram o Dnieper numa balsa feita de quatro troncos amarrados, e retomaram a estrada.

Andaram durante dez dias. O tempo tinha piorado, chovia com freqüência, às vezes aguaceiros imprevistos, outras, uma garoa fina e penetrante que era quase uma névoa; os caminhos estavam lamacentos, e os bosques emanavam um odor picante de cogumelos que já fazia pressentir o outono. Os víveres começavam a escassear; tiveram que parar à noite nas raras fazendas para desenterrar batatas e beterrabas. No mato havia mirtilos e morangos em abundância, mas depois de uma ou duas horas de colheita a fome crescia ao invés de diminuir; a fome e a irritação de Leonid.

"Isto é coisa para estudantes em férias. Faz cócegas no estômago em vez de enchê-lo."

Mendel ruminava as informações obtidas no acampamento de Venjamín. Que peso podiam ter? Contadas assim, sem uma avaliação global, eram irritantes como os mirtilos e deixavam a mente igualmente faminta. Mussolini na cadeia e o rei de volta ao poder. O que é um rei? Uma espécie de czar, carola e corrupto, uma coisa de outros tempos, uma personagem de fábula com dragonas, penacho e espadim, arrogante e vil; mas esse rei da Itália, ao contrário, devia ser um aliado, um amigo, já que fizera capturar Mussolini. Era uma pena que na Alemanha não houvesse mais um Kaiser, senão a guerra poderia ter acabado de verdade, como dizia Venjamín bêbado. Que na Itália tivesse caído o fascismo era certamente uma boa notícia, mas que importância podia ter? Era difícil fazer uma idéia: nos artigos do *Pravda*, a Itália fascista sempre fora descrita como um adversário perigoso e nada confiável, ou como um chacal desprezível à sombra da fera alemã; na certa, os soldados italianos no Don tinham resistido pouco, estavam mal equipados e mal armados e sem vontade de combater, disso todos sabiam. Talvez eles também andassem fartos de Mussolini, e o rei tinha seguido a vontade do povo, mas na Alemanha não havia rei, só Hitler: era melhor não alimentar ilusões.

Se um rei é uma personagem de fábula, um rei da Itália é duas vezes de fábula, pois a própria Itália é fábula. Era impossível formar uma imagem concreta. Como se pode condensar na mesma imagem o Vesúvio e as gôndolas, Pompéia e a Fiat, o Teatro della Scala e as caricaturas de Mussolini que se viam no *Krokodíl*, aquela espécie de bandido de estrada com queixada de hiena, o fez com laço, a barriga de capitalista e a faca na mão? Contudo, tinha sido exatamente aquele rei que... mas, impossível entender. Mendel teria dado um patrimônio para ter um rádio, mas era pura força de expressão; não tinha nada mais para trocar, exceto a metralhadora e a pistola, e estas era melhor conservar.

Quem sabe se havia judeus na Itália. Em caso afirmativo, deviam ser judeus estranhos: como se pode imaginar um judeu de gôndola ou em cima do Vesúvio? Mas deviam existir, há judeus até na Índia e na China, e não se pode dizer que estejam mal. Era preciso verificar se tinham razão os sionistas de Kiev e Kharkov, que afirmavam que os judeus só estão bem na Terra de Israel, e que deviam deixar a Itália, a Rússia, a Índia e a China e se juntar todos ali para cultivar laranjas, aprender hebraico e dançar a Hora, todos em círculo.

Talvez pelo cansaço, talvez pela umidade, a cicatriz entre os cabelos de Mendel tinha começado a coçar. As botas de Leonid tinham se descosturado, os seus pés chapinhavam na água e na lama. Mendel sentia nas costas a presença negativa de Leonid, o peso de seu silêncio; impediam-lhe a caminhada mais do que a lama. Já não era só a lama da chuva, a lama fértil que vem do céu e é aceita em sua estação: à medida que avançavam rumo ao poente se deparavam cada vez com maior freqüência com uma lama distinta, permanente, dona dos lugares, que vinha da terra e não do céu. O bosque rareava, encontravam-se clareiras extensas mas sem sinal de mão humana. A terra não era mais negra nem argilosa, mas de uma palidez de cadáver; embora úmida, era magra, arenosa, e parecia brotar água de seu próprio seio. Mas não era estéril: alimentava canteiros de caniços, plantas sumarentas que Mendel jamais vira, e vastos montículos de arbustos com folhas pegajosas, virados para o chão como se chateados com o céu. Afundavam na terra, ou nas folhas podres, até o tornozelo; Leonid tirou as botas agora inúteis, e logo Mendel o imitou — as suas ainda agüentavam bem, mas era pena consumi-las.

No sétimo dia de estrada, tornou-se um problema achar um pedaço de terra enxuta para passar a noite, embora a chuva tivesse parado. No oitavo dia, ficou difícil até manter a direção; não tinham bússola, o céu clareava raramente, e a trilha era cada vez mais interrompida por espelhos d'água pouco profundos mas que os obrigavam a desvios enervantes. Era água parada, límpida, com cheiro de turfa, em que flutuavam espessas folhas redondas, flores carnosas e alguns ninhos de pássaro. Procuraram seus ovos em vão: não havia ovos, apenas pedaços de cascas e penas amassadas. Todavia, encontraram rãs, em abundância — rãs adultas com um palmo de tamanho, girinos e guirlandas viscosas de ovos de rã. Capturaram muitas sem dificuldade, assaram-nas em espetos e comeram todas, Leonid com a avidez animal do jovem esfomeado de vinte anos, Mendel admirado de perceber em si traços da repulsão atávica pelas carnes proibidas.

"Como no Egito no tempo de Moisés", disse Mendel para iniciar uma conversa. "Mas nunca entendi como pudessem virar uma praga: os egípcios poderiam tê-las comido, como estamos fazendo."

"As rãs eram uma praga?", perguntou Leonid mastigando.

"A segunda praga: *Dàm*, *Tzefardéa*; *tzefardéa* são as rãs."

"E qual era a primeira?"

"*Dàm*, o sangue", respondeu Mendel.

"O sangue já tivemos", disse Leonid preocupado. "E as outras? As que vêm depois?"

Para ajudar a memória, Mendel começou a cantarolar a parlenda que se recita na Páscoa para divertir as crianças: "Dàm, tzefardéa, kiním, 'arov..."; depois traduziu em russo: sangue, rãs, piolhos, feras, sarna, peste, granizo, gafanhotos... Mas se interrompeu antes de acabar a lista para perguntar a Leonid: "Você, quando criança, nunca fez a Páscoa?".

Imediatamente se arrependeu da pergunta. Mesmo sem parar de comer, Leonid desviara o rosto dele, e seu olhar tinha se tornado fixo e turvo. Após alguns minutos, com aparente incoerência, disse:

"Quando mandaram meu pai para as ilhas Solovki, minha mãe não ficou à espera dele. Não o esperou muito tempo. Colocou-me num orfanato e foi viver com outro, e nunca mais se preocupou comigo. Vinha me ver duas ou três vezes por ano, com o outro. Era ferroviário também, e falava sempre baixinho. Talvez tivesse medo de acabar também nas ilhas; tinha medo de tudo. Que eu saiba, ainda estão juntos. E agora estou farto. Farto de caminhar não se sabe para onde. Farto de sangue e de rãs, gostaria de parar e morrer."

Mendel não respondeu — percebia que o seu companheiro não era daqueles que se curam com palavras; talvez ninguém que tivesse nas costas uma história como a dele se curasse com palavras. Contudo, sentia-se em débito com ele, culpado, faltoso, como se visse alguém que se afoga em pouca água e não pede socorro, e como não pede socorro, deixam que ele afunde. Para ajudá-lo era preciso entendê-lo, para entendê-lo era preciso que falasse, e ele só falava assim, quatro palavras e depois silêncio, com o olhar que fugia ao seu olhar. Estava sempre pronto para ferir e pronto para ser ferido. E se ele, Mendel, tivesse tentado forçar a mão? Podia ser perigoso: como quando se enrosca mal um parafuso na porca e se sente a resistência; se a gente faz força com a chave de fenda, a ponta do parafuso entorta e ele tem que ser jogado fora. Ao contrário, se a gente tem paciência e começa de novo, se desenrosca sem esforço, e depois fica bem firme. É preciso paciência, mesmo para quem não a tem. Especialmente para quem não a tem. Para quem perdeu a paciência. Para quem jamais a teve. Para quem não teve nunca o tempo e a argila para construí-la. Estava a ponto de lhe responder: "Se de fato quer morrer, não lhe faltará ocasião"; ao contrário, disse-lhe: "Vamos dormir. Pelo menos esta noite estamos de barriga cheia".

Chegando ao nono dia de marcha, o caminho praticamente desaparecera: só dava para reconhecê-lo por fragmentos, nas línguas de areia que corriam tortuosas entre os charcos, e estes se faziam cada vez mais amplos e confluíam. O bosque se reduzira a manchas isoladas, e o horizonte que as circundava jamais fora tão vasto, durante a viagem inteira. Vasto e triste, empapado com o intenso cheiro funéreo dos juncos; nas águas imóveis se espelhavam nítidas as nuvens redondas, brancas, paradas no céu. Ao chapinhar dos passos dos dois homens, alguns patos, grasnando, alçavam vôo dos caniços, mas Mendel não quis atirar, para não desperdiçar munição nem acusar a presença deles. Avistaram uma construção de madeira. Quando a alcançaram, viram que era um moinho d'água, abandonado e semidestruído; a roda em forma de pá enferrujada pescava numa água lodosa que abria caminho entre os paludes. Devia ser o Ptic: Novoselki não podia estar longe.

Do outro lado do rio o terreno era mais firme; distinguia-se à distância uma colina modesta revestida de árvores escuras, carvalhos e amieiros. Encontraram uma velha trilha de lenhadores, invadida por sarças e folhas mortas. Mendel tornou a calçar as botas, Leonid permaneceu descalço, só com umas tiras de pano para proteger os pés contra os espinhos. Após meia hora de caminhada, exclamou: "Ei! Venha ver!". Mendel se virou e viu uma boneca na mão dele: uma pobre bonequinha rosa, nua, com uma perna mutilada. Encostou-a no nariz e sentiu um cheiro de infância, o cheiro patético da cânfora, do celulóide; por um instante, evocadas com violência brutal, suas irmãs, a amiguinha das irmãs que se tornaria sua mulher, Strelka, a vala comum. Calou-se, engoliu em seco, depois disse a Leonid em voz baixa: "Estas coisas não se encontram nos bosques".

À direita da pista havia uma clareira, e nela viram um homem. Era alto, magro, pálido e de costas estreitas; quando os viu, tentou fugir ou se esconder desajeitadamente; gritaram para ele e deixou que se acercassem. Vestia farrapos e nos pés usava sandálias feitas de pneus de carro; trazia um feixe de capim na mão. Não parecia um camponês. Perguntaram-lhe:

"É aqui a aldeia dos judeus?"

"Aqui não há nenhuma aldeia", respondeu o homem.

"Mas você não é judeu?"

"Sou um foragido", disse, mas o sotaque o traía.

Leonid mostrou a boneca: "E esta, de onde vem?".

O olhar do homem se desviou ligeiramente: alguém estava se aproximando, por trás de Leonid. Era uma menina, morena e miúda; pegou a boneca das mãos dele, dizendo toda séria: "É minha. Você foi esperto encontrando-a".

3

AGOSTO-NOVEMBRO DE 1943

Não era propriamente uma aldeia: era uma "república dos pântanos", explicou o homem a Mendel, não sem orgulho. Era antes um acampamento, um asilo e uma fortaleza, e os dois seriam bem-vindos, porque braços bons para trabalhar não havia muitos e homens capazes de usar armas ainda menos. Seu nome era Adam; como estava para anoitecer, chamou as crianças, que procuravam verduras nos limites da clareira, e convidou Mendel e Leonid a segui-lo. As crianças, meninos e meninas, eram uma dúzia, dos cinco aos doze anos, e cada uma havia colhido uma quantidade de verduras divididas em pequenos feixes. "Entre nós, todos devem ser úteis, até as crianças. Há ervas para curar doenças, outras boas para comer, cruas ou cozidas: verduras, frutinhos e raízes. Ensinamos-lhes a distingui-las; não, aqui não lhes ensinamos muito mais."

Puseram-se a caminho. As crianças olhavam os dois soldados com curiosidade desconfiada; não lhes dirigiram nenhuma palavra e nem sequer falavam entre si. Eram animaizinhos tímidos e selvagens, com olhos inquietos; sem que Adam tivesse lhes dado ordens, dispuseram-se espontaneamente em fila dupla e se distribuíram por altura, seguindo um esquema que pareciam conhecer bem. Elas também calçavam sandálias recortadas de pneus; as roupas eram velhos uniformes militares, rasgados e fora de medida. A menina que havia encontrado a boneca, segurava-a apertada contra o peito como para defendê-la, mas não falava e tampouco a olhava: olhava para os lados, com impulsos inquietos de pássaro.

Adam, ao contrário, tinha uma vontade enorme de falar e de ouvir. Tinha cinqüenta e cinco anos, era o mais velho do acampamento, e por isso fora encarregado de cuidar das crianças; havia mulheres sim, mas poucas, e boas para tarefas mais pesadas; uma era sua filha. Antes de responder às perguntas, quis saber a história dos dois recém-chegados; Mendel o satisfez de boa vontade e detalhadamente, Leonid, porém, esquivou-se com poucas palavras. Ele, Adam, vinha de longe — fora operário têxtil em Minsk, ativista no Bund, a organização sindical judaica, desde os dezesseis anos. Tivera tempo de experimentar as prisões do czar, o que não o salvara do front da Primeira Guerra Mundial. Mas um membro do Bund é um menchevique, e como tal havia sido processado e novamente feito prisioneiro em 1930; não tinha sido agradável, fora colocado em celas geladas e em outras tórridas e sem ar, queriam que confessasse ter sido corrompido por estrangeiros. Havia resistido a dois interrogatórios e depois cortara os pulsos. Costuraram-no, pois devia confessar; mantiveram-no duas semanas sem lhe conceder uma hora de sono, e então havia confessado tudo o que os juízes queriam. Cumprira ainda cerca de dois anos de prisão e outros três na fronteira, em Vologda, a meio caminho entre Moscou e Arcangel; era melhor que na cadeia, trabalhava num colcós, e fora justamente ali que havia aprendido a identificar as verduras boas para comer. São muito mais numerosas do que imaginam os moradores das cidades — portanto, até do exílio pode resultar algo de bom. No verão, as verduras são importantes, alguma substância elas também têm, mesmo quando comidas sem tempero. É claro que no inverno a coisa é diferente; no inverno é bom nem pensar.

Concluído o período de exílio, haviam-no mandado de volta para casa, mas a guerra tinha chegado e os alemães apareceram em Minsk poucos dias depois. A propósito, Adam carregava um peso na consciência, porque ele e os veteranos como ele, que haviam conhecido os alemães na guerra anterior, tinham tratado de tranqüilizar a todos: os alemães eram soldados duros mas gente civilizada, por que se esconder ou fugir? Na pior das hipóteses, devolveriam a terra aos camponeses. Contudo, em Minsk, *aqueles* alemães tinham feito uma coisa que ele não podia contar. Não podia, e não queria, e não devia. "É a primeira regra de nossa república. Se continuássemos a contar uns aos outros o que vimos ficaríamos doidos e, em vez disso, temos que manter a sanidade mental, inclusive as crianças. Além de conhecer as plantas, nós as ensinamos a dizer mentiras; porque temos inimigos em toda parte, não só os alemães."

Enquanto falava, chegaram ao acampamento. Na realidade, seria difícil defini-lo com uma única palavra, pois era algo que Mendel nunca tinha visto nem imaginaria que fosse possível; de qualquer modo, bem mais asilo que fortaleza. Na parte alta que haviam distinguido de longe, e que não sobressaía da planície mais que uns vinte metros, ficava um velho mosteiro, escondido na parte mais densa das árvores. Era constituído por um edifício de tijolos distribuído sobre três lados de um quadrado e sobre dois andares acima do solo; nos dois cantos, erguiam-se duas torrezinhas toscas, uma das quais sustinha o que restava de um campanário e a outra, derruída e refeita em madeira, devia ter sido usada como torre de guarda. Pouco afastado, em frente ao lado livre do quadrado, ficava o rústico mosteiro, um corpo feito de troncos levemente adelgaçados, com um grande portão para carros e janelas minúsculas.

Mais que escondido pelas árvores, o mosteiro parecia assediado por elas. De suas três alas, só uma permanecia intacta; as outras duas traziam sinais de destruições antigas e recentes. O teto, originalmente de telhas, estava afundado em vários trechos, e fora coberto da melhor maneira possível com palha e caniços; também as paredes mostravam grandes brechas através das quais se via o interior cheio de entulho. O conjunto devia ter sido abandonado havia dezenas de anos, quem sabe desde o tempo da guerra civil, porque amieiros, carvalhos e salgueiros tinham crescido apoiados nas paredes e algumas árvores haviam penetrado ali, lançando raízes nos montes de detritos e procurando a luz através dos buracos do telhado.

Estava quase escuro. Adam fez os dois esperarem do lado de fora, no pátio invadido por ervas pisoteadas; retornou logo depois e os introduziu num dormitório do alojamento coberto de palha e de talos de girassol, onde muita gente já esperava, sentada e agachada. Chegaram também as crianças e a todos foi distribuída na semi-obscuridade uma sopa de verduras. Não havia luzes; duas mulheres prepararam as crianças para a noite; veio então Adam e recomendou aos dois recém-chegados que não acendessem fósforos. Mendel e Leonid se sentiam custodiados e protegidos. Estavam cansados; só por alguns minutos tiveram consciência do sussurrar dos vizinhos, depois caíram na inconsciência do sono.

Mendel acordou de manhã com a impressão alegre-inquieta de se encontrar num outro mundo e numa outra época: quem sabe em meio ao deserto, em marcha rumo à Terra Prometida, quem sabe dentro das muralhas de Jerusalém assediada pelos romanos, quem sabe na Arca de Noé. No dormitório, além dos dois, só tinham permanecido dois homens e uma mulher, todos os três de meia-idade, que pareciam doentes: não falavam russo nem iídiche, mas um dialeto polonês. Crianças, talvez as mesmas da noite anterior, apareciam à porta, curiosas mas caladas; entrou uma moça, pequena e magra, com uma metralhadora a tiracolo, viu os dois estranhos e saiu rápido sem fazer perguntas. Ouvia-se ao redor uma agitação em surdina, como de ratos num assoalho: chamados breves, uma martelada, o chiado de uma corrente no poço, o canto rouco de um galo. O ar que entrava pelas janelas abertas, junto com o bafo úmido dos pântanos e do bosque, arrastava outros odores ásperos e incomuns, de drogaria, de queimado, de fundos de oficina e de miséria.

Adam veio pouco depois e os convidou a segui-lo: Dov, o chefe, esperava por eles. Esperava-os no Comando, sublinhou com orgulho, ou seja, num quartinho de paredes revestidas de tábuas de abeto, com uma metade ocupada pela estufa de alvenaria, no coração da grande cabana que fora a habitação dos camponeses do mosteiro rústico. Sobre a estufa e ao seu lado havia três camas simples, e junto da porta uma mesa com tábuas pregadas e não aplainadas: nada mais. Também a cadeira em que Dov estava sentado parecia sólida mas rústica, obra de mãos experientes mas com pouco auxílio de instrumentos. Dov era de meia-idade, de baixa estatura porém de compleição robusta e ombros largos; sem ser propriamente corcunda, tinha a coluna curvada e andava de cabeça inclinada como se levasse uma carga; por isso olhava para seus interlocutores de baixo para cima, como por sobre a armação de óculos inexistentes. Seus cabelos, que deviam ter sido louros, estavam quase brancos mas ainda abundantes; trazia-os cuidadosamente penteados, divididos por uma risca reta. Tinha mãos grossas e fortes; quando falava, mantinha-as imóveis, pendentes, e olhava para elas de vez em quando como se não fossem suas. Tinha rosto quadrado, olhar firme, traços honestos, cansados e enérgicos, fala pausada. Convidou-os a sentar na cama que estava perto da estufa e disse:

"Eu os teria acolhido em qualquer circunstância, mas é uma sorte que sejam soldados; gente que vem aqui buscar proteção já temos demais. Vêm inclusive de longe, à procura de segurança. Não se equivocam, é o lugar mais seguro que um judeu pode encontrar num raio de mil quilômetros, mas isso não quer dizer que seja um lugar seguro. Não o é de fato: somos fracos, mal armados, não estamos em condições de nos defender de um ataque sério. Somos até demasiados; ou melhor, nem sabemos quantos somos, a cada momento. Todo dia há gente que chega e gente que vai embora. Hoje somos cerca de cinqüenta; não todos judeus, há também duas ou três famílias de camponeses poloneses — os nacionalistas ucranianos lhes roubaram as provisões e o gado e incendiaram suas casas, estavam aterrorizados e vieram para cá. Os judeus vêm dos guetos, ou fugiram dos campos de trabalho forçado dos alemães. Cada um tem uma história terrível atrás de si; há velhos, mulheres, crianças e doentes. Só uma dúzia de jovens sabe usar as armas."

"Que armas vocês têm?", perguntou Mendel.

"Poucas. Uma dúzia de granadas de mão, poucas pistolas e fuzis-metralhadoras. Uma metralhadora pesada com munição para cinco minutos de fogo. Para nossa sorte, até agora os alemães raramente apareceram por aqui; as melhores tropas deles são absorvidas pelo front, que está distante centenas de quilômetros; por estes lados só existem algumas guarnições dispersas, para requisitar provisões e mão-de-obra e vigiar as estradas e as ferrovias. Os ucranianos são mais perigosos; os alemães os recrutaram e armaram, e ainda os doutrinaram; como se fosse necessário! Sempre consideraram os poloneses e os judeus seus inimigos naturais.

"A melhor proteção de que o acampamento dispõe são os pântanos. Espalham-se por dezenas de quilômetros, em todas as direções, e para atravessá-los é preciso conhecê-los bem; em alguns, a água chega aos joelhos, mas em outros encobre um homem, e os vaus são poucos e é difícil encontrá-los. Não agradam aos alemães, porque nos pântanos não se faz a guerra relâmpago; ali até os tanques atolam, principalmente os mais pesados."

"...mas no inverno se congelam!"

"No inverno é um terror. No inverno o bosque e os pântanos se tornam nossos inimigos, os piores inimigos das pessoas escondidas. As árvores perdem as folhas, e é como ficar nus: os aviões de reconhecimento podem ver tudo o que acontece. Os pântanos se congelam e não são mais uma barreira. As pegadas podem ser lidas sobre a neve. E só podemos nos defender do frio com o fogo, mas toda fogueira produz fumaça, e a fumaça se vê de longe.

"E ainda não lhes falei da comida. Também para a comida não temos garantias. Alguma coisa vem dos camponeses, obtida com boas maneiras ou não; mas as aldeias são pobres e são distantes, e também os alemães e os bandidos tratam de espoliá-las. Alguma coisa vem daqueles da resistência, mas no inverno eles têm os mesmos problemas que nós; porém, às vezes recebem mantimentos de pára-quedas, e então alguma coisa chega até nós. Alguma coisa, enfim, vem do bosque, verduras, rãs, carpas, cogumelos, pequenos frutos, mas só no verão; no inverno, nada. No inverno é o terror e a fome."

"Não existem formas de estabelecer contatos melhores com os da resistência?"

"Até agora só tivemos contatos irregulares. De resto, que há de mais irregular do que a resistência? Estive com eles, até o último inverno, depois me mandaram embora, porque para eles eu era velho, tinha sido ferido e não podia mais correr. Os bandos da região são como gotas de mercúrio: fundem-se, dissolvem-se, reúnem-se; são destruídos e outros se formam. Os maiores e mais estáveis possuem um rádio e mantêm contatos com a Grande Terra..."

"O que é a Grande Terra?"

"Nós também a chamamos assim: é o território soviético além do front, aquele não ocupado pelos nazistas. O rádio é como o sangue, graças ao rádio recebemos ordens, reforços, instrutores, armas, víveres. Não só de pára-quedas; quando é possível, os aviões da Grande Terra descem numa zona onde se escondem os da resistência, descarregam homens e mercadorias, carregam doentes e feridos, e partem de novo. Nesse caso, as coisas vão melhor no inverno, porque os aviões exigem um aeroporto, ou pelo menos um pedaço de terreno plano e desimpedido; mas um terreno assim se vê bem do alto, e os alemães, tão logo o vêem, apressam-se em jogar bombas nele e em torná-lo impraticável. No inverno, ao contrário, qualquer lago, pântano ou rio pode servir, desde que o gelo seja bastante espesso.

"Mas não pensem que o serviço é regular. Nem todos os lançamentos e aterrissagens chegam a bom termo, e nem todos os bandos estão dispostos a dividir as coisas deles conosco. Muitos chefes de bando nos consideram bocas inúteis porque não combatemos. Justamente por isso devemos nos mostrar úteis, e isso nós podemos fazer de diversas maneiras. Em primeiro lugar, quem quer que esteja em condições de caminhar e de atirar deve se considerar um membro da resistência, contribuir para a defesa, e se os outros membros o exigirem deve se unir a eles. Com efeito, entre os bandos e o mosteiro há uma troca contínua, e o próprio mosteiro, enquanto os alemães não o descobrirem, é um refúgio discreto inclusive para os da resistência que estiverem feridos ou cansados. Mas se podem também fazer outras coisas, e nós as fazemos. Remendamos as roupas deles, lavamos a roupa-branca, preparamos couro com a casca dos carvalhos, e com ele fazemos botas; sim, é o cheiro dos banhos de curtume o que sentem. E com a casca de bétula fabricamos o piche para que o couro das botas fique macio e impermeável. Você tem um ofício?", perguntou, dirigindo-se a Mendel.

"Sou relojoeiro de profissão, mas trabalhava como mecânico num colcós."

"Bom, logo encontraremos trabalho para você. E você, moscovita, o que me diz?"

"Estudei contabilidade."

"Isso tem menos serventia para nós", riu Dov. "Gostaria de manter a contabilidade, mas não dá. Não se consegue sequer contar as pessoas que vão e vêm. Aqui aparecem judeus que escaparam por milagre aos massacres das SS; chegam camponeses em busca de proteção; chega gente suspeita com quem temos que estar atentos. Poderiam até ser espiões, que podemos fazer? Não dá para confiar na cara deles, como agora confio na de vocês; não temos um serviço secreto. Muitos chegam, outros partem ou morrem. Partem os jovens, com ou sem minha permissão — preferem se juntar de modo estável aos da resistência, em vez de vegetar nesta república na fome e no medo. Morrem os velhos e os doentes; mas morre também gente jovem e saudável, de desespero. O desespero é a pior doença: ataca nos dias de expectativa, quando faltam notícias e contatos, quando se anunciam movimentos de tropas alemãs ou de mercenários ucranianos e húngaros; esperar é mortal como a disenteria. Contra o desespero só existem duas defesas, trabalhar e combater, mas nem sempre bastam. Há também uma terceira, que é contar mentiras um para o outro: caímos todos. Bem, a conversa acabou; é ótimo que tenham vindo armados, mas se tivessem trazido um retransmissor teria sido melhor. Paciência, nem tudo é perfeito, nem mesmo em Novoselki."

Entraram logo nos turnos de guarda; era o serviço mais importante da comunidade, e para isso as duas velhas torrezinhas do mosteiro eram bastante úteis. Em geral, cada refugiado válido devia perfazer doze horas de trabalho, oito de repouso e quatro de guarda, divididos em dois turnos de duas horas; isso trazia complicações, mas Dov mantinha um horário preciso e exigia que fosse respeitado. Na mesma noite, Mendel montou guarda com a moça magra que tinha entrevisto no dormitório, cada um em sua pequena torre; soube por ela que se chamava Line, e pouco mais. Ao terminar, pediu-lhe: "Tenho um rasgão nas calças. Por favor, poderia remendá-las para mim?". Line respondeu sem rodeios: "Dou-lhe agulha e linha, e pode se virar; não tenho tempo". Levantou a lanterna e olhou Mendel no rosto, com uma atenção quase insolente: "Onde arranjou essa cicatriz?". Mendel respondeu: "No front", e Line não insistiu e foi dormir. Leonid, por sua vez, formou dupla com Ber, que usava óculos grandes e era ainda quase menino, também ele de poucas palavras.

O trabalho no curtume, para onde ambos foram mandados, tinha lugar em meio a fumaças desagradáveis, num silêncio interrompido só pelo enxaguar das tinas e por breves sussurros. Com expressões graves, homens e mulheres raspavam os couros para eliminar restos de carne e o pêlo; eram couros de coelho, de cachorro, de gato e de cabra. Não se desperdiçava nada, os resíduos carnosos dos couros mais recentes eram postos cuidadosamente de lado para servir como engorda. Outros punham cascas de árvore para ferver ou estendiam os couros sobre armações de madeira.

Adaptaram-se rapidamente àquele tipo de vida e àquela ordem obsessiva e paradoxal, que cada um parecia manter com o esforço e a obstinação de cada minuto. Não havia refeições comunitárias; no meio da jornada de trabalho e à noite entravam na fila diante dos caldeirões da cozinha, depois cada um ia para um canto consumir em silêncio o que havia recebido: quase sempre uma sopa leve de verduras com alguns pedaços de batata, raramente um pouco de carne ou de queijo, uma colherada de mirtilos, um copo de leite.

Adam, talvez por ser o decano, era o único que não tinha esquecido o prazer de contar histórias:

"Dov? É alguém que não arreda pé. Impossível se não houvesse ele para apaziguar as brigas. Viu de tudo, esse Dov, e vem de longe. Vem de uma aldeia perdida no planalto da Sibéria Central, nunca me lembro o nome; haviam deportado seu avô niilista para lá, ainda no tempo do czar, lá nasceu seu pai, e lá nasceu também ele. Quando a guerra estourou, foi mobilizado para os serviços da aviação. Logo caiu prisioneiro, em julho de 1941; os alemães o trancafiaram num Lager que era somente um hectare de terra circundada de arame farpado, e dentro nada, nem barracas nem coberturas, só dez mil soldados extenuados, feridos, loucos de sede e de fome. Na confusão não o reconheceram como judeu, assim não o mataram. Após alguns dias o carregaram com mil outros num trem; ele percebeu que as tábuas do pavimento de seu vagão estavam podres, arrebentou-as a pontapés e se deixou cair do trem em movimento — só ele, os outros oitenta do vagão não tiveram a mesma coragem. Quebrou uma perna, mas conseguiu se afastar da ferrovia e alcançar uma casa de camponeses que o alojaram por vários meses sem denunciá-lo, e até trataram de sua perna. Assim que pôde andar, juntou-se aos da resistência, mas no último inverno foi ferido num joelho, e desde então manca. Os da resistência o ajudaram, e se estabeleceu aqui com um punhado de outros judeus. É um siberiano cabeça-dura, em poucos meses ele e os outros transformaram este mosteiro, que era um monte de entulho, num lugar habitável."

Durante todo o mês de agosto, não aconteceu nenhum fato notável na república dos pântanos. Chegaram de Ozarici nove desgarrados do Exército Vermelho que por iniciativa própria tinham incendiado e saqueado um depósito alemão. Traziam duas mulas carregadas de sacos de batatas, quatro mosquetes italianos, vinte granadas de mão e uma notícia que valia por todo o resto: os russos tinham retomado Kharkov. Entre os cidadãos de Novoselki se armou logo uma discussão apaixonada, sobre a que distância ficava Kharkov: havia quem dissesse quinhentos, outros seiscentos, outros oitocentos quilômetros. Estes últimos acusavam os primeiros de ser uns iludidos; os primeiros chamavam os últimos de derrotistas, antes, de traidores.

Os homens de Ozarici trouxeram junto com eles um médico, e um médico, para Novoselki, teria sido precioso; mas esse, um capitão judeu na casa dos quarenta, estava muito doente. Tinha febre, nas últimas etapas se arrastara com dificuldade, e em alguns trechos fora necessária uma mula para carregá-lo. Mal chegou ao mosteiro, teve que se deitar, pois não se agüentava mais em pé; seu rosto estava cheio de manchas roxas, e falar era difícil, só com os lábios, como se tivesse a língua paralisada. Fez o próprio diagnóstico: disse que tinha tifo petequial, que estava para morrer e que só desejava não contagiar ninguém e morrer em paz. Dov lhe perguntou como podia ser curado, e ele respondeu que não havia cura; pediu um pouco d'água, depois não falou mais. Fizeram-no se deitar no chão, do lado de fora do alojamento, e o cobriram com um cobertor; na manhã seguinte estava morto. Foi sepultado com precauções para evitar o contato; Ber, o jovem de óculos, que era estudante de uma academia rabínica, veio dizer o *kadish* em seu túmulo. Que fazer para evitar o contágio? Ou quem sabe o tifo só era transmitido pelos piolhos? Ninguém sabia; por via das dúvidas, Dov mandou queimar todos os objetos em que o doente havia tocado, incluindo o precioso cobertor.

Setembro chegou, caíram as primeiras chuvas, as primeiras folhas começaram a amarelar. Mendel percebeu que algo estava mudando em Leonid. No início da permanência deles em Novoselki, não abandonara sua conduta habitual, feita de longos silêncios amuados e de rompantes de cólera dirigidos exclusivamente contra ele; como se tivesse sido Mendel quem firmara o pacto com os alemães, desencadeara a guerra, espalhara o terror pelo país. Como se o próprio Mendel o tivesse colocado entre os páraquedistas e o tivesse atirado no meio dos pântanos. Mas agora Leonid procurava Mendel cada vez menos, ou melhor, parecia evitar se encontrar com ele, e quando não o conseguia, procurava não encará-lo de frente. Um dia Mendel não o viu mais ao redor das tinas do curtume: disseram-lhe que já não suportava o cheiro, e que tinha pedido a Dov que o transferisse para o lugar onde Line e outras duas moças destilavam a madeira de bétula para fazer alcatrão. Noutro dia Dov se lamentou com Mendel de que seu amigo não tinha se apresentado ao trabalho, e essa era uma falta grave, que Dov não entendia. Mendel lhe respondeu que não era responsável pelo que Leonid fazia ou deixava de fazer, mas ao dizer isso sentia que alguma coisa o incomodava no coração, pois se dera conta de que as palavras que lhe saíam da boca eram aquelas que Caim dissera quando o Senhor lhe perguntara por Abel. Que bobagem! Será que Leonid era seu irmão? Nada disso: era um desgraçado como ele e como todos, um órfão recolhido na rua. Certamente Mendel não era seu tutor, e menos ainda havia derramado seu sangue. Não o matara em meio ao seu pedaço de terra. Contudo, o incômodo persistia; talvez seja assim mesmo, talvez cada um de nós seja o Caim de algum Abel, acabe com ele em meio ao seu pedaço de terra sem saber, pelas coisas que lhe faz, pelas coisas que lhe diz, e pelas coisas que deveria lhe dizer e não lhe diz.

Mendel disse a Dov que Leonid tinha tido uma vida difícil, mas Dov lhe respondeu com uma única sílaba, olhando fixo nos olhos dele: "*Nu?*". Em Novoselki aquela não era uma justificativa. Quem não tinha uma vida difícil atrás de si? Não havia desculpas para a *partisanscina*, disse Dov com dureza. O que era a *partisanscina*? A anarquia daqueles da resistência, explicou-lhe Dov, a falta de disciplina. Um grave perigo. Estar fora da lei não quer dizer não ter lei. Para se salvar da morte fascista é preciso aceitar uma disciplina mais rígida do que a imposta pelos fascistas; mais rígida porém mais justa, porque voluntária. Quem não está em condições de aceitá-la é livre para ir embora. Que Mendel e Leonid pensassem nisso. Ou melhor, tinham que pensar imediatamente, pois havia um trabalho a ser feito por eles: uma tarefa urgente, importante, e nem tão perigosa. Tinham chegado ordens para sabotar uma ferrovia. Bem, era exatamente o trabalho adequado para eles, para adquirirem a cidadania da república; de resto, aquele era o costume dos da resistência, pedia-se aos recém-chegados que fizessem um trabalho como teste, como quando se entra numa fábrica.

No dia seguinte, Dov convocou também Leonid e explicou os detalhes:

"A linha Brest—Rovno—Kiev, aquela que alimentava o front alemão da Ucrânia meridional, foi pelos ares. De agora em diante, todo o trânsito da guerra passará por Brest—Gomel; eis o ponto: essa linha corre ao sul de Novoselki, a cerca de trinta quilômetros; tem só um trilho. É necessário interrompê-la o mais rápido possível. Essa é a tarefa de vocês, têm alguma idéia?"

"Vocês têm explosivo?", perguntou Mendel.

"Temos, mas pouco, e pouco adequado: retiramos de alguns obuses que afundaram no pântano e não explodiram."

Leonid o interrompeu, lançando um olhar insolente para Mendel:

"Se me permite, chefe, para operações deste tipo o explosivo é mais nocivo que útil. Sabotar ferrovias é um ofício que conheço; no curso de pára-quedistas nos explicaram todos os métodos. É muito melhor uma chave inglesa, é mais segura, não falha e não deixa marcas."

"No seu curso", perguntou Mendel furioso, "ensinaram também a prática, ou só a teoria?"

"Nesta operação, eu assumo a responsabilidade. Você, ao menos uma vez, pense nos seus problemas."

"Está bem", respondeu Mendel, escandindo as palavras, "não tenho nada contra. Sou melhor para consertar as coisas do que para fazê-las saltar pelos ares."

Dov estava ouvindo, com jeito de quem se divertia com o bate-boca:

"Um momento", disse, "seria bom conjugar a sabotagem da linha com o descarrilamento de um trem; um estrago nos trilhos se conserta em poucas horas, ao passo que um trem tombado, além de ser uma perda em si, interrompe a linha por vários dias. Mas isso os alemães também sabem; há algum tempo, se o comboio é importante, põem uma locomotiva para viajar na frente."

Houve uma breve discussão técnica entre Dov e Leonid, da qual surgiu o plano definitivo. Seria imprudente sabotar a ferrovia no trecho próximo a Koptsevici, isto é, aquele diretamente ao sul de Novoselki; seria como pôr a Gestapo na pista do refúgio. Melhor ir mais longe; perto de Zitkovici, cinqüenta quilômetros a oeste, a ferrovia atravessa um canal sobre uma ponte; pronto, o lugar mais indicado é aquele.

"Preparem-se", disse Dov, "vão partir dentro de duas horas. Terão um guia com prática do terreno. Não levem armas. Quanto ao modo de interromper os trilhos, façam um acordo; se você, Leonid, aprendeu algum truque, tanto melhor. Um aviso, nada de brigas durante a missão. Estão preparando as chaves inglesas na forja: duas, na medida exata."

Um guia como aquele, Mendel teria dispensado de boa vontade, mas que de fato conhecia o lugar, em especial as passagens de vau, estava fora de discussão. Chamava-se Karlis, era letão, tinha vinte e dois anos, era alto, magro, louro, e se movia com agilidade silenciosa. Como é que, tendo nascido tão longe, conhecia tão bem os pântanos da Polessia? Tinha aprendido a conhecê-los sob a bota dos alemães, respondeu Karlis, que falava um russo bastante ruim. Em sua terra preferiam os alemães aos russos, e ele também os preferia, ao menos no começo. Tinha passado para o lado deles, e eles haviam lhe ensinado como caçar os da resistência. Sim, exatamente naquelas terras; tinha ficado ali quase um ano, conhecia-as palmo a palmo. Mas ele não era estúpido, depois de Stalingrado entendera que os alemães iam perder a guerra e desertou outra vez: deu um meio sorriso, em busca de consenso. É melhor ficar sempre do lado de quem vence, não é verdade? Mas agora tinha que tomar cuidado para não cair nas mãos de Hitler nem nas de Stalin. Por isso se refugiara em Novoselki?, perguntou-lhe Leonid. Por isso, claro; ele, pessoalmente, não tinha nada contra os judeus.

"Devemos tomar cuidado nós também", sussurrou Mendel a Leonid. "Este tem nas mãos o *Dàm Israél*, o sangue de Israel."

Karlis tornou a dar seu sorriso torto: "É inútil falarem iídiche; eu entendo, e entendo também o alemão".

"Então você pensa que os judeus de Novoselki serão os vencedores?", perguntou Mendel.

"Não disse isso", respondeu o letão. "Cuidado, aqui fica fundo. Vamos mais para a direita."

Saíram dos terrenos alagados ao amanhecer, e prosseguiram ainda durante algumas horas por pastos e terrenos incultos. Descansaram até o início da tarde, e alcançaram a ferrovia quando era noite alta. Segundo Karlis deveriam segui-la rumo ao poente por oito ou dez quilômetros antes de cruzar o canal; era prudente não caminhar sobre a parte empedrada, mas manter-se paralelo aos trilhos algumas centenas de metros, sem perdê-los de vista. Havia lua: facilitava a marcha, mas se não houvesse os três ficariam mais tranqüilos. Já estavam cansados; todavia, Leonid forçava o passo e tendia a se colocar à frente. O letão, ao contrário, manobrava para ficar por último; isso irritava Mendel, que num certo momento lhe disse secamente: "Você vai adiante. Por último vou eu".

Leonid avistou a ponte ao nascer do sol. Não era a hora mais oportuna para começar o trabalho, mas não se via vivalma, e a ponte, que de resto tinha poucos metros de comprimento, não era vigiada. Era evidente que Leonid ambicionava a direção do trabalho: dava ordens em voz baixa mas enérgica e nervosa. Auxiliado por Mendel, desatarraxou os encaixes no ponto de junção dos dois trilhos, quase na extremidade da ponte, e depois todos os parafusos que ligavam as chapas aos dormentes; a madeira estava meio podre e os parafusos saíam com facilidade. Karlis se oferecera discretamente para colaborar, mas depois se contentou em vigiar para que ninguém se aproximasse. Quando os dois trilhos ficaram soltos, Leonid não os deslocou; ao contrário, amarrou-os com uma corda, de uns trinta metros de comprimento, disposta transversalmente; infelizmente, em Novoselki, não havia corda mais comprida. O trecho exposto foi tapado com terra e espinheiros. Terminado, disse Leonid com orgulho; agora só restava esperar o trem. Deixar passar a locomotiva, e depois, bem na frente dela, puxar a corda para deslocar os trilhos. Não muito antes, senão o maquinista poderia perceber o defeito.

Passaram o dia inteiro dormindo por turnos; ao anoitecer, no silêncio dos campos, ouviu-se o barulho do trem. Os três se agarraram à extremidade da corda e se deitaram entre os arbustos para não ser vistos. Não havia nenhuma locomotiva; o comboio era composto de uns trinta vagões de carga fechados, e avançava rapidamente, mas diante da ponte começou a reduzir a velocidade. Mendel sentiu inesperadamente um desejo intenso de rezar, mas o reprimiu, pois nenhuma prece da sua infância se adaptava àquela situação, e tampouco era certo que o Eterno, bendito seja Ele, tivesse jurisdição sobre ferrovias. Agora o trem prosseguia lentamente, quando chegou diante do trecho desconectado. "Agora!", ordenou Leonid. Os três se puseram em pé e puxaram a corda aos arrancos. Sentiram uma resistência imprevista, depois alguma coisa cedeu e a corda obedeceu aos esforços frenéticos deles; mas não muito, não mais que um palmo.

A locomotiva chiou numa freada brusca, e saíram faíscas das rodas: o condutor devia ter visto alguma coisa e acionado o contravapor, porém demasiado tarde. O vagão anterior se desgarrou dos trilhos e caiu sobre o cascalho do calçamento, locomotiva e vagões avançaram ainda uma dezena de metros por causa do impulso, produzindo um barulho ensurdecedor em meio a uma nuvem de poeira, depois tudo parou. A locomotiva estava presa à ponte só pela parte dianteira e se achava levemente inclinada; devia ter tocado o parapeito, e de algum tubo quebrado saía um jato de vapor, com um assobio de furar os tímpanos, a ponto de os três homens não conseguirem trocar uma palavra. Leonid, pálido como um cadáver, fazia sinal aos outros dois para segui-lo rumo ao primeiro vagão: talvez em busca de alguma presa. Loucura! Ao longo do comboio se viam perfis humanos correndo para cima e para baixo. A opinião de Mendel prevaleceu; ajudado por Karlis, arrastou Leonid à força para o bosque mais próximo. Olharam uns para os outros, resfolegando; um meio descarrilamento, um meio sucesso. A locomotiva avariada mas não destruída, a linha interrompida mas reparável em poucos dias; a ponte e os vagões quase intactos. Leonid maldizia a si mesmo, devia ter previsto que, na ponte, o trem reduziria a marcha. Se tivessem interrompido os trilhos um quilômetro mais adiante, o dano teria sido dez vezes maior.

Os homens da escolta, não mais que meia dúzia, estavam ocupados ao redor da locomotiva; não se preocuparam em procurar os autores do estrago. Os três esperaram escondidos que escurecesse, depois tomaram sem pressa o caminho de volta. Leonid parecia abatido, e Mendel tratou de lhe devolver o ânimo: a culpa não era dele, faltavam meios, e de qualquer modo o trem fora detido. Leonid ficou calado por um longo período, dando-lhe as costas; depois disse:

"Você não entende. Era um presente."

"Um presente? Para quem?"

"Para Line: a moça da metralhadora, é, aquela que monta guarda com você. Ela é a minha mulher, desde a outra noite. O trem era um presente para ela."

Mendel sentiu vontade de rir e de chorar. Estava para dizer a Leonid que Novoselki não era o lugar mais apropriado para uma história de amor, mas depois se conteve. Prosseguiram em silêncio; no meio da noite se deram conta de que Karlis tinha ficado para trás e pararam para esperá-lo. Passou uma hora e Karlis não reapareceu — havia ido embora. Os dois retomaram o caminho nas trevas cada vez mais densas.

Chegando ao acampamento, fizeram seu relato, e Dov os ouviu sem fazer comentários nem emitir avaliações; sabia como funcionavam aquelas empresas. A fuga de Karlis era um problema, mas não podia ser prevista nem impedida, e de resto não era o primeiro caso; Novoselki não era um Lager, quem queria ir embora, ia. Falaria? A recompensa da polícia era sedutora, dez rublos por judeu denunciado — os alemães são gente generosa. Por outro lado, Karlis tinha pendências com os próprios alemães e, depois, sempre fora bem tratado no mosteiro, e afinal tinha outros meios para ganhar o seu pão. Em todo caso, não havia remédio; só ficar alerta, sobretudo nos primeiros dias, e se houvesse um ataque, defender-se.

Não sobreveio nenhum ataque; ao contrário, em meados de setembro, trazida por misteriosos informantes de Dov, chegou a notícia de que a Itália havia capitulado, o que pôs o acampamento em sobressalto. As notícias de guerra, invariavelmente triunfalistas, constituíam um dos traços fundamentais de Novoselki. Não passava uma semana sem que os Aliados desembarcassem na Grécia, ou Hitler morresse assassinado, ou os americanos liquidassem os japoneses com uma portentosa arma nova. Cada anúncio entrava depois num circuito de ansiedade, era enfeitado, enriquecido com detalhes, e durante dias se tornava uma defesa contra a angústia; os poucos que se recusavam a acreditar naquilo eram menosprezados. Depois esvanecia, era esquecido sem deixar vestígios; por isso, a notícia seguinte era aceita sem reservas.

Mas dessa vez era diferente, o anúncio da capitulação fora confirmado por duas fontes, vinha da Rádio Moscou, e fora avalizado por Dov em pessoa, que em geral era cético. Os comentários eram frenéticos, não se falava de outra coisa. Assim, as forças do Eixo haviam sido reduzidas à metade. Assim, a guerra acabaria dentro de um mês, dois no máximo. Era impossível que os Aliados não se aproveitassem da situação; já não tinham desembarcado na Itália? Para os seus exércitos a Itália não podia ser mais do que uma etapa, em três dias chegariam à fronteira e penetrariam no coração da Alemanha. Que fronteira? A geografia da Europa era reconstruída apaixonadamente, por meio de lembranças escolares e lendárias. Pavel, o único cidadão dos pântanos que havia estado fisicamente na Itália, sentava-se como um oráculo no centro de um grupo continuamente renovado.

Pavel Jurevic Levinski tinha muita consideração por seu nome, e menos por seu sobrenome demasiado revelador — ele era um russo judeu, não um judeu russo. Aos trinta e cinco anos tinha atrás de si uma carreira múltipla: fora levantador de pesos, depois ator diletante e profissional, cantor, e até, durante alguns meses, locutor na Rádio de Leningrado. Gostava de jogar baralho e dados, apreciava o vinho, e quando necessário xingava como um cossaco. Na comunidade macilenta de Novoselki se destacava por seu aspecto atlético; ninguém entendia como, daquelas rações miseráveis, Pavel podia extrair alimento para seus músculos. Era de estatura mediana, compacto, sanguíneo. A barba, que raspava, chegava-lhe até debaixo dos olhos, e crescia tão rápido que poucas horas depois da passagem da navalha já lhe cobria o rosto uma sombra preto-azulada. Cabelos e sobrancelhas eram negros e revoltos. Tinha uma verdadeira voz de russo, profunda, suave e sonora, mas quando terminava de falar ou de cantar a boca se fechava dura, como uma armadilha de aço. Seu rosto apresentava relevos fortes, como o de montes e vales; maçãs altas, escavado o pequeno canal que leva do septo nasal ao lábio superior; a junção desse canal com o lábio era marcada por duas saliências carnosas. Tinha dentes fortes e espaçados, e olhos de sedutor. Com aqueles olhos, e com as mãos curtas e pesadas, fazia desaparecer as dores nas juntas, a dor da coluna, e às vezes, durante algumas horas, também a fome e o medo. Tinha pouca inclinação para a disciplina, mas no mosteiro desfrutava de uma impunidade tácita.

Seus ouvintes o metralhavam com perguntas sobre a Itália.

"Claro que estive lá. Faz muitos anos, com a famosa turnê do Teatro Judaico de Moscou. Eu era Jeremias, o profeta das desventuras: entrava em cena com uma canga nas costas, profetizando a deportação dos judeus para a Babilônia, e mugia como um boi. Usava uma peruca roxa, enchimentos para parecer ainda maior, e calçava sapatos com um palmo de sola, pois um profeta tem que ser alto. Recitávamos em hebraico e em iídiche: os italianos, em Milão, em Veneza, em Roma, em Nápoles, não entendiam uma palavra e aplaudiam como doidos."

"Quer dizer que você viu a Itália com seus próprios olhos?", perguntou-lhe Ber, o aprendiz de rabino.

"Claro, do trem. A Itália inteira é do tamanho da distância de Leningrado a Kiev, num dia se vai dos Alpes à Sicília; agora que o exército italiano se rendeu, os Aliados chegarão à fronteira alemã num piscar de olhos. De resto, mesmo antes de capitular, os italianos nunca foram fascistas a sério, tanto que o próprio Mussolini fizera o Teatro de Moscou ir a Roma, e os soldados italianos na Ucrânia não opuseram resistência. A Itália é um país belíssimo, com mares, lagos e montanhas, tudo verde e florido. As pessoas são corteses e amigáveis, andam bem vestidas, mas são meio malandras; em suma, é um país estranho, muito diferente da Rússia."

Mas, e as fronteiras? Até onde iriam os Aliados? Aí se viu que Pavel Jurevic não tinha as idéias claras, lembrava-se vagamente de Tarvis, mas não sabia mais se do outro lado ficava a Alemanha, a Iugoslávia ou a Hungria. No entanto, lembrava-se de uma moça de olhos negros com quem havia passado uma noite em Milão, mas esse episódio não interessava aos seus ouvintes.

Outubro terminou, o frio começou a se fazer sentir, e o espírito coletivo a debilitar. Chegavam notícias contraditórias: os russos tinham retomado Smolensk, mas os alemães não haviam caído. Combatia-se na Itália, mas não na fronteira, não nos Alpes: falava-se em desembarques aliados em países de que jamais se ouvira falar. Seria possível que ingleses e americanos, com todo o seu petróleo e o seu ouro, não fossem capazes de dar aos alemães o golpe de misericórdia? E o Eterno, bendito seja Ele, por que continuava oculto atrás das nuvens cinzentas da Polessia em vez de socorrer o Seu povo? "Você nos escolheu entre todas as nações": por que justamente nós? Por que o ímpio prospera, por que o massacre dos indefesos, por que a fome, as valas comuns, o tifo, e o lança-chamas das SS nos esconderijos repletos de crianças aterrorizadas? E por que húngaros, poloneses, ucranianos, lituanos, tártaros, roubam e massacram os judeus, arrancam-lhes as últimas armas das mãos, em vez de se unir a eles contra o inimigo comum?

E eis que chega o inverno, amigo e aliado dos exércitos russos, inimigo cruel para os sitiados de Novoselki. O vento da Sibéria já havia estendido um véu de gelo transparente sobre a face negra dos pântanos; logo se consolidaria e suportaria o peso dos caçadores de homens. As pegadas na neve poderiam ser lidas do alto, ou também do chão, como se lêem os rolos das Escrituras. Não faltava lenha, mas cada fogueira era um delator; as colunas de fumaça que saíam das chaminés do mosteiro ficariam visíveis a dezenas de quilômetros, apontando como um dedo na direção da terra: "As vítimas do sacrifício estão aqui". Dov determinou que durante o dia todos os cidadãos isentos do trabalho permanecessem reunidos num único local e dormissem à noite no mesmo compartimento. Podia-se acender só uma fogueira; os tubos da chaminé deviam ser desviados a fim de terminar entre os ramos de um carvalho grande que crescia rente ao muro, assim a fuligem ficaria presa nos ramos em vez de escurecer a neve ao redor. Tudo isso adiantaria? bastaria? Talvez sim ou talvez não, mas era importante que todos fizessem alguma coisa pelo bem comum, que todos tivessem a sensação de que se decidia e se fazia alguma coisa. Coureiros e sapateiros começaram a fabricar botas de todos os tamanhos, usando todos os couros que os camponeses estavam dispostos a ceder, inclusive couros de cachorro e de gato — rudes botas bárbaras costuradas com barbante e forradas com pêlo. Não só para uso local; Dov mandou uma missão a Rovno, uma aldeia de ucranianos batistas, para trocar uma partida de botas por víveres e lã. Também os batistas eram desprezados e perseguidos, tanto pelos alemães como pelos russos; tinham boas relações com os judeus.

Os embaixadores voltaram de Rovno poucos dias depois, com uma modesta carga de mercadorias e uma mensagem para Dov. Vinha assinada por Gedale, o lendário comandante, aquele quc havia liderado a revolta do gueto de Kosovo, e cuja vida fora salva por um violino. Dov, que já considerava Mendel seu lugartenente, leu a mensagem para ele, e a discutiram. Continha dois pontos: em primeiro lugar, Gedale informava a Dov que no gueto de Soligorsk já dizimado os alemães tinham afixado um decreto de "anistia", escrito em sua gíria cinicamente eufemística. As *Umsiedlungen*, as transferências forçadas (chamavam-nas transferências!), estavam suspensas por tempo indeterminado; os judeus que se escondiam na região, em especial os artesãos, eram convidados a voltar para o gueto, não seriam punidos pela fuga e receberiam cotas de mantimentos. Que Dov, tendo em vista o inverno, agisse do modo que julgasse mais apropriado.

Em segundo lugar, Gedale convidava Dov para uma caçada. Uma caçada aos caçadores; era uma ocasião única. O conde Daraganov, grande latifundiário, voltara para suas terras junto com os alemães, e lhes oferecia uma caçada em sua propriedade às margens do lago Cervonoie, a um dia de marcha de Novoselki. Uma dúzia de altos oficiais da Wehrmacht estariam presentes; a informação era segura, vinha de um ucraniano que colaborava com os da resistência e que fora escolhido como batedor. O bando a que Gedale pertencia no momento era forte e bem organizado, composto em boa parte de voluntários do inverno de 1941, isto é, da elite da resistência soviética. Gedale pensava que uma participação hebraica na caçada seria bem-vinda, oportuna, e talvez até recompensada com armas e algo mais.

O primeiro ponto, Dov se permitiu decidir mais tarde; quanto ao segundo, sua escolha foi imediata. Era importante demonstrar aos russos que também os judeus sabiam combater e o desejavam. Mendel se ofereceu como voluntário; era soldado, sabia atirar. Dov refletiu alguns instantes; não, nem Mendel nem Leonid, justamente por serem combatentes treinados. A ação proposta por Gedale era importante sob o aspecto da propaganda, era um blefe, mas militarmente não significava muito e era perigosa. A lógica daqueles da resistência era implacável, prescrevia que os melhores homens fossem mantidos à parte para as operações sérias, para as diversionistas, o ataque e a defesa. Mandaria Ber e Vadim, dois *nebech*, dois despreparados; exatamente por serem despreparados. "Pensa que tenho as mãos sujas? Tenho; como todos aqueles que precisam escolher."

Ber, o rapaz de óculos grandes que fazia turno com Leonid, e Vadim partiram animados; Vadim, um jovem imprudente, loquaz e distraído, até com alegre presunção: "Vamos furar aquelas barrigas cobertas de medalhas!". Só carregavam uma pistola e duas granadas de mão cada um. Vadim voltou sozinho, após dois dias, arrastando-se e acabado, com uma perfuração no ombro, relatando a operação. Não tinha sido uma brincadeira, tinha sido um massacre, uma confusão. Todos atiravam contra todos, projéteis assobiavam em todas as direções. Foram os russos da resistência que começaram, estavam bem posicionados entre os arbustos; só com uma rajada mataram quatro dos oficiais alemães, não sabia se coronéis ou generais. Depois tinha visto os auxiliares ucranianos saírem do esconderijo, atiravam contra os da resistência, atiravam para o alto, e até uns nos outros; um deles, diante de seus olhos, havia derrubado um oficial alemão com a coronha do fuzil. Ber tinha caído logo, morto sabe-se lá por quem, talvez por acaso; estava em pé, observava ao redor; não tinha a vista muito boa. Ele, Vadim, jogara as granadas contra o grupo dos alemães que, em vez de se dispersar tinham se juntado e formavam um quadrado; uma explodira e a outra não.

Dov mandou Vadim descansar, mas o jovem não conseguiu. Tinha violentos ataques de tosse e cuspia uma espuma sanguínea. Durante a noite teve febre e perdeu a consciência; de manhã estava morto. Morto por quê? Tinha vinte e dois anos, disse Mendel a Dov, e não conseguiu evitar uma vibração de crítica. "Talvez venhamos a invejar esse modo de morrer", respondeu Dov.

Vadim foi enterrado junto a um amieiro, em meio a uma nevasca imprevista. Sobre seu túmulo Dov mandou fincar uma cruz, porque Vadim era um judeu convertido; e como ninguém conhecia as orações ortodoxas, ele mesmo recitou o *kadish*. "É melhor que nada", disse a Mendel. "Não é pelo morto, mas pelos vivos que crêem nelas." O céu estava tão escuro que a neve, tanto a que estava no chão como a que volteava no ar, parecia cinzenta.

Dov mandou um mensageiro a Rovno, para procurar Gedale e seu bando e pedir imediatamente reforços, mas o mensageiro voltou sem resposta. Não havia encontrado ninguém, ao contrário, vira os camponeses de Rovno, homens e mulheres, de mãos amarradas na praça. Vira um destacamento de ss com armas apontadas, que os faziam subir num caminhão. Vira homens da milícia auxiliar, ucranianos ou lituanos, que pegavam montes de pás de um barracão e as colocavam no caminhão, e vira o caminhão tomar o rumo do grande vale ao sul da aldeia, seguido pelas ss, que se divertiam e fumavam. Eis o que tinha para contar.

Não havia ninguém em Novoselki, e em todas as terras ocupadas, que ignorasse o significado das pás. Dov disse a Mendel que se arrependera de ter mandado Ber para a morte:

"Se o golpe tivesse dado certo, com uma vitória nítida, eu teria tido razão em arriscar dois homens. Mas deu tudo errado, e agora tenho que admitir o erro. Ber, mesmo morto, é um judeu: qualquer um perceberia. Fiz mal em escolhê-lo. Certamente a Gestapo vai se ocupar de seu cadáver. Nossa participação na caçada talvez melhore a avaliação que os russos de Gedale fazem de nós, mas vai atrair contra nós a represália dos alemães. A fuga de Karlis, as pás de Rovno, Ber: são três sinais ameaçadores. Os alemães não tardarão a nos localizar. O milagre da nossa impunidade terminou."

Assim também deviam ter pensado os anciãos do acampamento, a quem Dov falara da "anistia" prometida pelos alemães. Queriam voltar para Soligorsk; pediram para ir embora, queriam ser acompanhados de volta ao gueto. Preferiam se agarrar às promessas dos nazistas a enfrentar a neve e a morte certa em Novoselki. Eram artesãos, no gueto haveriam de trabalhar, e em Soligorsk tinham suas casas, e junto às casas o cemitério. Preferiam a servidão e o pão escasso do inimigo: como criticá-los? Mendel recordou uma voz terrível de três mil anos antes, o protesto que os judeus perseguidos pelos carros do faraó tinham dirigido contra Moisés: "Faltavam então túmulos no Egito para que você nos trouxesse para morrer aqui? Servir aos egípcios era para nós sorte melhor que morrer no deserto". O Senhor nosso Deus, o Senhor do Mundo, dividira as águas do mar Vermelho, e os carros haviam sido tragados. Quem dividiria as águas diante dos judeus de Novoselki? Quem os alimentaria com perdizes e maná? Do céu negro não caía maná, e sim a neve impiedosa.

Que cada um escolhesse o próprio destino. Dov mandou preparar três trenós para levar a Soligorsk os vinte e sete cidadãos que não tinham responsabilidades militares e que haviam optado pelo gueto; aí se incluíam todas as crianças, ao passo que Adam tinha preferido ficar. As mulas, aquelas trazidas pelos homens de Ozarici, eram apenas duas; uma teve que puxar dois trenós. Partiram mudos, sem trocar adeuses, envoltos em farrapos, palha e cobertores, movidos pela pobre esperança da obtenção de algumas semanas de vida a mais. Desse modo, logo ocultos do olhar pela cortina de neve, eles desaparecem desta história.

Dov mandou cavar três bunkers, ou melhor, três buracos na terra nua que não obstante o frio ainda não estava congelada. Achavam-se a duzentos metros do mosteiro, na direção do qual se previa que chegariam os alemães, que em Rovno tinham estabelecido uma guarnição semidestruída; cada buraco podia conter dois homens, e era camuflado por espinheiros que rapidamente se cobriram de neve. "As pás servem também para nós", disse, e mandou outro grupo cavar um buraco quadrado, com dois metros de profundidade, atravessando a pista maior, que de Rovno conduzia ao mosteiro. Ordenou que o cobrissem com tábuas de madeira leve, e sobre elas mandou pôr espinheiros até o nível da neve no terreno circundante; após uma noite de neve contínua quase não se notava o desnível. Sobre a pista, e sobre a armadilha assim preparada, ordenou que passassem várias vezes dois homens arrastando duas pás carregadas de pedras, a fim de simular duas passagens recentes de carroças. Distribuiu armas a todos, e mandou colocar a metralhadora pesada na pequena torre que se mantinha de pé.

Os caçadores de homens chegaram dois dias depois. Eram mais de cinqüenta, alguém devia ter superestimado a força dos defensores. Ouviu-se o ruído das correntes nas rodas antes que se visse qualquer coisa através do véu de neve, que continuava a cair forte. Um tanque leve abria a coluna, seguindo o trajeto que Dov tinha traçado previamente: avançava lento, chegou à armadilha, oscilou na beirada e caiu ali dentro, afundando as tábuas, que arrebentaram com estrépito. Dov subiu até a pequena torre, onde Mendel estava pronto com a metralhadora. Tratou de detê-lo: "Economize tiros, dispare só se vir alguém tentando sair do buraco". Mas ninguém saiu, talvez o veículo tivesse capotado.

Atrás do tanque leve, vinha outro pesado, e atrás dele os homens a pé, distribuídos em leque, na pista e entre as árvores. O tanque pesado contornou o buraco e abriu fogo; Mendel começou a atirar ao mesmo tempo com rajadas breves, tomado pela febre das batalhas. Viu caírem alguns alemães, e simultaneamente ouviu debaixo de si mesmo duas explosões violentas: dois foguetes antitanque tinham atingido o telhado do mosteiro, que desabou e pegou fogo. Outros projéteis perfuraram as paredes do edifício em vários pontos. Em meio à fumaça e ao barulho, Dov lhe gritou no ouvido: "Dispare tudo, agora. Sem economizar. Estamos combatendo por três linhas nos livros de história". Também Dov atirava para baixo, com um dos mosquetes italianos. De repente, Mendel o viu balançar; caiu para trás, mas se reergueu logo em seguida. Ao mesmo tempo, ouviu outros disparos de arma leve provenientes dos bunkers; obedecendo à ordem de Dov, os combatentes dos bunkers estavam surpreendendo os alemães pelas costas. Pegos de surpresa, os alemães se separaram, virando as costas para o mosteiro; Mendel se precipitou com Dov pelas escadas, em meio ao entulho e às chamas. Viu gente se mover, e lhes gritou que o seguissem; saíram ao ar livre do lado oposto à construção e alcançaram as árvores. "Salvos", pensou absurdamente. Do outro lado, o combate havia recomeçado. Ouviram explosões de granadas e ordens berradas por um alto-falante, viram homens e mulheres saindo das trincheiras com as mãos para o alto. Viram os caçadores de homens, que os revistavam rindo, interrogavam-nos e os alinhavam contra a parede; mas não será narrado tudo o que aconteceu no pátio do mosteiro de Novoselki. Não é para descrever massacres que esta história se narra a si mesma.

Contaram-se. Eram onze: o próprio Mendel, Dov, Leonid, Line, Pavel, Adam, uma outra mulher cujo nome Mendel não sabia, e quatro dos homens de Ozarici. Adam estava sangrando de um ferimento no alto da coxa, tão no alto que não foi possível atá-lo; estendeu-se na neve e morreu em silêncio. Dov não estava ferido, só atordoado. Tinha uma contusão na têmpora, talvez atingida de raspão por um projétil ou uma pedra que voara com as explosões. Os alemães se demoraram até tarde para pôr abaixo o que restava do mosteiro; não seguiram a pista dos fugitivos, que a neve já apagara, e foram embora carregando seus mortos e a metralhadora.

4
NOVEMBRO DE 1943 - JANEIRO DE 1944

Tinham poucas armas, pouca munição e nada para comer. Estavam atônitos e inertes, vencidos pela passividade cinzenta que sucede a ação e que imobiliza o espírito e os membros. A guerra duraria para sempre; a morte, a caçada, a fuga, jamais haviam de terminar, a neve jamais deixaria de cair, jamais voltaria a amanhecer. A mancha de neve vermelha ao redor do corpo de Adam jamais se apagaria, ninguém veria de novo a paz, a estação suave e alegre, as obras dos homens. A mulher cujo nome Mendel não sabia, com rosto manso e claro e corpo robusto de camponesa, sentou-se na neve e chorou quieta. Mendel ficou sabendo que se chamava Sissl e era filha de Adam.

O primeiro a se recuperar foi Pavel. "*Nu*, estamos vivos e os alemães foram embora. Não podemos passar a noite aqui. Vamos para os subterrâneos — não terão explodido todos." Também Dov se reanimou; é claro, debaixo do mosteiro havia uma rede de galerias com várias centenas de metros. Havia alguma comida, e em todo caso serviriam de esconderijo temporário. Os alçapões de acesso eram dois, mas o maior estava coberto por uma quantidade impressionante de entulho. O menor, no pavimento das cozinhas, achava-se quase limpo. Desceram todos às apalpadelas pela escadinha portátil, encontraram palha e lenha, e acenderam fogo. Descobriram também feixes de ramos de abeto; à luz de tochas improvisadas viram que o depósito de batatas e de milho permanecia intacto, como também o armazém de munições. Fizeram uma reunião.

"Podemos ficar aqui durante alguns dias, descansar e matar a fome; depois veremos", disse Pavel, mas Dov e Mendel tinham opinião contrária. Dov disse:

"Os alemães instalaram uma guarnição em Rovno, e aqui tiveram mortos. Certamente hão de voltar, jamais deixam as coisas pela metade. E nós já não temos armas pesadas, somos poucos e estamos cansados, e não poderemos viver numa masmorra como esta; morreríamos por causa do frio ou da fumaça."

"Temos que nos juntar a Gedale", disse Mendel. "Onde ele está?"

"Não sei", respondeu Dov. "Pelas últimas informações que recebi, estava com um bando bem organizado, de membros da resistência velhos e experientes; ele era o vice-comandante. Justamente porque são experientes, não vão deixar sinais, e será difícil encontrá-los."

"Mas em Rovno terão informantes; ficarão sabendo do ataque alemão ao mosteiro; mandarão alguém para ver o que aconteceu", disse Line, que até aquele momento não havia falado. Mendel se virou para observá-la, à luz instável dos archotes. Estava sentada no chão, ao lado de Leonid, pequena e esguia, olhos escuros, os cabelos negros cortados curtos, as unhas roídas de jovem escolar. Falara com voz baixa porém firme. Uma mulher não fácil de ser lida, pensou; não simples, não linear. Para Leonid, uma companheira não previsível; poderiam se fortalecer mutuamente, ou então se destruir. Depois olhou para Sissl e sentiu de repente o peso mudo da solidão; pobre do homem sozinho. Com uma mulher ao lado, qualquer mulher, também para ele o caminho seria diferente.

Pavel aprovou a observação de Line, e acrescentou: "Se tiverem que mandar, vão mandar logo".

De fato, na manhã seguinte, ouviram o ladrar de um cão. Pavel saiu dali, e pelas rachaduras do muro viu que ao redor das ruínas do mosteiro rondava Oleg, o velho guarda-florestal. Era uma pessoa confiável; já o demonstrara outras vezes, aproveitando suas rondas de inspeção para manter os bandos em contato e transmitir informações. Sim, fora mandado por Ulybin, o comandante do bando de Gedale; o bando passava o inverno num acampamento perto de Turov, setenta quilômetros a oeste. Ulybin aceitava gente preparada e treinada, mas não outros; não seria difícil alcançá-lo.

"Peguem as trilhas do bosque e evitem as estradas. Vão se cansar mais, porém evitarão o risco de encontrar patrulhas."

Seguiram o conselho do guarda-florestal, mas a marcha era penosa. A neve estava alta e macia. O primeiro da fila afundava até o joelho, às vezes topava em bolsões de neve acumulados pelo vento e aí afundava até os quadris; revezaram-se na posição de frente, mas mesmo assim não conseguiram percorrer mais que dois ou três quilômetros por hora; também porque estavam sobrecarregados com os víveres e com as munições que haviam encontrado no subterrâneo, e porque Dov era obrigado a parar com freqüência.

Tinha parado de nevar, mas o céu continuava baixo e ameaçador, tão opaco que não era possível se orientar; no anoitecer, no levante e no poente, havia a mesma luz cinza e baça. Tratavam de manter a direção indicada por Oleg, observando o musgo sobre os troncos das árvores, mas o bosque era constituído principalmente de bétulas, e o musgo não aderia à sua casca branca. Por outro lado, as árvores rareavam; com clareiras onduladas se alternavam áreas planas cada vez mais extensas, evidentemente charcos ou lagos congelados. Nenhum deles conhecia bem aquela região, e acabaram logo por confiar em Pavel. Pavel se mostrava forte e seguro de si. Era protetor em relação a Dov, cansado da marcha longa e o joelho ferido, e ainda enfraquecido pelo golpe que recebera durante o ataque alemão. Ajudava-o a caminhar, amparava-o, levava boa parte da carga dele; ao mesmo tempo, tendia a se substituir a ele nas decisões e nas ordens: "Por aqui, não é mesmo, Dov?".

Pavel afirmava pressentir o norte, sem saber como, do mesmo modo como um adivinho pressente a água. Os outros mostravam desconfiança e até impaciência, mas de fato, as poucas vezes que se deparavam com um carvalho, o musgo ficava do lado que Pavel tinha previsto; embora grosseira, a orientação escolhida por Pavel estava correta. Além do cansaço, sofriam por causa da sede. Todos conheciam bastante bem o inverno russo para saber que comer neve é inútil e perigoso — muito antes de saciar a sede, a gente fica com a boca irritada e a língua incha. Para a sede é preciso água, e não neve ou gelo; mas para ter água é preciso fogo, e para o fogo é preciso lenha. Encontraram lenha várias vezes, abandonada por camponeses em montes, mas Pavel não permitiu que a tocassem; ou melhor, enunciou sob a forma de comando uma conversa ocorrida entre Mendel, Dov e ele próprio.

"Nada de fogo enquanto for luz do dia", disse Dov. "Agüentem firme, suportem a sede, não se morre de sede num dia. Durante o dia se vê o fogo de longe. Faremos uma fogueira à noite; o fogo continua a ser visível de longe, mas construiremos uma proteção ao redor, com a neve; ou com nossos corpos, assim também nos esquentaremos um pouco. Mas creio que daqui a pouco encontraremos um abrigo. Em terras como esta, tem que haver uma isbá."

Fosse por intuição, visão dupla ou qualquer truque de charlatão, viu-se que Pavel tinha adivinhado. Ao anoitecer, na planície desolada se viu uma ondulação; da neve emergiam as pontas de uma cerca, negras e luzidias de alcatrão, e o teto de uma cabana. Escavaram a neve diante da porta e entraram todos, apertando-se no espaço reduzido. No interior não havia nada, a não ser a estufa de barro e um balde de zinco; sob a neve, encostada na parede posterior, havia uma boa provisão de lenha. Conseguiram assar batatas nas brasas da estufa e derreter a neve no balde. Acenderam uma fogueira na parte de trás da cabana, num buraco cavado na neve, e puseram o milho para cozinhar em marmitas; obtiveram uma desagradável sopona insípida mas que serviu para aquecê-los e lhes mitigou a fome e a sede. Depois se deitaram para dormir, os homens no chão, as duas mulheres numa cama improvisada em cima da estufa; adormeceram em poucos instantes, exceto Dov, que voltara a sofrer com o antigo ferimento no joelho e os ossos fraturados. Dormindo e acordando, gemia e se virava continuamente, à procura de uma posição que não provocasse dor.

No meio da noite, também Mendel acordou sobressaltado; não se ouvia nenhum ruído, mas um facho de luz intensa entrava pela janelinha, e se deslocava de um canto para outro da isbá como para explorá-la. Mendel se aproximou da janela; o facho de luz o enquadrou por um instante e depois se apagou. Quando se refez da cegueira momentânea, distinguiu no clarão da neve três figuras humanas: eram três homens de macacão branco, usando esquis, armados. Um deles apontava uma metralhadora em cujo cano estava amarrada uma lanterna; naquele momento, cano e lanterna se voltaram para a neve. Os três sussurravam entre si, mas do interior da isbá não se percebia nenhum som. Depois o facho de luz penetrou de novo pela janelinha, ouviu-se um tiro de pistola, e uma voz gritou em russo:

"Estão sob nossa mira. Não se mexam; mantenham as mãos na cabeça. Um de vocês saia com as mãos levantadas e sem armas." Em seguida, a mesma voz repetiu a ordem em mau alemão. Dov fez um movimento em direção à porta, mas Pavel o antecedeu; antes que Dov se pusesse de pé, já abrira a porta e estava fora, com as mãos levantadas.

"Quem são vocês? De onde vêm e para onde vão?"

"Somos soldados, membros da resistência e judeus. Não somos desta região, estamos vindo de Novoselki."

"Perguntei-lhe também para onde vão."

Pavel hesitou; Mendel saiu com as mãos levantadas e se colocou ao lado dele.

"Companheiro, éramos cinqüenta e só dez estamos vivos. Combatemos e nosso acampamento foi destruído. Estamos desgarrados e cansados, mas em condições de lutar; procuramos um grupo que nos acolha. Queremos continuar a nossa guerra, que é também a de vocês."

O homem vestido de branco respondeu:

"Veremos depois se têm condições de lutar. Não podemos aceitar bocas inúteis; entre nós só come quem combate. Aqui é território nosso, e vocês tiveram sorte: vimos suas mulheres em cima da estufa e por isso não atiramos. Em geral não fazemos assim. Quando atiramos à primeira vista quase nunca nos enganamos." O homem deu uma risadinha, e acrescentou: "Quase!". O coração de Mendel se dilatou.

Amanhecia. Dois dos homens tiraram os esquis e entraram na isbá; o terceiro, o que havia falado, ficou de fora com a arma apontada. Era alto, muito jovem, e tinha uma barba preta curta; as roupas forradas sob o macacão de camuflagem conferiam aos três uma aparência obesa que não combinava com a agilidade dos seus movimentos. Os dois, de pistola em punho, ordenaram que ninguém se movesse, e com gestos rápidos e experientes revistaram todos, inclusive as duas mulheres, dirigindo-lhes algumas frases brincalhonas de desculpas. Perguntaram a cada um o nome e a origem, juntaram num canto as armas e as munições que encontraram, depois saíram de novo e fizeram ao chefe um breve relato, que dali de dentro pareceu incompreensível. O jovem barbudo baixou a arma, livrou-se dos esquis, entrou e sentou no chão familiarmente.

"Para nós, vocês não são perigosos. Chamo-me Piotr. Quem é o chefe de vocês?"

Dov disse: "Dá para ver que não somos um bando organizado. Somos os sobreviventes de um acampamento de famílias; entre nós havia velhos, crianças e gente de passagem. Eu era o decano deles, ou o chefe, se quiser me chamar assim. Combati ao lado de Manuíl 'Flecha' e do tio Vanka, e fui ferido em Bobruisk em fevereiro do ano passado. Estava na aviação. Com o tio Vanka andava também Gedale, éramos amigos. Conhecem Gedale?".

Piotr tirou do bolso um cachimbo curto e o acendeu. "Para nós vocês não são perigosos, mas poderiam acabar se tornando perigosos. Você tem cabelos brancos, chefe; foi da resistência; não sabe que aos da resistência não se fazem perguntas?"

Dov se calou, humilhado — sim, em tempo de guerra se envelhece rápido. Permaneceu de cabeça baixa, olhando para as mãos grossas que pendiam inertes dos pulsos e massageando o joelho de vez em quando.

Piotr recomeçou: "...Mas trataremos de não abandoná-los, combatentes ou não combatentes. Ao menos por algum tempo: o que pode acontecer depois, não sabemos, nem nossos chefes, nem ninguém. O nosso tempo corre como correm as lebres, velozes e em ziguezague. Quem faz um plano para o dia seguinte, e o cumpre, é hábil; quem faz planos para a semana seguinte é doido. Ou é um espião dos alemães".

Fumou tranqüilo ainda por alguns minutos, depois disse:

"O nosso acampamento não fica longe, poderíamos chegar lá amanhã antes de anoitecer. Conservem suas armas, mas descarregadas; as munições, tenham paciência, ficam conosco. Por enquanto. Depois, quando nos conhecermos melhor, veremos."

Puseram-se em marcha, os três esquiadores à frente e os outros atrás. A neve estava funda e fofa, e o peso dos três não era suficiente para consolidar o fundo; os dez que iam a pé avançavam com esforço, afundando a cada passo e diminuindo o ritmo da marcha. O mais lento era Dov; não se lamentava, mas estava visivelmente em dificuldades. Piotr lhe cedeu os seus bastões, que, no entanto, não o ajudaram muito; ofegava, estava pálido e coberto de gotas de suor, e era obrigado a parar com freqüência. Piotr, que ia na frente, voltava-se de vez em quando para olhar e estava inquieto — o terreno era aberto, sem árvores nem proteções; aos pântanos congelados se sucediam leves ondulações áridas, e do alto delas, virando-se para trás, via-se o rastro que deixavam, profundo como uma fenda e reto como um meridiano. No final do rastro apareciam eles, treze formigas; se chegasse um batedor alemão não haveria escapatória. Era uma sorte que o céu permanecesse coberto, mas não devia continuar assim por muito tempo. Piotr cheirava o ar como um sabujo — soprava um vento leve do norte; acabaria por levantar a neve e apagar o rastro, mas o céu ficaria limpo antes. Tinha pressa de alcançar o acampamento.

Saiu da pista e se deixou ultrapassar. Quando se viu ao lado de Dov, disse-lhe:

"Está cansado, tio; não se ofenda. Venha aqui, suba na parte de trás dos meus esquis e se mantenha abraçado a mim; ficará menos cansado." Dov obedeceu calado, e a dupla retomou a posição à frente. Foi uma vantagem para todos: sob o peso de ambos a neve se consolidava melhor, e os que seguiam a pé quase não afundavam mais. Line, a mais leve de todos, usava um par de coturnos acima do seu número, e flutuava na neve como se tivesse calçado raquetes; Leonid não se distanciava dela nem um palmo. Caminharam até a noite, pernoitaram num bivaque conhecido de Piotr e retomaram a marcha na manhã seguinte. Tiveram o acampamento ao alcance dos olhos antes do previsto, no meio da tarde, sob um sol vívido, exageradamente quente. "Ao alcance dos olhos", entenda-se, só para quem soubesse onde o acampamento estava situado e como ele era. Piotr lhes mostrou, a sudoeste, um amplo setor de floresta, que, como um horizonte traçado com um pincel sutil, separava o branco da neve do azul do céu invernal. Ali, em algum lugar em meio às árvores, encontrava-se o acampamento do bando de Ulybin; chegariam à noite, mas não em linha reta. Era uma experiência pela qual haviam pago um preço alto: jamais deixar pistas muito nítidas com tempo limpo e sem vento.

Era necessário fazer desvios; retomariam a direção certa protegidos pelas árvores.

Para os ex-cidadãos dos pântanos parecia um sonho. Novoselki tinha sido uma salvação precária e uma improvisação inteligente; o acampamento em que entravam era obra de profissionais, aprimorada pela experiência de três anos. Mendel e Leonid puderam confrontar a solidez organizativa do bando de Ulybin com as iniciativas presunçosas e levianas do bando errante de Venjamín.

Encontraram na parte mais densa do bosque, quase invisível para um olhar distraído, um conjunto de três cabanas de madeira, quase totalmente enterradas, dispostas ao longo dos lados de um triângulo eqüilátero. No centro do triângulo, igualmente pouco visível, ficavam a cozinha e o poço. A chaminé que lançava a fumaça no emaranhado dos galhos não fora uma invenção de Novoselki, a mesma coisa havia sido feita aqui — quando os tempos estão maduros certas descobertas desabrocham em vários lugares, e há circunstâncias em que os problemas têm apenas uma solução.

Em Novoselki, Dov tinha brincado com a profissão de Leonid; ele não necessitava de um contador. Em Turov encontraram um, ou melhor, um furriel em pleno exercício de suas funções. Era ao mesmo tempo representante da NKVD e comissário político, e se ocupou deles com eficiência e rapidez. Sobrenome, primeiro nome, arma a que pertenciam, para os que fossem militares, idade, profissão, registro de documentos (mas poucos entre eles possuíam documentos); depois para a cama, o restante na manhã seguinte. Para a cama, sim: no interior de cada cabana havia uma estufa e uma mesinha coberta de palha limpa, e o ar era enxuto e quente, embora o piso estivesse quase dois metros abaixo do nível do solo. Mendel adormeceu numa girândola de impressões confusas; sentia-se exausto, deslocado e ao mesmo tempo protegido, menos pai e mais filho, mais seguro e menos livre, em casa e no quartel; mas logo veio o sono, como uma pancada caridosa na cabeça.

Na manhã seguinte, o acampamento ofereceu aos refugiados nada menos que um banho quente, decorosamente separado para mulheres e para homens, numa tina grande colocada próximo às cozinhas. Seguiu-se a retirada dos piolhos, ou melhor, um convite a um autocontrole consciencioso, e a distribuição de roupa-branca, rústica e não nova mas limpa. Finalmente, uma portentosa *kasa* substancial e quente, consumida em comum usando colheres verdadeiras e pratos de alumínio verdadeiros, e seguida de um chá abundante e doce. Anunciava-se uma jornada tranqüila, com uma temperatura singularmente amena para a estação; nas zonas expostas ao sol a neve ameaçava derreter, o que provocou uma certa inquietude. "Para nós o gelo convém", disse Piotr a Mendel, fazendo as honras da casa; "com o degelo, se não ficarmos atentos, acabamos com as cabanas inundadas e nos afogamos na lama." Mostrou-lhes com orgulho a instalação elétrica. Um mecânico talentoso havia adaptado o cone duplo de um velho moinho à caixa de câmbio de um carro alemão — um cavalo vendado girava lentamente em círculos e por meio do sistema de engrenagens acionava um dínamo que carregava um grupo de baterias. Das baterias, quando tudo ia bem, vinha a luz elétrica e a energia para o retransmissor. "No lugar dos cavalos, no outono, pusemos quatro prisioneiros húngaros, durante uma semana."

"E depois os mataram?", perguntou Mendel.

"Só matamos alemães, e nem sempre. Não somos iguais a eles; matar não nos agrada. Vendados como estavam, nós os levamos para o outro lado do rio e deixamos que fossem para onde quisessem. Estavam meio tontos."

Piotr os preveniu para que não saíssem do acampamento, ou melhor, não se afastassem das cabanas por mais de trinta metros. "Aqui em volta, o bosque está todo minado. Há minas enterradas sob três dedos de terra, e há outras colocadas aos pares, coligadas por um barbante esticado debaixo da neve. Fizemos um bom trabalho: devagarinho, noite após noite, retiramos as minas de um acampamento alemão, recuperamos todas e as pusemos aqui. Não perdemos nem um único homem e, desde então, os alemães nos deixaram em paz. Mas nós não os deixamos tão em paz assim."

Piotr manifestava atração e curiosidade pelo grupo dos dez que havia encontrado na isbá e que estivera prestes a matar; era particularmente amigável com Mendel. Mostrou-lhe um trabalhinho, uma idéia concebida e realizada por Michaíl, o radiotelegrafista, sem a ajuda de ninguém. Num canto de sua cabana havia uma vetusta máquina tipográfica movida a pedal, com um pequeno acervo de caracteres cirílicos e latinos. Michaíl não era tipógrafo, mas dera um jeito. Tinha composto um manifesto de propaganda bilíngüe, em duas páginas espelhadas, em tudo semelhante àqueles de que os alemães haviam inundado todas as cidades e aldeias da Rússia ocupada. O texto alemão era copiado dos cartazes alemães originais; prometia a restauração da propriedade privada e a reabertura das igrejas, convidava os jovens a se alistar na Organização do Trabalho e ameaçava de graves penas os da resistência e os sabotadores. O texto russo que estava ao lado não era a tradução do texto alemão, ao contrário, era sua negação. Dizia:

> Jovens soviéticos! Não acreditem nos alemães que invadiram a nossa pátria e massacram nossas populações. Não trabalhem para eles; se forem para a Alemanha, vão passar fome e ser chicoteados, e serão marcados como gado; quando voltarem (se voltarem!) terão que acertar contas com a justiça socialista. Nem um único homem, nem um único quilo de trigo, nem uma única informação aos traidores hitleristas! Venham conosco, alistem-se no Exército da Resistência!

Em ambas as versões havia diversos erros de ortografia, mas não era culpa do radiotelegrafista: na caixa, os ás e os és eram raros, e então ele tinha usado os caracteres que lhe pareceram mais adequados. Havia tirado várias centenas de cópias que tinham sido distribuídas e afixadas em Baranovici, Rovno e Minsk.

Havia muitas armas leves para consertar e lubrificar; em Turov, Mendel logo encontrou seu trabalho. Nos momentos em que estava ocioso, Piotr não saía de perto dele.

"Vocês são todos judeus?"

"Não, só seis: eu, as duas mulheres, o jovem que está sempre com a moça miúda, aquele velho que você carregou no esqui, e

Pavel Jurevic, o mais robusto de todos. Os outros quatro são desgarrados que se uniram a nós pouco antes de os alemães destruírem o nosso acampamento."

"Por que os alemães querem matar todos vocês?"

"É difícil explicar", respondeu Mendel. "Seria necessário entender os alemães, e eu jamais consegui. Os alemães pensam que um judeu vale menos que um russo e um russo menos que um inglês, e que um alemão vale mais que todos; pensam também que quando um homem vale mais que outro homem, tem o direito de fazer dele o que quiser, até mesmo escravizá-lo ou matá-lo. Talvez nem todos estejam convencidos disso, mas são essas coisas que lhes ensinam na escola, e é dessas coisas que a propaganda deles fala."

"Creio que um russo vale mais que um chinês", disse Piotr, pensativo, "mas se a China não fizesse nada de errado contra a Rússia, não me passaria pela cabeça matar todos os chineses."

Mendel disse: "Eu, ao contrário, acho que não faz muito sentido dizer que um homem vale mais que outro. Um homem pode ser mais forte que outro porém menos sábio. Ou mais instruído porém menos corajoso. Ou mais generoso porém mais estúpido. Assim, o seu valor depende daquilo que se espera dele; alguém pode ser excelente no seu ofício, e não valer mais nada se o puserem para fazer um trabalho diferente".

"É exatamente como você está dizendo", disse Piotr, iluminando-se todo. "Eu era o tesoureiro do Komsomol, mas era distraído, errava as contas, e todos riam pelas minhas costas e diziam que eu não servia para nada. Depois veio a guerra, logo me apresentei como voluntário, e desde então parece que tenho mais valor. É estranho: matar não me agrada, mas atirar sim, e assim acontece que também matar não me perturba muito. No início era diferente, eu tinha escrúpulos, tinha também uma idéia estúpida. Pensava que os alemães, em vez de ter uma pele como a nossa, fossem forrados de aço, e que as balas ricocheteariam. Agora mudou; já matei vários alemães, e vi que são macios como nós, talvez até mais. E você, judeu, quantos alemães matou?"

"Não sei", respondeu Mendel. "Estava na artilharia; sabe, não é como usar um fuzil, você instala a arma, aponta, atira e não se vê nada; quando dá certo, vê-se a explosão inicial, a cinco ou dez quilômetros. Quem sabe quantos morreram pela minha mão? Talvez mil, talvez nenhum. As ordens chegam por telefone ou por rádio, através do fone de ouvido: três graus à esquerda, inclinação menos um grau, você obedece e tudo acaba ali. É como para os aviões de bombardeio, ou quando se joga ácido num formigueiro para matar formigas; morrem cem mil formigas e você não ouve nada, não percebe nada. Mas na minha aldeia os alemães obrigaram os judeus a cavar uma vala, e depois os colocaram de pé na beirada e fuzilaram todos, até as crianças, e também vários cristãos que escondiam judeus, e entre os fuzilados estava minha mulher. E desde então penso que matar é terrível, mas os alemães nós não podemos deixar de matar. De longe ou de perto, do seu jeito ou do nosso. Porque matar é a única linguagem que entendem, o único raciocínio que os convence. Se atiro num alemão, ele é obrigado a admitir que eu, judeu, valho mais que ele; é essa a lógica para ele, entende, não para mim. Eles só entendem a força. É claro, convencer alguém que morre não ajuda muito, mas com o passar do tempo também os seus camaradas acabam por entender alguma coisa. Os alemães começaram a entender alguma coisa só depois de Stalingrado. Aí está, por isso é importante que sejamos membros da resistência judeus, e judeus no Exército Vermelho. É importante, mas é horrível também; só se matar um alemão vou conseguir convencer os outros alemães de que sou um homem. Todavia, temos uma lei que diz 'Não matarás'."

"...Mas vocês são estranhos. São gente estranha. Uma coisa é atirar e outra é fazer raciocínios. Se uma pessoa raciocina demais acaba não atirando direito, e vocês raciocinam demais. Talvez seja por isso que os alemães os dizimam. Veja, eu, por exemplo, estou no Komsomol desde criança, daria a vida por Stalin como fez meu pai, creio em Cristo salvador do mundo como crê minha mãe, gosto de vodca, gosto de mulheres, gosto também de atirar, e vivo bem aqui nas planícies caçando fascistas, e não fico raciocinando muito a respeito disso. Se uma das minhas idéias não combina com outra, não me importa nada."

Mendel escutava com os ouvidos e metade do cérebro, enquanto usava a outra metade e as mãos para desenferrujar com petróleo os parafusos e as molas de um fuzil automático que havia desmontado. Aproveitou aquele momento de confidência para dirigir a Piotr uma pergunta que era importante para ele e para Dov.

"O que aconteceu com o vice-comandante de vocês? Não estava aqui com vocês Gedale, Gedale Skidler, um judeu meio russo e meio polonês que tinha combatido em Kosovo? Um alto, com nariz em forma de bico e boca grande?"

Piotr demorou a responder: olhava para cima e coçava a barba, como para trazer de volta à mente lembranças apagadas havia anos. Depois disse:

"Sim, sim. Gedale, claro. Mas ele nunca foi vice-comandante; só dava ordens às vezes, quando Ulybin estava ausente. Partiu numa missão, Gedale. Deve voltar, sim; dentro de uma semana, ou quem sabe duas, até três. Ou pode ser que tenha sido transferido; na resistência, nunca existe nada seguro."

"Este Piotr é melhor correndo com os esquis do que dizendo mentiras", disse Mendel para si mesmo. Depois perguntou, rindo:

"Era um daqueles que raciocinam demais?"

"Não é que raciocinasse demais; não mesmo, não era esse o seu defeito, mas era estranho, ele também. Já lhe disse, vocês, judeus, realmente são todos meio estranhos, num sentido ou noutro, não é uma crítica. Esse Gedale atirava quase tão bem quanto eu, não sei quem tinha lhe ensinado; mas fazia poesias, e carregava sempre um violino."

"Compunha canções e as acompanhava com o violino?"

"Não, as poesias eram uma coisa e o violino era outra. Tocava de noite; estava com ele quando os alemães deram aquela batida grande ao redor de Luninets. Conseguimos furar o cerco, e um soldado austríaco atirou nele; a bala traspassou o violino, e assim perdeu a força e não fez nada nele. Ele vedou os furos com resina de pinheiro e esparadrapo da enfermaria, e desde então passou a carregar sempre o violino. Dizia que tocava melhor que antes, e até pendurou no instrumento uma medalha de bronze que encontramos num húngaro morto. Como pode ver, era mesmo um tipo estranho."

"Se fôssemos todos iguais, o mundo seria aborrecido. Temos uma bênção especial para dirigir a Deus quando vemos uma pessoa diferente das outras: um anão, um gigante, um negro, um homem coberto de verrugas. Dizemos: 'Bendito seja, Senhor nosso Deus, rei do Universo, que variou o aspecto de Suas criaturas'. Se louvamos alguém por suas verrugas, com mais razão temos que louvar um membro da resistência que toca violino."

"Você tem razão, e ao mesmo tempo provoca raiva. Gedale também era assim. Sempre queria dar a opinião dele, e não se entendia muito bem com Ulybin, e tampouco com Maksím; Maksím é o furriel, ou seja, o escriba, o que faz as contas e vem da NKVD. Mandaram-no de Moscou para cá de pára-quedas, para manter a disciplina; como se a disciplina fosse a coisa mais importante. De resto, nem eu me entendo muito bem com Maksím."

Mendel tinha que bater no ferro enquanto ainda estava quente. "Afinal, o que houve entre Gedale e o comandante?"

"Bem, houve uma briga, no começo do inverno. Fazia tempo que já não se entendiam, Ulybin e Gedale. Não, não por causa do violino, havia motivos mais sérios. Gedale queria andar pelos bosques e pântanos e reunir um bando de judeus da resistência. Ulybin, ao contrário, dizia que as ordens de Moscou eram diferentes; os combatentes judeus deviam ser aceitos separadamente, nos destacamentos russos. O rompimento ocorreu quando Gedale escreveu uma carta e a enviou a Novoselki sem a permissão de Ulybin; não sei o que estava escrito na carta, e tampouco saberia lhe dizer qual dos dois tinha razão. O que se pode afirmar é que Ulybin estava furioso, podiam-se ouvir seus gritos pelo acampamento inteiro, e dava socos na mesa."

"O que ele gritava?"

"Não entendi bem", respondeu Piotr, enrubescendo.

"O que ele gritava?", insistiu Mendel.

"Gritava que não queria mais ouvir falar de poetas em seu destacamento."

"Não terá dito exatamente 'poetas'", disse Mendel.

"Sim. Não disse 'poetas'." Piotr se calou por um instante, depois acrescentou: "Mas diga-me: é verdade que foram vocês que crucificaram Jesus?".

No acampamento de Turov, os refugiados de Novoselki encontraram segurança e um certo bem-estar material, mas se sentiam pouco à vontade. Os quatro de Ozarici foram enquadrados regularmente; os outros seis, incluindo as duas mulheres, receberam várias tarefas nos serviços. Ulybin, alguns dias após a chegada deles, havia recebido a todos com um distanciamento gentil, e depois não tinha mais aparecido.

A temperatura havia caído aos poucos — em meados de janeiro chegou a quinze graus abaixo de zero; no final de janeiro, a trinta graus abaixo de zero. Do acampamento partiam pequenas patrulhas de esquiadores, para expedições de abastecimento, ou para ações de distúrbio e sabotagem das quais Mendel recebia notícias por intermédio de Piotr.

Certo dia Ulybin mandou perguntar quem entre eles falava alemão. Todos os seis judeus o faziam, mais ou menos corretamente, com um sotaque iídiche mais ou menos marcado: por que aquela pergunta? Do que se tratava? Ulybin, pela boca de Maksím, anunciou que desejava falar com o homem que tivesse a melhor pronúncia; as mulheres não, para aquela tarefa não serviam.

Naquela noite, na cabana bem aquecida, foi distribuído um rancho especial. Pouco depois do pôr-do-sol um trenó tinha chegado ao acampamento, descarregara uma caixa e tinha ido logo embora; no jantar, o furriel entregou a cada um uma lata de formato estranho. Mendel a revirou entre as mãos, perplexo; era pesada, não tinha rótulo, e a tampa, soldada com estanho, era menor que o diâmetro externo da lata. Viu que os comensais, com a ponta da faca, faziam dois furos no espaço anular ao redor da tampa — um pequeno e um maior; no furo grande derramavam um pouco de água, e depois o tapavam com massa de pão. Cada vez mais curioso, imitou-os, e sentiu que a latinha esquentava até lhe queimar a mão, enquanto do furo aberto saía o cheiro bem conhecido de acetileno. Como os demais, aproximou um fósforo aceso, e em breve a mesa foi circundada por uma alegre coroa de chamas, como num conto de fadas. Dentro da latinha havia carne e ervilhas; no interstício havia carbureto, que, reagindo com a água, esquentava o conteúdo.

Enquanto lá fora soprava a tormenta, Pavel deu um show à luz trêmula das chamas. Mostrava-se comicamente indignado:

"Como é que é? Esqueceram de mim? Ou estão fazendo de conta que não sabem? Ah, mas dá para entender, é claro, *ma ganz bestimmt*! Falo alemão como um alemão, se quiser; melhor que Hitler, que é austríaco. Falo com sotaque de Hamburgo, ou de Stuttgart, ou de Berlim, como o cliente desejar. Ou sem sotaque, como o rádio. Falo também russo com sotaque alemão, ou alemão com sotaque russo. Digam isso ao comandante. Digam-lhe que fui ator e andei pelo mundo. E que fui também locutor de rádio, e lá fazia até números cômicos; a propósito, sabem a história do judeu que comia a cabeça dos arenques?"

Contou-a, num russo misturado com inflexões iídiches ridículas, depois contou outra e outra ainda, recorrendo ao corpus inexaurível da auto-ironia hebraica, surreal e sutil, justo contrapeso ao ritual, que é igualmente surreal e sutil: talvez o fruto mais refinado da civilização que através dos séculos se decantou do mundo transtornado do hebraísmo asquenaze. Seus companheiros sorriam embaraçados, os russos seguravam a barriga e explodiam em gargalhadas. Davam-lhe tapas sonoros nos ombros robustos, incitando-o a continuar, e Pavel não pedia nada mais: há quantos anos não tinha um público?

"...e a história de Jeschiva Bucherim, dos alunos da escola rabínica, que tinham sido alistados no exército, vocês sabem? Foi no tempo do czar, e nessa época as escolas rabínicas eram muitas, da Lituânia até a Ucrânia. Eram necessários ao menos sete anos para se tornar rabino, e os estudantes eram quase todos pobres; mas mesmo os que não eram pobres, eram pálidos e magros, pois um Jeschiva Bucher deve comer apenas pão temperado com sal, beber água e dormir nos bancos da escola, tanto que ainda hoje se diz: '*Nebech*, coitado, é magro como um Jeschiva Bucher'. Bem, oficiais de recrutamento se intrometem numa escola rabínica e todos os alunos são alistados na infantaria. Passa um mês e os instrutores percebem que todos os rapazes têm uma pontaria infalível: todos se tornam atiradores exímios. Por quê? Não sei lhes dizer, a história não nos diz. Quem sabe porque estudar o Talmude aguça a vista. Vem a guerra e o regimento talmudista vai ao front, na linha de frente. Encontram-se na trincheira, com os fuzis apontados, e eis que o inimigo avança. O comandante grita: 'Fogo!', nada, ninguém atira. O inimigo se aproxima cada vez mais. O comandante berra de novo: 'Fogo!', e de novo ninguém obedece: o inimigo já se acha a uma distância mínima. 'Fogo, eu disse, porcos filhos da puta! Por que não atiram?', urra o oficial..."

Pavel se interrompe: Ulybin tinha entrado, sentara-se à mesa, e logo o burburinho excitado dos ouvintes havia cessado. Ulybin tinha uns trinta anos, estatura média, era musculoso e moreno: um rosto oval, impassível, sempre recém-barbeado.

"Bem, por que não vai em frente? Ouçamos como termina", disse Ulybin. Pavel recomeçou, com menos segurança e menos brio:

"Então um dos estudantes disse: 'Não vê, senhor capitão? Não se trata de silhuetas de papelão, são homens como nós. Se atirássemos neles, poderíamos lhes fazer mal'."

Os ouvintes ao redor da mesa esboçaram risinhos hesitantes, olhando alternadamente Pavel e Ulybin. Ulybin disse: "Não ouvi o princípio. Quem eram esses que não queriam disparar?".

Pavel fez um resumo bastante confuso do início da historieta e Ulybin perguntou com voz glacial:

"E vocês, o que fariam?"

Houve um breve silêncio, depois se ouviu a voz baixa de Mendel:

"Nós não somos Jeschiva Bucherim."

Ulybin não respondeu, mas pouco depois perguntou a Pavel:

"É você que fala alemão?"

"Sou eu."

"Amanhã virá comigo. Algum de vocês conhece um pouco de eletricidade?"

Mendel levantou uma das mãos: "Em minha aldeia, consertava rádios".

"Bem, venha também você."

Ulybin mandou acordar Mendel e Pavel às quatro da madrugada, em plena escuridão. Enquanto faziam uma refeição leve, explicou o objetivo da expedição. Um dos membros do bando, em patrulha pelo bosque, viu uma linha telefônica que os alemães tinham instalado entre a aldeia de Turov e a estação de Zitkovici: não tinham fincado postes, haviam simplesmente pregado os fios nas árvores. O patrulheiro subira numa árvore e cortara o fio.

Depois havia retornado ao acampamento, orgulhoso de sua iniciativa, e Ulybin lhe dissera que era uma besta: as comunicações telefônicas não devem ser interrompidas mas interceptadas. Em Turov havia uma instalação telefônica de acampamento, jamais utilizada. Era possível restabelecer a linha e se conectar para ouvir o que os alemães diziam? Sim, respondeu Mendel, era possível, desde que houvesse um microfone. Era preciso partir imediatamente, disse Ulybin, antes que os alemães, percebendo que a linha fora interrompida, suspeitassem de alguma coisa.

Partiram os quatro, Ulybin, Mendel, Pavel e Fedja, o jovem que havia encontrado o fio e o tinha cortado. Fedja ainda não tinha dezessete anos, nascera em Turov mesmo, a menos de uma hora de caminhada daquele acampamento, e conhecia aqueles bosques desde criança, quando andava por ali em busca de ninhos. Voava sobre os esquis, silencioso e seguro na escuridão, como um lince, parando de vez em quando para esperar os demais. Ulybin se saía bastante bem; Mendel andava com esforço, pouco habituado e atrapalhado com os laços muito largos; Pavel usava esquis pela primeira vez na vida, suava apesar do frio cortante, caía com freqüência e xingava baixinho. Ulybin estava impaciente: seria prudente consertar a linha antes que o dia clareasse. Sorte que, segundo Fedja, o lugar não era muito distante.

Alcançaram-no depois de uma hora de marcha. Mendel trouxera alguns metros de condutor; tirou os esquis e subindo nas costas de Pavel conectou em poucos minutos as duas pontas do fio que balançavam na neve; mas para executar a operação teve que tirar as luvas e sentia que suas mãos se entorpeciam rapidamente por causa do gelo. Teve que interromper a operação e friccionar longamente as mãos com a neve, enquanto Ulybin examinava o céu que começava a clarear, e batia os pés por causa do frio e da impaciência. Depois Mendel ligou um dos fios do microfone ao fio aéreo, desceu, instalou no chão um piquete em que conectou o outro fio. Ulybin lhe arrancou o microfone da mão e o colocou no ouvido.

“O que está ouvindo?”, perguntou Mendel baixinho.

“Nada. Só um chiado.”

“Está bem”, murmurou Mendel. “É sinal de que os contatos funcionam.”

Ulybin estendeu o microfone a Pavel. "Fique você na escuta, pois entende alemão. Se ouvir falar, me faça um sinal." Depois perguntou a Mendel: "Se tivéssemos que falar entre nós, poderiam nos ouvir?".

"É só não falar muito alto e cobrir o microfone com a luva. Mas, se for preciso, pode-se também tirar o contato do piquete: é coisa rápida."

"Bem. Esperaremos amanhecer, depois vamos embora. Voltamos aqui amanhã à noite. Pavel, se você ficar com frio, eu o substituirei."

Com efeito, todos os quatro alternaram-se na escuta; quem sentia frio ia bater mãos e pés longe do microfone. Por volta das sete, Fedja piscou animadamente para o chefe e passou o microfone para Pavel. Ulybin o puxou de lado:

"O que ouviu?"

"Ouvi um alemão que chamava 'Turov, Turov'; mas de lá ninguém respondia." Naquele mesmo instante, Pavel agitou a mão na luva e sacudiu a cabeça afirmativamente várias vezes: alguém tinha respondido. Ficou à escuta por alguns minutos, depois disse:

"Terminaram. Que pena!"

"O que diziam?", perguntou Ulybin.

"Nada de importante, mas me diverti. Havia um alemão que se queixava de não ter dormido por causa de contrações no estômago e pedia a um outro alemão um determinado remédio. Aquele que tinha contrações se chama Hermann, e o outro Sigi. Sigi não tinha o remédio, bocejava, parecia chateado e interrompeu a comunicação. Estava a ponto de lhe dizer que nós temos um bom remédio: será que me ouviria?"

"Não estamos aqui para brincadeiras", disse Ulybin. Depois, acrescentou que, apesar do risco, decidira que permaneceriam ali durante algumas horas: a ocasião era muito boa.

De fato, pouco depois interceptaram uma conversa mais interessante. Dessa vez era Sigi que, do posto de Turov, chamava Hermann: anunciava ter tentado várias vezes entrar em contato com a guarnição de Medvedka, mas ninguém respondia. Hermann, ainda passando mal, respondeu que os quatro homens de Medvedka podiam ter saído a passeio; que Sigi não se preocupasse. Mas Sigi insistia em esclarecer a história: tinha ouvido falar de

"Banditen" nos arredores. Hermann, de patente mais alta ou talvez apenas mais velho, lhe dera um conselho: pegasse um de seus homens, o disfarçasse de lenhador com cordas e um machado, e o mandasse de Turov a Medvedka para ver de perto o que estava acontecendo.

"A que distância fica Medvedka?", perguntou Ulybin a Fedja.

"Daqui, serão seis ou sete quilômetros."

"E quantos de Turov a Medvedka?"

"Mais ou menos o dobro."

"Qual o tamanho de Medvedka?"

"Não chega a ser uma aldeia: é apenas uma fazenda coletiva. Uns trinta camponeses trabalhavam lá, mas creio que agora está abandonada."

"Vão vocês dois", disse Ulybin a Fedja e Mendel, "e me tragam esse lenhador vivo. Vamos esperá-los aqui ou bem perto."

Mendel e Fedja voltaram por volta de meio-dia trazendo junto o prisioneiro, ileso mas aterrorizado; tinham amarrado suas mãos às costas com fio telefônico. Encontraram Ulybin, que tremia de impaciência. Sigi tinha chamado Hermann de novo; estava inquieto, o lenhador ainda não tinha voltado. Hermann murmurou alguma coisa reclamando da neve e do bosque, depois mandou Sigi enviar outro homem, vestido de camponês, que seguisse o caminho ao longo do rio. Para ser verossímil, o camponês deveria carregar duas galinhas. Ulybin ordenou que Mendel e Fedja fossem imediatamente à curva do rio e esperassem o camponês.

Dessa vez a espera foi mais longa: os dois homens, o segundo prisioneiro e as duas galinhas só chegaram ao pôr-do-sol. Os dois prisioneiros não eram alemães, mas ucranianos da polícia auxiliar, e não foi difícil fazê-los falar. Em Turov, os alemães eram só sete ou oito; eram soldados da milícia territorial já maduros, com pouca disposição para sair da aldeia e nenhuma para se meter em alguma aventura com os da resistência. Em Zitkovici, a situação era diferente; em outubro, alguém havia sabotado os trilhos da ferrovia próxima à cidadezinha, um trem de carga havia descarrilado e a ponte sofrera danos; desde então, montaram um posto mais reforçado e belicoso, que mantinha sob controle a estação e a estrada de ferro. Havia um pelotão da Wehrmacht que dispunha de um pequeno arsenal e uns vinte auxiliares ucranianos e lituanos. Havia ainda um depósito de víveres e de forragem e um escritório da Gestapo.

Antes de se pôr a caminho rumo ao acampamento, Ulybin decidiu mandar uma mensagem aos alemães. Deu instruções a Pavel, que respondeu: "Deixe comigo". Pegou o microfone e chamou com intervalos regulares Turov e Zitkovici, até que alguém respondesse. Então Pavel disse:

"Aqui fala o coronel conde Heinrich von Neudeck und Langenau, comandante do III regimento da 13ª divisão do Exército Vermelho, seção da Frente Interna e das Zonas Ocupadas. Quero falar com a maior patente do posto." Pavel estava entusiasmado. Enterrado na neve até os joelhos, no bosque já escuro e batido pelo vento gelado, tendo na mão um absurdo fone cujos fios se perdiam no emaranhado de galhos carregados de neve, exibia um alemão autoritário e estrondoso, marcial e gutural, com erres e *chs* que emergiam perfeitos do fundo da garganta: elogiou mentalmente a si mesmo, bravo Pavel Jurevic, por Baco, você está mais prussiano que um prussiano!

Respondeu-lhe uma voz assustada e perplexa que pedia explicações: vinha da guarnição de David-Gorodok.

"Nada de explicações", respondeu Pavel com voz sonora, "nem objeções. Atacaremos amanhã o seu posto com quinhentos homens: vamos lhes dar quatro horas para evacuar, vocês e seus ajudantes traidores. Não deve permanecer nem um único homem aí: enforcaremos todos os que encontrarmos na guarnição. Encerro." A um sinal de Ulybin, Mendel arrancou as conexões, e eles quatro mais os dois prisioneiros se puseram em marcha rumo ao acampamento. Nem o soturno Ulybin, tão avarento de palavras e principalmente de elogios, conseguia reprimir um seco sorriso desajeitado, que não subia até os olhos mas lhe torcia os lábios empalidecidos pelo frio. Sem se dirigir a ninguém em especial, como se estivesse pensando em voz alta, disse: "Muito bem. Esta noite, na Gestapo, vão ter assunto para discussão. Devem telefonar a Berlim para apurar quem é o conde desertor". Mendel perguntou a Pavel:

"Foi sua a idéia do coronel?"

"Não, o coronel foi de Ulybin, mas o conde era meu. Não lhe dei um belo nome?"

"Muito bonito. Como era?"

"Ah, como quer que eu lembre? Se quiser, invento logo outro."

Ulybin, sem se preocupar com a presença dos prisioneiros, disse:

"Não atacaremos David-Gorodok com quinhentos homens. Atacaremos Zitkovici com cinqüenta homens. Não creio que os alemães tenham engolido essa, mas, por via das dúvidas, mandarão reforços de Zitkovici a David-Gorodok e assim encontraremos menos resistência."

Já era noite; Ulybin tirou uma lanterna da mochila e a amarrou ao cano da metralhadora, mas a deixou apagada. Puseram-se em marcha. Fedja à frente, nos esquis, em seguida os dois ucranianos e, por fim, nesta ordem, Pavel, Mendel e Ulybin. Quando atravessavam um trecho de bosque fechado, o ucraniano vestido de lenhador saiu da pista de repente e fugiu pela esquerda, arrancando na neve e tentando se ocultar atrás das árvores. Ulybin acendeu a lanterna, apontou o estreito cone de luz sobre o fugitivo e disparou um único tiro. O ucraniano se dobrou para a frente, deu ainda alguns passos, depois caiu sobre as mãos; naquela posição, de quatro como um animal, avançou ainda por vários metros, cavando na neve um sulco manchado de sangue, depois parou. Alcançaram-no: estava ferido numa tíbia, parecia que a bala atravessara a perna e quebrara o osso.

Ulybin passou o fuzil a Mendel, sem dizer uma palavra.

"Quer que eu...?", gaguejou Mendel.

"Adiante, Jeschiva Bucher", disse Ulybin. "Não pode andar e, se o encontram, dá com a língua nos dentes. Um espião não muda: permanece sempre espião."

Mendel sentiu uma saliva amarga lhe invadir a boca. Recuou dois passos, mirou cuidadosamente e disparou. "Vamos", disse Ulybin, "as raposas cuidarão dele." Depois se virou de novo para Mendel, iluminando-o com a lanterna: "É a primeira vez? Não se preocupe: depois fica fácil".

5

JANEIRO-MAIO DE 1944

O ataque a Zitkovici jamais aconteceu. O rádio do acampamento, que fazia várias semanas só dava informações sobre os movimentos dos alemães e notícias do front, transmitia repetidamente, na noite em que o pelotão de Ulybin voltou, a frase em código que significava "permanecer na escuta". Houve uma discussão entre Ulybin e Maksím, prevalecendo o parecer deste último, que era considerado o representante do governo e do partido junto ao bando: não tomar iniciativas, aguardar, talvez chegassem ordens para alguma operação particular.

Ulybin se isolou. Raramente aparecia, e só para despejar observações e críticas. Ao cozinheiro porque a *kasa* estava muito salgada: será porque o sal vem grátis do céu como a neve? Ao radiotelegrafista por serem indecifráveis as suas notas. A Pavel porque comia e falava demais. A todos porque, segundo ele, o acampamento nunca estava suficientemente limpo e arrumado. Para as duas mulheres, que ficaram relegadas à cozinha, olhava com desconfiança; por timidez ou desprezo, não dirigia a palavra a ninguém, exceto por razões estritas de serviço.

Para com Dov, Ulybin manifestava o respeito contrariado que se tributa aos anciãos aos quais se é superior em autoridade e que desliza com facilidade na irritação e na grosseria. Dov tinha se recuperado mal do cansaço da marcha mais recente. O joelho ferido doía sem parar; à noite lhe retirava o alívio do sono e durante o dia lhe impedia os movimentos. Em Novoselki, numa comunidade fechada na defesa, sua escassa eficiência física era tolerável, compensada como era pela experiência. No campo de Turov, constituído exclusivamente por jovens, Dov sabia que representava um peso e não tinha ilusões. Procurava se tornar útil na cozinha, na faxina, nos pequenos trabalhos de manutenção: ninguém o rechaçava, mas ele se sentia supérfluo. Tinha se tornado taciturno, e como todos sabiam quão contagiosos são a tristeza e o desânimo, poucos lhe dirigiam a palavra. Pavel, que havia alcançado uma certa popularidade com a história da interceptação, tratava-o com cordialidade ruidosa e protocolar: dá para entender, com o frio e a umidade os ossos doem, acontece inclusive em Moscou, imagine aqui, no meio dos pântanos e nessas cabanas, metade sob a terra e metade sob a neve. Mas a primavera não ia demorar e com a primavera, quem sabe, chegaria a paz: parece que os russos tinham ultrapassado o Dnieper e que combatiam para os lados de Krivoj Rog...

Dov só ficava à vontade com Mendel e Sissl. Mendel tratava de animá-lo, mas com discrição instintiva evitava qualquer referência à sua deficiência e ao cansaço; tratava de distraí-lo, pedia-lhe conselhos, opiniões sobre o andamento da guerra, como se Dov pudesse saber mais do que o rádio transmitia. Ainda mais repousante para Dov era a presença de Sissl. Dona de fala tranqüila e movimentos serenos, Sissl sentava-se ao lado dele e com mãos ágeis, mas grandes como as de um homem, descascava batatas ou remendava calças e jaquetas já desesperadamente remendadas. Ficavam calados durante muito tempo, saboreando aquele silêncio descontraído e natural que nasce da confiança recíproca: quando se têm em comum experiências doloridas, não se sente necessidade de falar. Também Mendel se detinha de boa vontade a observar o rosto de Sissl, dedicada ao trabalho, sob a luz quente da lâmpada elétrica muito fraca. Aquele rosto contrastava com o corpo robusto e maduro de mulher, e atestava uma complicada mistura de sangues. Sissl tinha pele clara, cabelos louros lisos que trazia repartidos ao meio, numa risca reta, na frente, e amarrados na nuca num coque. Também as sobrancelhas eram loiras; os olhos tinham corte oblíquo e se ligavam ao nariz por uma leve prega mongólica, mas tinham a cor cinzenta dos olhos bálticos. Tinha a boca larga e macia, maçãs altas, queixo e maxilares de desenho nobre mas pronunciado. Não mais tão jovem, Sissl emanava segurança e tranqüilidade, mas não alegria, como se seus ombros largos pudessem servir de escudo contra qualquer adversidade.

Não falava nunca do pai. Fazia Dov contar histórias de caçadas na floresta, as astúcias do lince, a estratégia dos lobos na matilha, as emboscadas do tigre siberiano. Na aldeia de Dov, Mutoraj sobre a Tunguska, distante três mil quilômetros, o inverno durava nove meses e a um metro de profundidade o solo jamais se descongelava, mas Dov falava dela com nostalgia. Lá, quem não era caçador não era homem. Mutoraj era uma aldeia única no mundo. Em 1908, quando ele tinha dez anos, a oitenta quilômetros de distância caíra uma estrela, um meteoro ou um cometa; tinham vindo cientistas do mundo inteiro, mas nenhum havia esclarecido o mistério. Ele lembrava bem daquele dia: o céu estava sereno, mas tinha ocorrido uma explosão como de cem trovões, e a floresta ardera num incêndio tão grande que a fumaça havia escurecido o sol. Abrira-se uma cratera enorme e num raio de sessenta quilômetros todas as árvores estavam queimadas ou tinham sido derrubadas. Era verão e o incêndio fora extinto bem às portas da cidadezinha.

Mendel, Pavel, Leonid, Line e os homens de Ozarici participavam dos exercícios de marcha e tiro e das expedições de aprovisionamento, nas fazendas e nas aldeias circunstantes. Elas ocorriam em geral sem atritos nem oposição por parte dos camponeses; o fornecimento de víveres aos da resistência era um imposto *in natura*, inicialmente forçado e agora uma rotina. Os camponeses, mesmo os mais descontentes com a coletivização, já tinham entendido qual era o lado vencedor; além disso, o bando de Ulybin os defendia contra as batidas dos alemães, vorazes de mão-de-obra para os campos de trabalho forçado.

Pavel retornou a cavalo de uma dessas expedições, com ares de valentão e o gorro de pele atravessado na cabeça. Não era um cavalo de sela, mas de carga, majestoso e velho; Pavel disse que o encontrara no bosque, perdido e faminto, mas ninguém acreditou nele: o animal não era assim tão magro. Pavel o considerava seu de pleno direito, afeiçoou-se ao cavalo e este a ele: chamado, acorria como um cachorro, sem fôlego e com seu trote pesado. Pavel jamais tinha cavalgado, e de resto a garupa do cavalo era tão larga que obrigava o cavaleiro a uma posição pouco natural, mas nas horas de folga era fácil encontrar Pavel treinando equitação ao redor das cabanas. Ulybin disse que o cavalo de Pavel devia se revezar com o outro que fazia girar o dínamo. Pavel se opôs, diversos companheiros tomaram seu partido, e Ulybin, que demonstrava uma inexplicável parcialidade por Pavel, não tocou mais no assunto.

O comandante se mostrava menos indulgente com Leonid. Não via com bons olhos sua ligação com Line, que por outro lado era objeto de comentários e brincadeiras por parte de todos: benévolos ou malévolos, conforme as circunstâncias. Leonid se agarrara à moça com a ansiedade frenética do náufrago que encontra uma tábua flutuante. Parecia querer envolvê-la num abraço total, que a defendesse de todos os outros contatos humanos e a seqüestrasse do mundo. Já não falava com ninguém, nem com Mendel.

Certo dia, Ulybin interpelou Mendel:

"Não tenho nada contra as mulheres e isso não é problema meu; mas pressinto que aquele seu amigo vai arrumar confusão e arrastar alguém junto. Os casais fixos vão bem em tempo de paz: aqui é diferente. Aqui há duas mulheres e cinqüenta homens."

Mendel estava a ponto de lhe responder como respondera a Dov em Novoselki, ou seja, que ele não era responsável pelos atos de Leonid, mas sentia que Ulybin era feito de um metal mais duro: conteve-se e respondeu vagamente que falaria com ele, mas sabia que estava mentindo. Não ousaria dizer nada a Leonid; pela relação dele com Line nutria uma mistura de sentimentos contrastantes que, desde que estava em Turov, havia tentado destrinçar.

Sentia inveja: quanto a isso não tinha dúvidas e até se envergonhava um pouco. Inveja, embebida em ciúmes, dos dezenove anos de Leonid, daquele seu amor precipitado e nativo que lhe recordava dolorosamente o seu próprio, de seis anos antes (ou sessenta, ou seiscentos?), aquele que o atirara nos braços de Rivke como uma flecha que busca o alvo: Rivke! Inveja também da sorte que havia guiado Leonid para dentro do campo de força que Line irradiava: um rapaz como ele podia cair em alguma armadilha, mas Line não parecia uma mulher-armadilha. O que Line podia ter visto em Leonid?, Mendel perguntava a si mesmo. Talvez apenas um náufrago: há mulheres nascidas para salvar e talvez Line fosse uma dessas. Belo trabalho, consolar os aflitos em meio à neve, à lama e às armas engatilhadas. Ou talvez seja diferente; Line não busca um náufrago para salvar, mas, ao contrário, busca um homem humilhado para humilhá-lo ainda mais, para subir nele como se sobe num degrau, para ficar um pouco mais no alto e ver mais longe. Há pessoas assim: fazem mal aos outros sem se dar conta. Que Leonid fique atento. Eu o invejo, mas também receio por ele.

Em Turov os dias de trégua se sucediam, e Mendel e Sissl se tornaram amantes. Não houve necessidade de palavras, foi natural e adequado como no paraíso terrestre, e ao mesmo tempo apressado e incômodo. Havia sol, e todos os homens estavam fora batendo os cobertores e lubrificando as armas. Mendel foi buscar Sissl na cozinha e lhe disse: "Vem comigo?", e Sissl levantou e disse: "Vou". Mendel a levou para o depósito de lenha, que também funcionava como estrebaria para os dois cavalos, e dali para a escadinha de alvenaria que conduzia ao paiol. Fazia frio, tiraram apenas algumas roupas, e Mendel ficou tonto com o cheiro de fêmea de Sissl e o brilho de sua pele. Sissl se abriu como uma flor, dócil e quente; Mendel sentiu irromper nos rins a força e o desejo que havia dois anos calava. Aprofundou-se nela, mas sem baixar a guarda, ao contrário, atento e vigilante: queria gozar tudo, não perder nada, registrar tudo dentro de si. Sissl o recebeu com um leve frêmito, de olhos cerrados, como se sonhasse, e acabou rápido: ouviam-se vozes e passos próximos. Mendel e Sissl desfizeram o abraço, sacudiram o feno e se vestiram.

Depois disso não tiveram muitas chances de se encontrar. Conseguiram manter a discrição mas não o segredo; os companheiros falavam de Sissl a Mendel dizendo "a sua mulher", e Mendel se sentia gratificado. Encontrava em Sissl paz e conforto, mas não estava seguro de amá-la, porque tinha muitos pesos na alma, porque se sentia cheio de cicatrizes, e porque a presença de Line o perturbava. Diante de Line, Mendel era atingido pela impressão de uma substância humana preciosa e insólita, mas inquieta e inquietante. Sissl era como uma palmeira ao sol, Line era uma hera intrincada e noturna. Devia ter poucos anos mais que Leonid, mas as provações que passara no gueto lhe haviam suprimido a juventude do rosto, cuja pele parecia opaca e cansada, vincada por rugas precoces. Tinha olhos grandes bem separados entre si e olheiras cinzentas, nariz pequeno e reto, e traços miúdos de camafeu que lhe conferiam uma expressão triste e decidida. Movia-se com segurança rápida, às vezes com rompantes.

Line insistira com Ulybin para ser admitida nos exercícios: era um membro da resistência, não uma refugiada. Mendel havia admirado em Novoselki sua destreza no manejo das armas, e durante a marcha sobre a neve a sua resistência ao cansaço, pelo menos igual à de Leonid. Isso não é um dom da natureza, pensava: é uma reserva de coragem e de força que deve ser reposta a cada dia, todos devíamos fazer como ela. Essa moça sabe querer; talvez não saiba sempre o que deseja, mas quando sabe, cumpre a meta. Invejava Leonid, e ao mesmo tempo estava preocupado com ele: parecia-lhe puxado a reboque por Line, e que a corda estivesse muito esticada. Uma corda assim esticada pode arrebentar; e então?

Line falava pouco e nunca inutilmente: poucas palavras meditadas e sem ênfase, ditas em voz baixa e ligeiramente velada, com os olhos firmes no rosto do interlocutor. Tinha modos diferentes dos das outras mulheres, judias ou não, que Mendel até então encontrara. Não exibia atitudes esquivas nem falsos pudores, não encenava e não tinha caprichos; no entanto, quando falava com alguém, aproximava-se até ficar cara a cara, como para observar de perto as reações do outro; freqüentemente apoiava sua mão pequena e forte, com unhas rosadas, no ombro ou no braço que estava diante dela. Tinha consciência da carga feminina desse seu gesto? Mendel a percebia intensa, e não se admirava que Leonid a seguisse como um cão segue o dono. Talvez fosse efeito da longa abstinência, mas a Mendel, quando observava Line, acorria-lhe à mente a imagem de Raab, a sedutora de Jericó, e as outras encantadoras de homens da tradição talmúdica. Havia encontrado seus traços num velho livro de seu mestre rabino: um livro proibido, mas Mendel sabia onde estava escondido e o folheara furtivamente várias vezes, com a curiosidade do jovem de treze anos, quando o rabino adormecia no calor da tarde em sua cadeira de espaldar alto. Michàl, que fascinava quem a olhava, Giaele, a mortífera guerrilheira de antigamente, que havia perfurado as têmporas do general inimigo com um prego mas que seduzia todos os homens apenas com o som de sua voz. Abigail, a rainha desatinada, que seduzia quem pensasse nela. Mas Raab era superior a todas, qualquer homem que pronunciasse o nome dela expelia instantaneamente seu sêmen.

Não, o nome de Line não tinha essa virtude. Todos em Novoselki conheciam a história de Line e de seu nome, que não é russo nem iídiche nem hebraico. Os pais de Line, ambos judeus russos e estudantes de filosofia, puseram-na no mundo sem pensar muito nos anos de chumbo da revolução e da guerra civil. O pai tinha se alistado como voluntário e desaparecera em Volínia, em batalha contra os poloneses. A mãe havia encontrado trabalho como operária numa tecelagem. Anteriormente, tomara parte na Revolução de Outubro porque via nesta a própria libertação, como judia e como mulher; fizera comícios nas praças e intervenções nos sovietes: era partidária e admiradora de Emmeline Pankhurst, a gentil senhora indômita que em 1918 obtivera o direito de voto para as mulheres inglesas, e ficara feliz por ter trazido ao mundo uma menina poucos meses depois, porque assim pudera lhe dar o nome de Emmeline, que mais tarde todos, a partir da escola primária, encurtaram para Line. Mas tampouco a avó materna de Line, Anna Kaminskaja, tinha sido uma mulher de cozinha, filhos e igreja. Nascera em 1858, no mesmo ano, mês e dia de Pankhurst; fugira de casa para estudar economia em Zurique e depois voltara à Rússia para pregar a renúncia aos bens terrenos e ao matrimônio, e a igualdade entre todos os trabalhadores, cristãos ou judeus, homens e mulheres. Por isso havia sido exilada em Omsk, onde nascera a mãe de Line. Do quarto minúsculo em que Line e a mãe moravam, em Cernigov, Line recordava, emoldurada e pendurada na parede atrás da estufa, a fotografia de Pankhurst que a mãe havia recortado de uma revista: presa em 1914, a minúscula revolucionária de saia comprida e chapéu com plumas de avestruz estava suspensa no ar, a dois palmos do calçamento de Londres, lustroso de chuva, digna e impassível entre as garras de um policial britânico que segurava suas costas magras contra a própria barriga colossal.

Em Cernigov, e depois em Kiev, onde passara a residir para fazer magistério, Line havia freqüentado os círculos sionistas e também o Komsomol local: não via contradições entre o comunismo soviético e o coletivismo agrário pregado pelos sionistas;

mas a partir de 1932 as organizações sionistas passaram a ter uma vida cada vez mais complicada, até serem oficialmente dissolvidas. Aos hebreus que desejavam uma terra própria, na qual se organizar e viver segundo suas tradições, Stalin havia oferecido um território esquálido da Sibéria oriental, a região de Birobigian: era pegar ou largar, quem quiser viver como judeu, vá para a Sibéria; se alguém recusa a Sibéria, quer dizer que prefere ser russo. Não existe uma terceira opção. Mas o que deve e pode fazer o judeu que quiser ser russo, se o russo o exclui da universidade, o chama de *zid*, atiça contra ele os partidários dos *pogroms* e firma aliança com Hitler? Não pode fazer nada, especialmente se for mulher. Line permanecera em Cernigov, chegaram os alemães e trancafiaram os judeus no gueto: ali encontrara alguns dos amigos sionistas de Kiev. Com eles, e dessa vez com a ajuda dos membros da resistência soviéticos, tinha comprado armas, poucas e inadequadas, e aprendera a usá-las. Line não tinha pendor para as teorias. No gueto, havia padecido fome, frio e cansaço, mas sentira que suas várias almas se unificavam. A mulher, a judia, a sionista e a comunista haviam se condensado numa única Line, com um único inimigo.

No final de fevereiro, o rádio trouxe a mensagem que havia muito se esperava, provocando tumulto no acampamento. Próximo a David-Gorodok, nos pântanos da Stiviga congelados fazia quatro meses, os alemães tinham equipado um terreno para os lançamentos aéreos noturnos: nada mais que um campo de neve delimitado por três fogueiras nos vértices de um triângulo alongado; as fogueiras, simples amontoados de galhos, seriam acesas quando o rádio transmitisse um determinado sinal. Cabia ao destacamento de Ulybin a tarefa de preparar um terreno semelhante àquele, não distante do acampamento de Turov, e a dez quilômetros do campo alemão; que Ulybin estabelecesse onde. Ao sinal de aviso, um grupo devia acender as fogueiras do campo falso; outro grupo devia distrair os alemães e apagar as fogueiras do campo verdadeiro. Na planície homogênea, os aviões dos alemães só teriam como referência as fogueiras do campo preparado pelos da resistência e sobre este lançariam os pára-quedas. Esperavam-se víveres, roupas de inverno e armas leves.

Ulybin enviou dois esquiadores, à noite, para levantar as medidas e a orientação do triângulo alemão. Voltaram pouco depois: tudo correspondia ao que o rádio tinha comunicado. O campo já estava pronto, com as três pilhas de lenha nos vértices, orientado no sentido do poente para o levante; ao lado havia uma estrada precária que se tornara transitável com a passagem de um limpador de neve. Na estrada se viam rastros antigos e recentes de cavalos, de rodas de carroças e de pneus. Entre a estrada e o campo de lançamento havia uma cabana de madeira, pequena, cuja chaminé fumegava: ali cabiam apenas dez ou doze homens. Era provável que o material lançado se destinasse não só à guarnição de David-Gorodok, mas a todas as guarnições alemãs disseminadas pela Polessia e pelos pântanos do Pripet: naquelas zonas, a presença da resistência se fazia sentir, e a via aérea não só era a mais rápida como também a mais segura.

Encontrar um terreno similar àquele preparado pelos alemães não foi difícil: teria sido mais difícil encontrar um diferente. Ulybin escolheu um grande charco a vinte minutos de marcha do campo, também ele paralelo a uma estrada transitável, e ali fez construir uma cabana de tábuas pequenas em posição correspondente à dos alemães: estava fora de cogitação que os alemães fizessem lançamentos diurnos, mas poderiam mandar um batedor para fotografar o terreno. Depois, à espera do sinal de rádio alemão, designou os dois grupos. Do primeiro, encarregado de provocar os alemães e de apagar as fogueiras do seu campo, faziam parte nove homens, entre os quais Leonid, Piotr e Pavel. O segundo, que devia acender as fogueiras no campo falso, era composto de seis homens, incluindo Mendel. Todos os outros deviam permanecer de prontidão. Concluído o trabalho, foi dado um aviso por rádio ao comando operacional da resistência.

O tempo continuava frio. Por volta de 5 de março, nevou outra vez, uma neve enxuta, fina, com borrifos raros e intermitentes: entre um e outro, o céu permanecia velado por neblina. Para os lançamentos, decerto os alemães esperariam que o céu ficasse completamente sereno. Todavia, certa manhã, ouviu-se o fragor de um avião: ia e vinha, não alto mas invisível acima das nuvens, como se buscasse um campo para aterrissar. Parecia demasiado baixo para poder fazer um lançamento, e por outro lado não tinha chegado a mensagem de confirmação pelo rádio. Ulybin ordenou que instalassem a metralhadora pesada: estava montada num trenó, foi desparafusada e apontada manualmente para o céu. O avião continuava a ir e vir, mas o barulho se tornava mais fraco. Os membros do grupo saíram das cabanas para observar o céu, luminoso mas impenetrável; a intervalos se distinguia o sol, que circundado por um halo aparecia e logo sumia.

"Todos para dentro das cabanas, estúpidos, vagabundos!", gritou Ulybin, "se desce abaixo das nuvens nos metralha a todos." De fato, o avião de repente apareceu, pouco acima da copa das árvores: apontava justamente na direção deles. Os dois homens que seguravam a metralhadora manobraram para enquadrá-lo, mas se ouviram várias vozes que berravam: "É dos nossos, não atirem!". Com efeito, era um pequeno caça que trazia sob as asas os emblemas da aviação soviética; fez a curva sobre as cabanas, e se viu um braço que acenava com gestos de saudação. Todos os homens em terra se afobaram para lhe indicar a direção do campo de lançamento, o avião tomou aquele rumo e desapareceu por trás da cobertura das árvores.

"Conseguirá aterrissar?"

"Está com patins, sem o carrinho; se pegar a direção certa, consegue."

"Vamos atrás dele." Mas Ulybin se impôs: somente ele, Maksím e dois outros puseram os esquis e foram adiante, primeiro seguindo com cautela o itinerário em ziguezague que evitava os campos minados, depois em linha reta, com o passo longo e ágil dos corredores fundistas.

Voltaram uma hora depois, e não vieram sozinhos. Estavam com eles um tenente e um capitão do Exército Vermelho, jovens, bem barbeados, sorridentes, protegidos por esplêndidos macacões forrados e calçando botas de couro lustroso. Cumprimentaram a todos cordialmente, mas logo se retiraram com Ulybin para a saleta que servia de comando. Discutiram durante horas; de vez em quando, Ulybin mandava pedir pão, queijo e vodca.

No acampamento, a chegada dos dois mensageiros não esperados foi comentada longamente, com simpatia, esperança, desconfiança e uma pontinha de escárnio. O que traziam da Grande Terra? Informações, sem dúvida; novas diretrizes; ordens. E por que tinham chegado de improviso, sem se anunciar pelo rádio? É como no exército, respondia um outro: as inspeções são feitas sem aviso prévio, caso contrário não seriam inspeções. "Vivem bem, os senhores da Grande Terra", dizia um terceiro, "aposto que esta noite dormiram em suas camas, com travesseiros e lençóis, talvez até com a esposa. Quem sabe, além da propaganda, não trouxeram também creme de barbear?" Porque os membros da resistência de todos os lugares e de todos os tempos têm muito em comum: respeitam as autoridades centrais, mas passariam muito bem sem elas. Quanto ao creme de barbear, esse item era prioridade no inventário dos caprichos do acampamento. Em Turov, usar barba era desaconselhado; em outros bandos era explicitamente proibido, pois um jovem barbudo era imediatamente reconhecido como membro da resistência. Contudo, a despeito das proibições e do perigo, muitos dos homens da floresta e dos pântanos usavam barbas compridas. A barba havia se tornado um símbolo da resistência, da liberdade do bosque, da bravura sem regras, da predominância da independência sobre a disciplina. Mais ou menos conscientemente, o comprimento da barba era considerado proporcional à experiência guerreira, quase um título de nobreza ou uma patente hierárquica. "Moscou não quer que usemos barba, mas não nos manda creme e navalhas. Com que vamos nos barbear? Com machados, com baionetas? Se não há creme, nada de se barbear: vamos continuar usando barba."

"É tudo coisa que não faz mal a ninguém", veio anunciar Piotr, que fora chamado para distribuir o material trazido pelos dois oficiais. "Nem armas nem munições, só papel impresso e pomada para sarna. Não, creme de barbear não. Tampouco sabão para lavar a roupa." Por iniciativa própria, foi levar a notícia para as duas mulheres ocupadas na lavanderia: "Tenham paciência, senhoritas. Prossigam com as cinzas e a lixívia, como faziam nossas avós. O importante é que os piolhos morram: mas de qualquer modo a guerra está para acabar".

Os dois oficiais foram embora na mesma noite. Enquanto eles, já vestindo de novo o uniforme de vôo, olhavam através da janelinha com paciência ostensiva, viu-se Ulybin se afastar com Dov e conversar com ele em voz baixa. Depois viu-se Dov, que enfiava suas poucas tralhas numa mochila. Cumprimentou a todos contidamente; seus olhos só se umedeceram quando se despediu de Sissl com um abraço rápido. Saiu capengando com os dois mensageiros e com um do grupo que tinha febre, e desapareceu com eles na luz lívida do crepúsculo. Piotr disse:

"Não precisam se preocupar. Vão levá-los a um hospital, na Grande Terra: estarão melhor que aqui e serão curados." Mendel lhe deu um tapa nas costas sem responder.

Após aquela visita, Ulybin se tornou ainda mais silencioso e irritadiço. Como se quisesse reduzir ao mínimo o contato com os outros, escolheu uma espécie de lugar-tenente, Zachàr, alto e magro como um varapau e mais silencioso que ele. Zachàr funcionava como porta-voz de suas ordens num sentido e como portador de reivindicações no outro, servindo de pára-choque entre ambas. Semi-analfabeto e já não tão jovem, esse cossaco de Kuban e criador de cabritos por profissão tinha instinto de diplomata; mostrou-se logo hábil em aparar arestas, aliviar frustrações e manter a disciplina e o espírito de corpo. Tinha se espalhado o boato de que Ulybin começara a se embriagar na saleta do comando; Zachàr desmentia, mas era difícil esconder o vaivém de garrafas cheias e vazias.

O campo falso estava pronto, todos estavam prontos, mas a ordem para agir não chegava. O mês de março passou inteiro numa inércia quase total, que se revelou nociva para todos, não só para o comandante, que não tinha nada mais para comandar. A fome se fazia sentir, não a fome lancinante que Leonid e outros tinham passado nos Lagers alemães de retaguarda, mas uma fome-nostalgia, um desejo surdo de verdura fresca, de pão saindo do forno, de uma comida talvez simples mas escolhida segundo o capricho do momento. A saudade de casa se fazia sentir, pesada para todos, dilacerante para o grupo de judeus. Para os russos, a nostalgia do lar era uma esperança não irracional, até provável: um desejo de retorno, um apelo. Para os judeus, a saudade de suas casas não era uma esperança mas um desespero, sepulto até então debaixo de dores mais urgentes e graves, porém latente. As casas não existiam mais: tinham sido destruídas, incendiadas pela guerra ou pelo massacre, ensangüentadas por esquadrões de caçadores de homens; casas-túmulos, nas quais era melhor não pensar, casas de cinzas. Por que continuar vivendo, por que combater? Em prol de que casas, de que pátria, de que futuro?

A casa de Fedja, ao contrário, era muito próxima. Fedja fazia dezessete anos no dia 30 de março e obteve de Ulybin autorização para comemorar o aniversário em casa, na aldeia de Turov, mas não retornou. Decorridos três dias, Ulybin mandou avisar por intermédio de Zachàr que Fedja era um desertor: dois homens deviam ir procurá-lo e trazê-lo de volta ao bando. Não tiveram muita dificuldade para encontrá-lo, estava em casa, não tinha lhe passado pela cabeça que uma ausência de três dias num período de inatividade fosse coisa tão grave. E o caso era mais grave: Fedja confessou publicamente que, em casa, havia se embriagado com outros rapazes e, bêbado, tinha falado. De quê? Também das cabanas? E do falso campo de lançamento? Pálido, Fedja disse que não sabia mais; que não lembrava; que provavelmente não, de coisas secretas não tinha falado; que absolutamente não havia tocado naqueles assuntos.

Ulybin mandou trancar Fedja no depósito de lenha. Mandou Zachàr levar o rancho e o chá para ele, mas ao amanhecer todos viram Zachàr voltando descalço ao depósito e ouviram o tiro de pistola. Coube a Sissl e a Line despir o corpo do rapaz para recuperar as roupas e as botas; coube a Pavel e a Leonid abrir a cova no terreno encharcado da água do degelo. Por que justamente Pavel e Leonid?

Poucos dias depois, Mendel percebeu que Sissl andava perturbada. Interrogou-a: não, não era pela história de Fedja. Zachàr a tinha chamado a um canto e lhe dissera: "Companheira, deve tomar cuidado. Se engravidar, vai ser um problema; isto não é uma clínica, e os aviões da Grande Terra não chegam todos os dias. Diga isso a seu homem". Zachàr tivera a mesma conversa com Line, mas Line tinha dado de ombros. Nesse meio tempo, foi afixada no quadro de avisos uma ordem do dia escrita a lápis com boa letra e assinada por Ulybin: logo começaria o degelo, era urgente escavar um canal de escoamento ao redor das cabanas para que elas não fossem inundadas. O trabalho era importante e tinha prioridade total, por isso a composição dos dois pelotões preparados um mês antes para a ação dos campos de lançamento se modificara. Leonid e Mendel não faziam mais parte deles, deviam largar os fuzis e pegar na pá e na picareta. Pavel não: Pavel permanecia plenamente no primeiro pelotão, aquele que devia apagar as fogueiras dos alemães. Mendel, Leonid e outros quatro homens deram início ao trabalho de retirada de terra. A neve e o terreno se congelavam durante a noite, e se dissolviam numa lama viscosa e avermelhada nas horas mais quentes do dia. Como que curiosas, gralhas enormes pousavam nos galhos dos abetos para observar o trabalho, cada vez mais numerosas, apertadas uma contra a outra; de repente, o seu peso dobrava o galho, e então todas alçavam vôo sacudindo as penas e gralhando, e iam pousar em outro galho.

A ordem chegou quando ninguém a esperava mais: os sinais da estação alemã que haviam sido interceptados, indicavam que o lançamento estava próximo. Devia se tratar também de um lançamento importante, porque os avisos tinham sido repetidos várias vezes. No dia 12 de abril, veio enfim o anúncio definitivo: o lançamento estava previsto para aquela noite. Os dois pelotões partiram imediatamente; Pavel, por via das dúvidas, deixou seu cavalo aos cuidados de Leonid, que, sabe-se lá por que razão, batizara-o de Drozd, o Tordo.

O restante do acampamento se preparou para passar a noite; não havia ordens particulares, mas todos estavam com os ouvidos atentos, especialmente Michaíl, o radiotelegrafista, e Mendel, que fazia turno com ele para lhe permitir algumas horas de repouso. A recepção era péssima, perturbada por chiados e descargas; as poucas mensagens que logravam interceptar eram resumidas e repetidas várias vezes, mas quase indecifráveis, embora Michaíl e Mendel entendessem alemão bastante bem.

Às duas da manhã, ouviu-se um zumbido de motores a oeste e todos se levantaram. O céu estava sereno e sem lua; o zumbido se tornava cada vez mais intenso, modulado por batidas, como quando diversas cordas musicais vibram juntas sem estar perfeitamente sincronizadas. Certamente não era um aparelho só, eram pelo menos dois, talvez três. Passaram invisíveis ao norte das cabanas, depois o zumbido se atenuou até cessar de vez.

Uma hora depois, apareceu ofegante um dos membros do segundo pelotão. Tudo correra às mil maravilhas: as fogueiras acesas no momento exato, quatro aviões e trinta ou quarenta pára-quedas, quem sabe mais, muitos no terreno preparado, outros em meio às árvores, alguns presos nos galhos. Enviar rápido reforços e um trenó, havia muito material. Todos queriam ir, mas Ulybin não se deixou comover. Foi ele mesmo, com Maksím e Zachàr; não quis sequer que o mensageiro que trouxera a notícia voltasse ao seu posto. Pela primeira vez em sua carreira de cavalo da resistência, o Tordo se mostrou útil: Ulybin mandou que o atrelassem a um trenó que partiu sobre a neve compactada pelo degelo e coberta por uma crosta frágil de gelo noturno.

Entretanto, o primeiro pelotão também tinha voltado, completo mas com um homem ferido no braço. Basicamente, a operação correra bem, relataram Piotr e Pavel. Postados perto da cabana, ouviram o zumbido dos aviões e viram três alemães saindo com os galões de gasolina que seriam derramados nas pilhas de lenha. Acabaram com eles antes que acendessem as fogueiras, enquanto outro integrante do pelotão que tinha subido no teto da cabana lançava uma granada de mão pela chaminé. Alguns dos alemães deviam ter morrido, mas outros saíram da cabana arrombada e abriram fogo. Um companheiro ficara ferido e um alemão morrera; outros dois ou três conseguiram dar partida num *sidecar*, mas foram mortos enquanto se afastavam. Na cabana, além das armas leves e de um pouco de comida enlatada, não encontraram nada de interessante. Havia um rádio, mas fora destruído pela explosão. Permaneceram ao lado da estrada, porque pensavam que chegaria algum veículo da cidade para carregar o material lançado pelos aviões, mas no meio da manhã ainda não tinham visto nada e retornaram.

O trenó voltou carregado, embora o mensageiro tivesse exagerado: os pacotes jogados de pára-quedas não passavam de vinte. Ulybin não os deixou tocar em nenhum. Mandou amontoar todos em seu quarto, abriu-os ele mesmo ajudado por Zachàr, e só permitiu que os outros inventariassem o conteúdo depois de ter visto o conjunto. Havia um pouco de tudo, como nos bazares beneficentes: coisas preciosas, inúteis, misteriosas e ridículas. Artigos de luxo que Mendel e seus amigos jamais tinham visto: ovos de chocolate para a próxima Páscoa, outros chocolates grandes em forma de ovelhas, escaravelhos e ratinhos. Charutos e cigarros, aguardente e conhaque em latas: quem sabe uma embalagem planejada pelos técnicos alemães para resistir ao impacto contra o solo? Aquecedores de cerâmica, evidentemente para os pés dos sentinelas. Uma caixa abarrotada de medalhas de honra ao mérito e condecorações variadas, junto com os respectivos diplomas. Havia pacotes de jornais e revistas, um pacote de retratos do Führer, um pacote de correspondências particulares destinadas às diversas guarnições da região, um outro de correspondência oficial que Ulybin mandou separar. Duas caixas estavam cheias de munições para a Maschinenpistole da Wehrmacht, outras duas continham carregadores para um tipo de metralhadora que ninguém conseguiu identificar. Numa caixa havia uma máquina de escrever e material de papelaria variado. Outras caixas continham seis exemplares de uma engenhoca que ninguém em Turov conhecia e cuja utilidade não se compreendia; um cilindro achatado, do tamanho de uma frigideira e provido de um longo cabo segmentado. "Isso é coisa para você, relojoeiro", disse Ulybin a Mendel. "Estude-a e diga-nos para que serve."

À noite, Ulybin autorizou que se festejasse o êxito da operação com uma farra moderada. Depois se afastou com Pavel para examinar os documentos que tinham sido encontrados: não estavam em código, não era nada de importante: listas minuciosas, faturas com várias cópias, documentos contábeis de intendência. Ulybin se cansou rápido e começou a ouvir as traduções que Pavel fazia das correspondências particulares, que eram mais interessantes; estavam escritas em termos que pretendiam ser cifrados e alusivos, mas eram tão ingênuos que até um leitor estranho como Pavel os decodificava sem dificuldade; estava claro, o mau tempo que todos os pais e mães lamentavam era a "ofensiva sem interrupção" dos bombardeios aliados, e a seca era a carestia. Faziam propaganda involuntariamente derrotista: Ulybin disse a Pavel para traduzir publicamente certas passagens.

Pavel lia, em russo, mas com um sotaque alemão deliberado e caricatural que fazia todos rirem. E, de repente, do céu escuro recomeçava em ondas o mesmo ruído musical da noite anterior.

"Rápido!", gritou Ulybin. "Segundo pelotão, calçar os esquis e acender as fogueiras, depressa: eles estão nos presenteando com um segundo lançamento!" Os seis homens do grupo saíram velozmente e Ulybin olhou o relógio: se corressem, em um quarto de hora chegariam ao posto, antes que os aviões se cansassem de procurar o terreno no escuro. Procuravam, de fato: o barulho dos motores se aproximava e se afastava; num certo momento, a esquadrilha passou exatamente acima das cabanas, depois se distanciou de novo. Haviam decorrido vinte minutos exatos no relógio de Ulybin quando se ouviu uma série de explosões. Todos acorreram ao ar livre, sem entender: os estrondos eram muito distantes e demasiado intensos para provir dos campos minados ao redor das cabanas. Viam-se as labaredas a nordeste: após cada uma se escutava o estouro, com um atraso de seis segundos. Não havia dúvidas, eram bombas sobre o terreno falso. Os alemães tinham descoberto e se vingavam.

O pelotão regressou: só quatro homens. O chefe contou com palavras entrecortadas. Tinham chegado na hora certa, exatamente quando os aviões passavam acima deles. Acenderam a primeira fogueira e, imediatamente, choveram bombas: grandes, com pelo menos quatrocentos quilos. Se o gelo estivesse espesso como em janeiro, talvez tivesse resistido; mas estava enfraquecido pelo degelo, as bombas penetravam debaixo dele, explodiam, lançando no ar placas de gelo. Os dois homens que faltavam tinham sumido, engolidos pelos pântanos: inútil procurá-los.

Teve início um tempo difícil para os homens de Turov. O degelo foi mais duro que o inverno. Ulybin tinha mandado alguns homens verificar as condições do campo falso: estava impraticável, não apenas nenhum avião poderia ali aterrissar como tampouco seria possível pedir lançamentos. O gelo profundo do inverno tinha sido arrebentado pelas explosões: voltara a se formar durante a noite, mas tão fino que não agüentaria o peso de um homem. Nos outros pântanos se conservara melhor, pois a neve o tinha protegido dos raios diretos do sol, mas a neve espessa fora fustigada pelo degelo e pelo vento: havia se transformado numa crosta dura e enrugada, sobre a qual um avião normal, mesmo munido de patins de aterragem, não poderia aterrissar sem capotar.

Ulybin teve que impor o silêncio-rádio porque a operação do avião desviado parecia ter despertado a atividade da aviação alemã. Durante todo o inverno ela fora mínima e aparentemente aleatória. Agora, ao contrário, era raro transcorrer um dia límpido sem que se visse um batedor voar pelos arredores: e os dias límpidos eram muitos. Os víveres de luxo do lançamento tinham durado pouco, e a farinha, o toucinho e as latas de comida começavam a escassear. Ulybin instituiu um racionamento, e o moral de todos baixou: a fome, o espectro dos invernos precedentes, estava a ponto de voltar, como se o tempo tivesse retrocedido aos meses terríveis do início da guerra da resistência, quando tudo, os alimentos, as armas, as cabanas, os planos de ação, a coragem para combater e para viver, era fruto da iniciativa desesperada de poucos. Os homens insistiam em retomar as expedições de aprovisionamento nas aldeias; preferiam de longe o cansaço e o perigo à fome, mas Ulybin não permitiu. Ainda havia muita neve; já era difícil compreender como os batedores não tinham localizado as cabanas. Era evidente que as estavam procurando; achavam-se bem mimetizadas e talvez ainda escapassem às buscas, mas de uma pista fresca os alemães se dariam conta sem erro.

Que fazer? Esperar, deixar que o tempo passasse: a única solução possível, mas uma péssima solução. Esperar que a neve se dissolvesse, pois, sobre o terreno nu, ainda que lamacento, as pegadas são menos visíveis. Esperar que os batedores fossem procurar em outros lugares. Esperar em silêncio as notícias transmitidas pelo rádio: os alemães tinham evacuado Odessa, mas Odessa ficava longe. O silêncio-rádio é pesado como uma mutilação, como se um ser humano fosse amordaçado quando quisesse pedir socorro: junto com a fome, tinha cristalizado nas cabanas de Turov o estado de ânimo do assédio. Àqueles homens não eram estranhas as privações, o cansaço, os desconfortos e o perigo, mas o isolamento e a clausura os pegaram desprevenidos: habituados aos espaços e à liberdade precária dos animais do bosque, sofriam a angústia debilitante da armadilha e da jaula.

Ulybin continuava a beber: o fato era comentado e criticado por todos, com exceção de Zachàr; em voz baixa e nem sempre em voz baixa. Bebia solitário, mas não perdera nem a lucidez nem a sua autoridade rabugenta. Mendel lhe pedira um esclarecimento sobre a partida tão precipitada de Dov, e Ulybin respondera:

"Os combatentes feridos ou doentes são tratados na medida do possível. Também o seu amigo será tratado, mas não sei lhe dizer mais nada. Talvez no final da guerra você venha a ter notícia dele, mas os destinos individuais não têm importância."

Ulybin era demasiado inteligente e conhecedor do cotidiano da resistência para não perceber que algo precisava ser feito; que as pistas eram perigosas, porém a angústia o era ainda mais. Uma pista única que partisse das cabanas teria conduzido os alemães às cabanas com certeza, mas se a pista só atravessasse o pequeno bosque que ocultava as cabanas, a localização do acampamento seria menos imediata. A contragosto, Ulybin autorizou não uma, mas duas expedições de aprovisionamento, ambas partindo na mesma noite em direções opostas, rumo a aldeias diferentes.

Os grupos haviam acabado de partir, e mal começava a amanhecer quando se ouviu um rumor novo e alarmante para os judeus, tranqüilizador e inconfundível para os veteranos de Turov. Parecia o pipocar de uma motocicleta, era tênue, distante, mas vinha se aproximando. Aumentou de volume, desceu de tom como um disco de gramofone que é interrompido, deu alguns espirros e silenciou. Os homens de Ulybin logo se puseram de pé: "Um P-2! Aterrissou aqui, na planície! Vamos ver!".

"Talvez não tivesse sido necessário mandar os grupos", disse Piotr.

"O que é um P-2?", perguntou Mendel.

"Os P-2 são os aviões da resistência. São de madeira, voam devagar, mas decolam e aterrissam em qualquer lugar. Voam à noite, sem luzes; lançam granadas sobre os alemães e transportam mantimentos." Pouco depois entrou na cabana o piloto, gordo e amorfo dentro do macacão de vôo, forrado de pele de carneiro. Despojou-se dele, tirou os grandes óculos da testa, e viu-se que era uma moça, pequena, gordinha, com um rosto largo e tranqüilo e expressão familiar. Trazia os cabelos divididos por uma risca e presos na nuca em duas tranças curtas amarradas com barbante preto. Os dois homens que foram ao seu encontro levavam dois alforjes, como se estivessem voltando do mercado. Os combatentes se amontoaram em torno dela, abraçavam-na e beijavam suas bochechas redondas endurecidas pelo frio: "Polina! Grande Polina! Bem-vinda, minha alegria, finalmente dá sinal de vida! O que trouxe para nós?".

A moça, que não aparentava mais de vinte anos, defendia-se rindo, com a graça arisca das camponesas: "Basta, companheiros! Mandaram-me para ver o que está acontecendo aqui e por que o rádio de vocês anda mudo, tenho que voltar logo. Não teriam um gole de vodca? Onde está o comandante?". Afastou-se com Ulybin para a saleta do comando.

"É ela, é Polina Michàjlovna", disse Piotr, orgulhoso e feliz. "É Polina Gelman, do Regimento das Mulheres. Não sabiam? São todas mulheres, são elas que pilotam os P-2. Todas moças corajosas, porém Polina é a melhor de todas. Vem de Gomel, seu pai era rabino e seu avô sapateiro. Já cumpriu mais de setecentas missões, mas aqui só tinha vindo uma vez, há seis meses. Ficou alguns dias e fizemos amizade, porém desta vez parece estar com pressa. É uma pena."

Polina se despediu e voltou a partir em seu frágil aparelho. Tinha trazido um pouco de víveres e remédios, e também más notícias. Estavam em curso movimentos de tropas e de blindados; em várias aldeias ao redor de Turov vinham se reunindo destacamentos alemães e ucranianos especializados na luta contra os da resistência. Preparava-se uma ação concêntrica de busca, com meios amplamente superiores às possibilidades de defesa do acampamento de Turov; não havia outros bandos na região. Por alguma razão, os alemães tinham superestimado as forças da resistência; ou talvez se tratasse de uma operação em grande escala, em toda a região dos pântanos do Pripet ou em toda a Polessia. O gueto de Soligorsk, onde os anciãos e doentes de Novoselki tinham buscado proteção, fora cercado e todos os moradores haviam sido fuzilados; a guarnição de Soligorsk recebera o reforço de uma unidade das ss especializada na busca de gente escondida, auxiliada por cães adestrados. Muitos dos homens de Turov conheciam aqueles animais e os temiam mais que aos tanques. Em resumo, o acampamento precisava ser evacuado.

Ulybin chamou Mendel e lhe perguntou se havia entendido o que eram aquelas engenhocas encontradas entre o material lançado de pára-quedas.

"São caça-minas", respondeu Mendel. "Ou seja, caça-metais, indicam objetos metálicos enterrados."

"Então, se os alemães dispuserem daqueles trastes, encontrarão os nossos campos minados?"

"Certamente sim; talvez não de imediato, mas acabariam por encontrá-los."

Ulybin o olhou, temível: "Mas eu faço minar também as cabanas, tendo os alemães os seus caça-minas ou não. Encontrarão as minas enterradas, mas não as que esconderemos aqui dentro. Vou lhe mostrar se não mando pelos ares alguns daqueles filhos da puta".

Mendel estava assustado. Que o comandante bebera e até mais que o habitual, era evidente, mas o seu tom o amedrontava.

"O que está dizendo, Osíp Ivànovic? Por que fala assim comigo? Fui eu por acaso quem inventou os caça-minas? Dei-os de presente aos alemães?"

"Estou me lixando para quem os inventou. Temos que ir embora, e pronto. Não vai querer que fiquemos aqui esperando os tanques e que nos deixemos todos massacrar."

Mendel saiu assustado, mas pouco depois Ulybin o chamou de novo:

"Aqueles trastes funcionam?"

"Funcionam, sim."

"Chame Dimitri e Vladimir para lhes ensinar como se deve usá-los."

"Quer minar as cabanas usando as minas enterradas aqui em volta?"

"Você é inteligente, adivinhou direitinho. Não dispomos de outras."

"Veja, não é um trabalho para aprendizes. Os especialistas têm mais medo das minas que os principiantes. Além disso, quanto mais tempo ficam debaixo da terra, mais perigosas elas são."

"Sente-se importante, hein? Deixe de histórias e faça como lhe mandei. O comandante sou eu e não aceito críticas. Vocês são mesmo todos iguais. Bons para discutir; e todos meio alemães,

Rosenfeld, Mandelstamm... E você, como se chama? Dajcer, não? Mendel Nachmanovic Dajcer: é alemão até no nome."

Mendel deu sua lição o melhor que pôde, mandou os dois rapazes receber ordens de Ulybin e se retirou cheio de amargura. Antigamente, no Dia do Perdão, os judeus prendiam um bode; o sacerdote pressionava as mãos na cabeça dele, enumerava todos os pecados cometidos pelo povo e os lançava sobre ele: o culpado era ele e ninguém mais. E depois, carregado de faltas que não havia cometido, mandavam-no para o deserto. Assim pensam também os gentios, também eles têm um cordeiro que carrega os pecados do mundo. Eu não, não creio nisso. Se peco, carrego o peso de meus pecados, só dos meus, e os tenho de sobra. Não carrego os pecados de ninguém mais. Não fui eu que mandei aquele grupo para ser bombardeado. Não atirei em Fedja enquanto dormia. Se tivermos que ir para o deserto, iremos, mas sem levar na cabeça os pecados que não cometemos. E se as minas explodirem entre as mãos de Dimitri e Vladimir, eu é que devo responder por isso, eu, Mendel, o relojoeiro?

Contudo, os rapazes se saíram bem: oito das minas enterradas foram desarmadas e colocadas em vários pontos das cabanas. No final de abril, explodira a primavera, anunciada por três dias de vento quente e seco. A neve sobre os ramos das árvores derretia numa chuva ininterrupta, que só à noite diminuía o seu ritmo; no chão, a neve também derretia rapidamente, e logo, do terreno encharcado e do meio dos talos curvos do capim amarelo, macerado pelo gelo contínuo, despontavam as primeiras flores, tímidas e absurdas. Os vôos dos batedores alemães se tornavam cada vez mais freqüentes, e um deles, por acaso ou talvez suspeitando de algum movimento, metralhou brevemente as cabanas, sem provocar vítimas nem danos. Ulybin ordenou que se preparassem para abandonar o acampamento. Os trenós, então inúteis, foram queimados; carroças não havia, e tampouco tempo para procurá-las. Para o transporte dos equipamentos só contavam com os dois cavalos e as costas dos homens: uma caravana de carregadores, não um deslocamento de combatentes. Muitos homens protestavam, preferiam ficar no acampamento e enfrentar os alemães, mas

Ulybin mandou que se calassem: permanecer ali era impossível e, além disso, a evacuação fora ordenada via rádio. O rádio tinha inclusive indicado a direção mais favorável para furar o cerco das forças inimigas: rumo sudoeste, remontando o curso do Stviga, mas sem abandonar a faixa dos pântanos. Com o degelo, e graças ao seu labirinto de istmos, estreitos e vaus, voltaram a ser um terreno amigo.

Deviam partir na noite de 2 de maio, mas durante a tarde os sentinelas deram o alarme: tinham ouvido barulhos ao norte, vozes humanas e latidos de cães. Muitos homens pegaram nas armas, sem saber se se preparavam para resistir ou para antecipar a retirada, mas Ulybin interveio:

"Todos em seus lugares, estúpidos, tontos! Avante com os preparativos, amarrem as sacolas, fechem as caixas. São recém-nascidos? Os cães dos alemães não latem, caso contrário que cães de guerra seriam?"

Dirigiu-se aos sentinelas:

"Fiquem alertas, mas não disparem. É provável que seja gente amiga: mandaram os cães na frente para procurar a trilha entre as minas."

De fato chegaram primeiro os cães: eram só dois, e não cães de guerra mas modestos animais caseiros, excitados e desorientados. Latiam nervosamente, ora para as cabanas, ora para os desconhecidos que tardavam a segui-los, orgulhosos do dever cumprido, inquietos com as novas presenças humanas; sacudiam a cauda e grunhiam alternadamente ou até em uníssono; saltavam para a frente e para trás, dançavam sem sair do lugar, com as patas anteriores rígidas, e latiam até perder o fôlego, aspirando o ar, a intervalos, em estertores frenéticos. Depois apareceram duas vacas, empurradas por jovens andrajosos: zelavam para que os animais não saíssem das trilhas percorridas pelos cães.

Por fim chegou o grosso do bando, cerca de trinta homens e mulheres, armados e desarmados, cansados, esfarrapados e afoitos. No meio deles havia um homem de nariz aquilino e rosto bronzeado: trazia a tiracolo uma parabélum e um violino. Na retaguarda do grupo vinha Dov. Mendel disse para si mesmo: "Bendito seja Aquele que ressuscita os mortos".

Criou-se uma confusão, todos faziam perguntas e ninguém respondia. Por fim prevaleceram as vozes de Ulybin e do homem alto, que era Gedale. Que todos se calassem e aguardassem as ordens. Ulybin e Gedale se retiraram para a saleta do comando. Muitos dos homens de Turov lembravam da briga que explodira entre os dois no início do inverno; o que aconteceria agora, neste novo encontro? Iriam se reconciliar, diante da ameaça iminente? Chegariam a um acordo?

Enquanto se aguardava o resultado da conversa, os recém-chegados pediram para se alojar nas cabanas já desocupadas; alguns sentaram no chão, outros se deitaram e adormeceram logo, outros ainda pediram tabaco, ou água quente para lavar os pés. Pediam com a humildade de quem necessita, mas com a dignidade de quem sabe ter direitos: não eram mendigos nem vagabundos, eram o grupo hebraico reunido por Gedale, composto de sobreviventes das comunidades de Polessia, Volínia e Bielo-Rússia; uma aristocracia miserável — os mais fortes, os mais astutos, os mais afortunados. Alguns, porém, vinham de mais longe, por estradas cheias de sangue; tinham sobrevivido: aos *pogroms* dos saqueadores lituanos que matavam um judeu para ter um lençol, aos lança-chamas dos Einsatzkommandos, às valas comuns de Kovno e de Riga. Entre eles estavam os poucos sobreviventes do massacre de Ruzany: tinham vivido durante meses em tocas escavadas no bosque, como os lobos, e como lobos caçavam silenciosos em grupo. Ali estavam os judeus camponeses de Blizna, com mãos endurecidas pela enxada e pelo machado. E não faltavam os operários das serrarias e das tecelagens de Slonim, que ainda antes de encontrar a barbárie hitleriana haviam feito greve contra os patrões poloneses e conhecido a repressão e a prisão.

Cada um deles, homem ou mulher, tinha atrás de si uma história diversa, mas incandescente e pesada como o chumbo derretido; cada um deveria ter chorado cem mortos se a guerra e três invernos terríveis tivessem lhe deixado tempo e fôlego. Estavam cansados, sujos e pobres, mas não derrotados; filhos de comerciantes, alfaiates, rabinos e cantores, tinham se equipado de armas tiradas dos alemães, haviam conquistado o direito de vestir aqueles uniformes rasgados e sem patentes, e tinham saboreado várias vezes o alimento amargo do ato de matar.

Os russos de Turov os observavam inquietos, como acontece diante do inesperado. Não reconheciam naquelas expressões exauridas mas determinadas o *zid* de sua tradição, o estrangeiro em casa, que fala russo para ludibriá-lo mas pensa em sua língua estranha, que não conhece Cristo e ao contrário segue seus preceitos incompreensíveis e ridículos, forte apenas por sua esperteza, rico e covarde. O mundo estava de ponta-cabeça: estes judeus eram aliados e estavam armados, como os ingleses, como os americanos, e como três anos antes também Hitler estivera armado. As idéias que ensinam a você são simples e o mundo é complicado. Aliados, portanto: companheiros de armas. Teriam que aceitá-los, apertar-lhes a mão, beber vodca com eles. Alguns ensaiavam um sorriso sem jeito, uma aproximação tímida com as mulheres desgrenhadas, empacotadas em trajes militares acima da medida, com rostos cinzentos de cansaço e de poeira. Erradicar um preconceito é doloroso como extrair um nervo.

A muralha da incompreensão tem duas faces, como todas as barreiras, e da incompreensão nascem o embaraço, o incômodo e a hostilidade; mas os judeus de Gedale não se sentiam, naquele momento, nem embaraçados nem hostis. Ao contrário, estavam alegres: na aventura cada dia diferente da resistência, na estepe gelada, na neve e na lama, tinham encontrado uma liberdade nova, desconhecida por seus pais e avós, um contato com homens amigos e inimigos, com a natureza e a ação, que os inebriava como o vinho do Purim, quando é comum abandonar a sobriedade costumeira e beber até não saber mais distinguir a bênção da maldição. Estavam alegres e ferozes, como animais a quem se abre a jaula, como escravos rebelados prontos para a vingança. E a tinham saboreado, a vingança, mesmo pagando caro por ela: em várias situações, em sabotagens, atentados e choques de retaguarda; mas também recentemente, poucos dias antes e não longe. Fora o grande momento deles. Atacaram, sozinhos, a guarnição de Liuban, oitenta quilômetros ao norte, para onde estavam confluindo tropas alemãs e ucranianas destinadas ao rastreamento; na aldeia havia também um pequeno gueto de artesãos. Os alemães foram expulsos de Liuban: não eram de ferro, eram mortais, quando se viam sobrepujados fugiam desordenadamente, até diante dos judeus. Alguns deles abandonaram as armas e se lançaram no rio caudaloso por causa do degelo, foi uma visão reanimadora, uma imagem para levar para o túmulo: os judeus a contavam com expressão iluminada aos russos. Sim, os homens louros e verdes da Wehrmacht fugiram diante deles, entravam na água e procuravam subir nas placas de gelo arrastadas pela correnteza, e eles ainda continuaram a disparar e viram os corpos dos alemães afundando ou navegando rumo à foz em seus cadafalsos de gelo. O triunfo durara pouco, é claro: os triunfos sempre duram pouco e, como estava escrito, a alegria do judeu termina no espanto. Eles se retiraram para o bosque, levando com eles os judeus do gueto de Liuban que pareciam em condições de combater, mas os alemães retornaram e assassinaram todos os que tinham permanecido no gueto. A guerra deles era assim, uma guerra em que não se volta a olhar para trás e não se fazem contas, uma guerra de mil alemães contra um judeu e de mil mortos judeus contra um morto alemão. Estavam alegres porque se viam sem amanhã e não se preocupavam com o amanhã, e porque tinham visto os super-homens chapinhando na água gelada como rãs: um presente que ninguém jamais lhes tomaria.

Traziam também outras notícias mais úteis. O rastreamento já começara, e eles tinham sido desalojados de seu acampamento, que de resto era um pobre terreno com tocas, precário, certamente não comparável ao de Turov. Mas não era verdade que fosse uma grande busca: não havia nem carros nem artilharia pesada, e um prisioneiro alemão que eles interrogaram tinha confirmado que o ponto mais frágil do cerco devia ser justamente onde pensava Ulybin: a sudoeste, ao longo do Stviga.

Dov estava bem, quase já não mancava, porém andava mais curvado que antes. Seus cabelos, de novo cuidadosamente penteados, estavam mais ralos e mais brancos. Sissl lhe perguntou se queria comer alguma coisa e ele respondeu sorrindo: "A um doente se pergunta, a alguém saudável se dá", contudo, tinha mais pressa em narrar que em comer. Ao redor dele tinha se formado um círculo de ouvintes, judeus e russos: não eram muitos aqueles que voltavam da Grande Terra ao território da resistência.

"Quanto tempo faz que aqueles dois estão falando? Uma hora? É bom sinal: quanto mais falam mais se entendem; e também quer dizer que os alemães ainda estão longe, ou que mudaram de rumo. Mas claro que cuidaram de mim: o que pensaram? No hospital de Kiev. Não tinha mais o telhado, ou melhor, não o tinha ainda, porque está sendo reconstruído, e sabem por quem? Pelos prisioneiros alemães, aqueles que se renderam em Stalingrado.

"Não havia telhado, não havia comida, tampouco anestesia, mas lá estavam as doutoras, e me operaram imediatamente: tiraram não sei o que do meu joelho, um osso, e até me mostraram. Nas masmorras me operaram, à luz de acetileno, e depois me puseram numa enfermaria, numa enfermaria interminável, mais de cem leitos de cada lado, misturando vivos, moribundos e mortos. Não é bom ficar num hospital, mas exatamente naquela enfermaria chegou a minha sorte: se a sorte está conosco, até um boi pode parir. Chegou uma visita, alguém importante, do politburo, um ucraniano: baixo, gordo, careca, com cara de camponês e o peito coberto de medalhas. No meio daquela confusão de macas que iam e vinham, parou bem na minha frente. Perguntou-me quem era, de onde vinha e onde fora ferido; tinha atrás dele o pessoal do rádio e improvisou um discurso, em que disse que todos, russos, georgianos, jacutis e judeus, somos filhos da grande mãe Rússia, e que todas as brigas devem terminar..."

Ouviu-se a voz de Piotr:

"Se ele era um ucraniano, e era um peixe graúdo, você podia ter lhe dito que começasse a fazer a limpeza pela própria casa! São uma gentalha, os ucranianos: quando os alemães chegaram, abriram as portas para eles e lhes ofereceram pão e sal. Os alferes deles são piores que os alemães." Outras vozes obrigaram Piotr a se calar e exortaram Dov a prosseguir.

"...e me perguntou para onde queria ser mandado quando sarasse. Respondi-lhe que minha casa ficava muito longe, que tinha amigos da resistência e que gostaria de reencontrá-los. Bem, assim que me deram alta, ele tomou providências. Talvez quisesse dar um exemplo, localizou Gedale e o seu bando, e me mandou de pára-quedas para perto do acampamento dele, junto com uma caixa com quatro parabéluns como presente pessoal. Saltar de pára-quedas dá bastante medo, mas fui parar na lama e não me aconteceu nada."

Dov teria ainda muita coisa para contar sobre o que vira e escutara durante a convalescença na Grande Terra; mas a porta do comando se abriu, apareceram Gedale e Ulybin, e todos silenciaram.

6

MAIO DE 1944

Ulybin falou primeiro, em tom oficial:

"Minhas informações e as que este companheiro trouxe coincidem perfeitamente. Os alemães estão vindo da fronteira polonesa e não têm grandes forças: as melhores tropas são mandadas para o front, e quando voltam não são mais as melhores tropas. Os italianos e os húngaros os abandonaram; não confiam mais nos eslovacos nem nos poloneses brancos. Tentam cercar estes pântanos e estreitar o cerco pouco a pouco; o ponto mais fraco do anel fica no sul, na direção de Recitsa e da fronteira ucraniana. Tentaremos passar, depois prosseguiremos separadamente: se juntássemos os dois bandos não teríamos nenhuma vantagem e chamaríamos muito a atenção. Além disso, a unidade do companheiro Gedale teve o reconhecimento e o apoio de Moscou..."

"Muito reconhecimento e pouco apoio!", interrompeu alguém falando em iídiche. "Cale a boca, Józek!", disse Gedale secamente. "...e tem liberdade de movimentos. Os judeus do acampamento podem escolher: ficar conosco, forçar o cerco e rumar para leste a fim de alcançar o front, ou então..."

"...ou então vir conosco", interveio Gedale. "Nós temos outras ordens. Não temos pressa de voltar para casa. Se passarmos, seguiremos para oeste, a fim de libertar prisioneiros, perturbar as retaguardas alemãs e acertar as contas. Quem quiser vir conosco, fique deste lado. Cada um pode conservar as armas pessoais que tinha quando chegou de Novoselki."

A cabana estava muito cheia de gente e a distribuição teve lugar em meio a desordem e barulho. Mendel, Sissl, Line e Leonid escolheram o lado de Gedale sem hesitar; mas ao redor de Pavel tinha se estabelecido uma discussão acalorada. Pavel gostaria de acompanhar Gedale, mas queria ficar com seu cavalo; se Ulybin o requisitasse, ele também permaneceria. Gedale não entendia e pedia explicações. Ouviu-se acima do tumulto a voz profunda de Pavel: "Sou útil a você porque sei alemão, mas o meu cavalo não sabe. O que faria com ele?".

Ulybin, sem rir, fez uma careta difícil de interpretar, depois disse: "Está bem, levem o cavalo e seu dono". Mostrou-se menos condescendente quando viu que também Piotr se posicionara do lado de Gedale.

"E você, o que tem a ver com eles? O que lhe deu na cabeça? O que faz, você, desse lado?"

"Todos vêm de longe", respondeu Piotr, "nenhum deles conhece direito a região. Depois de meia hora de estrada estariam todos afogados."

"Conversa fiada. Nenhum deles o chamou como guia. Podem se virar muito bem sozinhos. Veja bem o que faz: com certeza não quer acabar como Fedja."

"Ele me chamou como guia", disse Piotr, apontando Dov: mas deu para ver que estava inventando. Depois acrescentou: "...e não é uma deserção, companheiro comandante. Este é um bando e aquele é outro bando". Todavia, enquanto falava, deixou o grupo de Gedale e retornou para o lado de Ulybin, com a expressão de um menino a quem puseram de castigo.

Haviam demorado muito, já era noite, hora de partir. Ulybin mandou preparar as minas escondidas nas cabanas e reuniu todos do lado de fora, na clareira. A ordem era ficar em silêncio, mas se ouvia um burburinho excitado de vozes que procuravam entrar num acordo, como nos momentos em que os músicos afinam os instrumentos da orquestra, antes da ouverture. Discordavam, mas um ouvido atento teria distinguido um motivo, repetido em chaves diversas por russos e judeus: Piotr, o audaz e puro Piotr, tinha perdido a cabeça por uma mulher estrangeira, como Stien'ka Razin. Se a causa, porém, eram os olhos cinzentos de Sissl ou os olhos escuros de Line, quanto a esse ponto as versões divergiam. A intriga é uma força da natureza; torna suportáveis muitos incômodos e viceja até no meio dos pântanos, da guerra e da neve que degela.

Caminharam a noite toda, em fila indiana, sem ver nenhum sinal dos alemães. Pararam ao amanhecer para descansar num barracão abandonado, na fronteira polonesa. Por volta de meio-dia, os sentinelas viram forças alemãs passarem ao longo da estrada principal; todos se prepararam para a defesa, mas a coluna prosseguiu sem se preocupar em controlar o barracão. Retomaram a marcha à noite e, num brejo, os dois bandos se separaram; Ulybin e os seus dobraram à esquerda, para entrar de novo em território soviético, e o grupo de Gedale tomou o rumo de Recitsa através de campos não cultivados. Gedale os tranqüilizou: "O pior já passou. Mais uma noite de caminhada e estaremos fora".

Mas Mendel e seus amigos se sentiam mais seguros antes, no acampamento de Turov, onde não se passava fome nem frio e cada um sentia a cabeça protegida por um teto de traves sólidas e por uma autoridade: o próprio Ulybin, ou os mensageiros vindos do céu, ou um poder mais distante. Esses gedalistas (assim chamavam a si mesmos) eram gente temerária, errante e pobre. Józek, o lugar-tenente de Gedale, enrolou um cigarro de ervas num pedaço de papel de jornal, pediu a Leonid um fósforo, que partiu em dois na vertical, acendendo o cigarro com uma das metades e guardando a outra no bolso. As duas vacas, contou, eram presas de guerra; haviam-nas tomado poucos dias antes, durante o ataque a Liuban, "porque na guerra é preciso pensar também nas mercadorias". Eram vacas magras e teimosas, onde encontravam um tufo de capim empacavam para pastar, resistindo aos puxões e retardando a marcha. Onde ainda havia trechos com neve à sombra das árvores, aravam-nos com os cascos em busca de líquen. "Na primeira oportunidade, com certeza as venderemos", disse Józek em tom resoluto.

Józek não era russo mas polonês de Bialystok, e falsário profissional. Contou sua história a Mendel na primeira chance após a separação; antes não, não sabia como os russos encarariam a coisa.

"É um bom ofício, mas nada fácil. Comecei quando era jovem, em 1928: era aprendiz de litografia e falsificava selos. A polícia polonesa, naquele tempo, tinha muito em que pensar e não representava grande perigo, mas eu ganhava pouco. Em 1937, comecei com os documentos, era ótimo nos passaportes.

Depois veio a guerra, os russos chegaram em Bialystok e, em 1941, chegaram os alemães. Tive que me esconder, mas vivia bem: havia demanda de documentos, sobretudo cadernetas de racionamento para os poloneses e documentos de identidade para os judeus.

"Teria trabalhado tranqüilo até o final da guerra, mas um concorrente me denunciou porque minhas tarifas eram muito baixas. Fiquei três semanas na cadeia; claro que meus documentos pessoais eram falsos, constava que eu era cristão fazia duas gerações, mas me despiram, perceberam que era judeu e me mandaram para o Lager, em Sachsenhausen, para quebrar pedras."

Józek se interrompeu e acendeu outro cigarro com a metade de fósforo que tinha guardado. Era alourado, gracioso, de estatura média, tinha um rosto comprido de raposa e olhos verdes quase sem cílios, que mantinha sempre meio fechados como para aguçar o olhar. O grupo tinha parado numa clareira; Józek estava deitado na relva úmida de orvalho, fumava e contava tudo com gosto. Muitos o rodeavam para escutar: já conheciam a história, mas adoravam ouvi-la de novo; outros dormiam. Leonid tinha se afastado com Line, e Sissl ouvia, um pouco à parte: apanhara agulha e linha e remendava uma meia à luz incerta da madrugada.

"O mundo é estranho", continuou Józek. "Um judeu morre, mas um judeu falsário se salva. No final de 42, colaram um aviso no Lager: os alemães procuravam tipógrafos e litógrafos. Apresentei-me e me mandaram para uma pequena cabana no fundo do Lager onde eu imaginava estar sonhando. Havia um laboratório muito mais bem equipado que o meu, e um grupo de prisioneiros poloneses, tchecos, alemães e judeus que fabricavam dólares e libras esterlinas falsas, além de documentos para agentes de espionagem. Sem me vangloriar, era o melhor, e os trabalhos delicados eram entregues a mim; mas logo compreendi que a situação era arriscada, estava claro que dali nenhum de nós sairia vivo. Dediquei-me então a juntar ouro, que nos Lagers jamais falta, para fabricar uma ordem de transferência para mim."

"E por que não uma ordem de libertação?", perguntou Mendel.

"Vê-se que você não sabe o que é um Lager. Jamais um judeu foi libertado; especialmente um judeu da minha espécie. Fiz uma ordem de transferência para o Lager de Brest-Litovsk, porque para um polonês é melhor fugir na Polônia: uma ordem perfeitamente legal, com papel das ss, com carimbos e assinaturas, em nome de Józef Treistman, número 67 703, Funktionshäftling, prisioneiro-funcionário. Corria grande risco, mas não ter escolha é uma escolha. Embarcaram-me num trem com dois acompanhantes, eram dois militares veteranos da Territorial. Corrompi a ambos com o ouro, não esperavam outra coisa; fugi pouco antes de chegar a Brest, passei duas semanas na clandestinidade, depois encontrei Gedale."

Com o passar dos dias e conhecendo-os melhor, a Mendel parecia cada vez mais natural que Gedale e Ulybin não se entendessem. Para além da secular diferença entre russos e judeus, seria difícil encontrar dois homens mais diferentes entre si: a única qualidade que tinham em comum era a coragem, e isso não era de estranhar, pois um comandante sem coragem não dura muito. Mas até a coragem deles era diversa: a de Ulybin era obstinada e opaca, uma coragem-dever que mais parecia o fruto de um estudo e de uma disciplina que um dom natural. Cada decisão e cada ordem sua vinham como do céu para a terra, repletas de autoridade e de ameaças não explícitas; quase sempre eram ordens razoáveis, pois Ulybin era um homem astuto, mas mesmo quando não o eram, soavam peremptórias e era difícil não obedecer a elas. A coragem de Gedale era extemporânea e multiforme, não se originava de uma escola e sim de um temperamento impaciente com os vínculos e pouco propenso a perscrutar o futuro; onde Ulybin calculava, Gedale se atirava como num jogo. Mendel reconhecia nele, bem fundidos como numa liga preciosa, alguns metais heterogêneos: a lógica e a fantasia temerária dos talmudistas, a sensitividade dos músicos e das crianças, a força cômica dos artistas de teatro ambulante, a vitalidade que se absorve da terra russa.

Gedale era alto e magro, tinha costas largas mas membros finos e peito pouco profundo. O nariz era arqueado e cortante como uma proa, a testa baixa sob o limite dos cabelos negros, as bochechas escavadas e sulcadas por rugas na pele curtida pelo vento e pelo sol, a boca ampla e cheia de dentes. Era ágil nos movimentos, mas andava de um jeito divertido que parecia premeditado, como um clown no circo. Falava com voz alta e sonora mesmo quando não havia necessidade, como se o peito funcionasse à maneira de uma caixa de percussão; ria demais, inclusive em momentos pouco oportunos.

Mendel e Leonid, acostumados com a hierarquia do Exército Vermelho, ficaram desorientados e alarmados com o comportamento dos gedalistas. As decisões eram tomadas do melhor modo, em assembléias barulhentas; às vezes, aceitavam com desenvoltura propostas temerárias de Gedale, de Józek ou de outros; em outras ocasiões, também ocorriam brigas, que logo se aplacavam. Não parecia que houvesse tensões ou discordâncias permanentes no interior do bando. Os componentes se proclamavam sionistas, mas com tendências variadas, com todos os matizes possíveis entre o nacionalismo hebraico, a ortodoxia marxista, a ortodoxia religiosa, o igualitarismo anárquico e o retorno tolstoiano à terra, que o redimirá se você a redimir. Também Gedale se declarava sionista. Durante vários dias, Mendel tentou entender a que tendência pertenceria, mas no final desistiu; seguia simultaneamente diversas idéias, ou então nenhuma, ou então mudava com freqüência. Com certeza era mais voltado para a ação que para a teoria, e os seus objetivos eram simples: sobreviver, causar o maior dano possível aos alemães e ir para a Palestina.

Gedale era curioso até a indiscrição. Aos recém-chegados não pediu nenhum dado pessoal, tampouco os aceitou oficialmente, mas quis saber a história de cada um, e ouviu com a atenção cândida das crianças. Parecia sentir simpatia por todos, apreciar as virtudes de todos, ignorar suas fraquezas. "*L'khàyim*", disse a Pavel depois de ter escutado a história dele, "à vida. Bem-vindo entre nós, benditas sejam suas costas. Precisamos de costas fortes como as suas. Você é um bisão judeu: um animal raro, vamos cuidar muito bem de você. Talvez você não quisesse sê-lo, mas quem nasce judeu permanece judeu, e quem nasce bisão permanece bisão. Bendito seja aquele que entra."

Era a primeira parada tranqüila que o bando se concedia depois de ter escapado ao cerco. Tinham passado a noite no paiol de uma casa de fazenda abandonada, haviam encontrado água limpa no poço, o ar estava leve e perfumado, todos os rostos se achavam descontraídos, e Gedale se divertia.

Leonid resumiu sua história em dois ou três minutos, mas Gedale não se preocupou e não quis saber mais. Disse-lhe apenas:

"Você é muito jovem. É uma doença que passa logo, mesmo sem remédios, mas também pode ser perigosa. Enquanto estiver com ela, tenha cuidado."

Leonid olhou para ele atônito e desconfiado:

"O que está querendo dizer?"

"Não me interprete ao pé da letra. Também eu tenho sangue de profeta, como todo filho de Israel, e de vez em quando brinco de bancar o profeta."

Com Line e Sissl abandonou o vaticínio e exibiu maneiras de opereta. Chamou-as de "minhas nobres damas", mas quis saber quantos anos tinham, se ainda eram virgens e quem tinham sido seus homens. Sissl respondeu intimidada, Line com orgulho cerrado, todas as duas mostraram pressa em terminar com o interrogatório. Gedale não insistiu e se dirigiu a Mendel. Ouviu atento sua narrativa e disse: "Você não interpreta. Continua um relojoeiro, não pôs penas de pavão, tampouco de falcão. Bem-vindo você também, será útil para nós porque é prudente, decerto servirá de contrapeso. Aqui entre nós a prudência anda meio esquecida. E também temos pouca memória, exceto para uma coisa".

"O quê?", perguntou Mendel.

Gedale aproximou solenemente o indicador do nariz:

"'Lembre-se do que lhe fez Amalec no caminho, depois que tinham deixado o Egito. Assaltou-o enquanto você estava na estrada, matou todos os fracos, os doentes e os cansados que estavam na retaguarda; ele não teve temor de Deus. Por isso, quando o seu Deus der a você descanso de seus inimigos, de Amalec você deve apagar até a memória: não esqueça.' Aí está, isso nós não esquecemos. Citei de memória, mas desta vez não sem propósito."

Em meados de maio, o bando de Gedale estava acampado às margens do Gorin', brancas com lírios-do-vale e margaridas apressadas. Homens e mulheres, nus ou seminus, lavavam-se com alegria na água lenta do rio. Józek, com dois companheiros armados, partiu para Recitsa com as duas vacas e o cavalo de Pavel: em

Recitsa, perto da fronteira ucraniana, havia uma feira. Retornou poucas horas depois; tinha trocado as vacas por pão, queijo, toucinho, carne salgada, sabonete: o restante vinha em marcos alemães de ocupação. O Tordo marchava glorioso e suado sob a carga. Parecia até que a guerra havia terminado, de qualquer modo havia terminado o inverno. Na cidadezinha, Józek não vira sinal dos alemães: se estavam por lá, estavam emboscados. Não fora preciso dar explicações nem pechinchar, os camponeses tinham aprendido havia algum tempo que com os da resistência (de qualquer cor) não deviam ser nem curiosos nem avarentos.

Ao regressar, Józek viu uma boa parte do bando reunida em silêncio à beira do rio; Gedale sentado num tronco, com os pés na água e o violino erguido no alto; e Izu, um dos homens de Blizna, peludo como um urso e inteiramente nu, andando na água bem devagarinho, passo a passo, rumo a um rochedo no meio da correnteza. Todos o observavam e ele fazia sinais a todos para que não se mexessem nem falassem. Quando chegou junto ao rochedo, imergiu completamente, sempre lentíssimo; viram a água se agitar por um instante e Izu emergiu apertando entre as mãos um grande peixe que se debatia. Mordeu-o atrás da cabeça, e o peixe amoleceu: tinha dois palmos de comprimento, suas escamas cor de bronze cintilavam ao sol.

"O que pegou, Izu?", perguntou Gedale.

"Pensei que fosse uma truta; mas é um *sazàn*!", respondeu Izu orgulhoso, subindo para a margem. "É estranho, nessa água tão rasa." Ficou de cócoras perto de uma pedra achatada, abriu a barriga do peixe, lavou-o na água corrente, cortou-o ao longo das costas, com a faca, e começou a tirar pedaços dos flancos e a comê-los.

"Como, não vai cozinhar?"

"O peixe cozido perde as vitaminas", respondeu Izu mastigando.

"Mas é mais gostoso. E depois tem mais fósforo, e o fósforo faz ficar inteligente. Vê-se que vocês de Blizna o comem sempre cru."

Gedale cumprimentou Józek de longe, acenando: "Grande, Józek, por uma semana estamos bem". Depois recomeçou a tocar o violino; despira-se até a cintura e tinha no rosto uma expressão enlevada, não dava para entender se por causa da música ou do pedilúvio, mas Bella não lhe dava sossego. Das três mulheres que tinham chegado a Turov com o bando, Bella parecia ser a mais próxima de Gedale, considerava-se a sua mulher legítima e definitiva, e Gedale parecia ter opinião diferente ou então não se preocupava em definir a situação. Junto com outros do grupo, Bella estava montando uma barraca militar, mas se interrompia freqüentemente, e interrompia Gedale, gritando no ouvido dele como se fosse surdo; Gedale lhe respondia com paciência, recomeçava a tocar, e de novo Bella o interrompia com suas implicâncias:

"Pare com esse violino: é melhor que venha nos ajudar!"

"Pendure-o nos chorões, Gedale!", gritou Dov de longe.

"Ainda não estamos em Jerusalém, mas também não estamos mais na Babilônia", respondeu Gedale, e recomeçou a tocar. Bella era uma lourinha de rosto comprido e amuado. Aparentava uns quarenta anos, ao passo que Gedale não devia ter ultrapassado os trinta; distribuía sempre repreensões e críticas, e dava ordens que ninguém executava, mas não mostrava ressentimento por isso. Gedale a tratava com ternura e uma pitada de ironia.

Quando a manhã ia alta, os sentinelas avistaram um homem sozinho, que de longe gritava: "Não atirem!"; deixaram que se aproximasse, e era Piotr. Gedale o acolheu sem mostrar surpresa:

"Ótimo, fez bem em se juntar a nós. Sente-se, daqui a pouco vamos comer."

"Companheiro comandante", disse Piotr, "só tenho o revólver, a parabélum deixei para o pessoal de Ulybin."

"Se a tivesse trazido, teria sido melhor, mas não importa."

"Olhe, sei que não agi bem, mas briguei com Ulybin. Era duro demais, não só comigo, mas com todos. E certa noite tivemos uma discussão séria... uma discussão política."

"E falaram dos gedalistas, não é verdade?"

"Como adivinhou?"

Gedale não respondeu, mas devolveu outra pergunta:

"Não vai mandar buscá-lo? Atenção, pois com Ulybin não queremos problemas."

"Não vai mandar me buscar. Foi ele quem me mandou embora. Disse-me para deixar a parabélum e tomar outro rumo. Foi ele quem me disse para vir encontrá-los."

"Falou isso porque estava furioso. Ou bêbado: quem sabe depois não muda de idéia."

"Estava furioso mas não bêbado", disse Piotr. "E depois, agora eles estão a quatro ou cinco dias de marcha. E não sou um desertor. Não me juntei a vocês por medo; vim para combater com vocês."

Naquela noite, sem um motivo preciso, houve festa no acampamento de Gedale: talvez porque tivesse sido o primeiro dia fora dos pântanos e dos perigos, e o primeiro dia de primavera declarada; talvez porque a chegada de Piotr tivesse alegrado a todos; ou talvez só porque, entre outros víveres amontoados na garupa do Tordo, Józek tivesse trazido também um barrilzinho de vodca polonesa. Acenderam uma fogueira entre duas dunas de areia e todos sentaram em círculo ao redor dela; Dov disse a Gedale que talvez fosse uma imprudência, e então Gedale apagou o fogo, mas o clarão das brasas aquecia os ânimos do mesmo modo.

O primeiro a se exibir foi Pavel. Ninguém o havia chamado, mas se posicionou orgulhosamente perto das brasas, pegou um pedaço de carvão e desenhou dois bigodinhos acima do lábio superior; puxou para cima da testa uma mecha de cabelos molhados, cumprimentou a todos com o braço estendido na altura dos olhos e começou a discursar. Primeiro falou em alemão, com raiva crescente: seu discurso era improvisado, o tom contava mais que o conteúdo, mas todos riram quando o escutaram se dirigir aos soldados alemães incitando-os a combater até o último homem e chamando-os sucessivamente de heróis da Grande Alemanha, filhos da puta, cães celestes, defensores do nosso sangue e do nosso solo, e olhos do cu. Sua cólera se tornava cada vez mais veemente, até lhe sufocar a palavra num grunhido canino interrompido por acessos de tosse convulsiva. De repente, como se tivesse estourado um abscesso, deixou o alemão e continuou em iídiche, e todos se dobraram de rir: era extraordinário ouvir Hitler no auge de seu delírio, incitando, na língua dos párias, alguém a massacrar um outro, não se entendia se os alemães a massacrar os judeus ou vice-versa. Aplaudiram-no freneticamente, pediram bis, e Pavel, com dignidade, em vez de repetir o seu número (que, explicou, tinha sido aprovado em 1937 num cabaré de Varsóvia), cantou "O sole mio", numa língua que ninguém compreendia e que ele assegurava ser italiano.

Depois entrou em cena Mottel, o Corta-Goelas. Ele era um homenzinho de pernas curtas e braços longuíssimos, ágil como um símio. Agarrou três, depois quatro e enfim cinco tições, e os fez girar em torno de si mesmo, acima da cabeça, debaixo das pernas; contra o fundo do céu violáceo se desenhava um enredo sempre novo de parábolas rutilantes. Foi aplaudido, agradeceu se inclinando aos quatro pontos cardeais e se retirou imitando o andar desengonçado do orangotango. Por que Corta-Goelas? Explicaram a Mendel que Mottel não era um recém-chegado. Era de Minsk, tinha trinta e seis anos, e era duplamente corta-goelas. Na primeira metade de sua carreira, fora um corta-goelas respeitável: durante quatro anos havia trabalhado como *shokhèt*, o açougueiro ritual da comunidade. Fora aprovado no exame prescrito, possuía a licença, e era considerado um especialista na arte de manter o facão afiado e de cortar com um único golpe a traquéia, o esôfago e as carótidas do animal. Mas depois (por culpa de uma mulher, cochichava-se) seguira um caminho errado: havia abandonado a esposa e a casa, tinha se misturado com a má vida local, e mesmo sem esquecer seu ofício anterior e a preparação teórica, tornara-se especialista também em cortar bolsas e escalar janelas alheias. Conservara o facão ritual, comprido e com a ponta obtusa; todavia, como emblema de sua nova orientação, quebrara-lhe obliquamente a extremidade, obtendo um instrumento pontiagudo. Assim modificado, o facão se prestava também a outros usos.

"Uma mulher! Adiante, uma mulher!", gritou alguém com voz rouca de vodca. Adiantou-se Bella penteando os cabelos cor de estopa, mas Pavel, gingando como um urso, empurrou-a com os quadris, devolvendo-a para o círculo dos espectadores, e retomou o seu posto. Ainda não tinha terminado, e não se percebia se estava bêbado ou apenas fingindo. Desta vez ele fazia um rabino chassídico; bêbado, naturalmente, que puxava as orações do sábado num suposto hebraico, na verdade num russo de prostíbulo. Rezava até perder o fôlego, com velocidade vertiginosa, porque (explicou num aparte) entre uma vara e outra não deve passar o porquinho: entre uma palavra sagrada e outra não deve abrir caminho o pensamento profano. Desta vez os aplausos foram mais moderados.

Bella não se rendera. Aproximou-se do braseiro, ergueu a mão esquerda num gesto gracioso, colocou a direita no coração e começou a cantar uma romança, "Sí me ne andrò lontana"; mas não foi muito longe, porque, poucas notas depois, a voz se tornou estridente e explodiu em soluços. Gedale se achegou, tomou-a pela mão e a levou para outro lado.

Muitos chamavam por Dov. "Apareça, siberiano", disse-lhe Piotr, "e conte-nos o que viu na Grande Terra." Acompanhou-o Pavel, que assumira o papel de animador da festa: "E agora, com vocês, David Yavor, o mais sábio entre nós, o mais antigo e o mais amado. Adiante, Dov, todos querem vê-lo e ouvi-lo". A lua aparecera, quase cheia, e iluminava os cabelos brancos de Dov, que se dirigiu de má vontade para o centro da arena. Esboçou um sorriso tímido e disse:

"O que desejam de mim? Não sei cantar nem dançar, e já lhes contei muitas vezes o que vi em Kiev."

"Conte-nos sobre seu avô niilista." "Conte-nos sobre a caçada ao urso na sua terra." "Conte-nos sobre aquela vez em que você fugiu do trem dos alemães." "Conte-nos sobre o cometa." Mas Dov se defendeu: "Tudo isso são coisas que já contei e não existe tédio maior do que se repetir. Proponho um jogo ou uma competição".

"Uma luta!", exclamou Piotr. "Quem quer disputar comigo?"

Durante alguns instantes ninguém se mexeu; depois houve uma breve discussão entre Line e Leonid. Leonid pretendia aceitar o desafio e Line, por algum motivo, tratava de dissuadi-lo energicamente. No final, Leonid se livrou dela. Os dois adversários tiraram o casaco e as botas e se puseram em guarda. Agarraram-se pelas costas, tentando se derrubar com um jogo de pernas; rodaram várias vezes em círculo, depois Leonid tentou segurar Piotr pela cintura e não conseguiu. Os dois cães do grupo latiam inquietos, soltavam grunhidos e eriçavam o pêlo. Piotr, além de ser mais forte que Leonid, levava a melhor por causa dos braços mais compridos. Após um duelo confuso e não muito correto, Leonid caiu e Piotr logo se jogou em cima dele, fazendo-o tocar o chão com as costas. Piotr cumprimentou o público com as mãos erguidas e se defrontou com Dov, que o desafiava.

"O que pretende, tio?", perguntou Piotr: era quase dois palmos mais alto que Dov.

"Lutar com você", respondeu Dov, e se pôs em guarda, mas frouxamente, com as mãos pendendo moles dos pulsos, na atitude que lhe era habitual nos momentos de repouso. Piotr esperou, perplexo. "Agora, vou lhe mostrar uma coisa", disse Dov, e avançou; Piotr retrocedeu, mantendo-o sob controle. Sob o luar pálido, não se distinguiu bem o movimento de Dov; deu para ver Dov flexionando uma das mãos e um joelho, abaixando-se levemente, e Piotr, desequilibrado, vacilar e cair de costas. Levantou-se e sacudiu a poeira: "Onde aprendeu estes golpes?", perguntou magoado. "Ensinaram a você durante o serviço militar?" "Não", respondeu Dov, "aprendi com meu pai." Gedale disse que Dov deveria ensinar aquela técnica de luta ao bando inteiro, e Dov respondeu que o faria de boa vontade, especialmente para as mulheres. Todos riram, e Dov acrescentou que aquela era a luta dos samoiedos; no lugar onde ele nascera, haviam chegado famílias de samoiedos deportados. "Foram os russos que lhes deram esse nome, pois acreditavam que comessem carne humana: *samo-jed* quer dizer 'come a si mesmo', mas eles não gostam desse nome. São gente boa, e aprendemos muitas coisas com eles: acender o fogo com o vento soprando; proteger-se da tempestade debaixo de um monte de lenha. E também conduzir trenós puxados por cães."

"Isso não tem muita utilidade para nós", observou Piotr.

"Mas isto, ao contrário, pode servir", disse Dov. Do cinturão que Piotr havia tirado junto com o casaco, puxou a faca; segurou-a pela ponta com dois dedos, sopesou-a por um momento como se quisesse melhorar a mira, depois a arremessou contra o tronco de um abeto, distante oito ou dez metros. A faca voou dando piruetas e se cravou profundamente na madeira. Outros também tentaram, Piotr primeiro que todos, admirado e enciumado, mas ninguém conseguiu, mesmo reduzindo a distância da árvore à metade: no melhor resultado, a faca atingia o tronco com o cabo e caía no chão. Gedale e Mendel não conseguiram nem acertar no centro do tronco.

"Pena que no lugar do abeto não esteja o doutor Goebbels", disse Józek, que não havia participado nem dos shows nem dos jogos. Dov explicou que, para matar um homem, não é qualquer faca que serve; são necessárias facas especiais, finas mas pesadas e bem afiadas. "Compreendeu, Józek?", sublinhou Gedale, "tenha isso em mente, a próxima vez que for à feira."

Alguns já dormiam quando Gedale pegou o violino e começou a cantar; mas não cantava para ser aplaudido. Cantava em surdina, ele que era tão barulhento quando falava; outros gedalistas se juntaram a ele, algumas vozes eram harmoniosas, outras nem tanto, mas todas eram convictas e intensas. Mendel e os seus escutaram com admiração o ritmo, que era alegre, quase uma marcha, e a letra, que era esta:

> Vocês nos reconhecem? Somos as ovelhas do gueto,
> Tosadas durante mil anos, resignadas à ofensa.
> Somos os alfaiates, os copistas e os cantores
> Murchos à sombra da Cruz.
> Agora aprendemos as trilhas da floresta,
> Aprendemos a atirar, e acertamos no alvo.
>   Se não me defendo, quem me defenderá?
>   Se não for assim, como será? E se não agora, quando?
> Nossos irmãos subiram ao céu
> Pelos caminhos de Sobibor e de Treblinka,
> Cavaram um túmulo nos ares.
> Só poucos de nós sobreviveram
> Para honra de nosso povo submerso
> Para a vingança e o testemunho.
>   Se não me defendo, quem me defenderá?
>   Se não for assim, como será? E se não agora, quando?
> Somos os filhos de Davi e os obstinados de Massada.
> Cada um de nós carrega no bolso a pedra
> Que arrebentou a testa de Golias.
> Irmãos, deixemos a Europa dos túmulos:
> Subamos juntos para a terra
> Onde seremos homens entre os outros homens.
>   Se não me defendo, quem me defenderá?
>   Se não for assim, como será? E se não agora, quando?

Quando terminaram de cantar, todos adormeceram envoltos nas cobertas; só os sentinelas ficaram em vigília, trepados em árvores nos quatro cantos do acampamento. De manhã, Mendel perguntou a Gedale:

"O que estavam cantando ontem à noite? É o hino de vocês?"

"Pode chamar assim, se quiser; mas não é um hino, é apenas uma canção."

"Foi você quem compôs?"

"A música é minha, só que muda um pouco, de mês em mês, pois não está escrita em lugar nenhum. Mas as palavras são minhas, veja, estão escritas aqui."

Do bolso interno do casaco, Gedale puxou um embrulho de tecido encerado atado por barbante. Desfez o laço e tirou uma folha quadriculada, amarrotada, com a data de "13 Juni, Samstag". Tinha sido arrancada de uma agenda sem nenhum cuidado e fora recoberta de caracteres iídiches a lápis. Mendel segurou-a, observou-a com atenção, depois a devolveu a Gedale:

"É com dificuldade que leio o que está impresso, e não consigo ler o cursivo. Esqueci."

Gedale disse:

"Aprendi a ler o cursivo tarde, em 42, no gueto de Kosovo: certa ocasião, serviu como linguagem secreta. Em Kosovo, estava conosco Martin Fontasch. Era carpinteiro, e com esse ofício ganhou seu pão até o fim, mas a paixão dele era compor canções. Fazia tudo sozinho, a letra e a música, e era conhecido na Galícia inteira; acompanhava-se ao violão, e cantava suas canções nos casamentos e nas festas de aldeia; às vezes também nos cafés-concertos. Era um homem pacífico e teve quatro filhos, mas ficou do nosso lado na revolta do gueto, fugiu conosco e veio para o bosque, só ele, e não é mais jovem: todos os seus tinham sido assassinados. Na primavera do ano passado, andávamos pelos lados de Novogrudok e houve uma batida terrível; metade dos nossos morreu combatendo, Martin foi ferido e caiu prisioneiro. O alemão que o revistou encontrou uma flauta no bolso dele: nem era uma flauta, mas era um pífaro, um brinquedo sem valor que Martin fizera usando um galho de sabugueiro. Acontece que aquele alemão era flautista: disse a Martin que um membro da resistência se enforca e um judeu se fuzila, ele era judeu e da resistência, podia escolher. Mas como era também músico, e sendo o alemão um amante da música, concedia-lhe um último desejo: mas que fosse um desejo razoável.

"Martin pediu para compor uma derradeira canção, e o alemão lhe concedeu o prazo de meia hora, deu-lhe esta folha e o trancou numa cela. Vencido o prazo, voltou, mandou-o entregar a canção e o matou. Foi um russo que nos contou essa história: no começo colaborava com os alemães, mas depois os alemães suspeitaram que fazia jogo duplo e o encerraram numa cela ao lado da de Martin, mas ele conseguiu fugir e ficou alguns meses conosco. Parece que o alemão estava orgulhoso da canção de Martin; gostava de mostrá-la a todos como uma curiosidade e pretendia mandar traduzi-la logo que pudesse. Mas não chegou a fazê-lo. Nós o vigiávamos e o seguíamos, conseguimos isolá-lo e certa noite entramos descalços na isbá requisitada em que ele morava. Gosto de ser justo e queria ter perguntado a ele qual era o seu último desejo, mas Mottel me apressava, por isso tive que estrangulá-lo na sua própria cama. Encontramos com ele a flauta de Martin e a canção: não lhe trouxe sorte, mas para nós é como um talismã. Aqui está, observe: até aqui embaixo é o texto que nos ouviu cantar, e estas palavras no fundo dizem assim: 'Escrito por mim, Martin Fontasch, que estou para morrer. Sábado, 13 de junho de 1943'. A última linha não é em iídiche, mas em hebraico; são palavras que você conhece: 'Ouça, Israel, o Senhor nosso Deus é único'.

"Havia composto muitas outras canções, alegres e tristes; a mais famosa fora escrita vários anos antes da chegada dos alemães à Polônia, por ocasião de um *pogrom*: naquele tempo, os camponeses é que faziam *pogroms*. Quase todos os poloneses a conhecem, mas ninguém sabe que foi composta por Martin, o carpinteiro."

Gedale refez o embrulho e o recolocou no bolso:

"Agora basta, pensamentos como estes não são para todos os dias. Vão bem às vezes, mas se os carregamos dentro de nós nos envenenamos e deixamos de ser membros da resistência. E grave bem isto, só acredito em três coisas: na vodca, nas mulheres e na parabélum. Antigamente, acreditava também na razão, agora não acredito mais."

Alguns dias depois, Gedale decidiu que o descanso já tinha sido suficiente e era tempo de retomar o caminho:

"...mas este é um grupo aberto, e quem preferir permanecer na Rússia pode ir; sem as armas, claro. Pode esperar o front, ou ir para onde quiser." Ninguém escolheu deixar o bando, e Gedale perguntou a Piotr:

"Conhece esta região?"

"Bastante", respondeu Piotr.

"A que distância fica a estrada de ferro?"

"Uns doze quilômetros."

"Perfeito", disse Gedale. "Vamos fazer a próxima etapa de trem."

"De trem? Mas todos os trens são escoltados!", disse Mendel.

"E daí? Sempre se pode tentar. Com as escoltas dá para discutir." A Gedale pareceu mais séria a objeção de Pavel:

"E o cavalo? Duvido que pretenda abandoná-lo. Além de tudo é útil, carrega a metade das bagagens."

Gedale se dirigiu de novo a Piotr:

"Que trens passam por esta linha?"

"Trens de carga, quase todos; às vezes, transportam alguns passageiros, gente que comercia no câmbio negro. Se carregam material para os alemães, são escoltados, mas nunca é uma escolta grande: dois homens na locomotiva e dois no último vagão. Comboios militares nunca passam por aqui."

"Qual é a estação mais próxima?"

"É Kolki, quarenta quilômetros ao sul: é uma estação pequena."

"E lá tem plataforma de carga?"

"Não sei. Não me lembro."

Dov interveio:

"Mas por que quer nos obrigar a pegar o trem?"

Gedale respondeu com impaciência:

"E por que não deveríamos pegá-lo? Já temos mais de mil quilômetros de caminhada; e a ferrovia está aqui ao lado. Resumindo, quero entrar em terras polonesas de um modo que as pessoas se lembrem de nós."

Refletiu um instante e acrescentou:

"Abordar um trem na estação é perigoso demais. É preciso detê-lo em campo aberto, mas aí o cavalo não pode subir. Já sei, nós levamos a maior parte da bagagem, afinal o trecho é pequeno; você, Pavel, vai à frente com o cavalo e nos espera em Kolki."

Pavel não estava convencido:

"E se vocês não chegarem?"

"Se não chegarmos, venha ao nosso encontro com o cavalo."

"E se não houver plataforma de carga?"

Gedale deu de ombros: "E se, e se, e se! Só os alemães prevêem tudo, e é por isso que perdem as guerras. Se não houver, daremos um jeito. Lá a gente resolve, com certeza não faltará uma solução. Vá, Pavel; lembre-se que é um camponês e não deixe que o vejam muito na aldeia. Por estes lados, os alemães requisitam os cavalos".

Pavel partiu trotando, mas ainda era possível vê-lo quando o Tordo voltou ao seu solene passo habitual. Gedale e o grupo se puseram em marcha, e em pouco mais de duas horas alcançaram a ferrovia. Só tinha um trilho, e cortava a pradaria de horizonte a horizonte, reta como um raio de luz.

É fácil confundir a esperança com a probabilidade. Todos esperavam que o trem viesse do norte e se dirigisse para a fronteira com a Polônia; todavia, após algumas horas de espera viram-no chegar do sul. Era um trem de carga e viajava lentamente. Gedale posicionou homens armados atrás das moitas nos dois lados da linha, depois, em mangas de camisa e desarmado, postou-se entre os trilhos sacudindo um pano vermelho. O trem reduziu a velocidade e parou, e da cabine de comando começaram imediatamente a atirar. Gedale saltou fora num instante e se escondeu atrás de uma nogueira; todos os demais responderam ao fogo. Mendel, enquanto também atirava, tratando de mirar nas janelinhas da locomotiva, admirou a habilidade militar dos gedalistas. Depois de tudo o que tinha visto deles até aquele momento, seria de esperar que fossem audaciosos, como de fato eram; mas não previra a precisão e a economia de fogo, sem falar da técnica correta segundo a qual se posicionaram. Alfaiates, copistas e cantores, dizia a canção deles: mas tinham aprendido rápido e bem o novo ofício. O inexperiente e o medroso se reconhecem logo, pois buscam a proteção maciça, a rocha ou o tronco grande, que certamente protegem mas impedem o deslocamento e os disparos sem exposição da própria cabeça. Todos, ao contrário, tinham se deitado no chão atrás de moitas densas e atiravam por entre as folhas, mudando de lugar com freqüência para desorientar o adversário.

Também a escolta do trem, protegida por placas metálicas, praticava fogo cerrado e preciso: deviam ser pelo menos quatro homens, e não economizavam munição. No último vagão, porém, não havia defesa. De repente, Mendel viu Mottel dar um salto e se arrojar para o comboio. Num instante, subiu no teto do último vagão; lá em cima estava protegido, e além disso não o tinham visto da cabine. Pendurada no cinturão levava uma granada alemã, daquelas em forma de clava, que demoram a explodir, e corria rumo à locomotiva de vagão em vagão, pulando por sobre os engates. Quando chegou ao primeiro vagão, viram-no arrancar o pino da granada; depois, com a própria granada, quebrou o vidro da clarabóia da cabine e jogou a granada lá dentro.

Houve uma explosão e o tiroteio cessou. Na cabine, verificaram que os alemães da escolta eram apenas três; um ainda estava vivo, e Gedale o liquidou sem hesitar. Também o maquinista e o foguista estavam mortos; pena, disse Gedale, eles não tinham nada a ver com o ataque e nos teriam sido úteis: bom, quem serve aos alemães assume riscos e sabe disso. Representava o amuado como uma criança. A iniciativa de Mottel tinha sido brilhante, mas estragara os seus planos.

"E quem vai fazê-lo andar agora? Não sabemos que estragos a sua bomba provocou nas alavancas de comando; e sobretudo é preciso inverter a marcha."

"Você, comandante, é um cabeça-dura e nunca está satisfeito", disse Mottel, que esperava um elogio. "Dou-lhe um trem de presente e me critica. Da próxima vez, vão vocês ao ataque, que eu fico fumando meu cachimbo."

Gedale não lhe deu atenção, e disse a Mendel que subisse na cabine para ver se conseguia recolocar a máquina em movimento. Enquanto isso, outros homens inspecionavam o comboio. Voltaram desiludidos: não levava nada de precioso, só sacos de cimento, cal e carvão. Gedale mandou tirar o cimento de dois vagões cobertos, para lá entrarem os homens e o cavalo: não havia abandonado a idéia do passeio ferroviário. Estava muito excitado; ordenou que furassem todos os sacos a faca, depois pensou melhor e mandou que amontoassem um bom número entre os trilhos, diante da locomotiva: "Com mais tempo poderíamos ter feito um bom trabalho; mas mesmo assim, com um pouco de chuva e uma dose de sorte, dará um belo bloqueio". Depois subiu na cabine e perguntou a Mendel:

"E então? O que me diz?"

"Uma locomotiva não é um relógio", respondeu Mendel chateado.

"*Nu*, mas também tem engrenagens, e isso não é resposta. Uma locomotiva não é um relógio, e um relojoeiro não é um ferroviário, um boi não é um porco, e alguém como eu não é um chefe de bando, mas se faz de chefe e faz o melhor que pode; isto é, se faz de chefe dos bandidos." Gedale riu, com aquele seu riso fácil que clareava o ar num instante. Também Mendel riu:

"Agora desça, vamos tentar."

Gedale desceu e Mendel manejou os comandos. "Atenção, estou ligando o vapor." A chaminé bufou, os amortecedores gemeram, e o comboio retrocedeu alguns metros; todos gritaram "hurra", mas Mendel disse:

"Ainda há pressão na caldeira, mas vai durar pouco. Não basta um maquinista, é preciso também um foguista." O que os gedalistas tinham de eficientes nos combates, tinham de trapalhões nas decisões pacíficas. Ninguém queria servir de foguista; após uma discussão complicada, Mendel recebeu como ajudante uma mulher que era forte como um homem: Ròkhele Negra, que sofria esse castigo porque alguns dias antes, durante a limpeza das armas, perdera a mola de um mosquete. Chamavam-na Ròkhele Negra para distingui-la da Ròkhele Branca: tinha o rosto escuro como o de uma cigana, era magra e ágil. Suas pernas eram muito longas, longo também o pescoço, em que se apoiava um pequeno rosto triangular, iluminado por olhos risonhos e oblíquos. Trazia os cabelos pretos enrolados num coque. Era também uma veterana de Kosovo, embora tivesse pouco mais de vinte anos. Já Ròkhele Branca era uma criatura meiga e simples, quase não falava, e quando o fazia era com voz tão baixa que se tornava difícil entendê-la. Por tais motivos, ninguém sabia nada sobre ela, nem ela parecia querer que soubessem: seguia passivamente o bando, obedecia a todos e jamais reclamava. Vinha de uma remota aldeia da Galícia ucraniana.

Mendel mostrou à Negra como devia fazer para alimentar a caldeira, todos os demais subiram nos dois vagões livres, e o trem se moveu, empurrado em vez de ser puxado. Mendel bloqueou a manivela do vapor a uma velocidade muito baixa, porque da cabine não podia ver a linha. Józek se instalou com a metralhadora no cubículo do responsável pelos freios, no último vagão, que agora era o primeiro, e desempenhava o papel de batedor; de vez em quando ambos punham a cara para fora e Józek informava a Mendel se a via estava livre. A foguista ria como se estivesse brincando e despejava pás de carvão com entusiasmo infantil; logo ficou toda suada e negra para valer, da cabeça aos pés, tanto que seus olhos e dentes brilhavam como faróis no escuro. Mendel, porém, não estava se divertindo nem um pouco. A satisfação por ter domado aquela fera mecânica logo se extinguiu; o sangue no piso metálico lhe provocava mal-estar, sentia-se inquieto por rodar quase às cegas, e a operação inteira lhe parecia uma loucura gratuita e uma imprudência extrema. Não percebia quais eram as intenções de Gedale.

A meio caminho, teve que se convencer de que Gedale raramente tinha intenções ocultas, e preferia improvisar: pusera a cabeça para fora do vagão e lhe fazia sinais para que parasse. Parou, e os dois desceram.

"Ouça, relojoeiro, me veio à cabeça que seria bom danificar este trem o mais que pudéssemos. O que dá para fazer?"

"Aqui, absolutamente nada", respondeu Mendel. "Se andássemos no sentido correto e não de trás para a frente, poderíamos desengatar os vagões e bloqueá-los de algum modo, mas assim é outra história. O que dá para fazer é emborcar as bordas dos vagões descobertos; assim, com as sacudidas, toda a cal e o carvão acabariam espalhados sobre as inclinações do terreno."

"E os vagões e a locomotiva?"

"Pensaremos nisso depois", disse Mendel. "Quando você já tiver se divertido bastante."

Gedale ignorou a provocação, mandou três homens emborcarem as bordas, e o trem partiu semeando alegremente o material dos dois lados. Chegaram a Kolki no início da tarde, com os vagões quase vazios: Pavel os esperava com o cavalo na plataforma de carga. Na pequena estação não havia ninguém, exceto o chefe do posto, que, ao ver a metralhadora na mão de Józek, fez uma espécie de saudação militar e se retirou. Mendel freou, carregou num instante Pavel junto com o Tordo, e partiu novamente. Gedale estava feliz, e fez sinal a Mendel para seguir em frente com mais velocidade: "Para Sarni! Para Sarni!". Acima do barulho da máquina, Mendel ouvia gritos e cantos e o relinchar do Tordo assustado, vindos dos dois vagões.

Pouco depois foi Mendel quem tomou a iniciativa de parar o trem perto de um riacho que sulcava a estepe desabitada. Não só para descansar e permitir que Ròkhele se lavasse, mas também para avisar que a água do reservatório estava quase acabando. Todos se puseram a trabalhar, fazendo uma corrente até o riacho com os poucos recipientes disponíveis: algumas panelas de cozinha e um balde encontrado na locomotiva. A operação era demorada, e Mendel aproveitou para escutar Pavel, que estava contando o que tinha visto em Kolki.

"Não corremos nenhum risco, nem o cavalo nem eu. Ninguém se preocupou conosco nem nos dirigiu a palavra, mas duvido que alguém tenha acreditado que eu fosse um camponês. Não vi alemães: devem estar por lá, pois diante da prefeitura se viam os seus cartazes de propaganda, mas eles não se mostram pelas ruas. As pessoas já não têm medo de falar, ou têm menos medo que antes; entrei numa hospedaria, o rádio estava ligado e a voz era a da Rádio Moscou: dizia que os russos tinham retomado a Criméia, que todas as cidades alemãs estavam sendo bombardeadas dia e noite, e que na Itália os Aliados se encontram às portas de Roma. Ah, como é bom passear pelas ruas de uma aldeia, ver as sacadas com vasos de flores, os anúncios das lojas, as janelas com cortininhas! Olhem o que trouxe para vocês: tirei da parede, há iguais a este em todas as esquinas."

Pavel mostrava a todos um cartaz, impresso em letras grandes sobre um papel amarelado de má qualidade, em russo e em polonês. Dizia:

"Não trabalhem para os alemães! Não passem informações para eles! Quem fornecer trigo aos alemães será fuzilado. Leitor, estamos vigiando-o; se rasgar este cartaz, atiraremos em você."

"E você o arrancou?", perguntou Mottel.

"Não o rasguei, apenas o descolei: é outra coisa. Tirei-o com respeito, qualquer um entenderia que o estava descolando para mostrar a alguém; e de fato não atiraram em mim. Estão vendo? Está assinado pelo Regimento da Estrela Vermelha: eles comandam."

"Nós também comandamos", interrompeu Gedale impetuoso. "Entraremos em Sarni à nossa maneira: de maneira a sermos lembrados. Quem conhece Sarni?"

Józek conhecia o lugar, pois havia prestado o serviço militar no exército polonês: uma cidadezinha modesta, talvez vinte mil habitantes. Algumas fábricas, uma tecelagem e uma oficina para conserto de material ferroviário. A estação? Józek a conhecia muitíssimo bem, porque tinha montado guarda ali pouco antes que a guerra estourasse; Sarni era a última cidade polonesa antes da fronteira, os russos tinham entrado lá sem combater, logo depois do início das hostilidades. Era uma estação de extrema importância, já que ali passava a linha para Lublin e Varsóvia, e por causa da oficina para trens. Havia um grande galpão e uma plataforma móvel, justamente para levar as locomotivas até a oficina. Gedale se iluminou, e disse a Mendel: "A sua máquina terá um fim glorioso". Mendel disse que esperava não acabar junto com ela.

Gedale mandou parar o trem à noite, assim que chegaram à encruzilhada, e obrigou todos a descer dos vagões. O cavalo, assustado com a escuridão, empacou: recusava-se a descer, tentava se erguer sobre as patas traseiras, relinchava freneticamente e escoiceava a parede do fundo do vagão. Retiraram-no dali e o empurraram, por fim se decidiu a saltar, mas caiu de mau jeito, quebrando uma das patas dianteiras; Pavel se afastou sem dizer nada, e Gedale sacrificou o animal lhe dando um tiro na nuca. Também a estação de Sarni parecia deserta: ninguém reagiu ao disparo. Gedale disse a Mendel que conduzisse os vagões até um trilho lateral, e disse a Józek e Pavel que prosseguissem com cautela e desviassem os vagões para a plataforma principal; voltaram depois de concluir a tarefa, e informaram que a ponte da plataforma estava em posição transversal ao trilho de desembarque: ótimo, disse Gedale. Mandaria a locomotiva se espatifar contra o vão da plataforma, a oficina ficaria bloqueada pelo menos durante um mês.

"Não está convencido, relojoeiro? Afeiçoou-se a ela, hein? Eu também, um pouco, mas não acho prudente seguir adiante e não quero dá-la de presente aos alemães. E vou lhe dizer uma coisa que aprendi no bosque: as ações mais bem-sucedidas são aquelas que o inimigo não acredita que você possa executar. Vamos, empurre os vagões para lá, ponha a máquina em movimento e salte."

Mendel obedeceu. A locomotiva sem tripulantes desapareceu no escuro, visível apenas pelas faíscas que escapavam da chaminé. Todos aguardaram com a respiração suspensa; poucos minutos depois se ouviu um estrondo de chapas metálicas arrebentadas, um ronco de trovão e um assovio agudo que foi se extinguindo lentamente. Uma sirene de alarme tocou, ouviram-se vozes excitadas, os gedalistas fugiram silenciosamente rumo ao campo. Enquanto Mendel caminhava às apalpadelas, na escuridão, tropeçando em trilhos e cabos, giravam em sua mente, incongruentes, as palavras da bênção dos milagres: "Bendito seja Você, ó Senhor Nosso Deus, rei do mundo, que fez por nós um milagre neste lugar".

Dessa maneira o bando de Gedale marcou o seu ingresso no mundo habitado.

7

JUNHO-JULHO DE 1944

"Lamento por você, Pavel, mas durante algumas semanas será melhor mantermos distância das janelas com cortininhas e das sacadas floridas; e sobretudo das ferrovias." Assim recomendou Gedale, enquanto conduzia o bando para se proteger no coração do bosque. Todavia, depois de três dias acampados, Gedale vestiu roupas quase burguesas, depôs as armas, ordenou que não tomassem iniciativas enquanto ele não voltasse, e saiu sozinho. Os que ficaram, puseram-se a formular hipóteses, das mais fúteis às mais elaboradas, até que Dov pediu que parassem:

"Gedale gosta de jogar, mas é um bom jogador. Se partiu sem dizer nada, significa que tinha suas razões. Tratem de se ocupar; num acampamento, sempre se encontra trabalho."

Transcorreram alguns dias, divididos entre o ócio, a inquietação e as ocupações cotidianas do acampamento, que aborrecem mas ajudam o tempo a passar. Gedale voltou no dia 10 de junho, todo tranqüilo, como se tivesse feito um belo passeio em tempo de paz. Pediu comida, deitou-se para dormir durante cerca de meia hora, acordou, espreguiçou-se e se isolou um pouco para tocar violino. Mas era evidente que estava morrendo de vontade de contar: esperava somente que alguém lhe oferecesse um pretexto. Este foi dado por Bella, que, sem ter recebido nenhum encargo especial, considerava-se responsável pelo aprovisionamento. Quando Bella falava, era como se desse bicadas, incisivas mas não dolorosas, como um passarinho.

"Você fica aí sem dizer nada, por conta de seus pensamentos ou sei lá do quê, e nos deixa aqui feito idiotas. Fique sabendo que nossas reservas estão acabando."

Gedale largou o violino e tirou um maço de dinheiro do bolso: "Olhe aqui, mulher. Não é desta vez que vamos morrer de fome. Vá chamar o pessoal, vamos ter uma conversa. Há muito tempo não fazemos uma reunião, mas também há muito tempo não tínhamos boas notícias; agora temos".

Todos se reuniram ao redor de Gedale, e Gedale falou assim:

"Não esperem um discurso, discursos não fazem o meu gênero. Tampouco venham com perguntas, ao menos por enquanto. Vou lhes dizer aquilo que posso, que é pouco mas importante. Não somos mais órfãos nem cães abandonados. Falei com alguém que sabia quem éramos e de onde vínhamos. A operação da locomotiva foi útil, mais do que eu pensava. Recebi dinheiro, vamos receber mais, e talvez também armas e fardas regulares. Soube que não estamos sozinhos: além dos bandos enquadrados no Exército Vermelho, como os de Ulybin, há grupos espontâneos de camponeses, bandos de dissidentes ucranianos e tártaros, quadrilhas de bandidos, mas também outros grupos judeus como o nosso: outros Gedales e gedalistas. Fala-se pouco disso, porque os russos não apreciam os separatismos, contudo eles existem, mais ou menos armados, grandes ou pequenos, móveis ou fixos. Há até bandos russos comandados por judeus.

"Apresentei os nossos objetivos e foram aprovados; podemos continuar o nosso caminho, para eles está bem. Não devemos esperar o front: somos uma vanguarda, temos que precedê-lo. O que esperam de nós é que continuemos a fazer o que sempre fizemos, guerrilha, sabotagens, ações diversionistas, e também algo mais: temos que avançar para o interior da Polônia e atacar os Lagers dos prisioneiros de guerra e dos judeus, se ainda os encontrarmos. Precisamos reunir os desgarrados e expurgar a região dos espiões e colaboracionistas. Temos que nos deslocar para ocidente. Aos russos, interessa que estejamos presentes do lado oeste como russos; a nós, interessa estar presentes como judeus e, pela primeira vez em nossa história, as duas coisas não se contradizem. Temos carta branca, podemos atravessar as fronteiras e fazer a nossa justiça."

"Atravessar todas as fronteiras?", perguntou Line.

Gedale respondeu: "Pedi que não fizessem perguntas".

Prosseguiram durante dias e dias, sob sol e chuva, através dos campos e dos bosques da triste região da Volínia. Mantinham-se longe das estradas com movimento, mas não puderam evitar algumas aldeias, e na praça de uma delas viram um cartaz diferente daquele descolado por Pavel, um cartaz que os afetava, e muito. Dizia assim: "Quem matar o judeu Gedale Skidler, bandido perigoso, receberá 2 kg de sal. Quem der a este Comando informações úteis para capturá-lo, receberá 1 kg de sal. Quem o capturar e o entregar vivo, receberá 5 kg de sal".

Gedale batia contente na coxa, pois a fotografia reproduzida no cartaz não era a sua: era a de um colaboracionista ucraniano bem conhecido na região. Gedale não conseguia deixar de pensar: "Uma idéia fantástica, gostaria que fosse minha. E seria ainda melhor se esse Gedale fosse capturado por nós". Foi necessária muita insistência para dissuadi-lo dessa idéia e induzi-lo a prosseguir.

Em meados de junho, começou a chover muito, todos os cursos de água se avolumaram e se tornou impossível atravessá-los pelo vau. Também os pântanos tinham ficado mais profundos. Avistaram um moinho de vento, exploraram-no e descobriram que estava abandonado e vazio. Vazio, sim: não havia farinha, nem sequer um saco ou porção, mas o odor ácido da farinha fermentada permeava todos os recessos da construção, misturado ao cheiro de mofo e de cogumelos da madeira encharcada pela chuva. Todavia, o teto não tinha fendas, e o lugar das moendas estava razoavelmente enxuto; ao longo das paredes se dispunham grandes prateleiras, talvez destinadas a empilhar sacos de trigo. Os gedalistas se ajeitaram para a noite, alguns no chão, outros sobre as próprias prateleiras: à luz das velas, o local ganhara um aspecto pitoresco, metade teatro e metade bastidores. Cômodo não era, mas havia lugar para todos, inclusive deitados, e o tamborilar da chuva no telhado de madeira era alegre e intimista.

Isidor, um dos fugitivos de Blizna, tinha arranjado uma vela e um pedaço de chapa de metal: deitado de bruços, raspava o chão palmo a palmo. Era o mais jovem do bando, ainda não completara dezessete anos; antes de se juntar a Gedale, permanecera escondido por quase quatro anos, com o pai, a mãe e uma irmãzinha, num buraco cavado no chão de uma estrebaria. O camponês proprietário da estrebaria havia extorquido do pai todo o dinheiro e os valores da família, e depois o denunciara à polícia polonesa. Isidor tivera sorte, quando os alemães vieram ele se achava fora, de vez em quando um dos quatro saía para respirar um pouco de ar fresco no bosque: estava voltando, escondera-se, e do esconderijo tinha visto as ss, compostas de jovens também, pouco mais velhos que ele, matando a pauladas o pai, a mãe e a irmã. Não tinham rostos ferozes, ao contrário, parecia que se divertiam; atrás deles, Isidor vira o camponês e sua mulher, pálidos como a neve. Desde então, Isidor não andava muito bem da cabeça. Era um rapaz de expressão ausente, meio curvado, com pernas e braços compridos; trazia sempre uma faca na cintura, e freqüentemente delirava imaginando retornar à sua aldeia para matar aquele camponês.

"O que está fazendo, Isidor? A limpeza da Páscoa?", perguntou Mottel do alto de sua prateleira. Isidor não respondeu e continuou a raspar: de vez em quando, depois de juntar um montinho de pó esbranquiçado, levava-o à boca, mastigava-o e por fim cuspia.

"Deixa estar, vai ver a dor de barriga que vai lhe dar", disse Mottel, "está comendo mais madeira podre que farinha." Com freqüência Isidor se metia em trapalhadas e era preciso vigiá-lo; mas tentava se tornar útil, e todos gostavam dele. Tinha a obsessão da fome, punha na boca tudo o que encontrava.

"Pegue, coma isto", disse Ròkhele Negra estendendo-lhe uma das mãos cheia de groselhas que colhera no bosque. "Daqui a pouco Józek volta, alguma coisa decerto terá encontrado."

De fato Józek retornou, com pouca coisa e pouca variedade. Os camponeses do lugar eram pobres e também desconfiados, não tinham simpatia nem pelos russos, nem pelos judeus, nem pelos da resistência; aceitaram negociar com ele apenas porque havia falado em polonês, mas só lhe deram ovos e pão, pedindo um preço exorbitante. "Para hoje e para amanhã temos o bastante, depois veremos", disse Gedale. "Veremos qual estratégia seguir."

Começou a ventar, e pareciam estar num navio. A estrutura, de colossais traves de madeira levemente desbastada, rangia, vibrava e balançava. As quatro pás, desprovidas de suas telas e bloqueadas sabe-se lá quanto tempo fazia, moviam-se a cada lufada de vento, mas logo estancavam, com um baque surdo. Aquele esforço inútil se transmitia em abalos e pancadas às árvores e às engrenagens; a construção inteira parecia se retesar como um escravo gigante que forçasse seus grilhões para se libertar. Só Pavel conseguira dormir, e roncava tranqüilo, com a boca escancarada.

"Ih, está cheio de vermes aqui!", disse Isidor de repente, enquanto examinava com um graveto as fissuras do pavimento.

"Deixe-os em paz", disse Bella, alarmada, "coma o seu pão e vá dormir."

Isidor se voltou para Bella com uma risada idiota: "Claro que os deixo em paz. Vermes eu não como: não são *koscher*".

"Tonto, não se comem vermes porque são sujos: não porque não são *koscher*", disse Bella, que estava cortando as unhas com uma tesourinha. Aquela era a única tesoura que o bando possuía: Bella garantia que era propriedade sua, e quem quisesse usá-la tinha que lhe pedir emprestada e devolvê-la sem falta. A cada unha cortada, contemplava o dorso da mão com atenção e prazer, como um pintor depois de uma pincelada.

Ròkhele Branca interveio, com um fio de voz: "Os vermes são *taréf* justamente por serem sujos. Também o porco é imundo, e por isso é *taréf*. Como se pode não acreditar no *koscherút*? Melhor não ser judeu".

"Para mim", disse Józek, "são histórias antigas. O porco é imundo, mas a lebre e o cavalo são limpos, contudo não são *koscher*. Por quê?"

"Não se pode saber tudo", respondeu Branca, irritada, "talvez, no tempo de Moisés, fossem sujos; ou portadores de alguma doença."

"Justamente: você mesma disse, são coisas antigas. Se Moisés estivesse aqui conosco, neste moinho, não hesitaria um instante em mudar as leis. Quebraria as tábuas, como fez naquela ocasião em que se zangou por causa do bezerro de ouro, e faria outras novas. Especialmente se tivesse visto as coisas que nós vimos."

"*Koscher-schmoscher*", bocejou Mottel, recorrendo ao engenhoso modo iídiche de menosprezar o objeto de que se fala, repetindo-o distorcido; "*koscher-schmoscher*", eu, se tivesse uma lebre, bem que a comia. Pensando bem, amanhã vou preparar uma armadilha. Quando jovem, era ótimo nisso; preciso pegar o jeito de novo."

Piotr ouvia, boquiaberto. Dirigiu-se a Leonid, que estava sentado ao seu lado: "Por que não podem comer lebres?".

"Não sei. Sei que não se deve, mas não sei lhe dizer por quê. É um bicho proibido, assim está escrito na Torá."

Dov interveio: "É proibida porque não tem o pé bifurcado".

Isidor disse: "Mas então, se os meus vermes tivessem os pés bifurcados, poderiam ser comidos?".

Gedale tinha notado a cara admirada de Piotr:

"Não ligue, russo. Se está conosco, tem que se habituar a essas coisas. Todos os judeus são loucos, porém nós somos um pouco mais que os outros. É por isso que até agora tivemos sorte, nossa sorte é a dos *meschugge*. E só agora pensei nisso: temos hino mas não temos bandeira. Devia nos fazer uma, Bella, em vez de perder tempo com a toalete. Uma bandeira de todas as cores, e no centro, em vez da foice ou do martelo, ou da águia com duas cabeças, ou da estrela-de-davi, você vai pôr um *meschugge* com um barrete de guizos e a rede de caçar borboletas."

Depois se dirigiu novamente a Piotr: "De resto, se veio conosco, é porque você também é meio doido, não há outra explicação. Os russos ou são doidos ou são chatos, e dá para ver que você é da ala dos doidos. Vai se sentir à vontade, embora nossas leis sejam um pouco complicadas; não se preocupe, nós as respeitamos só quando não perturbam a resistência, mas nos divertimos em discuti-las. Somos ótimos em fazer distinções, entre o puro e o impuro, entre o homem e a mulher, entre os judeus e os *goiym*, e distinguimos até entre as leis da paz e as leis da guerra. Por exemplo: a lei da paz diz que não se deve desejar a mulher do próximo...".

Piotr, que estava deitado ao lado de Ròkhele Negra, afastou-se um pouco, talvez inconscientemente.

"Não, realmente, não deve se preocupar. Aqui todos desejam todas."

"Comandante, você nunca fala a sério", interrompeu Line, que, ao contrário, sempre falava a sério. A sua voz de contralto, levemente rouca, não era potente, mas tinha a virtude de se impor às demais. "Sobre a questão da história da mulher do próximo, nós temos muito o que dizer."

"Nós quem?", perguntou Gedale.

"Nós, mulheres. Antes de mais nada: por que uma mulher pode ser de um homem, próximo ou não, e um homem não pode ser de uma mulher? Parece-lhes justo? Para nós não é justo, não é aceitável. Já não é aceitável; as mulheres hoje vão para o exílio como os homens, são enforcadas como os homens e atiram melhor que os homens. Bastaria isso para demonstrar que a lei mosaica é reacionária."

Pavel despertara, ria e dizia algo a meia voz a Piotr. Leonid estava calado, mas observava Line furtivamente, com ar preocupado. Caiu uma pancada forte, de chuva misturada com granizo, fazendo barulho contra a parede; o moinho estalou e rodou em bloco, como um carrossel, sobre o eixo gigantesco cravado no leito de seu canal sob a terra. Isidor se estreitou a Branca, que o tranqüilizou lhe acariciando a cabeça hirsuta.

"Continue, continue, Line", disse Gedale. "Não é um pouco de vento que vai assustá-la. Diga-nos qual é a sua lei; se não for muito rígida, trataremos de obedecê-la."

"Não é o vento que me assusta, são vocês. São uns cínicos e primitivos. A nossa lei é simples: enquanto não se casam, homens e mulheres podem se desejar e fazer amor à vontade. O amor, até o casamento, deve ser livre, e de fato já é livre, sempre foi, e não há lei que possa aprisioná-lo. Nem a Bíblia diz nada diferente; nossos pais não eram diferentes de nós, faziam amor como nós, outrora como hoje."

"Outrora mais que hoje", disse Pavel, "não é por acaso que a Bíblia começa com uma trepada."

"...mas depois do casamento não é mais assim", continuou Line sem lhe dar ouvidos. "Nós acreditamos no casamento porque é um pacto, e os pactos se mantêm. A esposa pertence ao marido, mas o marido também pertence à esposa."

"E então não nos casamos", disse Gedale. "Não é verdade, Bella?"

"Cale a boca, você", respondeu Bella, "todos sabem que você é um tratante. E nunca lhe pedi para casar comigo. Como comandante pode até se dar bem, mas como marido é melhor não comentar."

"Excelente", disse Gedale, "vê que estamos sempre de acordo. Temos tempo para pensar nisso: primeiro, é preciso que a guerra termine." Depois se dirigiu a Leonid, que estava acocorado ao lado de Line, de cara fechada:

"E você, moscovita, o que pensa das teorias da sua mulher?"

"Não penso nada. Deixe-me em paz."

"...e eu não sou a mulher de ninguém", acrescentou Line.

"Mas quanta conversa!", exclamou Józek do seu canto, virado para um dos homens de Slonim. "Nosso pai Jacó, por exemplo, tinha quatro mulheres que se entendiam muito bem."

Mottel interveio:

"Mas não eram mulheres de outros. Jacó estava em seu pleno direito, porque recebera uma por engano, ou melhor, por causa de uma trapaça de Labão, e as outras duas eram escravas. Mulher de verdade só tinha uma: era tudo legítimo."

"Bravo, Mottel!", disse Gedale. "Não sabia que era tão instruído. Estudou em Jeschiva, antes de começar a cortar goelas?"

"Estudei várias coisas", respondeu Mottel, sossegadamente. "Estudei inclusive o Talmude, e sabem o que diz o Talmude a propósito das mulheres? Diz que a uma mulher que não seja a própria esposa, não se deve dirigir a palavra e nem sequer fazer sinais, nem com as mãos, nem com os pés, nem com os olhos. Que não se deve olhar para suas roupas, nem mesmo quando não as esteja vestindo. Que ouvir uma mulher cantar é como vê-la nua. Que é um pecado grave dois namorados se abraçarem: a mulher fica impura, como se estivesse menstruada, e deve se purificar no banho ritual."

"Tudo isso está no Talmude?", perguntou Mendel, que até então não falara.

"No Talmude e em outros lugares", disse Mottel.

"O que é o Talmude?", perguntou Piotr. "É o Evangelho de vocês?"

"O Talmude é como um caldo que contém tudo o que um homem pode comer", disse Dov. "Lá estão o trigo com o farelo, a fruta com os caroços e a carne com os ossos. Não é tão bom, mas alimenta. Está cheio de erros e contradições, mas justamente por isso ensina a raciocinar, e quem o leu inteiro..."

Pavel o interrompeu: "O que é o Talmude, explico-lhe eu com um exemplo. Ouça com atenção: dois limpadores de chaminé caem pelo tubo de uma chaminé; um deles sai sujo de fuligem, o outro sai limpo. Pergunto: qual deles vai se lavar?".

Suspeitando de uma cilada, Piotr olhou ao redor como se buscasse ajuda. Depois se animou e respondeu: "Vai se lavar o que está sujo".

"Errado", disse Pavel. "O que está sujo vê o rosto do outro, limpo, e acredita que também está limpo. Ao contrário, o que está limpo vê a fuligem no rosto do outro, acredita estar sujo e vai se lavar. Entendeu?"

"Sim, entendi. Bem pensado."

"Mas espere; o exemplo ainda não terminou. Agora lhe faço uma segunda pergunta. Esses dois limpadores de chaminé caem uma segunda vez pela mesma chaminé, e de novo um fica sujo e o outro não. Quem vai se lavar?"

"Já disse que entendi. Vai se lavar o que está limpo."

"Errado", disse Pavel sem piedade. "Ao se lavar depois da primeira queda, o homem limpo viu que a água da bacia não ficava suja, e assim o homem sujo compreendeu o motivo por que o homem limpo tinha ido se lavar. Portanto, desta vez quem vai se lavar é o limpador de chaminé sujo."

Piotr estava ouvindo com a boca entreaberta, meio espantado e meio curioso.

"E agora a terceira pergunta. A dupla cai chaminé abaixo pela terceira vez. Qual dos dois vai se lavar?"

"De agora em diante, vai se lavar o que está sujo."

"Errado de novo. Alguma vez você já viu duas pessoas caírem pela mesma chaminé, e uma ficar limpa e a outra suja? Aí está, o Talmude é feito assim."

Piotr permaneceu atônito por alguns segundos, depois se sacudiu como um cachorro saindo da água, riu timidamente, e disse: "Você me fez sentir como um pinto molhado. Como um recruta que acabou de entrar no quartel. Bem, compreendi o que é o Talmude de vocês, mas se me submeterem a um segundo exame, vou-me embora e me reúno a Ulybin. Não é o meu gênero, prefiro partir para o assalto".

"Não se ofenda, russo", disse Gedale, "Pavel não tinha más intenções, não queria zombar de você."

Line interveio: "Só queria que você experimentasse o que significa ser judeu; quero dizer, qual é a conseqüência de ter a cabeça feita de um jeito, e viver no meio de gente que tem a cabeça feita de um outro jeito. Pronto, agora o judeu é você, sozinho no meio dos *goiym*, que riem de você".

"...e será melhor mudar de nome", disse Gedale, "porque o seu é cristão demais: em vez de Piotr Fomic, faça com que o chamem de Jeremias ou Habacuc ou de qualquer outro nome pouco escandaloso. E aprenda o iídiche e esqueça o russo; e trate ainda de fazer a circuncisão, caso contrário cedo ou tarde faremos um *pogrom.*" Dito isso, Gedale bocejou com prazer, soprou a vela, deu boa-noite a todos e se retirou com Bella. Também as outras duas ou três velas foram apagadas. Ouviu-se no escuro, rouca de sono, uma voz, talvez a de um dos homens de Ruzany:

"...na minha terra, havia um judeu que tinha comido uma lingüiça de javali. O rabino o criticou, mas ele disse que aquele javali ruminava, e por isso era *koscher*. 'Bobagem, os javalis não ruminam', disse o rabino. 'Não ruminam em geral, mas aquele sim. Ruminava em particular: ruminava como um boi', disse o judeu; e como o javali não existia mais, o rabino teve que ficar calado."

"Na minha terra", disse uma outra voz, "havia um judeu que se batizou catorze vezes."

"Por quê? Não bastava uma única vez?"

"Claro que bastava, mas ele gostava da cerimônia."

Ouviu-se alguém escarrar, e depois uma terceira voz disse:

"Na minha terra, havia um judeu que se embriagava."

"E daí, o que há de estranho?", disse um outro.

"Nada. Não disse que era uma coisa estranha, mas esta noite é estranho contar coisas não estranhas, pois todos contam coisas estranhas."

"Na minha terra...", começou Isidor; uma voz de mulher o interrompeu: "Basta, agora; durma, que é tarde". Mas Isidor continuou:

"Na minha terra, havia uma mulher que tinha visto o diabo. Chamava-se Andúschas, tinha a forma de um unicórnio, e tocava."

"Tocava o quê?"

"Tocava o chifre."

"Mas como conseguia, se estava na testa dele?"

"Não sei", disse Isidor, "não lhe perguntei."

Uma voz profunda bocejou do alto: "Façam silêncio agora. É hora de dormir, andamos tanto. Temos que descansar. Até o Senhor levou seis dias para criar o mundo, e no sétimo descansou".

Gedale respondeu: "Descansou, e disse: 'Esperemos que funcione'".

Ouviu-se ainda no escuro a voz fina de Ròkhele Branca, que murmurava a oração noturna "A suas mãos confio o meu espírito" e a bênção "O Misericordioso rompa o jugo que nos oprime e nos reconduza de cabeça erguida até nossa terra"; depois se fez silêncio.

O aguaceiro da noite se reduzira a um chuvisco fraco e persistente, e também o vento diminuíra. O esqueleto do velho moinho não gemia mais, porém crepitava, como se estivesse sendo roído por centenas de cupins, e Mendel, deitado no chão duro, não conseguia pegar no sono. Havia outros ruídos confusos, por baixo do soalho, passos ligeiros, talvez de ratos ou de fuinhas, contra o fundo da respiração e dos roncos dos companheiros que dormiam. O ar estava morno, impregnado de humores noturnos e do cheiro agridoce dos polens, e Mendel se sentia invadir pelo desejo. Era um desejo de adolescente, sem contornos, macio, quente e branco: procurava defini-lo para si mesmo e não conseguia. Desejo de uma cama e de um corpo de mulher na mesma cama; desejo de se fundir numa outra pessoa, de ser com ela uma só carne, uma dupla carne isolada no mundo, afastada das estradas, das armas, dos medos e das recordações do massacre.

Ao lado dele, Sissl respirava tranqüila. Mendel estendeu uma das mãos no escuro e sentiu um dos quadris, envolto na aspereza do cobertor. Pressionou, tentou puxá-la para si, mas Sissl resistia, petrificada pelo sono. Na tela incerta da vigília, sucediam-se nomes e rostos, presentes e distantes. Sissl loura e cansada. Rivke dos tristes olhos negros, mas Mendel a afastou de imediato, não a queria, não podia pensar nela. Rivke, Strelka, a vala comum: vá embora, Rivke, por favor. Volte para o lugar de onde veio, deixe-me viver. Mendel procurava obstinàdamente adormecer, e se dava conta de que era justamente esse esforço o ferrão que o mantinha acordado. Sua mente não estava ainda tão confusa a ponto de ignorar que um outro rosto e um outro nome batiam à sua porta. Um nome sem rosto, o nome de Raab, a meretriz do poder perverso; sim, era verdadeira a bizarra informação, bastava Mendel pronunciar aquele nome, mesmo que só mentalmente, e a sua carne intumescia. E um rosto sem nome, um rosto vincado, jovem e abatido, com olhos grandes e distantes. Mendel teve um sobressalto: não era sem nome, aquele rosto. Tinha um nome, e o nome era Line.

Viu-a como a tinha visto poucas horas antes, convicta na discussão, isenta de preguiça e de dúvidas, séria a ponto de ser quase ridícula, vibrante como um cabo teso. Livrou-se da coberta, tirou os sapatos e a procurou às apalpadelas, tropeçando nos membros dos que dormiam. Tinha visto onde se recolhera para dormir, e a encontrou facilmente, sob a escada que conduzia ao forro: tocou no escuro os cabelos dela, e seu coração teve um sobressalto. Junto de Line dormia Leonid, os dois estavam enrolados no mesmo cobertor; a imagem de Leonid e a de Sissl confundiram por um instante a consciência de Mendel, depois se afastaram no escuro, cada vez menores e transparentes, até desaparecer, como desaparecera o rosto terrível de Rivke.

Mendel tocou o ombro de Line, depois sua testa. A mão da jovem, pequena mas forte, livrou-se da coberta, encontrou o braço de Mendel e subiu por ele, explorando-o. Enfiou-se na abertura da camisa, aflorou as bochechas mal barbeadas; os dedos encontraram a cicatriz na testa, seguiram-na atentos e sensíveis até onde sumia debaixo dos cabelos. A outra mão sobreveio, e pressionou a nuca de Mendel, atraindo a cabeça para baixo. Mendel ajudou Line a se desembaraçar do cobertor sem que Leonid acordasse. Subiram juntos para o forro: a escadinha rangeu sob o peso deles, mas o ruído se confundiu com o sussurro do vento e da chuva.

O forro estava atulhado. Pelo tato Mendel reconheceu uma moenda, tocou uma engrenagem suja de borra de azeite; retraiu a mão com um arrepio e a limpou nos fundilhos das calças. Sentiu com os pés um espaço livre, para onde puxou Line, que o seguia, dócil. Deitaram-se, e Mendel despiu Line de suas vestes militares. O corpo que emergiu era magro e nervoso, quase masculino; o ventre era achatado, braços e coxas musculosos e finos. Os joelhos eram quadrados, duros, ásperos como os das crianças; a mão de Mendel explorou ávida as duas cavidades ao lado dos tendões, sob a rótula, depois subiu ao longo dos quadris, mas os seios, além de pequenos, estavam murchos, tristes saquinhos de pele vazia sob os quais se apalpavam as costelas. Mendel se despiu, e logo Line se agarrou a ele como para uma luta. Esmagada sob o peso do corpo masculino, Line se retorcia, adversária tenaz e flexível, para excitá-lo e desafiá-lo. Era uma linguagem, e mesmo em meio à névoa vermelha do desejo Mendel a entendia: desejo-o, mas resisto a você. Resisto a você porque o desejo. Frágil, submeto-me a você, mas não sou sua. Não sou mulher de ninguém, e resistindo o prendo a mim. Mendel a sentia armada, embora estivesse nua, armada como na primeira vez que a entrevira no dormitório de Novoselki. De ninguém e de todos, como Raab de Jericó: Mendel percebeu e foi trespassado por isso, enquanto no último instante se soltava dela. O esforço foi tão dilacerante que Mendel gemeu alto, no silêncio escuro do moinho.

Quando a febre se dissolveu na quietude do corpo satisfeito, suave como uma convalescença, Mendel apurou o ouvido: o silêncio não era completo, ouviam-se outras vozes sufocadas, difíceis de reconhecer. Caiu no sono junto de Line, que já dormia tranqüila.

Despertou pouco depois, com a primeira luz do dia, quando todos os outros ainda dormiam, e distinguiu Gedale ao lado de Bella, Pavel ao lado de Ròkhele Negra, e Ròkhele Branca ao lado de Isidor. O rosto pálido e fino de Line descansava no côncavo de seu braço. Por que o fiz? O que procuro nela? O amor e o prazer. Não, não apenas isso. Nela procuro uma outra mulher, e isso é terrível e injusto. Procurei-a em Sissl e não a encontrei. Procuro aquela que já não existe, e não a encontrarei. E agora estou preso a esta: estou preso a esta, preso pela hera. Para sempre, ou não para sempre, não sei: nada é para sempre. E ela não está presa a mim: ela se prende e não se prende, você devia ter se dado conta, Mendel, não é mais uma criança, liberte-se enquanto há tempo, este não é um tempo para se prender. Liberte-se ou acabará mal: mal como Leonid. Olhou ao redor, e Leonid não estava. Nada de estranho, podia ter saído. Continuou a aconselhar fraternalmente a si mesmo a se livrar de Line, a se dar ordens, a se impor essa decisão, e sabia muito bem que, se um outro tivesse lhe falado assim, ele, Mendel, o suave relojoeiro, teria quebrado a cara dele a socos. Meia hora depois todos estavam acordados e Leonid não aparecia; tinham desaparecido também sua mochila e sua arma.

Gedale bronqueou em polonês, convidando o diabo a se ocupar de Leonid; depois prosseguiu em iídiche: "*Nu*, não somos o Exército Vermelho e eu não sou Ulybin, e ele como combatente não vale muito. Não é homem de nos trair, mas se esbarra com os alemães é outra conversa. Esperemos que não cause problemas. Sozinho não vai tão longe: daqui a três dias o reencontramos, vocês vão ver".

"Mas o fuzil automático ele podia ter deixado", disse Józek.

"Sim, isso é um problema. Se o levou é para usá-lo."

Mendel propôs ir procurá-lo, Dov acrescentou que poderiam tentar com os cães, e Gedale disse que tomassem providências mas não perdessem muito tempo. Dov levou um cachorro para farejar o cobertor com que Leonid tinha dormido, depois o conduziu para fora; o cachorro farejou o terreno com pouco interesse, levantou o nariz e cheirou o ar, deu duas ou três voltas sobre si mesmo; por fim baixou o rabo e as orelhas e apontou o focinho na direção de Dov e Mendel, como quem diz: "O que querem de mim?".

"Vamos", disse Gedale. "Preparem-se para partir. Ir atrás dele, nem pensar. Se nos procurar, saberá como nos encontrar." Mendel pensou: "Foi atirar nos alemães, mas talvez quisesse atirar em mim".

Retomaram o caminho, entre um céu esplêndido e uma terra encharcada de chuva. Andaram em torno de algumas aldeias aparentemente desertas; a coluna avançava lenta, guiada por Józek, através de manchas de bosque e campos invadidos por ervas. O terreno era plano, mas no rumo do poente se delineavam encostas de colinas arredondadas. Mendel marchava em silêncio, e não se sentia contente de ser Mendel. Numa única noite havia traído duas vezes: talvez três, contando também Sissl. Mas Sissl não era para ser contada, estava ali, pouco mais à frente na fila, caminhava atrás de Piotr com seu passo tranqüilo de sempre. E tampouco é preciso contar os mortos, estão no seu mundo dos mortos, quase nunca saem de lá. Não é preciso deixá-los sair, é como quando irrompe o tifo, é preciso reforçar o cerco, mantê-los trancados em seu lazareto. Os vivos têm o direito de se defender. Mas com Leonid era diferente, Leonid não estava morto... sabe-se lá, e se morreu? E se você o matou, você que era seu irmão e que quando lhe pediram contas dele, respondeu com a insolência de Caim? Talvez tenha lhe tirado a única coisa que possuía; você cortou o cabo de reboque, e ele está afundando, ou já afundou. Ou antes, fez pior: você o soltou do cabo, e se pôs no lugar dele. Agora é você que está a reboque. Dela, da mocinha teimosa de unhas roídas. Veja bem o que faz, Mendel, filho de Nachman!

Na manhã do terceiro dia de marcha se encontraram à beira de um barranco. A parede era íngreme, com uma feia terra argilosa, agora escorregadia por causa da chuva; também a parede oposta era escarpada, e no fundo, trinta metros mais abaixo, rumorejava uma torrente lamacenta espremida entre as duas margens.

"Você deve ser bom para falsificar dólares, Józek, mas como guia não vale grande coisa", disse Gedale. "Por aqui não se passa: errou a estrada."

Józek tinha boas justificativas. As trilhas eram muitas, e não se podia pretender que ele, anos depois, lembrasse de todas. Era culpa da chuva; em tempo seco, disso tinha certeza, podia-se descer e subir tranqüilamente, e a torrente se reduzia a um riacho que não assustava ninguém. De qualquer modo, não era preciso retroceder. Podia-se prosseguir rumo ao norte, seguindo a margem do desfiladeiro; cedo ou tarde encontrariam uma passagem.

Retomaram o caminho, por vestígios de trilhas invadidas pelo mato. Logo se viu que a torrente, em vez do norte, tomava um rumo nordeste que era quase leste, e a popularidade de Józek declinou: nunca tinham ouvido falar que alguém fosse obrigado a caminhar para o levante quando queria chegar ao poente. Gedale disse que Cristóvão Colombo tinha feito exatamente isso, ou o contrário, e Bella, morta de cansaço, disse-lhe que não bancasse o palhaço. Józek insistia em dizer que devia haver uma passagem, não muito distante; de fato, por volta da metade da jornada encontraram uma trilha bem marcada que corria ao longo da borda. Seguiram-na durante cerca de meia hora, e viram que Józek podia ter razão: o desfiladeiro dobrava à esquerda, com um ângulo agudo, e a trilha, cada vez mais pisada, descia obliquamente até o fundo. Apesar da chuva que caíra poucos dias antes, distinguiam-se pegadas bovinas: talvez a trilha conduzisse a um vau, ou a uma ponte, ou a uma bica. Desceram, viram que a trilha atingia a torrente justamente no ápice da curva, e que para além da curva o desfiladeiro se abria num leito aplainado; a torrente se dividia em vários braços que escorriam lentos entre os seixos. No terreno plano, viam-se as ruínas de uma cabana de pedra; no umbral havia seis homens, e um deles era Leonid. Dos outros, quatro estavam armados, e vestiam uniformes do velho exército polonês, rasgados e desbotados; o sexto, desarmado e nu até a cintura, estava um pouco isolado, bronzeando-se ao sol.

Um dos homens armados foi ao encontro dos gedalistas. Elevou acima da cabeça a metralhadora que trazia a tiracolo; não a apontou contra os recém-chegados, mas a deixou pender com negligência, segurando-a pelo cano, e disse em polonês: "Parem". Gedale, que nascera e crescera na Polônia, e que falava polonês melhor que russo, deteve-se, fez sinal ao grupo para que parasse e disse em russo a Józek: "Verifique o que deseja o Pan".

O Pan, isto é, o senhor, entendeu (afinal, Gedale tinha se esforçado para que entendesse), e disse com cólera fria:

"Desejo que vão embora. Aqui é nossa terra, e vocês já causaram muitos problemas."

Diante da perspectiva de um conflito, Gedale assumira uma expressão extasiada que irritava ainda mais o polonês. Disse a Józek: "Diga ao senhor que, se lhe causamos aborrecimentos, não foi por culpa nossa, ou pelo menos não houve intenção de prejudicá-lo pessoalmente. Pergunte-lhe se está se referindo à locomotiva de Sarni e, em caso afirmativo, diga-lhe que aquilo não se repetirá. Diga-lhe que temos uma grande vontade de ir embora, e que não precisamos de seu encorajamento. Pergunte-lhe..."

Constatou-se que o senhor entendia russo muito bem, pois não esperou que Józek traduzisse, e interrompeu Gedale rispidamente:

"É claro que estou falando da locomotiva. Aquele também é território nosso, das Forças Armadas Nacionais, e nós é que tivemos que enfrentar a represália dos alemães. Mas estou falando também de seu homem", e indicou Leonid, com um gesto desenvolto do polegar, "deste temerário estúpido, deste insensato com a Estrela Vermelha, que sai por aí sozinho bancando o herói, sem pensar que..."

Desta vez foi Gedale quem interrompeu, em bom polonês, abandonando de surpresa a encenação do intérprete:

"Como? O que ele fez? Onde o capturaram?"

"Não o capturamos", rosnou o polonês, "nós o salvamos. E não saiam contando por aí: porque é a primeira vez que as NSZ salvam um judeu, e além do mais russo e comunista, das balas dos alemães. Mas deve ser meio pancada: armado, em pleno dia, sem ao menos olhar em volta, avançava direto rumo ao posto de controle dos alemães..."

"Que posto de controle?"

"O da central de Zielonka. Com o risco de provocar um fim de mundo; e sem pensar que a energia de Zielonka serve também a nós. Se querem fazer sabotagens, vão para mais longe, que o diabo os carregue. E se informem sobre a situação política. E sobretudo não mandem idiotas como este."

"Não fomos nós que o mandamos: foi uma iniciativa dele", disse Gedale. "Vamos interrogá-lo e puni-lo."

"Ele também nos disse que era uma iniciativa própria: já cuidamos do interrogatório. Mas não nos considerem débeis mentais. Ou crianças. Desde 1939 combatemos em dois fronts, e já aprendemos alguns truques. E vocês os copiaram dos nazistas: tudo preciso como no tempo do incêndio do Reichstag, escolhe-se alguém meio fraco da cabeça, que é mandado ao matadouro, e depois a represália cai como um raio do lado que lhes convém."

O polonês parou para retomar o fôlego. Era alto, seco, sua juventude já se fora, e os bigodes cinzentos tremiam de raiva.

Gedale deu uma olhada na direção de Leonid: estava sentado no umbral de pedra da cabana, com as mãos amarradas e apoiadas nas coxas. Estava distante só dez passos, ao alcance da voz, mas parecia que não estava escutando. O polonês observava Józek com atenção:

"Mas também você tem jeito de ser judeu. Vimos coisas estranhas, mas esta supera todas: judeus que andam pela Polônia com armas roubadas aos poloneses, e se fazem passar por membros da resistência, bando de filhos da puta!"

Gedale ficou furioso. Com a mão esquerda arrancou a metralhadora das mãos do polonês, e com a direita lhe deu um violento soco na orelha. O polonês vacilou, deu alguns passos incertos, mas não caiu. Os outros três tinham se aproximado com ar ameaçador, mas o chefe deles lhes disse alguma coisa, e retrocederam alguns passos, mantendo, porém, as armas sempre apontadas.

"Eu também sou judeu, Panie Kondotierze", disse Gedale com voz tranqüila. "Não roubamos estas armas, e sabemos usá-las muito bem. Vocês combatem há cinco anos, e nós há três mil. Combatem em dois fronts, e os nossos fronts, não dá nem para contar. Seja razoável, senhor capitão. Temos um inimigo comum para combater: não desperdicemos nossas forças." Depois acrescentou, com um sorriso cortês: "...e tampouco nossas ofensivas". Talvez o "capitão" tivesse sido menos dócil se não se visse circundado por cerca de vinte gedalistas com ar resoluto. Resmungou algum xingamento misterioso à base de trovão e de ódio, depois disse, grosseiro: "Não queremos saber nada de vocês e não queremos ter nada a ver com vocês. Levem seu homem de volta. E carreguem também aquele outro, que diz ser um dos seus: não sabemos o que fazer com ele".

A um gesto dele, seus sequazes agarraram Leonid pelos braços, puseram-no de pé e o empurraram para o lado de Gedale, que cortou imediatamente a corda que lhe amarrava as mãos. Leonid não disse uma palavra, não ergueu os olhos do chão, e incorporou-se à coluna dos gedalistas parados na trilha. O outro homem indicado pelo polonês, o que estava isolado, de torso nu, adiantou-se espontaneamente. Era tão alto quanto Gedale, tinha um nariz atrevido de falcão e um par de majestosos bigodes negros, mas não devia ter mais de vinte anos. Seu corpo, musculoso e ágil, teria sido um bom modelo para uma estátua de atleta não fosse o pé torto que lhe enfeava uma das pernas. Havia recolhido uma trouxa no chão e parecia contente de mudar de chefe. Era hora de retomar a viagem; Gedale devolveu a arma ao polaco, e lhe disse:

"Senhor capitão, creio que estamos de acordo num único ponto, ou seja, nós também não queremos ter nada a ver com vocês. Diga-nos que estrada devemos seguir."

O polonês respondeu: "Mantenham-se afastados de Kovel, de Lukov e da ferrovia. Não provoquem os alemães e vão para o inferno".

"Mas que belo tipo!", disse Gedale a Mendel quando retomaram a marcha, sem mostrar nenhum resquício de cólera nem de desprezo. "Realmente um tipo fantástico, de filme indiano. Creio apenas que errou de século."

"Mas você deu uns tapas nele!"

"Fui obrigado: mas qual é o problema? Posso admirá-lo mesmo assim: como se admira uma cascata ou um animal exótico. É um estúpido, e talvez também perigoso, mas nos ofereceu um belo espetáculo."

De resto, Gedale parecia se apaixonar por todo recém-chegado, para além de qualquer consideração moral ou utilitária. Rodeava Arié, o jovem manco, como se quisesse sentir o cheiro dele e observá-lo de todos os ângulos. Apesar da sua deficiência, Arié não tinha dificuldades em acompanhar a coluna, ao contrário, caminhava ágil e solto, e logo se tornou popular matando uma codorna com uma pedrada e a oferecendo a Ròkhele Branca. Não falava nem entendia iídiche, e sua pronúncia do russo era muito estranha: Arié era georgiano, e se orgulhava disso. Sua língua materna era o georgiano, tinha aprendido russo na escola, mas o seu nome, do qual se sentia igualmente orgulhoso, era hebraico puro: Arié significa "leão".

Poucos entre os gedalistas tinham encontrado antes um judeu georgiano, e Józek, meio por brincadeira, meio a sério, ousou até duvidar que Arié fosse judeu; quem não fala iídiche não é judeu, é quase um axioma, e o provérbio também diz isso: "Redest keyn jiddisch, bist nit keyn jid".

"Se é judeu, fale conosco em hebraico: diga uma bênção em hebraico."

O jovem aceitou o desafio, e recitou a bênção do vinho com a pronúncia sefardim, redonda e solene, em vez da asquenaze, sincopada e fechada. Muitos riram:

"Ih, fala hebraico como os cristãos!"

"Não", respondeu Arié, nobremente ofendido, "falamos como Abraão, nosso pai. São vocês que falam errado."

Arié se integrou ao bando com rapidez surpreendente. Era robusto e determinado, aceitava todos os trabalhos com boa vontade; aceitou inclusive aquele pouco de disciplina da resistência que o bando tinha conservado. Enquanto todos tinham curiosidade por ele, Arié mostrou pouca curiosidade pelos objetivos do bando: "Se forem matar alemães, vou junto. Se forem para a Terra de Israel, vou junto". Era inteligente, alegre, orgulhoso e suscetível. Orgulhoso de muitas coisas: de ser georgiano (descendente dos macedônios de Alexandre, sublinhou, porém sem ser capaz de demonstrá-lo de algum modo); de não ser russo, mas ao mesmo tempo de ser conterrâneo de Stalin; de seu sobrenome, Hazansvili.

"Mas claro! Até parece com ele", riu Mottel. "Não só na bigodeira mas também no nome."

"Stalin é um grande homem e vocês não deviam debochar dele. Gostaria de me parecer com ele no nome, mas não é assim. Ele é Dzugasvili, isto é, 'o filho de Dzuga', e eu sou apenas Hazansvili, que significa 'o filho de Hazàn, do cantor da sinagoga'."

Tornava-se suscetível quando o assunto era a sua deformidade, e não lhe agradava que se falasse disso, mas muito provavelmente fora ela que lhe salvara a vida:

"No alistamento militar me mandaram para casa, e na aldeia zombavam de mim porque servir como soldado é uma honra para nós. Mas depois, em 1942, quando engajavam a todos, eu também fui mobilizado, e me mandaram para a retaguarda em Minsk a fim de assar o pão na padaria militar. Os alemães me fizeram prisioneiro, mas como trabalhador civil, e essa foi a minha sorte. Nem se deram conta de que eu era judeu..."

"Tudo graças aos bigodes, acredite em mim", disse Józek. "Pena que poucos tenham pensado nisso, deixá-los crescer."

"Graças aos bigodes e à estatura. E depois porque me declarei camponês e especialista em enxertos."

"Você foi esperto!"

"Não, meu ofício é exatamente esse, eu, meu pai e meu avô sempre fizemos enxertos de videiras. E então me puseram numa empresa agrícola para enxertar árvores que jamais tinha visto. Éramos quase livres, e em abril fugi. Queria me juntar aos da resistência, e tropecei naqueles que vocês viram; mas não estava muito bem com eles, chamavam-me de 'judeu' e me obrigavam a carregar peso como uma mula."

Gedale tendia a decisões improvisadas, mas no caso de Leonid não estava à vontade para improvisar. Chamou num canto Józek, Dov e Mendel, e não era o Gedale de sempre: não divagava, pensava no que dizia, e falava baixo.

"As punições não me agradam: nem aplicá-las nem recebê-las. Isso é coisa de prussianos, e para gente como nós tem pouca serventia. Mas esse rapaz exagerou: foi embora com as armas, sem ordens e sem permissão, e fez tudo o que podia para nos meter numa enrascada. Foi uma sorte que o grosso das forças das NSZ estivesse distante, caso contrário a coisa ia ficar feia. Comportou-se como um idiota, e fez com que todos nós passássemos por idiotas: idiotas e intrusos, baderneiros e trapalhões. E por estes lados nunca fomos muito amados; depois desta história seremos ainda menos, e nossa estrada é longa, precisamos do apoio da população. Ou no mínimo de uma neutralidade silenciosa. Leonid devia entender essas coisas: temos que fazê-lo entender."

Józek ergueu a mão para pedir a palavra. "Se fosse outra pessoa, creio que o melhor remédio seria lhe dar uma surra e depois convidá-lo a fazer autocrítica, como fazem os russos. Mas Leonid é um tipo estranho, é difícil entender por que faz o que faz. Você tem razão, comandante, temos que fazê-lo entender certas coisas: mas, na minha opinião, e ao menos por enquanto, esse rapaz não está em condições de entender nada. Desde que o trouxemos de volta, não disse mais nenhuma palavra: nem uma única. Não me olhou na cara em nenhum momento, e todas as vezes que levei a marmita para ele, fez de conta que comia e depois, assim que eu ia embora, jogava tudo fora: vi muito bem. Se estivéssemos em tempo de paz, sei o que ia ser bom para ele."

"Um médico?", perguntou Gedale.

"Sim, o médico dos loucos."

"Vocês dois o conhecem há mais tempo", disse Gedale, virado para Mendel e Dov. "O que acham de tudo isto?"

Dov falou primeiro, para alegria de Mendel. "Em Novoselki, me aborreceu um pouco, pois não era pontual no trabalho. Mandei-o fazer uma sabotagem, para submetê-lo à prova e para lhe dar uma oportunidade de fazer boa figura diante dos outros: parecia-me ter necessidade disso. Não se saiu nem bem nem mal, com coragem e com precipitação: foi traído pelos nervos. Creio que é um bom rapaz com um temperamento difícil, mas não creio que se possa julgar um homem pelo que fez em Novoselki; aliás, nem pelo que faz aqui."

"Não me interessa julgá-lo", disse Gedale, "me interessa saber o que devemos fazer em relação a ele. E você, o que diz, relojoeiro?"

Mendel estava ansioso. Gedale sabia, ou tinha adivinhado, a verdadeira causa do ataque suicida de Leonid? Se sim, não falar disso era pueril e desonesto. Se não, se não o tinha intuído, Mendel preferia não fornecer material para a sua curiosidade e as intrigas de todos. Em suma, eram assuntos seus, não é verdade? Seus e de Line, assuntos pessoais. Não tinha ânimo para agravar a situação de Leonid, e contar que Leonid tinha desertado por uma história de mulheres significava agravar a situação dele. E agravar também a sua própria. Sim, com certeza, agravar também a minha. Usou evasivas, sentindo-se intimamente mentiroso, e desprezível como um verme:

"Faz um ano que estamos juntos, encontramo-nos em julho do ano passado nas florestas de Briansk. Estou de acordo com Dov, é um bom rapaz com um temperamento difícil. Contou-me a sua história, a vida dele nunca foi fácil, começou a sofrer muito antes de nós. Creio que puni-lo seria uma crueldade, e além do mais inútil: está se punindo por conta própria. E concordo também com Józek; seria bom que fizesse um tratamento."

De um salto, Gedale se pôs de pé e começou a andar para lá e para cá. "Vocês são realmente conselheiros extraordinários.

Tratá-lo, sim, mas não se pode. Puni-lo, sim, mas não se deve. Seria melhor dizer claramente que o conselho de vocês é deixar as coisas como estão, e que o caso se resolva sozinho. Vocês me parecem os consoladores de Jó. Está bem, por enquanto deixemos as coisas assim; verei se a amiga dele saberá me dar uma sugestão mais concreta: ela o conhece melhor que vocês, ou pelo menos sob um aspecto diverso."

Então não sabe, pensou Mendel com alívio, ao mesmo tempo que se envergonhava de seu alívio. Mas Mendel não soube mais nada da conversa entre Gedale e Line; não tinha ocorrido, ou (o mais provável) Line não dissera nada de essencial. O mau humor de Gedale durou pouco; nos dias seguintes voltara aos seus modos habituais, porém, conforme fizera em Sarni, desapareceu novamente no início de julho enquanto a coluna estava acampada nas proximidades de Annopol, não distante do Vístula. Reapareceu no dia seguinte, com uma jaqueta nova de veludo, um chapéu de palha de camponês, um frasco de amostra de perfume-Ersatz para Bella, e presentinhos também para as outras quatro mulheres. Mas não fora à cidade para fazer compras; desde então muitas coisas mudaram. Aumentaram as precauções: de novo, como na primavera, marchava-se à noite, e durante o dia o bando acampava tratando de não dar na vista; o que se tornava cada vez menos fácil, pois a zona era densamente coberta por estradas, e salpicada de aldeias e casas arrendadas a camponeses. Gedale parecia ter pressa; exigia etapas mais longas, até vinte quilômetros por noite, e apontava para uma direção precisa, rumo a Opatów e Kielce. Recomendou a todos que não se afastassem do grupo e que não dirigissem a palavra aos camponeses que eventualmente encontrassem: com o povo do lugar só podiam entrar em contato os que falassem polonês, mas, também eles, o mínimo possível.

Tanto nas paradas como nos deslocamentos, a presença de Leonid se tornara penosa para todos, e para Mendel em especial. Teve que confessar a si mesmo que Leonid lhe metia medo: evitava se aproximar dele, nas marchas em fila indiana se punha à frente quando Leonid estava na retaguarda, ou vice-versa; entretanto, Mendel notou desapontado, Leonid, conscientemente ou não, fazia manobras para se aproximar dele, mesmo sem lhe dirigir a palavra. Limitava-se a observá-lo, com aqueles seus olhos negros carregados de tristeza e carência, como se quisesse afligi-lo com sua presença, não se deixar esquecer, vingar-se afligindo-o. Ou talvez apenas vigiá-lo? Quem sabe: alguns de seus gestos levavam a pensar que Leonid estava tomado de suspeitas. Voltava-se bruscamente, olhando para trás. Durante as paradas, que aconteciam durante o dia, e principalmente em casinhas camponesas abandonadas, deitava-se para dormir escolhendo o lugar mais próximo da porta, e dormia pouco; acordava sobressaltado, olhava inquieto ao redor, espiava pela porta ou pelas janelas.

Certa manhã cinzenta de nuvens, após uma etapa noturna que cansara a todos, Mendel estava catando lenha no bosque e o viu ao seu lado, também catando lenha, embora ninguém tivesse lhe mandado fazer isso. Tinha emagrecido e estava tenso, e seus olhos brilhavam. Dirigiu-se a Mendel com expressão cúmplice: "Você também entendeu, não é verdade?".

"Entendi o quê?"

"Que fomos vendidos. Não podemos mais nos iludir. Fomos vendidos, e foi ele quem nos vendeu."

"Ele quem?", perguntou Mendel, atônito.

Leonid baixou a voz: "Ele, Gedale. Mas não podia ser de outro modo, era chantageado, era um fantoche nas mãos deles". Depois fez sinal com o indicador sobre os lábios pedindo silêncio, e recomeçou a catar lenha. Mendel não contou o episódio a ninguém, mas poucos dias depois Dov lhe disse:

"Aquele seu amigo tem idéias estranhas. Diz que Gedale trabalha para a NKVD ou para não sei que outra polícia secreta, que eles o chantageavam, e que somos todos reféns nas mãos deles."

"A mim também contou qualquer coisa parecida", disse Mendel. "O que se pode fazer?"

"Nada", disse Dov.

Mendel se lembrou de ter comparado Leonid a um relógio parado por causa da poeira; agora, porém, Leonid lhe recordava alguns outros relógios que levavam para ele consertar: talvez tivessem sido derrubados, as espirais das molas tinham se acavalado, atrasavam um pouco, avançavam loucamente outro tanto, e no fim não tinham mais conserto.

O verão era fulgurante e ventava muito, e os gedalistas perceberam que tinham entrado na região da fome. As recomendações de Gedale, de evitar contatos com o povo do lugar, revelaram-se supérfluas, se não irônicas. Não havia muita gente, naqueles campos: nenhum homem, poucas mulheres; nos portais das fazendas devastadas, só velhos e crianças. Não havia gente que se devesse temer, ao contrário, estavam eles próprios marcados pelo medo. Poucos meses antes, a resistência do Exército Interno polonês tinha desencadeado um ataque às guarnições alemãs da região, enquanto ao sul de Lublin tropas de pára-quedistas soviéticos interrompiam as vias de comunicação alemãs que transportavam munições e abasteciam o front. Outras tropas polonesas fizeram saltar pelos ares pontes e viadutos, e retomaram uma aldeia de onde os alemães haviam tirado os camponeses à força em 1942 para ali instalar os colonos do Reich Milenar. A represália alemã se estendera a toda a região e fora feroz. Não visara os bandos, quase inatingíveis, que tinham se refugiado nas florestas, mas a população civil. Os alemães tinham feito acorrer reforços de retaguardas longínquas; à noite, cercavam as aldeias polonesas e as incendiavam ou deportavam todos os homens e mulheres com idade para trabalhar: concediam-lhes meia hora para se preparar, depois os carregavam em caminhões e os levavam embora. Em algumas regiões, haviam dedicado sua atenção às crianças: deportavam para a Alemanha as crianças com aspecto "ariano" e matavam as outras. As aldeias, pobres desde sempre, estavam reduzidas a montes de ruínas queimadas e escombros, mas os campos tinham permanecido intactos, e o centeio maduro esperava em vão quem o colhesse.

A iniciativa partiu de Mottel. Tinha ido pedir água numa casinha isolada, talvez a um quilômetro da aldeia de Zborz, e encontrara uma velha sozinha, deitada sobre a palha da estrebaria, onde, contudo, já não havia animais. A velha se esforçava para se mexer, tinha uma perna quebrada que não recebera tratamento. Disse a Mottel que fosse ao poço, que apanhasse quanta água desejasse, e trouxesse um pouco também para ela. Mas que lhe desse também alguma coisa para comer: qualquer coisa. Fazia três dias que estava em jejum, de vez em quando alguém da aldeia se lembrava dela e lhe levava um pedaço de pão. Todavia, no campo ali adiante havia centeio para alimentar uma família grande, mas com a primeira chuva acabaria apodrecendo, pois não havia ninguém para ceifá-lo.

Mottel contou o ocorrido a Gedale, e Gedale decidiu no mesmo instante: "Temos que ajudar essa gente. A nossa guerra é também isso. É a ocasião certa para fazê-los entender que chegamos como amigos e não como inimigos".

Józek torceu o nariz: "Por estes lados nunca nos quiseram bem; antes que os alemães incendiassem as casas deles, eles incendiavam as nossas. Não gostam dos judeus, nem dos russos, e muitos de nós somos judeus e russos. Sabem o que aconteceu aos camponeses russos nos anos 20, e temem a coletivização. Vamos ajudá-los, mas estejamos atentos".

Todos os demais, ao contrário, concordaram sem reservas: estavam cansados de destruir, cansados das obras negativas e estúpidas a que a guerra constrange os homens. Os mais entusiastas eram Piotr e Arié, que tinham prática no trabalho agrícola. Mottel tinha dito que o telhado da casa da "sua" velha estava esburacado, e Piotr disse:

"Eu vou consertá-lo. Sou ótimo em consertar telhados de canne, é um trabalho que fazia em minha aldeia, pagavam-me para fazê-lo. Mas agora, para consertar o telhado da sua velha, daria tantos rublos quantos me davam; se os tivesse, é claro, pois não os tenho."

A velha aceitou, Piotr se pôs a trabalhar ajudado por Sissl, e poucos dias depois um ancião com vastos bigodes foi visto rondando por perto. Fazia de conta que estava interessado em outras coisas: endireitava estacas, controlava as paredes das valas embora estas estivessem desesperadamente secas, mas vigiava de longe o trabalho dos dois. Um dia se apresentou a Piotr e lhe dirigiu várias perguntas em polonês; Piotr fingiu não entender e foi procurar Gedale.

"Sou o Burmistrz, o prefeito da aldeia", disse o velho com dignidade, embora tivesse mais exatamente o aspecto de um mendigo. "Quem são vocês? Para onde vão? O que desejam?"

Gedale se apresentara desarmado para a conversa, em mangas de camisa, com calças civis rasgadas e desbotadas, e com o chapéu de palha que tinha comprado. Falava polonês sem sotaque iídiche, e para qualquer um teria sido difícil identificar a sua condição. De início foi cauteloso:

"Somos um grupo de desgarrados, homens e mulheres. Vimos de países diferentes e não queremos lhes fazer nenhum mal. Estamos de passagem, vamos para bem longe, não queremos perturbar ninguém, mas também não queremos ser perturbados. Estamos cansados, mas temos braços fortes: podemos lhes ser úteis em alguma coisa."

"Por exemplo?", perguntou o prefeito, desconfiado.

"Por exemplo, poderíamos colher o centeio, antes que se estrague."

"Que desejam em troca?"

"Uma parte da colheita, a que lhe parecer justa; e depois água, um teto, e que se fale pouco de nós."

"Quantos vocês são?"

"Uns quarenta; só cinco mulheres."

"Você é o chefe deles?"

"Sim."

"Somos menos que vocês: nem trinta, incluindo as crianças. Considere que dinheiro, nunca tivemos, animais de criação, não temos mais, e não há nem mulheres jovens."

"Quanto às mulheres jovens, é uma pena", riu Gedale, "mas não é essa a nossa primeira preocupação. Já lhe disse, para nós é suficiente a água, o silêncio e, se possível, um teto sob o qual dormir algumas noites. Estamos cansados de guerra e de estrada, temos saudade dos trabalhos dos tempos de paz."

"Nós também estamos cansados de guerra", disse o prefeito; e logo acrescentou: "Mas vocês sabem ceifar?"

"Estamos destreinados, mas conseguiremos nos virar."

"Em Opatów há um moinho", disse o prefeito, "e parece que funciona. Foices não faltam, deixaram ao menos isso. Podem começar amanhã."

Todos os homens de Blizna e de Ruzany foram ceifar, acompanhados de Arié, Dov, Line e Ròkhele Negra, aos quais se juntou Piotr, quando terminou o conserto do telhado: uns vinte ao todo. Arié era o que tinha mais prática, e ensinou a todos os outros como amontoar os feixes e como afiar a foice, primeiro com o martelo e depois com a pedra de amolar. Também Piotr se demonstrou eficaz e resistente ao cansaço. Line surpreendeu a todos: esguia como era, ceifava da aurora ao pôr-do-sol sem mostrar sinais de fadiga, e suportava sem problemas o calor, a sede e a nuvem de moscões e de pernilongos que se formaram de repente. Não era a primeira vez que executava aquele trabalho: já o fizera mil anos antes, perto de Kiev, numa fazenda coletiva em que os jovens sionistas se preparavam para emigrar para a Palestina, no tempo remoto em que ser sionista e comunista não tinha se tornado uma contradição absurda. Dov também trabalhava bem, embora lhe pesassem os anos e as feridas. Nada para ele era uma experiência inteiramente nova: ceifara girassóis quando estivera confinado em Vologda, onde os dias de verão duravam dezoito horas e era preciso trabalhar todas elas.

Os outros integrantes do bando, entre os quais Mendel, Leonid, Józek e Isidor, distribuíram-se na aldeia fazendo vários trabalhos que o prefeito havia indicado: conserto de galinheiros, reparo de outros telhados, capina de hortas. Superada a desconfiança inicial, vieram a saber que havia também batatas para colher, e foram elas que à noite consagraram a aliança entre os judeus errantes e os desesperados camponeses poloneses, todos sentados no chão batido do terreiro, ainda quente do sol e iluminado pelas estrelas do verão.

8

JULHO-AGOSTO DE 1944

Enquanto as batatas ferviam no caldeirão, ou assavam sob as cinzas, o prefeito olhava ao redor, estudando os rostos dos estrangeiros à luz vermelha do fogo. Junto dele, no círculo, estava sua esposa, de rosto largo, maçãs altas e expressão impassível. Não olhava para os gedalistas, olhava para o marido, como se temesse por ele, querendo protegê-lo e ao mesmo tempo impedi-lo de dizer coisas imprudentes.

"Vocês são judeus", disse o velho de repente, com voz tranqüila. A mulher cochichou depressa no ouvido dele, e ele respondeu:

"Calma, Seweryna; você nunca me deixa falar."

"Este é russo", disse Gedale indicando Piotr; "todos os demais somos judeus, russos e poloneses. Mas como nos reconheceu?"

"Pelos olhos", disse o prefeito. "Havia judeus também aqui entre nós, e tinham os olhos parecidos com os de vocês."

"E como são os nossos olhos?", perguntou Mendel.

"Inquietos. Como os dos animais perseguidos."

"Já não somos animais perseguidos", disse Line. "Muitos dos nossos morreram combatendo. Nossos inimigos são os mesmos de vocês, aqueles que destruíram suas casas."

O prefeito se calou por alguns minutos, mastigando a sua ração de batatas, depois disse:

"Moça, por aqui as coisas não são assim tão simples. Nesta aldeia, por exemplo, os judeus e os poloneses conviveram durante não sei quantos séculos, mas entre eles jamais houve simpatia. Os poloneses se exauriam nos campos, os judeus eram artesãos e comerciantes, coletavam os impostos a mando dos proprietários das terras, e o padre na igreja dizia que tinham sido eles que venderam Cristo e o crucificaram. Jamais derramamos o sangue deles, mas quando os alemães vieram, em 1939, e começaram a expoliar os judeus, a debochar deles, a bater neles e a trancá-los nos guetos, devo dizer a verdade..."

Seweryna interveio de novo, sussurrando alguma coisa no ouvido do marido; mas ele deu de ombros e continuou:

"...devo dizer a verdade, todos ficaram contentes, e eu também. Não tínhamos simpatia pelos alemães, mas pensávamos que tivessem vindo para fazer justiça, ou para tirar o dinheiro dos judeus e dá-lo para nós."

"Eram tão ricos assim, os judeus de Zborz?", perguntou Gedale.

"Todos diziam que sim. Andavam mal vestidos, mas as pessoas diziam que era por causa da sua avareza. E as pessoas diziam mais: que os judeus eram bolcheviques, que pretendiam coletivizar as terras como na Rússia, e matar todos os padres."

"Mas não faz sentido!", interveio Line. "Como podiam ser ao mesmo tempo ricos, avarentos e bolcheviques?"

"Ao contrário, faz sentido sim. Um polonês dizia que todos os judeus são ricos, e outro polonês dizia que são todos comunistas. E outro polonês ainda dizia que um judeu é rico, e o outro é comunista. Como vêem, não é simples. Mas as coisas ficaram bem mais complicadas depois, quando os alemães deram fuzis aos ucranianos para que ajudassem a massacrar os judeus, só que os ucranianos atiravam em nós e roubavam nossos animais de criação, e quando os da resistência russa começaram a desarmar e a levar para longe os da resistência polonesa. Mudei de idéia a respeito de vocês mais tarde, quando vi com meus próprios olhos o que os alemães fizeram com os judeus de Opatów."

"O que fizeram?", perguntou Mendel.

"Tiraram-nos do gueto e os trancaram dentro do cinema: inclusive crianças, velhos e moribundos, mais de dois mil num cinema de quinhentos lugares. Deixaram todos lá dentro durante sete dias sem lhes dar de comer nem de beber, e atiravam naqueles entre nós que tinham compaixão e tentavam lhes passar alguma coisa pela janela; e atiravam também naqueles entre nós que lhes levavam água, sim, mas queriam em troca as últimas moedas deles. Depois abriram as portas e lhes ordenaram que saíssem. Restavam vivos só cerca de cem deles, e os mataram na praça, e nos deram ordens para enterrar a todos, os da praça e os que tinham morrido no cinema. Foi nesse momento, ao ver as crianças mortas daquele jeito, que comecei a entender que os judeus são gente como nós, e que os alemães acabariam fazendo conosco o que tinham feito com eles; mas, falando com franqueza, nem todos entenderam isso ainda. E lhes conto essas coisas porque quando alguém erra é bom que reconheça seus erros, e também porque vocês ceifaram e colheram batatas."

"Prefeito", disse Gedale, "as coisas que nos contou não são novidades, mas nós, sim, temos novidades para lhe contar. Talvez lhe pareçamos estranhos: deve saber que um judeu vivo é um judeu estranho. Deve saber que aquilo que viu em Opatów aconteceu em todos os lugares onde os alemães pisaram, na Polônia, na Rússia, na França, na Grécia. E deve saber também que se de cada cinco poloneses os alemães matam um com armas ou pela fome, entre os judeus não deixam um único vivo."

"Não são novas as coisas que me diz. Não temos nem rádio, mas as notícias chegam do mesmo jeito. Sabemos o que os alemães fizeram e o que continuam fazendo, aqui e em toda parte."

"Não ficam sabendo de tudo. Há outras coisas, tão horríveis que você nem acreditaria nelas: no entanto, acontecem não muito longe daqui. Dos nossos só se salvam os que escolheram o nosso caminho."

"Isso eu também logo percebi. Que vocês andam armados."

"Percebeu isso por causa dos nossos olhos também?", perguntou Gedale, rindo.

"Não, não foi por causa dos olhos, todas as jaquetas que usam têm o lado esquerdo brilhante por causa da correia do fuzil. Por favor, pelo Deus de vocês, pelo nosso e por todos os santos, não ataquem os alemães aqui. Vão mais adiante, vão aonde quiserem, mas não façam estragos aqui, caso contrário de nada valerá terem trabalhado para nós. Mas por que não se escondem nos bosques e não esperam que os russos cheguem? Já não estão muito longe, talvez estejam diante de Lublin; quando o vento sopra a favor, ouve-se a artilharia."

"Para nós também as coisas não são simples", disse Gedale. Somos judeus e somos russos e somos da resistência. Como russos, gostaríamos de esperar que a guerra termine, depois descansar e ir procurar nossas casas, mas elas não existem mais, nem nossas famílias; e se voltássemos, talvez ninguém nos quisesse, como quando se tira uma lasca de um tronco e depois a madeira se fecha de novo. Como membros da resistência, travamos uma guerra diferente da guerra dos soldados, e você sabe disso: não combatemos no front, mas na retaguarda dos inimigos. E como judeus, temos pela frente uma longa estrada. O que você faria, prefeito, se estivesse sozinho, a mil quilômetros de sua terra, sabendo que sua aldeia, e os campos, e a família não existem mais?"

"Estou velho e creio que me enforcaria. Porém, se fosse mais jovem, iria para a América: como fez meu irmão, que teve mais coragem que eu e enxergou mais longe."

"Falou bem; também entre os judeus há quem tenha parentes na América, e deseja ir para lá. Mas ninguém neste bando tem parentes na América: a nossa América não é tão distante. Combateremos até o final da guerra, pois acreditamos que fazer guerra é uma coisa terrível, mas matar os nazistas é a coisa mais justa que se pode fazer hoje na face da terra; e depois iremos para a Palestina, e trataremos de construir a casa que perdemos, e recomeçar a viver como vivem todas as outras pessoas. Por isso, não nos deteremos aqui, e prosseguiremos rumo ao poente: para ficar na retaguarda dos alemães, e para encontrar a estrada que conduz à nossa América."

Terminadas as batatas, gedalistas e camponeses foram dormir; no terreiro, ficaram só Gedale, Mendel, Line, o prefeito e sua mulher. O prefeito observou as brasas pensativamente, depois disse:

"O que vão fazer na Palestina?"

"Cultivar a terra", disse Line, "lá a terra será nossa."

"Vão trabalhar como camponeses?", perguntou o prefeito. "Estão certos em ir para longe, mas errados em trabalhar como camponeses. É duro ser camponês."

"Vamos viver como vivem todos os outros povos", disse Line, que havia apoiado a mão no braço de Mendel. Mendel acrescentou: "Faremos todos os trabalhos que houver para fazer".

"...exceto cobrar impostos para os proprietários das terras", acrescentou Gedale. O vento cessara, viam-se os vaga-lumes dançando nos limites do terreiro, e no silêncio da noite foi possível constatar que o velho dissera a verdade: de longe, de um ponto impreciso, talvez de vários pontos, chegava em surdina um barulho do front, carregado de esperanças e ameaças. O prefeito se levantou com esforço e disse que estava na hora de ir dormir: "Estou contente por tê-los encontrado. Estou contente por terem ceifado para nós. Estou contente por ter falado com vocês como se fala com amigos, mas estou contente também porque vão embora".

Era mais fácil manter contatos, e receber notícias do resto do mundo, nos pântanos e nos bosques da Polessia do que na região densamente povoada em que o bando de Gedale se encontrava em agosto de 1944. Deslocar-se à noite, e evitar os povoados, tinha se tornado uma regra rígida, mas mesmo tomando tais precauções óbvias, cada estrada a se cruzar e sobretudo cada ponte constituíam um risco e um problema. A região fervilhava de alemães: não colaboracionistas cada vez mais infiéis e desleais, mas alemães autênticos, do exército e da polícia, em todos os povoados, e num vaivém frenético ao longo das estradas e ferrovias. Depois de furar o bloqueio em Lublin, os russos tinham atravessado o Vístula próximo a Sandomierz e tinham estabelecido uma importante cabeça-de-ponte na margem esquerda; e os alemães preparavam o contra-ataque.

Os contatos com os camponeses, necessários para o aprovisionamento, tinham sido reduzidos ao mínimo indispensável; Gedale não queria conversas, e os camponeses, aterrorizados e desorientados, também não queriam falar. Em tais condições, paradoxalmente, a principal fonte de informação eram os jornais, encontrados raramente nos casebres, com freqüência recuperados sujos e aos pedaços nos depósitos de lixo, às vezes temerariamente comprados por Józek nas bancas. Pelos jornais ficaram sabendo que os Aliados, uma vez desembarcados na Normandia, avançavam rumo a Paris; que em 20 de julho fracassara um atentado contra Hitler; que Varsóvia se insurgira (o *Völkischer Beo-*

bachter minimizava os fatos, e falava de "traidores, subversivos e bandidos"). Mas também foram obtidas notícias que não estavam nos jornais. Além de alemães, as retaguardas pululavam de gente errante, que como os próprios gedalistas não gostava da luz do dia: eram poloneses, ucranianos, lituanos, tártaros das unidades de reserva alemãs que, pressentindo a reviravolta em curso, tinham desertado, e agora viviam clandestinamente, do câmbio negro ou do banditismo; eram membros da resistência das várias formações polonesas que, tendo perdido os contatos com suas unidades, haviam se refugiado junto aos camponeses; e, além disso, contrabandistas profissionais, salteadores de estrada, e espiões dos alemães e dos russos, que se travestiam de todas as outras categorias citadas. Dessa gente Gedale obteve a confirmação dos boatos que ouvira antes, e aos quais se referira o prefeito de Zborz: os alemães tinham desmantelado seus primeiros campos de extermínio, Treblinka, Sobibor, Belzec, Majdanek, Chelmno, mas somente para substituí-los por um que valia por todos, onde tinham aplicado a experiência de todos os outros: Auschwitz, na Alta Silésia. Ali haviam assassinado e queimado poloneses e russos e prisioneiros da Europa inteira, mas sobretudo judeus; e agora estavam exterminando, trem após trem, os judeus da Hungria. De um desertor ucraniano tinham obtido uma informação inquietante: os bandos da resistência russa, lançados de pára-quedas atrás das linhas inimigas ou fugidos dos Lagers alemães, não se comportavam de maneira uniforme. Alguns comandantes tinham libertado campos de concentração de judeus, tinham salvado e protegido os sobreviventes que ali encontraram oferecendo-lhes lugar em suas tropas. Outros, ao contrário, haviam tentado dissolver à força grupos da resistência judeus com os quais se depararam nas florestas: houvera combates e mortes. Outros judeus haviam sido desarmados ou mortos por tropas mais ou menos ativas da resistência polonesa.

"Aceitam-nos como mártires: talvez, depois, venham a construir monumentos para nós nos guetos, mas como aliados não nos aceitam", disse Dov.

"Decerto encontraremos a nossa estrada", disse Gedale; "decidiremos o que fazer em cada situação e em cada momento."

O momento de decisão chegou rápido. Tanto Mendel como Dov e Line haviam intuído que a passagem da fronteira polonesa implicara uma profunda mudança nos planos de Gedale, ou melhor, na natureza de suas improvisações. Sentia-se mais distante da Rússia, não apenas materialmente: mais descoberto, mais autônomo, mais ameaçado e também mais livre. Em resumo, mais responsável. Uma vez mais, por volta de 20 de agosto, distanciou-se do bando, mas sem trazer presentes nem fazer compras. Contrariamente a seu hábito de tomar decisões em assembléias confusas, afastou-se logo com Dov, Mendel e Line, que nunca o tinham visto tão tenso. Não fez rodeios:

"A vinte quilômetros daqui há um Lager, próximo a Chmielnik. Não é dos maiores: são apenas cento e vinte prisioneiros, todos judeus exceto os Kapos. Trabalham todos numa fábrica ali por perto, onde se produzem aparelhos de precisão para a aeronáutica..."

"Como sabe disso?", perguntou Mendel.

"Fiquei sabendo. Agora o front se aproxima, a fábrica será transferida para a Alemanha, e todos os prisioneiros serão assassinados porque conhecem certos segredos. Não sabem se serão mortos lá mesmo ou em outro lugar: mandaram uma mensagem para fora, queriam tentar uma rebelião caso soubessem que receberiam apoio. Dizem que os alemães de guarda não são muitos, dez ou doze."

"Os prisioneiros têm armas?"

"Não falaram nada, portanto não têm."

"Vamos verificar", disse Dov; "não podemos fazer muito, mas vamos verificar."

"Sim, mas não todos", disse Gedale. "Seríamos muito visíveis. É a primeira vez que nos dividimos, mas aqui não há alternativa. Iremos seis: teremos que contar com a surpresa, se ela nos faltar não faremos nada de bom, nem se formos os trinta."

"Podemos mandar uma resposta?", perguntou Line.

"Não. Seria muito perigoso, até para eles. Precisamos ir direto para lá: partir imediatamente."

"Nós quatro e quem mais?", perguntou ainda Line, que parecia ansiosa para derrubar as pontes que tinha atrás de si. Gedale hesitou:

"Dov não: ele fica com o grupo principal. Entre nós não há hierarquia, mas de fato ele é o vice-comandante. E entre todos é o que tem mais experiência."

Dov não manifestou nenhuma reação, nem por palavras nem pela expressão do rosto, mas Mendel percebeu que não era por aqueles motivos que Gedale o excluía, e que o próprio Dov tinha percebido isso e estava triste.

"Nós três, Piotr, Mottel e Arié", propôs Mendel.

"Arié não: além de manco, não tem experiência militar", disse Gedale.

"Mas é excelente com o facão!"

"Mottel é melhor que ele. Arié ainda não está maduro, fica de fora. Quero Leonid."

Mendel e Line, atônitos, falaram ao mesmo tempo:

"Mas Leonid não está... Leonid não está bem. Não tem condições de combater."

"Leonid deve combater. Precisa disso como de pão e do ar que respira. E nós precisamos dele: foi prisioneiro dos alemães, sabe como funciona um Lager. É pára-quedista, fez um curso, tem prática de sabotagem e de ações de Kommando. E tem coragem: demonstrou-o recentemente."

"Demonstrou-o de um modo estranho", disse Line.

"Só precisa se enquadrar e receber ordens claras", disse Gedale com dureza insólita. "Acreditem em mim. Em Kosovo tínhamos outros como ele; sei o que digo."

Dito isso, pôs-se de pé, para mostrar que a conversa estava encerrada. Dov e Line se afastaram; a Mendel, que ficara, Gedale disse: "Vá se preparar você também, relojoeiro. Tenho experiência nestas coisas: para as ações desesperadas são necessários homens desesperados".

"As ações desesperadas são um erro", disse Mendel; mas foi se preparar, como Gedale tinha ordenado. Gedale apoiou uma das mãos em suas costas e lhe deu um empurrão leve, dizendo-lhe: "Ah, Mendel, conheço a sua sabedoria. É como a minha, mas aqui está fora do lugar. Talvez valesse há cem anos, valerá de novo dentro de cem anos, mas aqui vale tanto quanto a neve do ano passado".

Partiram à noite. Todos os seis eram bons marchadores, não levavam carga além das armas, e as próprias armas não eram muito pesadas: antes fossem. Apesar disso, demoraram cinco ou seis horas para alcançar os arredores de Chmielnik, pois nenhum deles conhecia a região, e porque deviam evitar as estradas e as casas. À luz da aurora o lugar parecia triste, enegrecido pela fumaça e pela fuligem de carvão, circundado por um horizonte de colinas baixas, de montes de carvão e de entulho, de chaminés e de galpões. Perderam mais tempo para encontrar o Lager; as indicações que Gedale recebera eram vagas, e o lugar parecia povoado de Lagers, ou melhor, de cercados de arame farpado: "Uma grande prisão", murmurou Line a Mendel, que caminhava atrás dela. Aproveitara um momento em que Leonid não se encontrava entre eles; casual ou premeditadamente, durante toda a marcha Leonid dera sempre um jeito de se interpor entre Mendel e Line, mesmo sem jamais lhes dirigir a palavra. Caminhava rápido, com ar tenso e resoluto.

Encontraram a fábrica antes do Lager, ou melhor, foi a própria fábrica que lhes deu a pista. Em meio às velhas fornalhas, destilarias de alcatrão, telheiros que cobriam montes de engrenagens, fundições enegrecidas, destacava-se porque era nova, grande e limpa: perceberam à distância que havia uma guarita ao lado do portão de entrada. O Lager não devia ficar longe, e de fato o encontraram a três quilômetros, aninhado numa depressão. Era diferente dos outros terrenos alambrados que tinham visto antes. A cerca era dupla, com um amplo corredor entre os dois quadrados de arame; as cabanas estavam pintadas em cores miméticas: eram quatro, não muito grandes, nos quatro lados de um pátio. Do centro do pátio erguia-se uma coluna de fumaça negra. Do lado de fora do alambrado havia duas torres de guarda de madeira e uma casa de campo branca.

"Vamos nos aproximar", disse Gedale: o anfiteatro de morros ao redor do Lager era coberto de mato, e podia ser percorrido sem perigo. Desceram cautelosamente; encontraram uma cerca de arame farpado enferrujado, seguiram-na por um trecho e viram uma guarita de madeira. A porta estava aberta, e em seu interior não havia ninguém: "Só pontas de cigarro", disse Mottel, que entrara para verificar. Não foi difícil cortar o arame farpado; os seis retomaram a descida, mas pararam petrificados: o vento mudara de direção, a fumaça vinha direto neles, e todos sentiram o cheiro, que era de carne queimada, no mesmo instante. "Acabou. Chegamos tarde demais", disse Gedale. Do ponto onde estavam, distinguiam-se melhor os detalhes: a coluna de fumaça provinha de um amontoado em torno do qual alguns homens trabalhavam, não muitos, talvez uns dez.

Mendel deixou cair a metralhadora que segurava com força nas mãos, e foi sentar no meio de uns arbustos. Sentia-se oprimido por uma onda de fadiga que não se lembrava de já ter sentido. Fadiga de mil anos, e ao mesmo tempo náusea, ódio e horror. Ódio impotente e superado pelo horror. Ódio impotente, gelado, sem mais nenhuma fagulha da qual extrair calor e vontade para resistir. Desejo de não resistir, de se dissolver em fumaça; naquela fumaça. E vergonha e assombro: assombro porque seus companheiros tivessem continuado de pé, com as armas na mão, e encontrassem voz para conversar; mas as vozes deles lhe chegavam longínquas, amortecidas por sua náusea.

"Estão com pressa, os bastardos", disse Gedale. "Foram embora. Não querem deixar rastro."

Piotr disse: "Não devem ter ido todos embora. Alguém deve ter ficado, para vigiar esse trabalho, e nós temos que matá-lo". "Piotr é o melhor", pensou Mendel, ouvindo sua voz tranqüila. "O único soldado de verdade. Gostaria de ser Piotr. Bravo Piotr." Sentiu-se observado por Line e se levantou.

"Devem ter ficado seis", disse Leonid, que abria a boca pela primeira vez desde que tinham partido.

"Por que seis?", perguntou Gedale.

"Duas torres pequenas, então são três em cada torre, que revezam no turno de guarda. Os alemães fazem assim." Mas Mottel e Line, que tinham a vista mais apurada entre todos, disseram que as coisas podiam estar de outra maneira: daquela distância se distinguia bem o balcãozinho no alto das torres, e as metralhadoras apontadas para o Lager não estavam mais lá. Que teria ficado fazendo um sentinela sem a metralhadora?

"Devem estar na casa. Para vigiar a queima do amontoado de gente basta um", disse Mottel.

"Decerto não devem ter sobrado muitos, montando guarda num acampamento desmobilizado. Vamos atacá-los esta noite, não importa quantos sejam", disse Gedale. "Veremos se o trabalho continua até a noite, mas não creio. Decidiremos conforme o que acontecer."

Mendel disse: "De qualquer modo vamos atacá-los, a primeira coisa que faremos será matar aqueles que trabalham no amontoado. É gente que não deve falar".

"Não importa que eles morram", disse Line.

"Por quê?", disse Mendel. "São gente como nós."

"Já não são como nós. Não poderão mais se olhar nos olhos. Para eles será melhor que sejam mortos." Gedale disse a Line que não cabia a ela decidir o destino daqueles desgraçados, e Piotr disse a todos que aquelas conversas não tinham sentido. Comeram sem apetite o pouco que tinham trazido e se prepararam para esperar a noite; no crepúsculo se apagou o fogo do amontoado, mas os prisioneiros não foram transferidos para o casarão.

Passaram algumas horas deitados, numa pausa inquieta, que não era nem sono nem descanso. Mendel sentiu um estranho alívio quando Piotr disse: "Vamos". Um alívio duplo: porque a espera tinha acabado, e porque a ordem viera de Piotr. Apesar do blecaute da guerra, o casarão e o Lager estavam iluminados por faróis. Leonid disse que também o acampamento de Smolensk, do qual fugira em janeiro de 1943, ficava iluminado à noite: os alemães temiam mais as fugas que os bombardeios aéreos. Havia um único sentinela, que vigiava tanto a casa como o acampamento: dava uma volta em forma de oito ao redor de uma e de outro, em intervalos regulares, mas algumas vezes num sentido, outras no sentido oposto. "Vá", disse Piotr a Mottel.

Mottel desceu em silêncio e se postou na sombra, atrás de um canto da casa; também os outros cinco se aproximaram uns trinta metros. O sentinela parecia sonolento; avançou com passo lento até quase ficar diante de Mottel, depois se inclinou, talvez para amarrar um cadarço, e retomou a sua ronda em sentido contrário. Contornou o Lager, sumiu atrás do casarão e não apareceu mais; ao contrário, viram Mottel, que saíra de seu esconderijo e fazia sinais para avançarem. Todos olharam para Gedale com ar interrogativo, Gedale olhou para Piotr, e também Piotr fez sinal para descerem. Piotr avançou primeiro: tinha na mão uma bomba manual italiana, uma daquelas bombas de assalto que fazem muito mais barulho do que provocam danos, mas naquele momento os gedalistas não dispunham de outro tipo. Piotr se aproximou da casa; as janelas do andar térreo eram três, e estavam protegidas por uma grade de ferro. Piotr se encostou à primeira, e fez sinal a Gedale e a Line para se encostarem nas outras duas; posicionou Mendel e Leonid atrás de uma sebe, diante do portão de entrada. Depois, batendo a culatra da metralhadora contra a grade, quebrou os vidros da janela, jogou a bomba e se agachou; Line e Gedale fizeram o mesmo nas outras duas janelas. Só houve duas explosões: por algum motivo a bomba de Gedale não funcionara. Gedale jogou uma segunda bomba, depois ele, Piotr, Line e Mottel correram para se proteger atrás da sebe que circundava o casarão: era uma sebe de murta, muito baixa, a ponto de obrigar todos a ficar quase deitados.

Por alguns instantes não aconteceu nada; depois se ouviu o crepitar de uma arma automática: alguém disparava rajadas, cegamente, ao longo do corredor da casa e fora da porta. Mendel se deitou no chão, sentiu as balas assoviando pouco acima de sua cabeça, e com o canto do olho viu Leonid ficar de pé com um salto. "Deitado!", sussurrou para ele, tentando contê-lo: mas Leonid lhe escapou, saltou a sebe, disparou uma rajada em resposta e se precipitou de cabeça baixa rumo à porta. Do casarão veio um tiro seco, isolado, e Leonid caiu atravessado no umbral.

Da porta saíram ainda duas ou três rajadas breves. Mendel, sem se levantar, deslocou-se ao longo da sebe; estava claro que o alemão atirava do fundo do corredor, porque os tiros furavam a sebe num ângulo estreito. Na posição em que se colocara, Mendel estava fora de alcance, mas o alemão também estava fora do alcance da sua arma. Mendel ainda tinha duas bombas manuais: arrancou o lacre de uma e a lançou por cima da cabeça na direção da porta. A bomba explodiu pouco além do corpo de Leonid, e o alemão saiu de mãos erguidas: era um Scharführer das SS. Não parecia ferido, e olhava ao redor com os lábios contraídos a ponto de mostrar os dentes. "Não se mova", gritou-lhe Mendel em alemão; "Fique com as mãos para cima. Está sob a nossa mira." Enquanto falava, viu Line saltar a sebe, figurinha ridícula nos trajes militares muito largos; com passo tranqüilo, sem dar sinal de pressa nem de nervosismo, postou-se atrás do alemão, abriu o coldre, retirou a pistola de ordenança, passou-a para o bolso e alcançou Mendel.

Gedale e Piotr também se levantaram. Gedale falou brevemente com Piotr, depois perguntou ao alemão:

"Quantos são?"

"Cinco; quatro dentro, e um fora, de sentinela."

"Que aconteceu com os três que estavam aí dentro?"

"Um morreu na certa. Os outros não sei."

"Vamos verificar", disse Gedale a Piotr e Mendel. Deixaram o alemão sob a vigilância de Line e Mottel, e se dirigiram ao casarão para olhar pela janela. "Esperem", disse Piotr: tirou a jaqueta, amarrou as mangas para fazer um embrulho grande como a cabeça de um homem, envolveu nele o cano da metralhadora e o expôs diante da grade, gritando com força: "Quem vem lá?". Ninguém respondeu, nem deram sinal de vida. "Está bem", disse Piotr. Tornou a vestir a jaqueta e entrou na casa. De fora se ouviram os passos dele, depois um único tiro de pistola. Piotr reapareceu:

"Dois já estavam mortos; o terceiro quase."

Leonid tinha o peito todo perfurado: devia ter morrido na hora. O sentinela atingido por Mottel jazia numa poça de sangue, com a garganta dilacerada. Mottel exibiu o seu famoso facão: "Quando você não quer que gritem, é preciso fazer assim", disse a Mendel com seriedade profissional; "cortar rápido, aqui debaixo do queixo". Só então se deram conta de que alguém havia assistido ao combate: uma dezena de figuras humanas tinha saído das cabanas do Lager com o estrépito das explosões e dos disparos, e agora estavam olhando em silêncio, atrás da cerca de arame farpado. Sob a luz dos faróis pareciam abatidos, esquálidos nas roupas listadas de cinza e azul, com o rosto preto de fumaça e a barba malfeita. "É preciso libertá-los, matar o alemão e ir embora", disse Piotr. Gedale assentiu com a cabeça; Mottel se dirigiu para a cerca, mas Mendel o deteve: "Espere: pode estar eletrificada". Aproximou-se e viu que entre as estacas e o arame não havia isolantes. Queria ter mais certeza: olhou ao redor, encontrou no chão um fragmento de uma estaca de ferro, enterrou-o perto da cerca, depois empurrou sua extremidade contra os fios usando um toco de madeira. Não aconteceu nada; Mottel e Piotr, com a culatra dos fuzis, furaram um trecho da cerca, abrindo uma brecha. Os dez prisioneiros hesitavam em sair.

"Venham para fora", disse Gedale. "Matamos todos eles, exceto aquele ali."

"Quem são vocês?", perguntou um deles, alto e curvo.

"Membros da resistência judeus", respondeu Gedale. Indicou com a cabeça a pilha de mortos, e acrescentou: "Chegamos tarde demais. E vocês, quem são?".

"Você está vendo", respondeu o prisioneiro alto. "Éramos cento e vinte, trabalhávamos para a Luftwaffe. Puseram-nos de lado, nós dez, e mataram todos os outros. Fomos postos de lado para fazer este trabalho. Meu nome é Goldner, era engenheiro. Venho de Berlim." Os demais prisioneiros se aproximaram, mas estavam atrás de Goldner e não falavam.

"O que sabem me dizer daquele ali?", perguntou Gedale, indicando o alemão com as mãos erguidas.

"Acabem com ele já. Não importa como. Não o deixem falar. Era o chefe; era ele quem dava as ordens, e atirava também, da torre pequena. Gostava disso. Acabem com ele já."

"Quer matá-lo você mesmo?", perguntou Gedale. "Não", respondeu Goldner.

Gedale parecia indeciso. Depois se aproximou do alemão, que continuava com as mãos erguidas, sob a mira de Line e Mottel, e revistou rapidamente seus bolsos e suas roupas. "Pode abaixar as mãos. E me dê a plaqueta."

O alemão manuseou a correntinha, mas não conseguiu abrir o fecho; Piotr se aproximou, arrancou-a do pescoço dele com um puxão e a entregou a Gedale, que a enfiou no bolso. Gedale disse:

"Somos judeus. Não sei por que estou dizendo isso, não muda muito, mas queremos que saiba. Eu tinha um amigo que compunha canções. Vocês o pegaram, e lhe deram meia hora para que escrevesse a última. Você não, não é mesmo? Vocês não compõem canções."

O alemão fez que não com a cabeça.

"É a primeira vez que falo com um de vocês", disse ainda Gedale. "Se o deixássemos livre, o que faria?"

O alemão se endireitou: "Chega de histórias. Trabalhem rápido e limpo". Gedale recuou um passo e ergueu a arma, depois a baixou e disse a Mottel: "A farda pode nos servir. Faça você". Mottel empurrou o alemão para dentro da casa e agiu, rápido e limpo.

"Vamos embora", disse Gedale, mas Line perguntou: "Não vamos assinar?". Todos olharam perplexos para ela; a jovem insistiu: "Temos que dizer que fomos nós: caso contrário não faz sentido".

Piotr era contra: "Seria uma bobagem e um risco inútil". Gedale e Mendel estavam indecisos. "Nós quem?", perguntou Mendel. "Nós seis? Ou o bando inteiro? Ou todos aqueles que...", mas Mottel acabou com a hesitação. Correu até o monte de lenha, pegou um pedaço de carvão, e escreveu sobre a pintura branca do casarão cinco grandes letras hebraicas: VNTNV.

"O que você escreveu?", perguntou Piotr.

"'*V'natnu*', 'E eles retribuirão'. Veja, dá para ler da direita para a esquerda e da esquerda para a direita: quer dizer que todos podem dar e todos podem retribuir."

"Será que vão entender?", perguntou ainda Piotr.

"Vão entender o suficiente", respondeu Mottel.

"Venham conosco", disse Gedale a Goldner: mas a sua voz não demonstrava convicção.

"Cada um de nós fará a sua escolha", disse Goldner, "mas eu não vou. Não somos como vocês, não ficamos bem junto com os outros homens."

Os dez confabularam por um momento, depois disseram a Gedale que todos pensavam como Goldner, menos um. Esperariam os russos escondidos no bosque ou nos escombros das aldeias destruídas. Aquele que se declarara disposto a seguir os gedalistas era um jovem de Budapeste. Partiu com os cinco, que, embora pesados por causa das novas armas, marchavam rápido, mas após meia hora de caminhada caiu sentado numa pedra. Disse que preferia voltar e se juntar aos outros nove.

Mendel não sonhava havia muito tempo: não se lembrava mais quando fora a última vez, talvez quando a guerra ainda não tivesse estourado. Naquela noite, quem sabe prostrado pela tensão e pela marcha, teve um sonho estranho. Estava em Strelka, no seu pequeno laboratório de relojoeiro, que ele mesmo montara num quartinho de sua casa: era estreito, porém no sonho se tornava ainda mais estreito, Mendel não podia sequer abrir os cotovelos para trabalhar. Contudo, estava trabalhando, tinha diante de si dezenas de relógios, todos parados e avariados, e ele estava consertando um, com o monóculo encaixado na órbita e uma chave de fenda minúscula na mão. Dois homens vieram procurá-lo, e lhe ordenaram que os seguisse; Rivke não concordava que ele fosse, estava furiosa e tinha medo, mas ele os seguira mesmo assim. Conduziram-no por uma escada, ou talvez fosse a nascente de uma mina, e depois por uma galeria comprida: o teto era pintado de preto e nas paredes se viam muitos relógios pendurados. Estes não estavam parados: ouvia-se o tique-taque deles, mas cada um marcava uma hora diferente, e alguns, inclusive, andavam para trás; Mendel se sentia vagamente culpado por isso. Ao longo da galeria, vinha ao seu encontro um homem vestido à paisana, de gravata e com ar de desprezo; perguntava-lhe quem era, e Mendel não sabia responder: não lembrava mais o próprio nome, nem onde nascera, nada.

Dov o acordou, e acordou também Line, que dormia ao seu lado. Como acontece depois de um sono profundo, Mendel teve dificuldade em reconhecer onde se encontrava; depois se lembrou, na noite anterior o bando tinha se refugiado nos subterrâneos de uma fábrica de vidro bombardeada: o teto era negro como o do sonho. Bella e Sissl tinham preparado uma sopa e estavam distribuindo-a. Gedale já estava acordado, e contava a Dov como transcorrera a ação:

"...em resumo, os melhores foram Piotr e Mottel. E Line, sim, claro. Aqui está a farda, com as divisas e tudo: até passada."

"Acha que vai ter utilidade para nós?", perguntou Dov.

"Não, é um jogo muito arriscado. Vamos vendê-la: Józek tratará disso."

Józek saboreava cada colherada de sua sopa ao lado de Pavel, Piotr e Ròkhele Branca. "...mas era sábado", disse Pavel. "Depois que o sol se pôs na sexta-feira à noite, já é sábado: e matar aos sábados não é pecado?"

Ròkhele estava aflita. "Matar é sempre pecado."

“Mesmo quando se trata de um SS?”, perguntou Pavel, provocativo.

“Mesmo. Ou talvez não: um SS é como um filisteu, e Sansão os matava. Tornou-se herói porque acabava com os filisteus.”

“Mas talvez não os matasse no sábado”, disse Józek.

“Bom, não sei. Por que me atormentam? Meu marido saberia lhes responder. Era rabino, e vocês são todos ignorantes e descrentes.”

“O que aconteceu com seu marido?”, perguntou Piotr.

“Foi assassinado. Foi o primeiro que mataram em nossa terra. Obrigaram-no a cuspir na Torá e depois o mataram.”

“Será que não foi um SS que o matou?”

“Claro. Tinha a caveira no gorro.”

“Está vendo?”, concluiu Piotr. “Se Mottel o tivesse matado antes, seu marido ainda estaria vivo.” Ròkhele não respondeu e se afastou; Piotr olhou para Pavel com ar interrogativo, e Pavel levantou um pouco os braços e tornou a abaixá-los.

“E dele, ninguém fala”, disse Mendel a Line.

“De quem?”

“De Leonid. Ninguém pensa mais nele. Nem Gedale: todavia, foi ele quem quis mandá-lo. Olhe para eles: é como se não tivesse acontecido nada ontem.”

A distribuição da sopa terminara; num canto do refeitório, Isidor, munido da tesourinha de Bella, estava cortando o cabelo e a barba de quem quisesse. Os clientes esperavam na fila, sentados em pilhas de tijolos. O último da fila era Gedale; para enganar a espera, tinha apanhado o violino, e arranhava uma canção, com mão leve para que não se ouvisse do lado de fora. Era uma canção cômica que todos conheciam, a do rabino milagroso que faz um cego correr, um surdo enxergar e um coxo ouvir, e que na última estrofe entra vestido na água para sair dela milagrosamente molhado. Isidor, mesmo continuando seu trabalho, ria e acompanhava a música cantarolando; cantava baixo também Ròkhele Negra, que havia implorado a Isidor que lhe cortasse o cabelo curto como o de Line, e naquele momento estava sendo atendida.

“Gedale tem muitas caras”, disse Line. “Por isso é difícil entendê-lo: não existe só um Gedale. Carrega tudo nas costas. O Gedale de hoje carrega nas costas o Gedale de ontem.”

"Carrega nas costas inclusive Leonid", disse Mendel. "Mas por que quis a todo custo que ele fosse ao ataque no lugar de Arié? Desde ontem não paro de me perguntar isso."

"Talvez o tenha feito com boas intenções. Queria lhe dar uma oportunidade; pensava que combater seria benéfico para ele, que o ajudaria a se reencontrar. Ou queria testá-lo."

"Penso diferente", disse Mendel, "penso que Gedale não sabia mas queria outra coisa. Que no fundo da consciência queria se livrar dele. Antes que partíssemos, quase me disse isso."

"O que lhe disse?"

"Que para ações desesperadas são necessários homens desesperados."

Line ficou calada, roendo as unhas; depois perguntou: "Gedale sabia por que Leonid andava desesperado?".

Mendel também ficou calado por um longo período, e depois disse: "Não sei se ele sabia. Provavelmente sim, deve ter adivinhado, Gedale acaba por saber das coisas farejando no ar, não precisa de provas nem precisa fazer perguntas". Estava sentado numa pilha de entulho, e com o calcanhar rabiscava no chão de terra batida. Depois acrescentou: "Não foi o alemão quem matou Leonid, nem foi Gedale".

"Quem foi então?"

"Nós dois."

Line disse: "Vamos cantar nós também".

Ao redor de Gedale tinham se reunido mais três ou quatro, e ao som do violino entoavam outras canções alegres, de núpcias e de taberna. Piotr tentava acompanhar o ritmo e imitar as duras aspirações do iídiche, e ria como um menino.

"Não tenho vontade de cantar", disse Mendel. "Não tenho vontade de nada, não sei mais quem é Gedale, não sei mais o que desejo nem onde estou, e talvez não saiba sequer quem sou eu. Esta noite sonhei que alguém me fazia essa pergunta, e que eu não sabia responder."

"Não é preciso dar importância aos sonhos", disse Line secamente. Naquele momento, ao longo do monturo que descia para o subterrâneo, passou correndo Izu, o pescador do Gorin', que estava de sentinela:

"Vocês enlouqueceram? Ou estão bêbados? Lá de cima se ouve tudo: querem mesmo atrair a atenção da polícia?"

Gedale se desculpou como um estudante apanhado em flagrante, e pousou o violino. "Venham todos aqui", disse. "Temos que decidir duas ou três coisas. Em junho tinha lhes dito que não somos mais órfãos nem cães desgarrados. Confirmo tudo; mas estamos mudando de patrão, ou se preferirem estamos mudando de pai. Fazemos parte de uma família exterminada, empunhando armas contra os alemães da Noruega até a Grécia. Nessa família existe alguma discórdia: discute-se muito sobre o que se fará quando Hitler for enforcado, onde serão as fronteiras, de quem será a terra e de quem serão as fábricas. Na família está Josif Vissarionovic, sim, o primo de Arié. Talvez seja o primogênito, mas não concorda com Churchill sobre a cor a ser escolhida para pintar a Polônia; Stalin gostaria do vermelho, Churchill tem outra cor em mente, e os poloneses uma outra ainda; ou melhor, cinco ou seis cores diferentes entre si. Os poloneses não são todos como aqueles fantoches das NSZ; são resistentes corajosos que lutam contra os alemães, mas desconfiam dos russos, e desconfiam também de nós.

"Somos poucos e fracos. Os russos não se interessam muito pelo que fazemos, desde quando atravessamos a fronteira. Deixam que sigamos a nossa estrada; mas é justamente dessa estrada que é preciso falar."

"Não sou primo de Stalin", disse Arié, contrariado. "Somos apenas conterrâneos. E a estrada para mim é uma só, atirar nos alemães enquanto houver um vivo, e ir para a Terra de Israel plantar árvores."

"Quanto a esse ponto creio que estamos todos de acordo", disse Gedale. "Você não, Dov? Bem, desculpem-me, falaremos disso depois; agora queria lhes dizer que temos um apoio, ou pelo menos uma bússola, uma seta que nos indica o caminho. Nesses bosques não estamos sozinhos. Há homens que todos respeitam: são os que combateram nos guetos como nós, em Varsóvia, em Vilma, no Nono Forte de Kovno, e os que tiveram a força de rebelar-se contra os nazis em Treblinka e Sobibor. Não estão mais isolados: encontram-se unidos no ZOB, Organização Hebraica de Combate, a primeira que tem a coragem de se chamar assim perante o mundo, desde que Tito destruiu o Templo. São respeitados, mas não são ricos nem numerosos; e o fato de serem respeitados não quer dizer que sejam fortes: não têm nem fortalezas nem aviões nem canhões. Têm poucas armas e pouco dinheiro, mas com o pouco de que dispõem já nos ajudaram e voltarão a nos ajudar. Conservaremos a nossa independência, pois a merecemos, mas levaremos em consideração as indicações que nos derem. A mais importante é esta: a nossa estrada passa pela Itália. Quando o front tiver nos ultrapassado, se ainda estivermos vivos, e se ainda formos um bando, trataremos de ir para a Itália, porque a Itália é como um trampolim. Mas ninguém diz que teremos um caminho fácil."

"Quando Hitler estiver morto, todos os caminhos serão fáceis", disse Józek.

"Serão mais fáceis que agora, mas nem tanto. Os ingleses criarão para nós todos os obstáculos que puderem, porque não querem se indispor com os árabes na Palestina; mas os russos nos ajudarão, porque na Palestina estão os ingleses, e Stalin busca todos os modos de enfraquecê-los, pois inveja o império deles. Da Itália, desde hoje, zarpam navios clandestinos para a Terra de Israel; alguns passam, outros não, e quem os detém não são os alemães mas os ingleses."

"E se alguém tentar nos deter?"

"Esse é o problema", disse Gedale, "ninguém pode dizer quando e como a guerra terminará, mas pode acontecer que as armas continuem a nos servir. Pode acontecer que este bando e outros semelhantes ao nosso precisem continuar fazendo guerra quando todo o mundo estiver em paz. Por isso, Deus nos distinguiu entre todos os povos, como dizem os nossos rabinos. Era isso que tinha para lhes dizer. Tinha pedido a palavra, Dov? Acabei; pode falar."

Dov foi breve: "Passar o front em plena guerra é impossível, especialmente para um homem sozinho, mas se fosse possível eu já o teria feito. Desculpem, amigos, tenho quarenta e seis anos. Ficarei com vocês enquanto puder lhes ser útil, mas quando os russos nos alcançarem irei com eles. Nasci na Sibéria e voltarei para a Sibéria; lá a guerra não acabou, e minha casa ainda estará de pé. Talvez eu ainda tenha forças para trabalhar, mas não agüento mais combater. E os siberianos não nos chamam de 'judeus' e não nos obrigam a gritar 'Viva Stalin'".

"Faça como preferir, Dov", disse Gedale; "Hitler ainda está vivo, é cedo demais para tomar certas decisões. E você ainda é útil para nós. O que quer, Piotr?"

Piotr, a quem Gedale havia confiado a ação de Kommando contra o Lager e que a conduzira com inteligência e coragem, levantou-se como um estudante num exame oral; todos riram, ele tornou a sentar e disse:

"Só queria saber se nessa Terra de Israel aonde vocês querem ir, aceitarão gente como eu."

"Claro que sim", disse Mottel, "vou lhe fazer uma recomendação e você não precisará nem mudar de nome nem fazer a circuncisão. Gedale estava brincando, aquela noite no moinho."

Ouviu-se o vozeirão de Pavel: "Ouça o que lhe digo, russo: o nome não tem importância, mas faça a circuncisão. Aproveite a oportunidade. Não é tanto a questão do Pacto com Deus: é antes como para as macieiras. Se são podadas no momento certo, crescem bonitas e retas e dão mais maçãs". Ròkhele Negra deu uma longa risada nervosa; Bella se levantou toda ruborizada e declarou que não tinha andado tantos quilômetros e corrido tantos riscos para ouvir conversas como aquela. Piotr olhava em volta, intimidado e confuso.

Line falou, séria como sempre:

"Claro que o aceitarão, mesmo sem a recomendação de Mottel. Mas me diga: por que razão quer vir junto?"

"Bem", começou Piotr, cada vez mais confuso, "os motivos são tantos..." Levantou a mão com o mindinho para cima, como fazem os russos quando começam a contar. "Antes de mais nada..."

"Antes de mais nada?", encorajou-o Dov.

"Antes de mais nada, sou um crente", disse Piotr com o alívio de quem encontrou um argumento.

"'Got, scenk mir an òysred!'", citou Mottel em iídiche. Todos caíram na risada, e Piotr olhou em volta magoado.

"O que disse?", perguntou a Mottel.

"É uma expressão nossa. Significa: 'Senhor Deus, mande-me uma boa desculpa'. Não pretende que acreditemos que deseja ficar conosco porque acredita em Cristo. Você é um membro da resistência e um comunista, e não tem cara de quem acredita muito em Cristo; além disso, nós não acreditamos em Cristo; e tampouco cremos todos em Deus."

Piotr, o crente, blasfemou animadamente em russo, e prosseguiu: "Vocês são ótimos para complicar as coisas. Bem, não sei lhes explicar, mas é isso mesmo. Quero ficar com vocês porque acredito em Cristo, e quero que vocês se danem com todas as suas discriminações". Levantou-se com ar ofendido, encaminhou-se com passo decidido para a saída, como se quisesse ir embora, mas acabou voltando:

"...e tenho outros dez motivos para permanecer neste bando de estúpidos. Porque desejo conhecer o mundo. Porque briguei com Ulybin. Porque sou um desertor, e se me pegam acabo mal. Porque arrombei as putas das mães de vocês e porque..." Nesse momento Dov correu em direção a Piotr como se quisesse agredi-lo; em vez disso, o abraçou e os dois trocaram bons tapas nas costas.

9

SETEMBRO DE 1944 - JANEIRO DE 1945

O front estacionara e o verão chegava ao fim. A terra polonesa, exaurida por cinco anos de guerra e de ocupação impiedosa, parecia ter retornado ao caos primordial. Varsóvia fora destruída: desta vez, não apenas o gueto, mas a cidade inteira, e com ela a semente de uma Polônia livre e harmoniosa. Assim como os poloneses tinham deixado fenecer a insurreição do gueto na primavera de 1943, agora os russos tinham deixado fenecer a revolta de Varsóvia, preparada e dirigida pelo governo polonês refugiado em Londres; nos dois casos, o castigo para os exaltados foi providenciado pelos alemães. E os alemães não paravam de providenciar; sofrendo derrotas em todos os fronts da guerra, viam-se, ao contrário, vitoriosos nas frentes internas, em sua guerra cotidiana contra os da resistência e a população inerme.

Da capital, irradiavam-se para o país inteiro multidões de refugiados, sem pão e sem teto, aterrorizadas pelas represálias alemãs e por seus saques. Os alemães tinham fome não só de vingança, mas também de mão-de-obra: camponeses e citadinos, homens, mulheres, velhos e crianças, rastreados rapidamente e em toda parte, foram postos para trabalhar às pressas, com pás e picaretas, para cavar fossas antitanques na terra que esperava ser arada. Fiéis ao gênio nazista da destruição, esquadrões de sabotadores alemães desmontavam e retiravam tudo o que pudesse vir a ser útil para o Exército Vermelho que avançava: trilhos de trem, cabos elétricos, material ferroviário, lenha, ferro, fábricas inteiras. Os membros da resistência poloneses do Exército Interno, os primeiros recrutas que tinham lutado contra os alemães desde seu avanço fulminante de 1939, os outros que tinham escolhido o caminho das florestas por amor à própria terra dilacerada ou para escapar à deportação, até os recentes fugitivos de uma Varsóvia em agonia, todos seguiam combatendo com tenacidade desesperada.

O bando de Gedale avançava por pequenas etapas, alternando as marchas com cautelosas ações diversionistas. Gedale obtinha dinheiro e munições com bastante facilidade, mas era cada vez mais difícil trocar dinheiro por víveres. Os campos semi-abandonados não davam quase nada, e o pouco de que os camponeses dispunham era periodicamente subtraído pelas requisições dos alemães e pelas outras, pouco menos temidas, dos resistentes autênticos e dos bandidos que se proclamavam como tais.

No início de outubro, dois dos homens de Slonim, que tinham partido em missão exploratória, trouxeram a notícia de que na estação de Tunel, numa linha férrea fechada, estava parado um trem cargueiro que muito provavelmente transportava víveres. O trem era comprido, tanto que os últimos vagões estavam dentro do túnel cujo nome a aldeia trazia; era vigiado apenas pelos "azuizinhos" da polícia polonesa. Gedale fez o bando acampar a um quilômetro de distância, junto da ferrovia, e à noite foi até a estação com Mendel, Mottel e Arié. Os "azuizinhos" eram só dois, um distante na frente do comboio e outro na sua parte posterior; este último, porém, não estava dentro do túnel, mas diante da entrada, assim não podia ver os últimos vagões. Gedale disse aos outros três que o esperassem em silêncio e sumiu na escuridão. Retornou após alguns minutos:

"Não, Mottel, desta vez o seu trabalho não é necessário. Bastou um pouco de dinheiro. Vá, corra até Dov e volte com quatro homens fortes."

Mottel saiu, e voltou vinte minutos depois com Pavel e outros três: oito no total, nove com o azulzinho do final do trem, que os ajudou a desengatar o último vagão. Tinha visto quando o carregaram: continha batatas e nabo para forragem e era destinado ao Comando alemão de Cracóvia. Quando se desengatou o vagão, todos os nove se juntaram e empurraram de costas, mas o vagão não se moveu nem um dedo. Tentaram de novo, com Gedale dando a ordem em voz baixa para que os esforços fossem simultâneos, mas não aconteceu nada. "Esperem", sussurrou o azulzinho, e se afastou.

"Você o enfeitiçou?", perguntou Mendel, admirado.

"Não", disse Gedale. "Além do dinheiro, prometi-lhe um pouco de batatas para a família, e lhe propus que viesse conosco. Mora aqui perto."

O polonês estava demorando. Os oito de Gedale aguardavam inquietos o seu regresso, à luz azulada dos faróis obscurecidos. Diante da estação se vislumbrava um campo: no chão jaziam formas arredondadas e insólitas. Mottel, curioso, foi verificar; eram abóboras, nada de interessante nem de perigoso. O polonês chegou silencioso, trazendo na mão um instrumento que chamava de "a pantufa". Era uma alavanca comprida que terminava numa chapa de aço em forma de cunha; abaixando a alavanca, a chapa se erguia alguns milímetros. "Serve exatamente para empurrar vagões", explicou. "Encontram-se em todas as estações onde se desembarcam mercadorias. O problema é fazê-los se movimentar, depois vão." Cobriu a pantufa com um trapo para não fazer barulho, meteu-a debaixo de uma das rodas e abaixou a alavanca. O vagão se moveu, imperceptivelmente, depois parou.

"Bem", sussurrou Gedale. "Qual é o comprimento do túnel?"

"Seiscentos metros. Mais para a frente existe uma bifurcação; dali parte uma conexão que atravessa o bosque e leva até uma fundição abandonada. É melhor que mandem o vagão para a conexão: poderão descarregá-lo sem que ninguém os veja. Vamos?"

Mas Gedale tinha alguma coisa em mente. Mandou quatro homens colherem uma dúzia de abóboras e os fez colocá-las nos postes que sustentavam a linha elétrica de alimentação, uma em cada poste.

"Para que servem?", perguntou Mendel.

"Para nada", respondeu Gedale. "Servirão, isto sim, para que os alemães se perguntem para que servem. Nós teremos perdido dois minutos; eles são metódicos, e perderão muito mais."

O azulzinho disse a todos que ficassem de prontidão e repetiu a manobra com a pantufa: "Pronto, agora empurrem". O vagão se moveu de novo e avançou, silencioso e lentíssimo. "Depois vai andar melhor", disse o polonês. "A conexão fica numa descida." Gedale mandou Arié na frente, para avisar ao bando que o vagão ia chegar: deviam vir ao seu encontro ao longo dos trilhos da conexão, e se preparar para descarregar.

"Mas são dez toneladas!", disse Mottel. "Como vamos fazer para descarregar tudo?"

Gedale não parecia preocupado. "Alguém nos ajudará. Ficaremos só com uma parte, o resto daremos aos camponeses."

Saíram do túnel e depararam com uma camada de neblina, pela qual filtrava a primeira luz da alvorada. Viram emergir figuras humanas da neblina, seis, doze, mais: excessivas para serem a vanguarda do bando. Uma voz enérgica gritou em polonês: "Stòj!": uma dúzia de homens armados, de farda, bloqueava a linha. Aproveitando-se da surpresa, o azulzinho escapou e sumiu na neblina; Gedale e os outros fizeram o que podiam para frear a corrida do vagão, que, todavia, prosseguiu por uma dezena de metros até que Mottel pulou na cabine e acionou o freio de mão. A voz de antes repetiu: "Stòj!", reforçando a ordem com uma breve rajada de metralhadora, e depois acrescentou:

"*Rece do góry*! Mãos ao alto!" Gedale obedeceu, e depois dele todos os outros: estavam armados só com pistolas e facões, tinham deixado as armas automáticas junto com o restante do bando: não dava nem para pensar em opor resistência.

Adiantou-se um jovem esguio, de rosto sério e feições harmoniosas: usava óculos com armação de aço. "Quem é o chefe de vocês?"

"Sou eu", respondeu Gedale.

"Quem são vocês? Para onde estão levando esse vagão?"

"Somos judeus da resistência; alguns russos, outros poloneses. Estamos vindo de longe. O vagão, nós o expropriamos aos alemães."

"Terão que demonstrar que são da resistência. De qualquer modo, esta região nós é que controlamos."

"Nós quem?"

"Nós do Armia Krajowa, do Exército Interno polonês. Venham conosco. Se tentarem fugir, atiramos."

"Tenente, não tentaremos fugir; mas daqui a pouco os alemães estarão aqui. Não é uma pena deixar um vagão de batatas para eles?"

"Aqui os alemães não virão, ou pelo menos não de imediato. Eles têm medo de nós; atacam-nos se nos encontram isolados, mas no bosque não entram. Vamos levar o vagão até o bosque. O que pretendiam fazer com as batatas?"

"Guardar uma parte e distribuir o restante aos camponeses."

"Por enquanto ficam conosco. Adiante, continuem a empurrar", disse Edek, o tenente: mas destacou seis de seus homens para ajudar e acelerar o deslocamento do vagão. Durante a marcha se pôs ao lado de Gedale e lhe perguntou ainda: "Quantos são?".

"Somos oito, como pode ver."

"Não é verdade", disse Edek. "Vocês foram vistos quando marchavam há alguns dias, e são muitos mais. Não precisa mentir para mim; não temos nada contra vocês, desde que não nos perturbem. Nas nossas fileiras também há judeus."

"Somos trinta e oito", disse Gedale. "Uns trinta estão armados e em condições de combater. Cinco são mulheres."

"As mulheres não combatem?"

"Uma combate e um homem não; ou melhor, dois."

"Por quê?"

"Um é muito jovem e não é esperto o bastante. O outro é velho demais e foi ferido."

Se Gedale tivesse insistido com a mentira, teria sido inútil: a marcha do vagão era silenciosa, a neblina se adensara, e o grosso dos gedalistas, que avançava confiante ao encontro do chefe, defrontou-se com a vanguarda de Edek antes que pudesse tentar se esconder. Os da resistência polonesa (eram mais ou menos cem) os cercaram e os fizeram prosseguir com armas e bagagens; Gedale explicou a Dov o que acontecera.

Após uma hora de caminhada, achavam-se no coração do bosque. Edek mandou parar: os alojamentos deles não ficavam longe. Mandou um estafeta, e logo o descarregamento do vagão foi organizado. Judeus e poloneses trabalharam com disposição, um saco por homem, ida e volta entre o vagão e o acampamento. O vagão vazio foi empurrado até a fábrica abandonada, os sacos empilhados no armazém do acampamento, e os gedalistas todos trancados numa das cabanas de madeira semi-enterradas que serviam de base ao destacamento de Edek. Os da resistência polonesa estavam bem armados, eram eficientes, frios e corretos. Ofereceram comida aos judeus, que, porém, depois daquela noite movimentada, preferiam dormir. O grosso do pelotão polonês saiu armado assim que nasceu o dia; na cabana permaneceram apenas alguns sentinelas, e os gedalistas foram deixados em paz, as mulheres em catres militares, os homens sobre palha limpa. Mas tiveram que ceder "temporariamente" suas armas, que foram inventariadas e guardadas em outra cabana.

Edek e os seus voltaram ao anoitecer, e foi distribuído o rancho: sopa de cereais, cerveja em lata e latinhas de carne com etiquetas em inglês.

"Vocês são gente rica", disse Dov admirado.

"São coisas que chegam de pára-quedas", disse Edek. "Quem lança são os americanos, mas vêm da Inglaterra; é o nosso governo de Londres que nos manda. Os americanos têm pouco tempo e fazem os lançamentos negligentemente: vêm de Brindisi, na Itália, no limite da autonomia deles. Chegam, lançam e voltam, assim metade dos lançamentos vai parar nas mãos dos alemães; mas para nós há sempre bastante, porque agora somos poucos."

"Tiveram muitos mortos?", perguntou Mendel.

"Mortos, e desgarrados, e outros que se cansaram e voltaram para casa."

"Por que voltam para casa? Não têm medo que os alemães os deportem?"

"Têm medo, porém vão embora assim mesmo. Não sabem mais por que se combate, nem para quem."

"E você, por quem combate?", perguntou Gedale.

"Pela Polônia: pela liberdade da Polônia, mas é uma guerra desesperada. É difícil combater assim."

"Mas a Polônia decerto será livre: os alemães irão embora, já perderam, recuam em todos os fronts."

Edek, através dos óculos, dirigiu o olhar aos seus três interlocutores, Dov, Mendel e Gedale. Era bem mais jovem que eles, contudo parecia oprimido por um peso que os outros não conheciam.

"Para onde vocês vão?", perguntou por fim.

"Vamos para longe", respondeu Gedale. "Queremos combater contra os alemães até o fim da guerra; e, talvez, até depois. Mais tarde trataremos de ir embora. Queremos ir para a Palestina; na Europa já não há lugar para nós. Hitler ganhou a guerra contra os judeus, e mesmo seus discípulos fizeram um bom trabalho. O seu evangelho foi aprendido por todos: russos, lituanos, ucranianos, croatas, eslovacos." Gedale hesitou, depois acrescentou: "Até vocês o aprenderam; ou talvez já o soubessem. Diga-me, tenente: somos seus hóspedes ou seus prisioneiros?".

"Dê-me tempo", respondeu Edek, "daqui a pouco saberei responder. Mas queria lhe dizer, enquanto isso, que a idéia das abóboras foi boa."

"Como sabe das abóboras?"

"Por aqui temos amigos em toda parte. Temos amigos também entre os ferroviários, e nos contaram que até agora os alemães da guarnição não ousaram tocar nelas. Bloquearam a linha e fizeram vir de Cracóvia um grupo de peritos em explosivos. Deram mais importância às abóboras do que ao vagão que vocês expropriaram."

Abriu dois maços de Lucky Strike e ofereceu cigarros em meio à grande surpresa dos gedalistas; depois continuou:

"Não devem ser injustos, mesmo que alguns poloneses tenham sido injustos com vocês. Não somos todos seus inimigos."

"Todos não, mas uma grande parte", disse Gedale.

Edek suspirou. "A Polônia é um país triste. É um país infeliz desde sempre, esmagado entre vizinhos excessivamente poderosos. É difícil ser infeliz e não odiar, e nós odiamos a todos por causa de todos os séculos de nossa servidão e de nossa divisão. Odiamos russos, alemães, tchecos, lituanos e ucranianos; odiamos também a vocês, porque estavam espalhados em nosso país mas não queriam se tornar iguais a nós, livrar-se de nós, e não os entendíamos. Começamos a entendê-los quando se insurgiram em Varsóvia. Indicaram-nos o caminho; vocês nos ensinaram que se pode combater mesmo quando se está desesperado."

"Mas então já era tarde", disse Gedale, "estávamos todos mortos."

"Era tarde. Mas agora vocês são mais ricos que nós: sabem para onde ir. Têm uma meta e uma esperança."

"Por que não devem ter esperança vocês também?", disse Dov. "A guerra vai acabar, e construiremos um mundo novo, sem escravidão e sem injustiça."

Edek disse: "A guerra não vai acabar nunca. Desta guerra nascerá uma outra, e haverá guerra sempre. Os americanos e os russos jamais serão amigos, e a Polônia não tem amigos, embora neste momento os Aliados estejam nos ajudando. Os russos gostariam que nós não existíssemos, que não tivéssemos sido criados. Os alemães, quando invadiram nosso país em 1939, imediatamente deportaram e mataram nossos professores, escritores e padres; mas os russos que ultrapassavam suas fronteiras fizeram o mesmo, e além disso entregaram à Gestapo os comunistas poloneses que tinham se refugiado entre eles. Não queriam que a Polônia tivesse uma alma, nem uns nem outros; não o desejavam quando eram aliados, não o desejam tampouco agora, que são inimigos. Os russos ficaram contentes de que a revolta de Varsóvia fracassasse e que os alemães exterminassem os insurretos: enquanto nós morríamos, eles aguardavam na outra margem do rio".

Dov interveio: "Tenente, sou russo. Judeu mas russo, e muitos de nós nascemos na Rússia, e aquele rapaz que está vendo lá embaixo é um russo cristão que segue o nosso caminho. Este" (e indicou Mendel) "e tantos outros que estão mortos, eram militares do Exército Vermelho: também eu o fui. Antes de começar nossa viagem, combatemos como russos antes de combater como judeus: como russos e pelos russos. São os russos que estão libertando a Europa. Pagam com o próprio sangue, morreram aos milhões, e as coisas que você diz me parecem injustas. Eu mesmo, que estava cansado e ferido, fui tratado em Kiev, e depois os russos me levaram até meus companheiros".

"Os russos expulsam os nazistas do nosso país", disse Edek, "mas depois não vão embora. Não se podem confundir os desejos com a realidade; a Rússia de Stalin é a Rússia do czar: quer uma Polônia russa, não quer uma Polônia polonesa. Por isso a nossa guerra é desesperada: temos que nos defender a nós mesmos e a população contra os nazistas, mas temos também que nos prevenir contra um ataque-surpresa, pois os russos que avançam não querem saber do Armia Krajowa. Quando nos encontram, encaixam-nos separados em suas tropas; se nos recusamos a obedecer, desarmam-nos e nos deportam para a Sibéria."

"E por que vocês se recusam a obedecer?", perguntou Dov.

"Porque somos poloneses. Porque queremos mostrar ao mundo que ainda existimos. Se for preciso, nós o mostraremos morrendo."

Mendel olhou para Dov, e este retribuiu o olhar. Voltara à mente dos dois a frase que Dov gritara a Mendel em Novoselki, no meio da batalha: "Estamos combatendo por três linhas nos livros de história". Mendel contou o episódio a Edek, que respondeu: "É estúpido ser inimigos".

Passaram-se alguns dias em que Edek tentou em vão entrar em contato com seus superiores para receber instruções sobre o que fazer. Os poloneses tinham um retransmissor moderno e potente, mas pouco o usavam: depois da queda de Varsóvia, o Armia Krajowa estava em plena crise, talvez mais moral que material; os contatos malogravam um após outro, e muitos dos chefes estavam mortos ou tinham sido detidos pelos russos. Finalmente regressou um estafeta, e Edek, com um sorriso pálido, disse a Gedale: "Está tudo bem. Vocês não são prisioneiros, mas hóspedes; e logo se tornarão aliados, sempre que quiserem".

Edek era estudante de medicina e tinha vinte e três anos. Acabara de se inscrever no primeiro ano, em Cracóvia, em 1939, quando os alemães tinham convocado todo o corpo acadêmico. Alguns docentes farejaram o engodo e não se apresentaram; todos os demais haviam sido imediatamente deportados para Sachsenhausen. "Então, todos nós, professores e estudantes, começamos a organizar uma universidade secreta, pois não queríamos que a cultura polonesa morresse. Do mesmo modo, tivemos naqueles anos um governo, uma igreja e um exército secretos: a Polônia inteira vivia nos subterrâneos. Eu estudava, e ao mesmo tempo trabalhava numa tipografia clandestina; mas também para estudar tinha que me esconder. Hitler e Himmler haviam decidido que para os poloneses bastavam quatro anos de escola primária, era suficiente que aprendessem a contar até quinhentos e a assinar o nome; saber ler e escrever era inútil, ou melhor, nocivo. Assim, eu e meus companheiros de curso estudamos anatomia e fisiologia nos tratados, sem nunca ver um microscópio nem de longe, sem dissecar um cadáver, sem freqüentar um corredor de hospital. Mas em Varsóvia, em agosto, eu também estava lá, e vi mais feridos, doentes e mortos que um médico militar no final de sua carreira."

"Nada mau", disse-lhe Gedale, "teve a prática antes da teoria. Também aprendemos a andar e a falar com a prática, não é verdade? A paz virá e você se tornará um médico famoso, estou certo disso." A simpatia indiscreta que Gedale manifestava por todos os seres humanos parecia multiplicada por dez no caso de Edek. Mendel lhe perguntou por quê, e Gedale respondeu que não sabia. Mas depois reconsiderou:

"Talvez seja pela novidade. Fazia um bom tempo que não encontrava alguém com uma caneta no bolso e de gravata. Na floresta não havia gente assim."

"Mas Edek não usa gravata!"

"Usa, em espírito. Tudo se passa como se a usasse."

Passavam as longas noites de chuva e de espera conversando e fumando; às vezes Gedale tocava violino. Mas no acampamento dos poloneses não se bebia: Edek era um comandante humano e razoável, mas em alguns pontos era rígido, e tinha várias pequenas fixações. Após uma briga que tinha sido provocada meses antes por um soldado raso bêbado, Edek proibira o álcool, e insistia em tal proibição com rigor de puritano. Pedira a Gedale que fizesse o mesmo com os seus, para não dar mau exemplo, e Gedale aceitara a contragosto. Também tinha medo de cachorros. Não quis saber dos dois pobres cães gedalistas, aqueles que tinham guiado o bando através das minas de Turov e conheciam seus integrantes um a um. Inventou a desculpa de que os cachorros poderiam revelar a posição do acampamento latindo à noite, e apesar dos protestos de Gedale o obrigou a vendêlos numa aldeia vizinha.

Edek era reservado e fazia poucas perguntas, mas também ele sentia curiosidade pelos gedalistas, e especialmente por Gedale e seu passado.

"Ah, quem sabe não teria me tornado um grande violinista!", disse Gedale rindo. "Meu pai queria muito: o violino, dizia, ocupa pouco espaço, aconteça o que acontecer você pode levá-lo para qualquer lugar; e o talento ocupa menos espaço ainda e não paga alfândega. Viaja-se pelo mundo, um concerto atrás do outro, dinheiro em toda parte; e quem sabe ainda não se torna americano, como Jascha Heifetz. Eu gostava de tocar mas não de estudar; em vez de ir para a aula de música, fugia para patinar no gelo do inverno, ou para nadar durante o verão. Meu pai era um pequeno comerciante, em 1923 faliu, por isso começou a beber e morreu quando eu tinha apenas dez anos. Estávamos sem dinheiro, e minha mãe me pôs para trabalhar; era empregado de uma loja de sapatos, mas continuava tocando, assim, para me consolar, depois de passar o dia inteiro com os pés dos clientes nas mãos. Também escrevia poesias: tristes, e não eram grande coisa. Dedicava-as às clientes que tinham pés graciosos, mas perdi todas.

"Tocar sempre me serviu de companhia. Tocava em vez de pensar; ou melhor, devo lhe dizer que pensar nunca foi o meu forte: quer dizer, pensar de maneira séria, tirar as conseqüências das premissas. Tocar era o meu modo de pensar, e também agora, que tenho um ofício diferente, bem, as melhores idéias me vêm à cabeça quando toco violino."

"Por exemplo, a idéia das abóboras?", perguntou Edek.

"Não, não", respondeu Gedale com modéstia. "A idéia das abóboras me veio ao olhar para elas."

"E como lhe veio a idéia deste ofício diferente?"

"Caiu do céu: foi trazida por uma freira." Enquanto falava, Gedale tinha apanhado o violino, e sem tocar de fato, o acariciava com o arco, obtendo notas distraídas e suaves. "Uma freira, sim. Quando os alemães chegaram a Bialystok, minha mãe conseguiu ser aceita num convento. Eu, de início, resistia a me deixar confinar, tinha uma namorada, dormíamos cada noite num lugar diferente. Devo lhe dizer: naquela época já tinha vinte e quatro anos, mas vivia como se dormisse, dia a dia, como um animal. Não me dava conta nem do perigo nem do meu dever.

"Depois os alemães encerraram os judeus no gueto. Minha mãe me avisou que no convento aceitariam também a mim, e fui para lá. Minha mãe era russa; era uma mulher forte, sabia comandar, e eu gostava que ela me comandasse. Não, não estava disfarçado: as irmãs tinham me acomodado num quartinho debaixo de uma escada. Não tentaram me batizar, alojavam-nos por piedade, sem segundas intenções, e assumindo os riscos. Davam-me comida, e eu me sentia bem no convento: não era um guerreiro, era um menino de vinte e quatro anos ótimo em vender sapatos e em tocar violino. Teria esperado o final da guerra debaixo da escada: a guerra era coisa dos outros, dos alemães e dos russos; era como um furacão, quando chega um as pessoas de bom senso procuram proteção.

"A irmã que me levava a comida era jovem e alegre, como são alegres as freiras. Certo dia, em março de 1943, junto com o pão me entregou um bilhete: vinha do gueto, estava escrito em iídiche, assinado por um amigo meu, e dizia: 'Venha se juntar a nós: seu lugar é aqui'. Dizia que os alemães tinham começado a deportar para Treblinka os meninos e os doentes do gueto, que logo liquidariam todos, e que era necessário se preparar para resistir. Enquanto lia, a freira me observava com um rosto muito sério, e percebi que ela sabia o que estava escrito. Depois me perguntou se havia resposta: disse-lhe que ia pensar, e no dia seguinte lhe perguntei como o bilhete chegara às suas mãos. Respondeu-me que no gueto havia muitos judeus batizados, e que as irmãs tinham obtido permissão de levar remédios para eles. Disse-lhe que estava pronto para partir, e ela me disse que esperasse até a noite. Veio até mim antes das matinas e me disse que a seguisse: conduziu-me a um quartinho, trazia uma lanterna, que me deu para levar, e me disse: 'Vire-se, Panie'. Ouvia seu hábito farfalhar e me vieram pensamentos profanos; mas depois ela permitiu que me virasse, e me entregou duas pistolas. Indicou-me os contatos para entrar no gueto e me desejou boa sorte. No gueto os jovens armados eram poucos mas decididos: tinham aprendido numa enciclopédia como era feito um fuzil, e aprenderam a atirar combatendo. Combatemos juntos durante oito dias; éramos duzentos, morreram quase todos. Eu e outros cinco abrimos caminho até Kosovo e nos juntamos aos insurretos daquele gueto."

O grupo ao redor de Edek e Gedale tinha crescido pouco a pouco. Não só os poloneses, mas também vários dos judeus tinham escutado aquela história, que nem todos conheciam. Quando Gedale terminou, Edek descruzou as pernas, endireitou-se no banquinho, passou a mão no cabelo, esticou as calças na altura dos joelhos, e perguntou presunçosamente:

"Quais são as opiniões políticas de vocês?"

Gedale tirou do violino o equivalente a uma risada: "Listadas, bexiguentas e manchadas, como as ovelhas de Labão!". Virou-se para o grupo: em volta da mesa, à luz crua da lanterna de carbureto, intercalados aos rostos largos e louros dos poloneses, indicou ao tenente os bigodes caucásicos de Arié, a cabeleira grisalha e bem penteada de Dov, Józek dos olhos astutos, Line frágil e tensa, Mendel de rosto marcado e exausto, Pavel meio xamã e meio gladiador, as caras selvagens dos homens de Ruzany e de Blizna, Isidor e as duas Ròkhele, que caíam de sono: "Veja, nós também somos mercadoria variada".

Depois retomou o violino e prosseguiu:

"Brincadeiras à parte, tenente, entendo o porquê da sua pergunta, mas estou embaraçado em lhe responder. Não somos ortodoxos, não estamos unidos por nenhum juramento. Nenhum de nós teve muito tempo para meditar e esclarecer as idéias; cada um tem dentro de si um passado terrível, diferente para cada um. Os que nasceram na Rússia, sugaram o comunismo com o leite materno: sim, justamente as mães e os pais deles os transformaram em bolcheviques, porque a Revolução de Outubro havia emancipado os judeus, promovera-os a cidadãos com plenos direitos. À maneira deles permaneceram comunistas, porém nenhum de nós gosta mais de Stalin depois que ele fez o pacto com Hitler; e além disso Stalin jamais gostou muito de nós.

"Quanto a mim e aos outros que nasceram na Polônia, nossas idéias são variadas, mas alguma coisa em comum existe, entre nós e os judeus russos. Todos, alguns mais, outros menos; alguns cedo, outros tarde, sentimo-nos estranhos na pátria. Todos desejamos uma pátria diferente na qual viver como os demais povos, sem nos sentirmos intrusos e sem sermos apontados como estrangeiros, mas nenhum de nós nunca pensou em cercar um terreno e dizer: 'Esta terra é minha'. Não desejamos nos tornar proprietários: desejamos tornar fértil a terra estéril da Palestina, plantar laranjeiras e oliveiras no deserto e fazê-lo frutificar. Não queremos os colcoses de Stalin: queremos comunidades em que todos sejam livres e iguais, sem constrangimento e sem violência; em que se possa trabalhar arduamente durante o dia, e à noite tocar violino; em que não haja dinheiro, mas cada um trabalhe segundo sua capacidade e receba segundo suas necessidades. Parece um sonho mas não é: este mundo já foi criado por nossos irmãos mais previdentes e corajosos que nós, que emigraram para lá antes que a Europa se tornasse um Lager.

"Nesse sentido pode nos chamar de socialistas, mas não aderimos à resistência por causa de nossas idéias políticas. Combatemos para nos salvar dos alemães, para nos vingar, para abrir a estrada para nós; mas sobretudo, desculpe a palavra forte, por dignidade. E por fim devo lhe dizer isto: muitos de nós jamais tinham provado o sabor da liberdade, e aprenderam a conhecê-lo aqui, nas florestas, nos pântanos e no perigo, junto com a aventura e a fraternidade."

"E você é um desses, não é verdade?"

"Sou um desses, e não lamento nada, nem sequer os amigos que vi morrer. Caso não tivesse encontrado este ofício, talvez continuasse a ser um menino: agora seria um menino de vinte e sete anos, e no final da guerra, se me salvasse, teria recomeçado a escrever poesias e a vender sapatos."

"Ou se tornaria um violinista célebre."

"É difícil", disse Gedale, "um menino não se torna violinista: quando isso ocorre, permanece sendo um menino violinista."

Edek, que tinha vinte e três anos, olhou sério para Gedale, que tinha vinte e sete: "Tem certeza que não permaneceu sendo um pouco menino?".

Gedale pousou o violino: "Nem sempre; só quando quero. Aqui não".

"De quem recebem ordens?", perguntou ainda Edek.

"Somos um grupo autônomo, mas seguimos as recomendações da Organização Hebraica de Combate, onde e quando conseguimos manter contatos, e as recomendações são estas: destruir as linhas de comunicação alemãs; matar os nazistas responsáveis pelos massacres; deslocar-se para oeste; e evitar contatos com os russos, pois até agora nos ajudaram, mas não está claro o que pretendem fazer conosco no futuro."

Edek disse: "Para nós está bem assim".

A guerra parecia distante. Durante várias semanas chovera ininterruptamente, e o acampamento dos poloneses estava circundado de lama; mas também no front parecia que as operações tinham sido suspensas. Não se ouvia mais o troar da artilharia, mesmo o zumbido dos aviões se ouvia raramente: aviões desconhecidos, irreais, talvez amigos ou talvez inimigos, inacessíveis em suas rotas secretas acima das nuvens. Não houvera mais lançamentos, e os víveres começavam a escassear.

No começo de novembro parou de chover, e pouco depois Edek recebeu uma mensagem-rádio. Era um pedido de ajuda, urgente, que vinha do Comando: nos montes Santa Cruz, oitenta quilômetros a nordeste, uma companhia do Armia Krajowa fora cercada pela Wehrmacht e se encontrava numa situação desesperadora. Era preciso partir imediatamente em seu socorro. Edek mandou preparar setenta de seus homens; e como Gedale, um longuíssimo ano antes, convidara Dov para uma caçada funesta, assim agora Edek convidou Gedale e os seus para participar da expedição. Gedale aceitou logo, mas não de boa vontade: era a primeira vez que se pedia a seus homens e a ele que combatessem os alemães em campo aberto; não mais contra uma guarnição isolada, como no mês de abril em Liuban, mas contra a infantaria e a artilharia alemãs, com a sua experiência e organização: e também em Liuban os judeus mortos tinham sido dezenas. Por outro lado, desta vez não estavam sozinhos: os poloneses de Edek eram decididos, espertos, bem armados, e animados por um ódio contra os alemães que superava o dos próprios judeus.

Gedale escolheu vinte dos seus, e o pelotão misto se pôs a caminho. Os campos estavam encharcados de chuva, Edek tinha pressa, e escolheu o caminho mais direto, contra toda a ortodoxia da resistência: marchavam ao longo da estrada de ferro, em fila de três, sobre os dormentes, do pôr-do-sol ao amanhecer e até um pouco mais tarde. Nada de patrulhas de proteção nos flancos da coluna, nada de retaguarda; uma vanguarda de apenas seis homens, da qual fazia parte Mendel, além do próprio Edek. Mendel se espantou com a temeridade da ação, mas Edek o tranqüilizou, conhecia aquela região: os camponeses não os denunciariam, eram favoráveis à resistência, e quem não era favorável temia suas represálias.

No dia 16 de novembro chegaram diante de Kielce: ali havia um quartel alemão repleto de auxiliares ucranianos, e Edek foi obrigado a contornar a cidade, perdendo um tempo precioso. Logo depois, encontraram as primeiras ondulações do terreno: colinas sombrias com bosques, permeadas por sulcos de neblina que navegavam lentamente no vento, desfazendo-se nos topos dos abetos. Segundo as informações recebidas por Edek, o campo de batalha devia estar perto, na depressão entre Górno e Bieliny, mas não captaram nenhum sinal de combates; Edek determinou que todos descansassem por algumas horas, até o alvorecer.

Ao alvorecer, a neblina se adensara. Ouviram-se alguns disparos isolados, breves rajadas de metralhadora, depois silêncio, e, em meio ao silêncio, uma voz transmitida por alto-falante. Era débil, vinha de longe, provavelmente do outro lado do cerco. Entendia-se mal, as palavras chegavam fragmentadas, por causa dos caprichos do vento: eram palavras polonesas, os alemães exortavam os poloneses à rendição. Depois recomeçou o tiroteio, fraco e disperso; Edek deu a ordem para avançar.

A meio caminho do declive, tomaram posição atrás das moitas e das árvores e abriram fogo na direção em que presumiam estarem os alemães. Era uma batalha às cegas; a neblina era tão densa que a rigor seria supérfluo se desviar, mas justamente por causa do véu espesso que os circundava, e que limitava a visibilidade a uns vinte metros, a sensação de perigo era mais aguda: o ataque podia vir de todos os lados. A reação dos alemães foi feroz porém breve e mal coordenada: abriu fogo uma metralhadora pesada, depois uma segunda, ambas contra a ala esquerda do grupo de Edek. Mendel viu a casca das árvores se fragmentar bem na sua frente, buscou proteção e atirou com a parabélum na direção de onde parecia provir a rajada. Edek ordenou uma segunda descarga, mais prolongada: talvez quisesse dar aos alemães a impressão de que a tropa recém-chegada fosse mais forte, mas as balas foram desperdiçadas. Após alguns minutos se ouviram as explosões iniciais da artilharia, também estas distantes e contra a ala esquerda, e poucos segundos depois o crepitar que anunciava as granadas; caíam ao acaso, por trás e pela frente; estas chegavam mais próximas, uma caiu pouco distante de Mendel, mas se enfiou na terra macia sem explodir; uma outra explodiu à sua direita, Mendel viu a labareda através da cortina de névoa. Correu até lá, e encontrou Marian, o lugar-tenente de Edek, a postos: a granada destruíra uma árvore nova, e sobre a terra removida jaziam dois poloneses mortos. "Não estão atirando do alto", disse Marian, "estão na estrada de Górno. Não devem ser muitos."

O bombardeio cessou de repente, não houve novos disparos, e por volta das dez se ouviu um zumbido abafado de motores.

"Estão indo embora!", disse Marian.

"Talvez pensem que estejamos em maior número", respondeu Mendel.

"Não creio. Mas a neblina também não agrada a eles."

O zunido dos tanques alemães se tornou mais indistinto, até se extinguir. Edek ordenou que avançassem em silêncio. De tronco em tronco, os homens começaram a subir, sem encontrar resistência nem qualquer sinal de vida. Pouco mais acima as árvores rareavam, e depois desapareciam: também a neblina se levantara, e o campo de batalha se tornou visível. O cume da colina era um urzal árido, sulcado por marcas de trilhas e de uma única estrada de terra batida que conduzia a uma construção maciça, talvez uma velha fortaleza. O terreno estava repleto de mortos, alguns já frios e rígidos, muitos mutilados ou dilacerados por feridas horrendas. Nem todos eram poloneses do Armia Krajowa: um grupo compacto, que devia ter se defendido com denodo, era constituído de combatentes da resistência russa; outros, nos limites do campo, eram da Wehrmacht.

"Estão todos mortos. Não entendo a quem exigiam a rendição", disse Gedale: sem perceber, falava em voz baixa, como numa igreja.

"Não sei", respondeu Edek. "Talvez os disparos que ouvimos ao chegar partissem dos últimos sobreviventes."

Mendel disse: "Antes a neblina estava muito densa, e eles pediam que os mortos se rendessem".

"Talvez", disse Marian, "o discurso do alto-falante fosse uma gravação: os alemães já fizeram isso antes."

Exploraram o terreno, examinando os corpos um a um: talvez houvesse alguém vivo. Não, ninguém; alguns traziam na nuca ou nas têmporas a marca do golpe de misericórdia. Também dentro da fortaleza só havia mortos, russos e poloneses, a maior parte entocada na pequena torre que fora destruída por um disparo de artilharia. Notaram que alguns dos cadáveres estavam extremamente magros. Por quê?

"Então é verdade o boato que circulava", disse Marian.

"Que boato?", perguntou Mendel.

"Que nos montes Santa Cruz havia uma prisão, e que os alemães matavam os prisioneiros de fome." De fato, nos subterrâneos do forte encontraram corredores e celas, cujas portas de madeira tinham sido arrombadas. Mendel encontrou palavras rabiscadas com carvão numa parede, e chamou Edek para decifrá-las.

"São três versos de um poeta nosso", disse Edek. "Dizem assim: 'Maria, não dê à luz na Polônia,/ Se não quiser ver seu filho/ Pregado numa cruz ao nascer'."

"Quando foi que esse poeta os escreveu?", perguntou Gedale.

"Não sei. Mas, para o meu país, valeria para qualquer século."

Mendel silenciava, e se sentia invadir por pensamentos tremendos e confusos. Não apenas nós. O mar das dores não tem margens, não tem fundo, ninguém pode sondá-lo. Ei-los aqui, os poloneses, os fanáticos da Cruz, aqueles que apunhalaram os nossos pais, e que invadiram a Rússia para sufocar a revolução. E também Edek é polonês. E agora morrem como nós, junto conosco. Já pagaram, não está contente? Não, não estou contente, o débito não diminuiu, ele cresceu, ninguém jamais poderá quitá-lo. Gostaria que não morresse mais ninguém. Nem alemães? Não sei. Pensarei nisso depois, quando tudo tiver terminado. Talvez matar alemães seja como uma cirurgia: amputar um braço é horrível, mas tem que ser feito e se faz. Que a guerra termine, Senhor, em quem não creio. Se de fato existe, faça esta guerra terminar. Logo e em toda parte. Hitler já foi derrotado, estes mortos não servem mais a ninguém.

Junto dele, em pé como ele entre as urzes sujas de sangue e ensopadas de chuva, Edek, com o rosto lívido, olhava para ele.

"Está rezando, judeu?", perguntou-lhe: mas na boca de Edek a palavra *judeu* não tinha veneno. Por quê? Porque cada um é o judeu de alguém, porque os poloneses são os judeus de alemães e russos. Porque Edek é um homem terno que aprendeu a combater; fez uma escolha como eu e é meu irmão, mesmo sendo polonês e tendo estudado, e eu sou um russo de aldeia e um relojoeiro judeu.

Mendel não respondeu à pergunta de Edek, e este continuou: "Deveria. Eu também deveria rezar, e não consigo mais. Não creio que adiante, nem para mim nem para os outros. Talvez você viva e eu morra, e então conte o que viu nos montes Santa Cruz. Procure compreender, conte e procure se fazer entender. Estes que morreram conosco são russos, mas são igualmente russos aqueles que nos arrancam o fuzil das mãos. Conte, você que ainda espera o Messias; talvez chegue para vocês, mas para os poloneses ele veio em vão."

Parecia até que Edek estava respondendo às perguntas que Mendel propunha a si próprio, que as estava lendo no fundo de seu cérebro, no leito secreto onde nascem os pensamentos. Mas não é tão estranho, pensou Mendel; dois bons relógios marcam a mesma hora, ainda que sejam de marcas diferentes. Basta que comecem juntos.

Edek e Gedale fizeram a chamada; faltavam quatro dos poloneses, e um dos judeus, Józek, o falsário. Não morrera como falsário. Encontraram-no no fundo de um barranco, com o ventre dilacerado: talvez tivesse chamado por muito tempo e ninguém o tivesse ouvido. Enterrar os mortos? "Ou todos ou nenhum", disse Edek, "e não podemos enterrar todos. Vamos só recolher os documentos e as plaquetas, de quem as tiver." Os corpos de muitos rapazes estavam sem documentos; Edek e Marian os reconheceram como pertencentes aos Batalhões Camponeses da Polônia. Retornaram ao acampamento em silêncio, cabisbaixos, como um exército derrotado. Não havia mais pressa, marchavam dispersos, durante a noite, por campos e bosques. No bosque de Sobków perceberam que tinham perdido a orientação; a única bússola que o pelotão possuía tinha ficado no bolso de Zbigniew, um dos poloneses mortos: ninguém se lembrara de recuperá-la. A contragosto, Edek decidiu esperar o amanhecer, e depois seguir uma das pistas até alguma aldeia, onde perguntariam pela estrada aos camponeses. Mas na aurora cheia de neblina Arié encontrou, entre as raízes de um freixo, um passarinho endurecido pelo frio, e disse que a estrada seria indicada por ele. Recolheu-o, aqueceu-o contra o peito debaixo da camisa, ofereceu-lhe migalhas de pão depois de amolecê-las na saliva, e quando ele se reanimou o deixou voar. O pássaro sumiu na neblina numa direção bem definida, sem hesitar: "Está indo para o sul?", perguntou Marian. "Não", respondeu Arié, "é um estorninho, e os estorninhos, quando chega o inverno, voam para oeste." "Gostaria de ser um deles", disse Mottel. Chegaram ao acampamento sem se perder, e Arié ganhou prestígio.

Seguiram-se semanas de inércia e de tensão. Tinha começado a fazer frio, o gelo solidificara a lama, e as estradas grandes e pequenas se encheram de comboios alemães em marcha rumo ao front ou de volta para as retaguardas. Passavam tropas motorizadas da artilharia, tanques Tigre já mimetizados de branco à espera da neve, tropas alemãs em caminhões, tropas auxiliares ucranianas em carroças ou a pé; havia postos da polícia militar ou da Gestapo em todas as aldeias, e as conexões dos membros da resistência tinham se tornado mais difíceis. As rondas alemãs detinham todos os jovens e os punham a cavar fossos antitanque e trincheiras, ou fazer terraplanagens: os estafetas, homens e mulheres, só se deslocavam à noite. A única via de comunicação da tropa de Edek com o mundo era o rádio, mas este silenciava, ou difundia notícias inquietantes e contraditórias.

A rádio Londres era triunfalista e irônica. Dava os alemães e os japoneses por vencidos, mas ao mesmo tempo admitia que os alemães tinham atacado para valer na região das Ardennes: onde ficam essas Ardennes? Vai recomeçar tudo de novo, com os alemães que pululam na França? As estações de rádio alemãs também eram triunfalistas, o Führer era invencível, só agora a guerra de verdade estava para começar, a Grande Alemanha possuía armas novas, secretas, absolutas, contra as quais não havia defesa.

Passou o Natal, passou o Ano-Novo de 1945. No acampamento dos poloneses cresciam a incerteza e o desânimo, os dois grandes inimigos da resistência. Edek se sentia abandonado: não recebia ordens nem informações, não sabia mais quem andava ao seu redor. Alguns de seus homens tinham desaparecido; foram embora, assim, em silêncio, armados ou não. Até no interior do acampamento a disciplina tinha se relaxado; surgiam discussões que freqüentemente acabavam em briga. Por enquanto, não tinham acontecido atritos entre poloneses e judeus, mas meias palavras e olhares atravessados anunciavam que estavam na iminência de acontecer. A despeito das ordens de Edek, a vodca tinha reaparecido, primeiro às ocultas, depois à luz do dia. Também tinham se propagado os piolhos, péssimo sinal: não era fácil se defender, não havia pós e remédios, e Edek não sabia como proceder. Marian, sanguíneo e taurino, ex-oficial do exército polonês, deu uma demonstração pública: acendeu uma pequena fogueira dentro de uma das cabanas, em cima de uma placa de metal, e mostrou que se se mantêm as roupas a uma certa distância das chamas, os piolhos morrem sem que o tecido sofra estragos. Mas havia um círculo vicioso: os piolhos nascem da desmoralização, e criam outra desmoralização.

Line se afastou de Mendel. Foi triste, como todas as rupturas, mas não surpreendeu a ninguém: estava no ar fazia tempo, desde o ataque ao Lager de Chmielnik. Mendel sofreu, mas foi um sofrimento cinzento e fraco, sem o dardo do desespero. Line jamais fora sua, senão carnalmente, nem Mendel fora dela. Tinham se saciado um ao outro, com freqüência, com prazer e fúria, mas falaram pouco, e quase sempre suas conversas tropeçaram na incompreensão ou na discórdia. Line jamais tinha dúvidas, e não tolerava as dúvidas de Mendel: quando elas afloravam (e afloravam justamente no momento do cansaço e da verdade, quando os seus corpos se separavam um do outro), Line se endurecia, e Mendel ficava com medo dela. Tinha também, obscuramente, vergonha de si mesmo, e é difícil amar uma mulher que faz nascer a vergonha e o medo. Confusamente, indistintamente, Mendel sentia que Line tinha razão. Não, não *tinha* razão, *estava* com a razão, do lado da razão. Um membro da resistência, judeu, russo ou polonês, um combatente, deve ser como Line, não como Mendel. Não deve ter dúvidas: a dúvida, pior que o medo, reaparece na mira do fuzil, e desvia o tiro. É isso: Line matou Leonid e não carrega culpas. Mataria até a mim, se eu fosse vulnerável como ele; se eu não tivesse uma pele cheia de calos, uma armadura. Não luzidia e sonora, mas opaca e tenaz; os golpes chegam até mim, porém mitigados. Machucam sem ferir. Contudo, Line despertava o seu desejo, e Mendel ficou ferido ao saber que ela se tornara a mulher de Marian. Ferido, e ao mesmo tempo ofendido, e malignamente satisfeito e hipocritamente indignado. Uma *schikse*, portanto, uma que vai com qualquer um, até com os poloneses. Vergonha, Mendel, não foi por isso que você virou membro da resistência. Um polonês vale tanto quanto você; ou melhor, até mais que você, se Line preferiu Marian. Rivke não o teria feito. Claro, não o teria feito, mas Rivke não existe mais, Rivke está em Strelka debaixo de um metro de cal e um metro de terra, Rivke não é deste mundo. Pertencia à ordem, ao mundo das coisas certas feitas na hora certa: cozinhava, mantinha a casa limpa, pois naquele tempo os homens e as mulheres viviam numa casa. Cuidava das contas, até das minhas, e me encorajava quando eu tinha necessidade: encorajou-me inclusive no dia em que a guerra estourou e eu parti para o front. Não tomava muitos banhos, as moças modernas de Strelka tomavam mais banhos que ela, tomava banho uma vez por mês conforme está prescrito, mas éramos unha e carne. Ela era uma *balebusteh*: uma rainha da casa. Comandava, e eu não me dava conta disso.

Com olhar indolente, Mendel via se formarem no acampamento outras relações superficiais e efêmeras. Sissl e Arié: bem, bom para eles, em alegria e prosperidade; esperemos que não bata nela, os georgianos batem nas mulheres, e Arié no fundo é mais georgiano que judeu. Têm ossos sólidos, e não só os ossos: vão gerar crianças bonitas, bons *chalutzim*, bons colonos para a Terra de Israel, se é que vamos chegar lá. Esperemos também que nenhum polonês olhe para Sissl muito de perto, pois Arié maneja a faca com precisão.

Ròkhele Negra e Piotr. Essa dupla também combina bem, fazia um bom tempo que a coisa vinha amadurecendo. Piotr, entre os poloneses, era mais isolado que os judeus, e uma mulher é o melhor remédio contra a solidão. Ou também apenas meia mulher: a situação não era clara, e de resto Mendel não tinha vontade de indagar, mas parecia que a Negra era generosa também com Mietek, o radiotelegrafista. Pena para Edek, pois mais que todos os outros ele precisava de uma mulher, ou pelo menos de uma companhia, de alguém que dividisse seu sofrimento: mas Edek procurava se isolar, cavar um nicho, erguer uma parede entre ele e o mundo.

Bella e Gedale: sobre esse casal ninguém tinha nada a dizer. Constituíam um casal desde sempre, um casal incrivelmente estável, sem que se entendesse a razão disso. Gedale, tão livre nas palavras e nos fatos, tão imprevisível, parecia fortemente ancorado em Bella, como um navio no porto. Bella não era bonita, parecia bem mais velha que Gedale, não combatia, colaborava preguiçosamente nas tarefas cotidianas do bando, de má vontade, criticando os outros (e sobretudo as outras) com razão ou não. Carregava restos de sua pregressa vida burguesa, da qual ninguém sabia nada: resíduos pesados e incômodos, até materialmente, hábitos aos quais todos haviam renunciado e aos quais Bella não pretendia renunciar. Acontecia com freqüência, quase ritualmente, que Gedale se entusiasmasse com um programa, com um plano, ou apenas com uma conversa fantasiosa e alegre, e que Bella o trouxesse de volta a terra com uma observação rasteira e óbvia. Então Gedale se dirigia a ela com irritação simulada, como se ambos estivessem improvisando: "Bella, por que corta minhas asas?". Após oito meses de convivência, e depois de tantas aventuras em comum, Mendel não parava de se perguntar o que mantinha Gedale unido a Bella: de resto, não só sob este aspecto era difícil interpretar Gedale, e impossível prever suas atitudes. Talvez Gedale soubesse que não tinha freios, e precisava encontrá-los fora de si; talvez sentisse junto a si, personificadas por Bella, as virtudes e as alegrias do tempo de paz, a segurança, o bom senso, a economia, o conforto. Alegrias modestas e desbotadas, mas todos, sabendo disso ou não, sentiam a sua falta e esperavam reencontrá-las no final da matança e do caminho.

Gedale era irrequieto, mas não tinha cedido à maré de desânimo que, partindo dos poloneses, tinha arrastado junto em maior ou menor escala também os gedalistas. Lembrava a Mendel o estorninho que Arié tinha encontrado: como ele, andava impaciente para retomar a estrada. Ficava rondando pelo acampamento, perturbava o radiotelegrafista, discutia com Edek, com Dov, com Line e com o próprio Mendel. Ainda tocava violino, porém não mais com abandono: de quando em quando, com tédio ou com frenesi.

Ròkhele Branca não estava nem inquieta nem desanimada. Não estava mais sozinha: desde que o bando encontrara abrigo no acampamento polonês, era cada vez mais raro vê-la separada de Isidor. No começo ninguém se surpreendera, Isidor tendia a se meter em confusões, ou pelo menos a fazer bobagens, e parecia natural que Branca lhe servisse um pouco de mãe. Antes, Sissl cuidara dele, e até surgira uma sombra de rivalidade entre as duas mulheres, mas agora Sissl tinha outras coisas na cabeça. Quanto à própria Branca, parecia precisar de alguém que necessitasse dela. Controlava o rapaz, cuidava para que se protegesse e andasse limpo, e quando necessário o repreendia com autoridade materna.

Agora, a partir do início de dezembro, os dois, ou a relação que os ligava, encaminharam-se para uma mudança que era difícil definir mas era evidente para todos. Isidor falava menos e melhor; já não delirava com vinganças impossíveis, já não carregava o facão na cintura, e em vez disso pedira para participar dos exercícios de tiro a Edek e a Gedale. Seu olhar se fizera mais atento, procurava se tornar útil, seu passo se mostrava mais rápido e seguro, e até os ombros pareciam ter se alargado um pouco. Fazia perguntas: poucas, mas não insípidas nem pueris. Quanto a Ròkhele, parecia ao mesmo tempo amadurecida e mais jovem. Para dizer melhor: enquanto antes não tinha uma idade, agora conquistara uma; surpreendia, dava satisfação vê-la voltar dia após dia aos seus vinte e seis anos, até então mortificados pela timidez e pelo luto. Não tinha mais o olhar voltado para o chão, e todos se deram conta de que seus olhos eram belos: grandes, castanhos, afetuosos. Definitivamente não era elegante (nenhuma das cinco mulheres o era), porém não era mais uma trouxa amorfa; podia-se vê-la, à luz da lanterna, trabalhar com a agulha para adaptar ao seu manequim as vestes militares que usara durante meses sem prestar atenção nelas. Agora, também Branca tinha cabelos, pernas, seios, um corpo. Quando os dois estavam juntos, entre as cabanas do acampamento, Isidor não andava mais atrás de Ròkhele, mas ao lado dela; mais alto, inclinava imperceptivelmente a cabeça na direção da mulher, como para protegê-la.

Uma noite em que Isidor fazia seu turno de faxina, Branca chamou Mendel num canto: queria falar com ele em segredo.

"O que foi, Ròkhele? O que posso fazer por você?", perguntou Mendel.

"Você tem que nos casar", disse Branca enrubescendo.

Mendel abriu a boca, fechou-a, e depois disse:

"O que lhe deu na cabeça? Não sou rabino, e tampouco prefeito; vocês não têm documentos, poderiam já ser casados. E Isidor tem só dezessete anos. E você acha que isso é hora para se casar?"

Branca disse: "Sei que esta não é a regra; sei que há dificuldades. Mas a idade não conta: um homem já pode casar aos treze anos, diz o Talmude. E todos sabem que sou viúva".

Mendel não sabia o que dizer. "É um contra-senso, uma *narischkeit*! Um capricho que amanhã terá passado. E por que você veio falar logo comigo? Além do mais, não sou sequer um judeu devoto. Não faz sentido, é como se você me pedisse para voar ou para fazer uma bruxaria."

"Venho falar com você porque é um justo, e porque eu vivo em pecado."

"Se você vive em pecado, não posso fazer nada: é uma coisa que diz respeito só a vocês dois. E depois, creio que os pecados não são os que vocês cometem, são outra coisa, são os que os alemães cometem. E teria que ser comprovado que eu sou um justo."

Ròkhele não se rendeu: "É como quando se está num navio ou numa ilha: se não há um rabino, qualquer um pode celebrar o casamento. Se for um justo é melhor, mas basta uma pessoa qualquer: ou melhor, *deve* fazê-lo, é uma *mitzvá*".

Mendel buscou uma lembrança latente há séculos:

"Para que o casamento seja válido é necessária a Ketubá, o contrato: você deve se empenhar em dar um dote a Isidor, e ele deverá garantir que pode mantê-la. Mantê-la, ele, Isidor. Dá para levar a sério?"

"A Ketubá é uma formalidade, mas o casamento é uma coisa séria; e eu e Isidor nos amamos."

"Deixe ao menos que eu pense até amanhã. Uma coisa assim não me custa nem cansaço nem dinheiro, mas me parece uma confusão: é como se você me dissesse: 'Caro Mendel, engane-me', entende? E se a atendo, quem comete o pecado sou eu. Não poderia esperar que a guerra termine? Você encontraria um rabino, e poderia fazer as coisas de acordo com as regras. Eu não saberia sequer quais palavras dizer: será necessário dizê-las em hebraico, não? E eu esqueci o hebraico, e se erro você acreditará estar casada mas continuará solteira."

"Eu ditarei as palavras, e não é necessário que sejam em hebraico: qualquer língua serve, o Senhor conhece todas."

"Eu não acredito no Senhor", disse Mendel.

"Não importa. Basta que eu e Isidor acreditemos."

"Em suma, não entendo essa pressa de vocês."

Ròkhele Branca disse:

"Estou grávida."

No dia seguinte, Mendel relatou o diálogo a Gedale. Esperava que ele estourasse de rir, no entanto, muito sério, Gedale respondeu que Mendel com certeza devia aceitar:

"Preciso lhe dizer que estou metido nessa história. Isidor não tinha ido para a cama com nenhuma mulher. Faz tempo que me contou isso, num dia em que eu o provocava: era o dia do moinho de vento. Vi que sofria; disse-me que nunca tivera coragem. Tinha só treze anos quando foi obrigado a se esconder na estrebaria, ficou lá quatro anos, depois lhe aconteceu tudo o que você sabe. 'É preciso ajudá-lo', pensei: por um lado me parecia uma *mitzvá*, por outro a experiência me deixava curioso. Assim, falei com Ròkhele, que também tinha ficado sozinha, e lhe propus que cuidasse dele. Pronto, cuidou. Mas nunca imaginei que a história fosse para a frente tão rápido e tão bem."

"Tem certeza que isto é um bem?", perguntou Mendel.

"Não sei, mas acho que sim. Parece-me um bom sinal, mesmo que sejam dois *nebech*. Ou melhor, justamente por serem dois *nebech*."

Um pouco envergonhado, Mendel casou Isidor e Ròkhele Branca o melhor que pôde.

10

JANEIRO-FEVEREIRO DE 1945

Foi um bom sinal. Os gedalistas, e alguns poloneses que tinham pedido para ser convidados, festejaram as núpcias, com pouca comida mas muita alegria. Gedale, naturalmente, tocou violino, o qual não deve faltar nem nos casamentos mais modestos. Tinha um repertório variado e amplo, que ia de Kreutzer às canções mais frívolas. A noite já ia longe, e Gedale estava tocando e cantando a canção do Rapaz Tolo: os outros o acompanhavam a meia voz. Não era evidente que Gedale quisesse fazer alusão a Isidor; mas, se quisesse, não seria uma alusão maldosa, e sim uma brincadeira inócua e num tom meio sério, como é costume nos casamentos. Talvez a canção tivesse lhe vindo à mente assim, por associação de idéias, mas, afinal, é tão popular que se não for cantada numa festa não se trata de uma festa. Mesmo porque a canção é tola, porém ao mesmo tempo é atravessada por uma ternura estranha, como de um sonho transtornado e trêmulo que floresce no calor de uma casinha de madeira, junto à grande estufa de faiança, sob as vigas enegrecidas do teto; e acima do teto se adivinha um céu escuro e nebuloso, em que talvez nadem um grande peixe de prata, uma noiva usando véu branco, e um bode verde com a cabeça abaixada.

O rapaz tolo da canção, o *narische bucher*, é um indeciso: durante a noite inteira pensa e repensa em qual moça escolher, pois é um tolo respeitoso, e sabe que ao escolher uma humilhará todas as outras. Não se diz como a escolha acaba acontecendo, mas depois, na *meidele*, o rapaz propõe (a noite inteira?) questões absurdas e patéticas: qual é o rei que não tem terras? que água não arrasta areia? o que é mais ágil que um rato, e mais alto que uma casa? E, por fim, o que pode queimar sem chamas, e o que pode chorar sem lágrimas? Estas adivinhas não são gratuitas, têm um porquê: são o caminho tortuoso que o tímido escolheu para se declarar, e a moça esperta entendeu tudo.

"Rapaz tolo", responde ela melodiosamente, "o rei que não tem terras é o rei do baralho, e a água que não tem areia é a das lágrimas. Mais ágil que um rato é o gato, e mais alta que uma casa é sua chaminé. E o amor pode queimar sem chamas, e um coração pode chorar sem lágrimas." Essa escaramuça abstrata não termina bem: enquanto o rapaz ainda se atormenta, sem saber se de fato aquela é a moça do seu coração, chega brutalmente um outro e a leva embora.

Era um feriado para todos, poloneses e judeus: uma trégua, um alívio para a tensão da espera. Até o austero Edek marcava o ritmo com o nó dos dedos na marmita, e os poloneses, mesmo não entendendo o iídiche, entoavam em coro o estribilho sem sentido:

Tùmbala-tùmbala-tumbalalaika,
Tùmbala-tùmbala-tumbalalaika,
Tumbalalaika, schpîl balalaika,
Tumbalalaika, fràilech sol sàin!

Outros batiam os pés no chão e as mãos na mesa; os mais próximos davam cotoveladas cordiais nos quadris dos noivos, e lhes dirigiam perguntas maliciosas. Isidor e Ròkhele, lustros de suor e vermelhos de emoção, olhavam ao redor embaraçados.

Primeiro poucos, depois todos se abandonaram ao ritmo hipnótico da canção e começaram a dançar; de mãos dadas, em roda, sorrindo tolamente, virando a cabeça para os lados e para o alto, batendo os pés na cadência: *fràilech sol sàin*, que reine a alegria! Até Dov dos cabelos brancos, até os dois noivos tímidos, até Line, a muito segura, até os tecelões de Slonim com movimentos desajeitados, até Mottel, o Corta-Goelas. Que reine a alegria! Logo o pequeno espaço entre os bancos e as paredes da cabana se encheu de dança e de festa.

De repente a terra tremeu e todos pararam. Não era um terremoto, era uma descarga de artilharia pesada; logo depois ouviu-se uma revoada de aviões que enchiam o céu com seu alarido. Houve um grande tumulto; todos correram às armas, mas nem Gedale nem Edek sabiam que ordens dar. Depois se ouviu Marian gritar: "Não saiam! Fiquem aqui dentro!"; as paredes das cabanas, feitas de troncos sólidos, podiam de fato oferecer uma certa proteção. As explosões se tornaram mais freqüentes e mais ensurdecedoras; Mendel apurou o ouvido: a sua experiência de artilheiro lhe disse que os disparos partiam do levante e que os projéteis explodiam no poente, ao redor de Zarnowiec; passavam uivando acima da cabeça deles. Portanto, era um ataque russo, não havia dúvidas: um ataque em grande escala, talvez o definitivo. Ouviu-se acima do barulho a voz de Dov: "É o front! É o front que está passando!". Nesse instante entrou na cabana Bogdan, o polonês que estava lá fora de sentinela. Empurrava um homem todo sujo de lama, com a barba malcuidada, envolto num comprido casacão esfarrapado: "Tentem descobrir quem é este tipo!", disse a Edek e Marian; mas os dois não lhe deram atenção, estavam discutindo freneticamente, entre si e com outros poloneses em torno deles. Bogdan repetiu o pedido; depois, impaciente, deu meia-volta para retornar ao seu posto, mas Edek o chamou: "Não, fique aqui você também, temos que decidir". Bogdan se dirigiu ao grupo dos gedalistas: "Resolvam o caso deste aqui, deve ser um de vocês. Não tem armas".

O homem olhava ao redor assustado, confuso por causa dos tiros e das vozes excitadas, ofuscado pelas lâmpadas de carbureto. Mottel perguntou a ele: "Quem é você? De onde vem?". Diante do som das palavras iídiches estremeceu de espanto; não respondeu, e perguntou por sua vez: "Judeus? Judeus aqui?". Parecia um animal apanhado numa armadilha. Procurava a porta com os olhos, Mendel o conteve com um gesto, e ele se retraiu num movimento de defesa: "Deixem-me ir embora! O que querem de mim?". Na cabana, agora só dava para se fazer ouvir aos berros; apesar disso, Mendel acabou por entender que o homem, que se chamava Schmulek, tinha sido detido pelo sentinela quando passava correndo pelo posto de controle; no escuro, fora confundido com um alemão. Ao mesmo tempo, percebeu que os poloneses estavam deliberando se iriam esperar ali mesmo o Exército Vermelho ou se dispersar.

Quando Schmulek compreendeu que nem os judeus eram prisioneiros dos poloneses, nem estes dos judeus, e que ninguém queria detê-lo nem lhe fazer mal, desatou a falar: que todos o seguissem, logo, imediatamente. Ele escapara de uma bomba por milagre, tinha ficado sepultado debaixo de um monte de terra fofa. Quase para ratificar suas palavras, houve uma explosão ensurdecedora, próxima demais: a porta da cabana arrebentou, depois foi sugada para fora pelo redemoinho. As luzes se apagaram e o barulho se tornou ensurdecedor: agora as bombas caíam uma atrás da outra, distantes e próximas, e as paredes da cabana rachavam, ameaçando desabar. Não dava para entender se partiam dos aviões ou da artilharia. Todos saíram desordenadamente, no ar gélido iluminado pelas labaredas: com a autoridade de um homem aterrorizado, Schmulek gritava para que o seguissem, ele conhecia um abrigo, próximo, seguro. Agarrou por acaso Bella por um braço e a arrastou aos solavancos; Mendel e outros os seguiram, talvez mais de uma dúzia; os outros se dispersaram no bosque.

Schmulek corria encurvado, de árvore em árvore, e os outros vinham em fila indiana atrás dele, de mãos dadas como cegos. Algumas árvores pegavam fogo. Mendel alcançou Schmulek e lhe gritou no ouvido: "Para onde está nos levando?", mas ele continuou a correr. Conduziu-os a um bunker feito de troncos, semienterrado; ao lado havia um poço. Schmulek pulou a borda, desceu até ficar só com a cabeça de fora, e disse: "Venham, a passagem é por aqui". No clarão avermelhado dos incêndios Mendel e os outros desceram também; nas paredes do poço havia ganchos enferrujados. Dois ou três metros mais abaixo havia uma abertura, entraram tateando e se viram num túnel em leve declive; mais adiante havia uma cavidade na terra argilosa, com a abóbada escorada em estacas. Ali os esperava Schmulek, ofegante, com uma tocha acesa na mão. "Moro aqui", disse a Mendel.

Mendel olhou em volta. Lá estavam Dov, Bella, Mottel, Line, Piotr; Gedale não tinha vindo, mas vieram seis ou sete dos sobreviventes de Ruzany e de Blizna, e quatro poloneses que não conhecia. Lá embaixo o ribombar das explosões chegava atenuado; o ar era úmido e cheirava a terra. Nas paredes havia nichos em que se vislumbravam objetos indistintos, cobertores enrolados, vasos, panelas. Ao longo de uma parede havia um banco; no chão de terra batida, galhos e palha. "Sentem-se", disse Schmulek. "Há quanto tempo está aqui?", perguntou Dov. "Há três anos", respondeu.

Line interveio: "Está sozinho?".

"Sim. Antes estava aqui meu sobrinho, um rapaz. Saiu para procurar comida e não voltou. Mas há seis meses éramos doze, há um ano éramos quarenta e há dois anos mais de cem."

"Todos aqui dentro?", perguntou Line, incrédula e horrorizada.

"Olhem para aquele lado", disse Schmulek erguendo a tocha, "este túnel continua, se ramifica, há outras tocas. Existem ainda duas outras saídas, no tronco de dois carvalhos fendidos por raios. Vivíamos mal, mas vivíamos. Se tivéssemos podido permanecer sempre debaixo da terra, não nos teriam encontrado, e teriam morrido só aqueles que pegaram tifo. Mas tínhamos que sair, para procurar comida, e então atiravam em nós."

"Os alemães?"

"Todos. Os alemães, os húngaros, os ucranianos. Às vezes também os poloneses: contudo, éramos todos poloneses, tínhamos fugido dos guetos desta região. Não dava para saber nunca: às vezes nos deixavam passar, às vezes atiravam em nós como nas lebres, e outras vezes nos davam comida. Os últimos que vieram não eram da resistência, eram bandidos, só tinham facões. Vieram de surpresa. Degolaram os que restavam e carregaram tudo o que tínhamos."

"Como conseguiu se salvar?", perguntou Mendel.

"Por acaso", disse Schmulek. "Na vida civil eu era comerciante de cavalos, andava pelas aldeias do lugar, conhecia todos os caminhos dos bosques. Muitas vezes servi de guia aos da resistência. Em setembro servi de guia a um grupo de soldados russos que haviam escapado de um Lager alemão; queriam ir para os montes Santa Cruz, e os levei para fora da floresta. Foi quando vieram os bandidos e fizeram o massacre. Meu sobrinho também estava fora por acaso."

"Encontramos com eles, os soldados russos", disse Mendel. "Foram cercados pelos alemães; foram todos mortos. Mas agora a guerra está para acabar."

"Não me interessa que acabe a guerra. Quando a guerra acabar, também os judeus da Polônia terão acabado. Nada mais me interessa. Interessa-me que vocês tiveram coragem de pegar num fuzil, e eu não tive."

"Isso não quer dizer nada", disse Mendel, "você foi útil de outro modo. Combater não é trabalho para anciãos."

"Quantos anos pensam que tenho?"

"Cinqüenta", tentou Dov: mas pensava em setenta.

"Tenho trinta e seis", disse Schmulek.

Fora, a batalha continuava; à toca de Schmulek só chegava um barulho surdo, interrompido de vez em quando por estouros mais fortes que faziam a terra tremer, e eram percebidos mais pelo corpo do que pelos ouvidos. Apesar de tudo, no meio da noite todos dormiam, embora soubessem que aquelas horas eram decisivas: a própria ansiedade e a espera os tinham deixado exaustos.

Mendel acordou quando a manhã já ia alta, e percebeu que o silêncio é que o acordara. A terra já não tremia; não havia outro som além do som da respiração pesada dos que dormiam. A escuridão era absoluta. Tateou ao seu lado; reconheceu à esquerda o corpo magro de Bella, à direita os panos ásperos e o cinturão de um polonês. Podia ser apenas uma trégua; ou os russos podiam ter se retirado, e o refúgio deles se encontrar em terra de ninguém. Mas depois seu ouvido, aguçado pelo silêncio, captou um som improvável, infantil, não ouvido durante anos. Sinos: eram mesmo sinos, um repique suave, frágil, filtrado pela terra que os encobria; um carrilhão de brinquedo com dobres de festa, e significava que a guerra tinha acabado.

Esteve a ponto de acordar os companheiros, mas se conteve: mais tarde, havia tempo, agora tinha outra coisa para fazer. O quê? Fazer as contas, as suas contas. Sentia-se como se tivesse escapado de uma tempestade no mar, e tivesse aportado sozinho numa terra deserta e desconhecida. Não pronto, não preparado, vazio; tranqüilo e desativado, como é tranqüilo um relógio desativado. Tranqüilo e não feliz, tranqüilamente infeliz. Saturado de lembranças: Leonid, o usbeque, o bando de Venja, rios e bosques e pântanos, a batalha do mosteiro, Ulybin, o retorno de Dov. A menina de Valuets com suas cabras, Line, Sissl. Mendel, o sem-mulheres. Reviu, para além das pálpebras, o rosto magro de Rivke, com os olhos cerrados, os cabelos enrolados como serpentes. Rivke debaixo da terra como nós. É ela quem afasta as outras mulheres ao meu redor, como o farelo do trigo. *Balebusteh* ainda; quem disse que os mortos não têm mais poder?

Cheio de lembranças, e ao mesmo tempo pleno de esquecimento: as suas lembranças, até as recentes, estavam esmaecidas, tinham contornos incertos, acavalavam-se com seu cansaço, como se alguém traçasse desenhos no quadro-negro e depois os apagasse fracamente e fizesse novos desenhos sobre os velhos. Talvez lembre assim a sua vida quem tem cem anos, ou os patriarcas que tinham novecentos. Talvez a memória seja como um cesto; se queremos pôr dentro dela mais frutas do que ela comporta, as frutas se amassam.

Entretanto, os sinos continuavam a tocar, sabe-se lá onde: em alguma aldeia os camponeses deviam estar festejando, o pesadelo nazista para eles acabara, o pior acabara. Eu também devia estar festejando e tocando meus sinos, pensava Mendel, agarrando-se ao sono para que não o deixasse. Também a nossa guerra acabou, acabou o tempo de morrer e de matar, todavia não estou contente e gostaria que o sono não acabasse nunca. A nossa guerra acabou, e estamos presos numa toca de terra e temos que sair e recomeçar a andar. Esta é a casa de Schmulek, que não tem casa, que perdeu tudo, inclusive a si próprio. Onde está a minha casa? Não está em lugar nenhum. Está na mochila que carrego nas costas, está no Heinkel abatido, está em Novoselki, está no acampamento de Turov e no de Edek, está do outro lado do mar, no país das fábulas, onde correm leite e mel. Alguém entra numa casa e pendura as roupas e as lembranças; onde você pendura suas lembranças, Mendel, filho de Nachman?

Um a um todos acordaram, e todos faziam perguntas mas ninguém sabia responder. O front tinha passado, não havia dúvida; o que fazer agora? Continuar esperando, como recomendava Schmulek? Sair ao encontro dos russos? Sair para procurar comida? Mandar alguém na frente?

Dov se ofereceu para ir explorar a situação: tinha os papéis em ordem, falava russo, vestia uma farda russa, tinha um documento russo, afinal era russo, mais legítimo que Piotr. Dirigiu-se ao túnel mas logo retrocedeu: era preciso esperar, alguém estava baixando um balde no poço. O balde subiu cheio, Dov pôde sair, e se viu no meio de um pelotão de soldados que, nus até a cintura, estavam se lavando alegremente na água que tinham trazido de um bebedouro. No chão havia um palmo de neve, pisoteada e meio dissolvida pelos incêndios da noite. Um pouco mais longe, outros soldados haviam acendido uma fogueira e ali secavam as roupas. Acolheram Dov com indiferença gentil:

"Ei, tio! De onde está saindo? A que regimento pertence?"

"Por pouco não o trouxemos dentro do balde!"

"Já sei de onde vem: tomou um porre e caiu lá dentro."

"Ou foi jogado lá dentro. E então, tio: foram os alemães que o jogaram no poço? ou desceu para se esconder?"

"Nesta terra se vêem coisas estranhas", disse pensativo um soldado mongol. "Ontem, no meio da batalha, vi uma lebre: em vez de fugir estava lá como encantada. E anteontem vi uma linda moça num barril..."

"O que fazia no barril?"

"Nada. Estava escondida ali."

"E você, o que fez?"

"Nada. Disse-lhe: 'Bom dia, *panienka*, desculpe o incômodo', e tornei a tampar o barril."

"Ou você é mentiroso ou é tonto, Afanasij; uma lebre, a gente assa, e com uma moça, a gente faz amor."

"Enfim, eu só queria dizer que esta é uma terra estranha. Ontem a lebre, anteontem a moça, e agora pula fora do poço um soldado de cabelos brancos. Venha cá, soldado: se não é um fantasma tome um pouco de vodca, e se é um fantasma volte para o lugar de onde veio."

O cabo do pelotão se aproximou de Dov, apalpou-o e disse: "Mas nem molhado está!"

"No poço há uma abertura", disse Dov; "já lhe explico."

O cabo disse: "Venha comigo ao Comando: pode explicar tudo lá".

Meia hora depois, Dov e o cabo voltaram acompanhados de um tenente que tinha no braço a faixa da NKVD; ao vê-lo, os soldados interromperam a conversa e recomeçaram a se lavar. O tenente disse a Dov que tornasse a descer no poço e mandasse sair todos aqueles que estavam escondidos. Saíram um por um, sob a luz branca do céu que ameaçava mais neve, em meio à silenciosa admiração dos russos. O tenente ordenou a dois soldados que se vestissem e pegassem as armas, e mandou escoltar o grupo ao longo do caminho inverso ao que tinham percorrido à noite guiados por Schmulek; ou seja, reconduziu-os às cabanas do acampamento polonês. Ali encontraram Edek com Marian e quase todos os seus homens; lá estava também Gedale com os gedalistas que não haviam seguido Schmulek. Tanto os poloneses como os judeus tinham sido desarmados, e a cabana onde estavam presos era vigiada por dois sentinelas russos.

Não aconteceu nada durante o dia inteiro. Ao meio-dia vieram dois soldados trazendo pão e lingüiça para todos; à noite chegou um recipiente com sopa quente de painço e carne. Os prisioneiros eram mais de cem, e estavam apertados na cabana; protestaram com o sentinela, veio o cabo e os dividiu em dois grupos, um em cada cabana, razão por que teve que redobrar a vigilância. Nem o cabo nem os soldados eram hostis; alguns pareciam curiosos, outros irritados, outros ainda tinham a expressão de quem queria pedir desculpas.

Os poloneses estavam inquietos, e humilhados por ter sido obrigados a entregar as armas.

"Coragem, Edek", disse Gedale. "O pior passou. Por pior que seja, estes não vão nos tratar como nos tratariam os alemães. Você viu, com eles dá para argumentar." Edek não respondeu.

De manhã chegou um barril com um sucedâneo de café, e pouco depois veio o tenente, acompanhado de um escrivão. Parecia de mau humor e tinha pressa. Transcreveu os dados pessoais de todos num caderninho escolar, e ordenou a todos que mostrassem as mãos, a palma e o dorso, examinando-as com atenção. Quando terminou, dividiu os presos em três grupos.

O primeiro grupo era constituído pela maioria dos poloneses.

"Vocês são soldados, e continuarão a ser soldados. Receberão fardas e armas, e serão enquadrados no Exército Vermelho." Houve comentários, murmúrios, alguns protestos; os sentinelas baixaram o cano das metralhadoras, e os protestos se extinguiram.

"Vocês nos serão úteis de outro modo", disse, voltado para o segundo grupo. Este era bastante reduzido: dele fazia parte Edek com cerca de meia dúzia de ex-estudantes e funcionários.

"Sou o comandante deste pelotão", disse Edek, pálido como a neve.

"Não há mais pelotão e não há mais comandante", disse o tenente. "O Armia Krajowa foi dissolvido."

"Dissolvido por quem? Dissolvido por vocês!"

"Não, não. Dissolveu-se sozinho, não tinha mais razão para existir. Nós estamos libertando a Polônia. Não ouviram no rádio? Não, não a nossa, a Rádio Londres: faz três dias transmite uma mensagem do comandante de vocês. Cumprimenta a todos, agradece-lhes, e diz que a guerra de vocês acabou."

"Para onde nos mandam?", perguntou ainda Edek.

"Não sei, e não me diz respeito. Tenho apenas ordens de mandá-los ao comando da região; ali terão todas as informações que desejam."

O terceiro grupo era constituído pelos gedalistas mais Schmulek, ou seja, por todos os judeus mais Piotr. Mendel não tinha notado antes, e notou, então, que Piotr havia tirado sua gasta farda de membro da resistência, aquela que o vira usar desde o acampamento de Turov. Era alto e esguio como Gedale, e vestia as roupas civis que Gedale ostentara depois do golpe de Sarni.

"Quanto a vocês", disse o tenente, "por ora não há ordens. Não são civis, tampouco militares, não são prisioneiros de guerra, são homens e mulheres e não têm documentos."

"Companheiro tenente, nós somos membros da resistência", disse Gedale.

"Os membros da resistência são aqueles que fazem parte das tropas da resistência. Ninguém ouviu falar de resistentes judeus, é uma novidade. Vocês não fazem parte de nenhuma categoria. Por enquanto ficam aqui: pedi instruções. Terão o tratamento que cabe aos nossos soldados. Depois se verá."

O bando de Gedale, que depois de mais de três meses retornara ao estado original, conheceu dias de inércia e de desconfiança. Lá pelo final de janeiro, da janelinha da cabana viram partir os poloneses do segundo grupo em meio à espessa neve que caía. Para a ocasião, o tenente mandara colocar grades nas portas; tiveram que se contentar em cumprimentar Edek através dos vidros.

Tendo subido no caminhão, Edek acenou para eles; o caminhão partiu com um solavanco, e Sissl desatou a chorar.

Diversamente dos outros, Dov, Mendel, Arié e Piotr tinham pertencido ao Exército Vermelho, e não teriam dificuldades para esclarecer suas posições. Piotr não teve dúvidas:

"Não fizeram distinções, e para mim está bem assim. É claro que, neste momento, para a NKVD só interessam os poloneses: Stalin não quer membros da resistência polonesa no seu caminho."

"Eles o confundiram com um judeu!", disse Gedale, divertido. "Afinal, você fez por merecer."

"Não sei. O tenente me fez duas ou três perguntas, viu que respondia em russo e ficou satisfeito."

"Hum", disse Gedale, "na minha opinião, o seu caso não está concluído."

"Para mim está", respondeu Piotr. "Fico com vocês."

Dov tampouco teve dúvidas, mas no sentido oposto. Sua decisão não havia mudado, ou melhor, fora reforçada pelas aventuras mais recentes; estava cansado de combater e de vagabundear, cansado de incertezas e de vida precária, queria voltar para casa, ele que possuía uma casa. Uma casa longínqua, não afetada pela guerra, numa terra que a distância no tempo e no espaço tornara fabulosa: a terra dos tigres e dos ursos, onde todos eram como ele, obstinados e simples. Naquela terra, que Dov não se cansava de descrever, o céu invernal era violeta e verde: lá tremulavam as auroras boreais, e delas brotara o cometa terrível quando ele era criança. Mutoraj, com seus quatro mil habitantes confinados, niilistas e samoiedos, era um lugar único no mundo.

Dov foi embora em silêncio, triste e sem desespero. Entrou em contato com a intendência russa, declarou a sua posição militar e seus percursos, atendendo a um pedido deles redigiu com letra bonita um relatório sobre as circunstâncias em que fora retirado de Turov, tratado no hospital de Kiev e reconduzido à região da resistência, e esperou. Após duas semanas se despediu de todos, e saiu de cena com decoro.

Quanto a Mendel e Arié, sob esse aspecto não se fizeram objeções, tampouco os russos lhes fizeram objeções. O front se afastara rapidamente rumo ao poente; o tenente da NKVD não apareceu mais, e a vigilância ao redor das cabanas ficou cada vez mais frouxa até cessar por completo. O bando de Gedale, inteiro, foi transferido no início de fevereiro para uma escola, na cidadezinha não muito distante de Wolbrom, e ali abandonado a si mesmo: a guarnição russa, que afinal era constituída apenas de um velho capitão e poucos soldados, não se ocupava com eles, exceto para levar o reabastecimento retirado dos armazéns militares: batatas, nabos, cevada, carne, sal. O pão já chegava pronto de uma padaria requisitada, mas as tarefas de cozinha deviam ser feitas no local, e não havia equipamento na escola, nem os russos o tinham fornecido. Gedale fez uma solicitação oficial, o capitão prometeu, e não chegou nada. "Vamos à cidade buscar o que precisamos", disse Gedale.

A operação se revelou mais fácil que o previsto. A cidadezinha estava deserta e sinistra; devia ter sido bombardeada, e depois saqueada várias vezes, mas sempre às pressas. Nas casas arruinadas, nas tabernas, nos celeiros, nos abrigos antiaéreos, encontrava-se de tudo. Não apenas recipientes, mas cadeiras, acolchoados, colchões, móveis de todo tipo. Outros móveis chegavam a cada dia ao mercado, que se formara espontaneamente na praça principal. Montes de móveis meio estragados eram vendidos como lenha: a oferta era grande e a cotação baixa. Em pouco tempo a escola foi transformada num abrigo habitável, embora pouco acolhedor; mas não havia fogões, nem por ali nem nas vizinhanças, e a sopa precisava ser cozida nas fogueiras ao ar livre, no pátio, junto à pista de areia para salto à distância. Em compensação, numa das salas de aula os gedalistas construíram um majestoso leito matrimonial para Ròkhele Branca e Isidor, coroado por um baldaquino que tinham feito utilizando cobertores militares.

O capitão russo era um homem melancólico e cansado. Gedale e Mendel foram falar com ele várias vezes, para obter alguma informação sobre as intenções das autoridades russas em relação a eles. Foi gentil, distraído e evasivo; não sabia de nada, ninguém sabia de nada, a guerra não acabara, era preciso esperar o fim da guerra. Perdera dois filhos na guerra, e não tinha nenhuma notícia da mulher em Leningrado. Tinham o que comer e com que se aquecer: que esperassem, como todos faziam. Ele também esperava. Talvez a guerra não acabasse tão cedo; ninguém podia sabê-lo, talvez continuasse, quem sabe? Contra o Japão, contra os

Estados Unidos. Uma permissão para ir embora? Ele não podia dar permissões, isso era com outra administração; e, além do mais, ir para onde? Bandos de rebeldes poloneses e alemães, quadrilhas de bandidos andavam circulando; os soviéticos tinham estabelecido postos de controle em todas as estradas. Que não tentassem sair da cidade: não iriam muito longe, os postos de controle tinham ordens de atirar no primeiro que vissem. Ele mesmo evitava se deslocar, exceto para as obrigações do serviço; já acontecera que os soldados soviéticos atirassem uns nos outros.

Mas Gedale suportava mal a clausura. A ele, e não só a ele, essa maneira de viver parecia vazia, humilhante e ridícula. Homens e mulheres se revezavam nas tarefas de cozinha e de limpeza, permanecendo com montanhas de tempo livre; paradoxalmente, com uma cidade em volta, um teto sobre a cabeça e uma mesa em que comer, sentiam um mal-estar indefinido, que era a saudade da floresta e da estrada livre. Sentiam-se ineptos, estrangeiros: não mais em guerra, ainda não em paz. A despeito das recomendações do capitão, saíam com freqüência, em pequenos grupos.

Em Wolbrom a guerra tinha acabado, mas continuava cruel não muito longe. Através da cidadezinha, e na estrada marginal de terra batida, passavam sem cessar, dia e noite, os destacamentos militares soviéticos que se dirigiam ao front da Silésia. Durante o dia, mais que um exército moderno parecia que passava uma horda, um bando em migração: homens de todas as raças, gigantes vikings e lapões encorpados, caucasianos bronzeados e siberianos pálidos, a pé, a cavalo, em caminhões, em tratores, em carroças grandes puxadas por bois, alguns até montados em camelos. Havia militares e civis, mulheres vestidas de todas as maneiras possíveis, vacas, ovelhas, cavalos e mulas: à noite, os esquadrões paravam onde quer que se encontrassem, armavam as tendas, abatiam os animais e assavam a carne em fogueiras improvisadas. Esses bivaques extemporâneos fervilhavam de crianças, entrouxadas em uniformes militares enormes; alguns carregavam pistolas e facões na cintura, todos tinham a estrela vermelha espetada no enorme gorro de pele. Quem eram? De onde vinham? Mendel e seus companheiros se detiveram para interrogá-los: falavam russo, ucraniano, polonês, alguns também iídiche, outros se recusavam a falar. Eram arredios e selvagens, eram órfãos de guerra. O

Exército Vermelho, em seu avanço através das terras devastadas, reunira milhares deles, entre os escombros das cidades, perdidos pelos campos e bosques, famintos e errantes. Os soviéticos não tinham tempo de dispô-los nas retaguardas nem meios para transferi-los para mais longe: arrastavam-nos atrás de si, filhos de todos, soldados também eles, também eles em busca de presas. Rondavam as fogueiras; alguns militares lhes davam pão, sopa e carne, outros os expulsavam irritados.

As tropas que atravessavam a cidade nas horas de escuridão eram surpreendentemente variadas. Mendel, que conservava a lembrança corrosiva dos destacamentos sitiados e destroçados nas grandes batalhas de aniquilamento de 1941 e 1942, custava a crer em seus olhos. Pronto, era aquele o novo Exército Vermelho, que havia partido a espinha da Alemanha; outro, irreconhecível. Uma máquina poderosa, ordenada, moderna, que desfilava quase sem rumor pela rua principal da cidade obscura. Tanques gigantescos colocados sobre reboques com rodas de borracha; canhões motorizados jamais vistos nem sonhados antes; as Katjuse lendárias, cobertas de encerados que ocultavam suas formas. Misturados à artilharia e às divisões blindadas marchavam também esquadrões a pé, em ordem cerrada, cantando. Seus cantos não eram belicosos, eram antes melancólicos e respeitosos; não exprimiam sede de guerra, como os dos alemães, mas o luto acumulado em quatro anos de massacres.

Mendel, o artilheiro Mendel, assistia ao desfile com ânimo exaltado. Apesar de tudo, apesar da derrota desastrosa e censurável que o tinha empurrado para a clandestinidade, apesar do desprezo e dos erros de que fora vítima em outros tempos, apesar de Ulybin, era sempre aquele o exército cuja farda gasta e desbotada ainda usava. Um *krasnoarmeetz*: continuava sendo isso, mesmo judeu, mesmo a caminho de uma outra terra. Aqueles soldados que passavam cantando, suaves na paz e indomáveis na guerra, aqueles soldados treinados como Piotr, eram os seus companheiros. Sentia o peito inflar com uma plenitude de afetos que lutavam um contra o outro: orgulho, remorso, ressentimento, reverência, gratidão. Mas um dia ouviu gemidos saídos de uma adega; desceu até lá com Piotr e viu dez militares da Waffen-ss deitados de bruços e seminus: alguns se arrastavam usando os braços, todos tinham um corte sangrento no meio das costas. "Os siberianos fazem assim", disse Piotr, "quando os encontram não os matam, mas lhes cortam a medula." Subiram até a estrada, e Piotr acrescentou: "Não gostaria de ser um alemão. Não mesmo, nos próximos meses não gostaria de ser um berlinense de jeito nenhum".

Certa manhã acordaram e encontraram, desenhada com alcatrão na fachada da escola, uma suástica; embaixo estava escrito: "NSZ — Morte aos judeus bolcheviques". Pouco depois, da janela do primeiro andar, viram na estrada três ou quatro jovens que conversavam e olhavam para o alto. Na mesma noite, quando estavam jantando, o vidro da janela voou em pedaços, e entre as pernas da mesa caiu uma garrafa a que estava amarrada uma mecha acesa. O mais ágil foi Piotr: como um raio pegou a garrafa, que não se quebrara, e a devolveu para a estrada. Houve um baque, e no calçamento se formou uma poça que ardeu por bastante tempo; a chama fumegante chegava até a janela deles. Gedale disse:

"É preciso encontrar armas e ir embora."

Também encontrar armas foi mais fácil do que esperavam: conseguiram-nas, por meios diversos, Schmulek e Pavel. Em sua toca havia armas, disse Schmulek: não muita, mas em boas condições, sepultadas sob a terra batida. Pediu um acompanhante a Gedale, partiu ao pôr-do-sol e voltou ao amanhecer com várias pistolas, granadas, munições e uma metralhadora. Após a morte de Józek, Pavel o substituíra na função de furriel, e informou que comprar armas no mercado era mais fácil do que comprar manteiga e tabaco. Todo mundo as oferecia, à luz do dia; os próprios russos, tanto os militares de passagem como os civis que acompanhavam as tropas, vendiam armas leves alemãs encontradas nos depósitos ou nos campos de batalha; os poloneses da milícia que os russos haviam organizado apressadamente ofereciam material diverso com desenvoltura. Muitos deles, recém-alistados, desertavam com as armas e se uniam a bandos que se preparavam para a guerrilha; outros vendiam ou trocavam as armas no mercado. Em poucos dias os gedalistas se viram proprietários de muitos facões e de uma dúzia de bocas-de-fogo desemparelhadas; não era muito, mas podia bastar para manter os terroristas da direita polonesa afastados.

No final de fevereiro o capitão russo chamou Gedale para uma reunião, e conversaram por mais de uma hora.

"Ofereceu-me tabaco e bebida", contou Gedale aos companheiros. "Não é tão distraído como parece, e creio que recebeu instruções. Soube do coquetel Molotov, diz que são tempos difíceis e que está preocupado conosco. Que eles não estão em condições de garantir nossa segurança, e que faríamos bem em nos proteger sozinhos: em outras palavras, deu-se conta das armas e consente que as conservemos. É natural, deve apreciar as NSZ tanto quanto nós. Repetiu que este é um lugar terrível; já tinha me dito isso antes, mas então dizia que sair da cidade era perigoso, e hoje me perguntou por que continuamos aqui. 'Podiam ir mais adiante, o front já se afastou: mais adiante, ao encontro dos Aliados...'. Disse-lhe que pretendíamos ir para a Itália, e dali tentar a passagem para a Palestina, e ele respondeu que fazemos bem, a Inglaterra deve sair da Palestina e também do Egito e da Índia: os impérios coloniais estão com as horas contadas. E que nós temos que ir para a Palestina, construir o nosso Estado. Disse-me que tem muitos amigos judeus, e que inclusive leu o livro de Herzl: mas não acredito que isso seja verdade, ou então interpretou mal, pois me disse que no fundo também Herzl era um russo, quando de fato era húngaro; eu, porém, não o refutei. Em resumo: o capitão é mais esperto do que parece; convém aos russos que venhamos a perturbar os ingleses; e para nós é hora de partir. Mas nada de permissões oficiais: diante disso recuou no mesmo instante."

"Vamos embora sem permissão", disse Line dando de ombros. "Quando foi que tivemos permissão?"

Ouviu-se a voz nasal de Bella: "O pessoal das NSZ não passa de um bando de fascistas e velhacos, mas existe um ponto em que estamos de acordo com eles e com os russos: eles querem nos mandar embora, e nós queremos ir".

Pavel tinha adquirido o hábito de sair da escola de manhã cedo e só voltar ao anoitecer. Em poucos dias a atmosfera de Wolbrom tinha mudado: agora, em vez do fluxo das tropas que iam para a Alemanha prevalecia o fluxo inverso, de soldados que voltavam do front. Alguns haviam recebido licença, mas na maioria eram militares feridos ou mutilados, apoiados em muletas improvisadas, sentados sobre montes de entulho que ladeavam as ruas, com pálidos rostos imberbes de adolescentes. De suas andanças exploratórias Pavel nunca retornava de mão vazias: no câmbio negro agora se encontrava de tudo. Trouxe café, leite em pó, sabão e lâminas de barbear, pó para fazer pudim, vitaminas, tesouros que os gedalistas não viam fazia seis anos ou nunca tinham visto. Certo dia trouxe um magricela de cabelos cor de areia que não falava nem russo nem polonês nem alemão, e só algumas palavras de iídiche: encontrara-o entre os escombros da sinagoga de Wolbrom, fazendo as orações matinais, era um soldado judeu de Chicago que os alemães tinham feito prisioneiro na Normandia e que o Exército Vermelho havia libertado. Festejaram juntos, mas o americano não sabia se expressar muito bem e menos ainda beber; depois da primeira rodada de vodca acabou debaixo da mesa, dormiu até o meio-dia, e depois foi embora sem se despedir de ninguém. Pelas estradas vagabundeavam ex-prisioneiros de todos os países e de todas as raças, e prostitutas aos montes.

No dia 25 de fevereiro Pavel chegou com cinco pares de meias de seda, o que provocou um burburinho excitado: as mulheres correram a experimentá-las, mas as meias serviram apenas para Sissl e para Ròkhele Negra; para a outra Ròkhele, para Line e para Bella eram demasiado grandes. Pavel conseguiu silenciar o burburinho:

"Não seja por isso, amanhã troco todas ou trago outras. Tenho outra coisa para lhes dizer, encontrei um caminhão!"

"E o comprou?", perguntou Isidor.

Não, não o tinha comprado. Informou que atrás da estação ferroviária os russos tinham organizado um depósito de equipamentos quebrados e de material desmobilizado, e que ali podia se encontrar de tudo. Pavel não tinha prática, era preciso que no dia seguinte alguém o acompanhasse até lá. Quem entendia de caminhões? Quem sabia dirigi-los? O bando tinha feito mais de mil quilômetros a pé: por acaso não era hora de viajar de caminhão?

"Será necessário comprá-lo", disse Mottel.

"Não creio", disse Pavel. "O terreno não está cercado, ao redor só tem uma valeta, e um único sentinela. O importante é se apressar: já existe uma quantidade de gente indo e vindo, hoje de manhã mesmo vi dois rapazes carregando uma motocicleta. Quem vai comigo amanhã cedo?"

Todos queriam ir, no mínimo pelo divertimento. Line e Arié informaram que tinham guiado tratores; Piotr e Mendel tinham carteira de motorista militar, e mais: em sua terra Mendel tivera oportunidade de consertar tratores e caminhões de carga. Gedale, com insólito abuso de autoridade, disse que ele é que iria, porque era o chefe, porém o mais insistente era Isidor, que não podia se vangloriar de nenhuma habilidade. Queria ir com Pavel a todo custo: tinha uma paixão desinteressada e infantil por veículos, por todos os veículos, e dizia que com certeza aprenderia a guiar o caminhão num instante.

Mendel foi, e viu que Pavel não tinha exagerado: no terreno havia verdadeiramente de tudo, não só equipamentos quebrados. Os russos, reabastecidos pelos Aliados com material militar de todo tipo, não eram nada sutis: assim que um aparelho ou um veículo apresentava qualquer defeito, descartavam-no e pegavam um novo. Outros materiais danificados chegavam diariamente da zona de combate, em caminhões ou pela estrada de ferro; ninguém os examinava nem controlava, eram jogados naquele acampamento e ali ficavam até enferrujar. No lúgubre cemitério metálico circulavam curiosos, especialistas, e um enxame de meninos brincavam de esconde-esconde.

Havia caminhões: de todas as marcas e em todos os estados de conservação. A atenção de Mendel se concentrou numa fileira de caminhões italianos; eram Lancia 3 Ro de trinta quintais, e pareciam novos: talvez viessem de algum depósito alemão. Enquanto Pavel procurava distrair o sentinela, oferecendo-lhe tabaco e chicletes, Mendel examinou os veículos mais de perto. Tinham ainda a chave no painel e pareciam prontos para partir; Mendel tentou ligá-los, mas não aconteceu nada. Logo entendeu: os caminhões não tinham bateria, e nunca tinham tido; os terminais da instalação elétrica ainda estavam cobertos de graxa. Quando Pavel retornou, Mendel lhe disse:

"Volte para perto do seu sentinela e mantenha o homem ocupado. Vou ver se encontro por aí uma bateria carregada."

"Mas o que vou contar para ele?"

"Vire-se. Conte-lhe as histórias de quando era ator."

Enquanto Pavel forçava a memória e a imaginação para entreter o sentinela sem despertar suspeitas, Mendel começou a explorar metodicamente os demais veículos. Logo encontrou o que procurava, um caminhão de carga russo com a mesma capacidade dos Lancia, em condições relativamente boas: devia ter chegado fazia pouco tempo. Abriu o capô e tocou os pólos da bateria com a lâmina do facão. Houve um estalo e surgiu uma chama azulada, a bateria estava carregada. Retornou com Pavel para a escola, as horas passavam lentas, parecia que a noite não chegava nunca.

Quando escureceu, pegaram as armas e voltaram ao depósito de equipamentos quebrados. Não havia sinal do sentinela: ou estava dormindo ali por perto, ou tinha voltado tranqüilamente ao quartel. Em vez dele, entre as silhuetas escuras dos veículos e dos equipamentos quebrados, circulavam habitantes furtivos: como cupins, desmontavam e demoliam tudo o que pudesse se mostrar útil ou comerciável: bancos, cabos, pneus, pequenos motores de reserva. Alguns retiravam o combustível dos tanques; Pavel conseguiu um tubo emprestado, fez como os demais e virou um pouco de nafta no tanque do primeiro 3 Ro da fileira. Depois Mendel desmontou a bateria que funcionava, e ajudado por Pavel a arrastou até o caminhão. Tornou a montá-la, fez a conexão, subiram na boléia e Mendel girou a chave. Procurou às apalpadelas o botão dos faróis, e os faróis se acenderam: "...e a luz se fez", pensou. Apagou-os e fez os preparativos: o motor funcionou logo, macio e limpo; respondia obediente ao acelerador. Perfeito.

"Estamos prontos", sussurrou Pavel.

"Vamos ver", respondeu Mendel. "Monstros como este consertei vários, mas nunca dirigi nenhum."

"Você não disse que tinha carteira?"

"Ter, até que tenho", disse Mendel entre os dentes. "Naquele tempo davam carteiras a qualquer um, os alemães estavam em Borodin e em Kaluga, três horas de aula, e pronto. Mas depois só dirigi veículos pequenos e tratores; e à noite é outra coisa. Agora fique quieto, por favor."

"Só mais uma coisa", disse Pavel, "não saia pelo portão. Há uma guarita lá, pode ter alguém. E agora fico quieto."

Com a testa franzida, concentrado como um cirurgião, Mendel pressionou o pedal da embreagem, engrenou a marcha e levantou o pé: o caminhão se pôs em movimento com um tranco selvagem. Tornou a acender os faróis, e com o motor embalado se dirigiu lentamente para os fundos do terreno, ao longo de um trecho desimpedido.

"Não pense que eu vou mudar a marcha. Amanhã eu mudo: por enquanto vamos em frente assim."

O caminhão se moveu até a valeta, inclinou-se para a frente e apontou majestosamente para o céu. "Estamos do lado de fora", disse Pavel aspirando o ar chuvoso: deu-se conta de que há cerca de um minuto não respirava. Uma voz gritou às suas costas: "Stòj! Halt!". Pavel se colocou para fora da janela e disparou uma breve rajada para o alto, mais por alegria do que por intimidação. Tendo chegado à estrada, Mendel juntou toda a sua coragem e engrenou a segunda reduzida: o ruído do motor diminuiu um tom e a velocidade aumentou levemente. Ninguém os seguiu, e alcançaram a escola em poucos minutos.

Gedale, também armado, esperava-os na estrada. Abraçou Mendel rindo e recitando a bênção dos milagres. Mendel, com a testa molhada de suor a despeito do frio, respondeu-lhe: "Melhor a outra, a daquele que escapou do perigo. Não percamos tempo, vamos embora já".

Acordados de surpresa, os gedalistas desceram as bagagens e as armas e se amontoaram na carroceria. Mendel ligou de novo o motor. "Rumo a Zawiercie!", gritou-lhe Gedale, que tinha sentado ao seu lado na boléia. Seguindo os cartazes de orientação que os russos tinham afixado nas esquinas, Mendel saiu da cidade e se viu numa estrada secundária repleta de buracos e de poças d'água. Pouco a pouco, e com vários solavancos, aprendeu a trocar as marchas altas, e a velocidade se tornou razoável. Aumentaram também os sacolejos, mas ninguém se lamentava. Venceu uma ladeira, engatou a descida: os freios responderam bem e ele se tranqüilizou, mas a tensão de dirigir o perturbava.

"Não agüento muito mais. Quem reveza comigo?"

"Já, já veremos", berrou Gedale para se fazer ouvir acima do barulho do motor e das chapas de metal. "Agora, trate de sair do povoado."

No meio da descida toparam com um posto de controle: um tronco não desbastado, apoiado sobre dois paus dos lados da estrada.

"O que faço?"

"Não pare! Acelere!"

O tronco voou como palha e se ouviram rajadas de metralhadora; da carroceria alguém respondeu com tiros avulsos. O caminhão prosseguiu sua corrida na noite, e Gedale gritou rindo:

"Se não for assim, como será? E se não agora, quando?"

11

FEVEREIRO-JULHO DE 1945

Na boléia do caminhão estava confortável, mas os homens e as mulheres amontoados na carroceria respiravam o vento gelado da noite junto com o primeiro sopro de liberdade: estavam anestesiados pelo frio e pela posição incômoda, e entorpecidos pelos solavancos. Alguns reclamaram, mas Gedale não lhes deu ouvido.

"Quanto temos de combustível?", perguntou a Mendel.

"É difícil dizer. Talvez o suficiente para trinta ou quarenta quilômetros, não mais que isso."

Pararam ao amanhecer, numa estrada secundária. Dos dois lados se erguia uma pilha de equipamentos quebrados, impressionante pela quantidade e pela variedade: a única riqueza que a guerra produz. Arrebentados e revirados, havia carros, veículos blindados, correntes para neve, barcos e plataformas usadas para atravessar rios. Havia até um carro-cozinha alemão, intacto: seria um reforço precioso para eles, mas no caminhão não havia mais lugar. Pena.

"É preciso encontrar nafta", disse Gedale, "senão o passeio vai acabar logo." "Desçam, desatarraxem as tampas e verifiquem os tanques." Isidor teve mais sorte, encontrou um blindado de pé, sem rodas mas com o tanque quase cheio.

"Será do tipo adequado?", perguntou Mottel.

"Só experimentando", disse Mendel. "Mas em tempo de guerra os motores se acostumam a tudo."

"Como nós", suspirou Ròkhele Negra, espreguiçando-se como um gato.

Gedale estava ansioso para tirar o caminhão da estrada: à luz do dia dava muito na vista, e ele temia que o furto e a violação do bloqueio já tivessem sido divulgados. Andava nervoso de um lado para outro: "Vamos logo com isso!"; mas a operação não era simples, não havia tubo de borracha, ninguém tinha um. Alguém propôs tombar o veículo, mas Isidor disse: "Deixem comigo". Antes que alguém pudesse impedi-lo, pegou um latão, empunhou sua Luger e atirou no fundo do tanque. Saiu um jorro de nafta amarelada.

"E se tivesse explodido?", perguntou Pavel com medo inoportuno.

"Não explodiu", disse Isidor.

O céu clareava, e se ouvia, vindo do sul, um distante trovejar de artilharia: a estrada na direção do poente estava livre, os alemães tinham recuado até depois de Legnica (mas Breslau, sitiada, ainda resistia); bem diferente era a situação ao longo de toda a fronteira tchecoslovaca: lá os combates jamais tinham cessado. Prosseguiram durante alguns dias, viajando à noite e escondendo o caminhão nas horas iluminadas. Mendel estava cansado de dirigir a noite inteira, e pediu que o substituíssem, mas nem Piotr nem Arié nem Line mostraram entusiasmo em revezar com ele. Em compensação, Isidor não desejava outra coisa, tinha se apaixonado pelo caminhão mais ainda que por Ròkhele, passava todas as horas livres limpando-o da lama e da poeira e não perdia ocasião de meter o nariz no painel. Recebeu algumas lições práticas de Mendel, aprendeu com rapidez incrível, depois do que não houve mais jeito de arrancá-lo do volante. Era um motorista excelente, e todos ficaram satisfeitos, incluindo o próprio Mendel.

Ninguém conhecia a área; a cada encruzilhada Isidor diminuía a marcha e perguntava a Gedale: "Para onde?". Gedale conversava com Schmulek, depois decidia pelo faro. Chegaram quase por acaso a Rawicz, na fronteira da Grande Polônia com a Silésia: depois de esconderem o caminhão no bosque, entraram em pequenos grupos na cidadezinha, a primeira não destruída pela guerra que encontravam em seu caminho. A vida ainda não voltara ao normal, mas algumas lojas estavam abertas, no quiosque da estação se vendiam jornais, cartazes multicoloridos anunciavam um filme de amor que estava sendo exibido no único cinema. Na rua principal, uma senhora com casaco de pele e salto alto trazia na coleira um cachorrinho que parecia um gato. Os gedalistas se sentiam sujos, selvagens e tímidos, mas os refugiados eram muitos, e ninguém dava atenção para eles. Gedale convidou Bella, Branca e Isidor para irem tomar café num bar: aceitaram, mas pareciam sentados sobre alfinetes. Schmulek não quis ir à cidade; ofereceu-se para ficar no caminhão com outros três homens, vigiando o veículo e as armas.

Compraram várias pequenas maravilhas das quais sentiam falta ou que desejavam havia muito: meias, escovas de dentes, roupa-branca, panelas. Pavel, mesmo tendo dificuldade para ler polonês, encontrou numa banca uma velha edição ilustrada dos *Miseráveis*. Teve que emprestá-la a Bella, que queria lê-la, mas Piotr usou um pretexto para que Bella a devolvesse. Piotr também não conservou o livro por muito tempo: não só não entendia absolutamente nada de polonês, como não entendia sequer os caracteres. Nos dias seguintes, o volume circulou de mão em mão, e acabou sendo considerado propriedade coletiva.

Todos tinham muita vontade de ir ao cinema. Gedale talvez mais que todos, no entanto lera num jornal polonês que os americanos tinham atravessado o Reno em Remagen e haviam conquistado Colônia. "Vamos até lá encontrar com eles: assim estaremos mais seguros. Vamos para a estrada de novo." Renunciaram a contragosto às benesses da vida urbana; em Rawicz os refugiados, não importa de que parte do mundo viessem, tinham uma vida boa. Pelas estradas circulavam militares ingleses, americanos, australianos, neozelandeses, todos ex-prisioneiros de guerra; e ainda franceses, iugoslavos, italianos, que tinham trabalhado (voluntariamente ou não) nas fábricas alemãs. Os habitantes eram gentis e hospitaleiros com todos, inclusive com os judeus de Gedale, que se confundiam com essa população multicolorida.

À noite já estavam a caminho outra vez, na direção de Glogów; descansaram durante algumas horas parados numa estradinha entre os campos, enrolados nos cobertores, na carroceria que então era a casa deles. Pouco antes do amanhecer se puseram de novo em marcha: logo depois de uma curva os faróis do caminhão focalizaram um outro veículo parado, de frente para eles, e Isidor foi obrigado a frear. "Desvie, vá para o campo!", gritou-lhe Gedale, mas era tarde demais. Um esquadrão de soldados russo em armas havia cercado o caminhão; todos foram forçados a descer. Os soldados russos estavam de péssimo humor porque seu caminhão tinha atolado: estava com os pneus tão gastos que derrapavam na neve. O cabo deles estava furioso. Cobria o motorista de insultos, e quando se deparou com os gedalistas despejou sobre eles toda a sua ira. Perguntou: "Para onde vão?".

"Para Glogów", respondeu Gedale.

"Nada disso. Vamos, desçam todos, venham nos ajudar. Não entenderam? Mexam-se, parasitas, vagabundos, malditos forasteiros!"

Falando em iídiche, Gedale disse rápido:

"Esconder as armas sob os cobertores. Obedecer sem resmungar." Depois, voltando-se para Pavel e Mendel: "Falem vocês dois, em russo. Os poloneses ficam de boca fechada".

Nas luzes cruzadas dos faróis dos dois veículos nasceu uma confusão espantosa. Cinqüenta homens, a soma de russos e gedalistas, não encontravam lugar físico ao redor do caminhão atolado, mas o cabo, com insultos e blasfêmias furiosos, empurrava de volta todos os que se afastavam um pouco da confusão. Eram tentativas inúteis: as botas dos que prestavam socorro deslizavam na lama, e de qualquer modo o caminhão era tão pesado que com a mera força dos braços não conseguiriam recolocá-lo em movimento.

Mendel disse a Gedale:

"Vamos nos oferecer para rebocá-lo? Nossos pneus são novos."

"Tente. Talvez se acalme e nos deixe ir embora."

"Companheiro cabo", disse Mendel, "se tiverem uma boa corda ou uma corrente podemos tentar rebocá-los."

O russo olhou para ele como se fosse um cavalo que tivesse falado. Mendel teve que repetir a oferta, depois do que o cabo recomeçou a insultar seus homens por não terem tido a idéia antes. Havia uma corda, ou melhor, um cabo de aço, forte mas meio curto. A manobra deu certo; o caminhão de Gedale, às primeiras luzes do dia, deu marcha à ré, rebocando bem devagar o veículo dos russos, nariz contra nariz: a estrada era estreita demais para manobrar o 3 Ro, e sair pelos campos significava quase na certa atolar. Isidor, que era obrigado a dirigir com meio corpo fora da janela, saiu-se bem, mas o cabo, em vez de demonstrar gratidão, continuava a praguejar e a gritar:

"Mais rápido, mais rápido!"

Finalmente, cerca de um quilômetro depois, a estradinha desembocou na estrada provincial. Pararam, e Mendel desceu para soltar o cabo de reboque. Da boléia, Gedale lhe disse:

"Cumprimente-os e lhes deseje boa viagem; seja o mais gentil que puder, não pode nem passar pela cabeça dele a idéia de nos revistar."

"E se passar?"

"Temos que deixar: não vai querer lutar contra os russos. Veremos como ficam as coisas e que mentira inventaremos para eles."

As coisas ficaram feias logo, e nem houve chance de contar mentiras. Assim que desceu, e sem dizer uma palavra, o cabo fez sinal aos seus soldados, que cercaram de novo o caminhão. Fizeram o bando inteiro descer e revistaram a carroceria, encontrando logo as armas escondidas debaixo dos cobertores: mas não as pistolas e os facões que os gedalistas carregavam junto ao corpo. Foi inútil protestar e suplicar; o cabo não ouviu nenhum argumento, dividiu-os com boa escolta entre os dois caminhões, pôs um de seus homens ao volante do 3 Ro e deu o sinal de partida.

"Para onde está nos levando?", ousou perguntar Pavel.

"Não queriam ir para Glogów?", respondeu o cabo. "Pronto, nós os estamos levando. Deviam estar contentes." Até Glogów não abriu mais a boca e nem respondeu às perguntas deles.

Glogów, dominada por uma terrível fortaleza, era a primeira cidade alemã com que o bando se deparava. Era (e é) um centro de mineração, e lhes pareceu esquálida, enegrecida pela poeira de lignita, cercada por dúzias de poços, cada um dos quais fora transformado pelos alemães num pequeno Lager. Os russos haviam ocupado Glogów fazia poucas semanas; não tinham alterado o seu aspecto nem mudado a sua destinação, mas nas minas de lignita, em vez de trabalhadores escravos dos Lagers nazistas, desciam agora prisioneiros de guerra alemães, transferidos em poucas horas do front para a mina. No Lager em miniatura os russos amontoavam indistintamente todas as pessoas desgarradas ou suspeitas que o Exército Vermelho encontrava na região.

Com os gedalistas não primaram pela delicadeza. Liquidaram a questão em cinco minutos: não os revistaram, nem sequer os interrogaram, deram sumiço no 3 Ro, e pela primeira vez os combatentes de Kosovo, de Liuban e de Novoselki conheceram o cerco humilhante do arame farpado. O terreno a que foram destinados já continha por volta de cinqüenta internos, judeus poloneses, alemães, franceses, holandeses e gregos que os russos tinham libertado do Lager de Gross-Rosen. As cabanas eram aquecidas, os russos forneciam comida irregularmente mas sempre com fartura, o front se distanciava e os dias de repente passaram a se arrastar, mas os ex-prisioneiros não saíam de seu isolamento. Falavam pouco e baixo, e raramente erguiam os olhos do chão. Os gedalistas tentaram em vão estabelecer contato com eles: uma vez satisfeitas as necessidades primárias, pareciam não ter mais desejos nem interesses nem curiosidade. Não faziam perguntas, e tampouco respondiam a elas. Havia também mulheres: ainda vestiam o uniforme listado, calçavam tamancos de madeira, e seus cabelos mal tinham recomeçado a crescer. No final da segunda noite Mendel saiu da cabana para ir à latrina. Assim que passou pelo umbral esbarrou num corpo humano e o sentiu oscilar inerte; ainda estava quente, pendia enforcado das vigas do teto. O fato se repetiu nos dias seguintes, como uma obsessão silenciosa.

Schmulek se separou dos gedalistas e se agregou aos ex-prisioneiros. Por outro lado, pouco a pouco, Sissl primeiro, depois as outras mulheres do bando, por fim todos os gedalistas, conseguiram vencer as resistências de uma das mulheres do Lager. Chamava-se Francine e vinha de Paris, mas através de um longo caminho: antes fora deportada para Auschwitz, dali para um pequeno Lager perto de Breslau, e finalmente, quando os russos se aproximavam, e quando os alemães tinham evacuado todos os Lagers da região, obrigando os prisioneiros a uma insensata marcha a pé rumo a uma nova prisão, ela conseguira fugir. Francine era médica, mas no Lager não pudera exercer sua profissão porque não sabia bem o alemão; todavia, tinha aprendido o suficiente para poder contar o que vira. Tivera sorte: todo judeu vivo era uma pessoa de sorte.

Mas ela tivera outras regalias; ainda conservava os cabelos, por ser médica não os tinham cortado, os alemães tinham regras precisas.

Francine se declarava judia, mas não se parecia com nenhum judeu que os gedalistas alguma vez tivessem encontrado. Ou melhor, nem teriam acreditado nela, se não tivessem pensado que se declarar judeu quando não se é não traz nenhuma vantagem. Não falava nem entendia iídiche, e contou que quando estava em Paris não sabia sequer de que língua se tratava; ouvira falar vagamente dela, pensava que fosse uma espécie de hebraico deturpado. Tinha trinta e sete anos; não se casara, tinha vivido antes com um homem, depois com outro; era pediatra, gostava de seu trabalho, possuía um consultório próprio no centro de Paris, e já tivera férias belíssimas, cruzeiros pelo Mediterrâneo, viagens à Itália e à Espanha, esqui e patinação nas Dolomitas. Claro, tinha estado em Auschwitz, mas preferia falar de outras coisas, da vida de antes. Francine era alta e esguia, tinha os cabelos ruivo-acastanhados e um rosto austero e devastado.

O encontro dela com o bando de Gedale foi cheio de surpresas recíprocas. Sim, no Lager ela havia conhecido as judias da Europa Oriental, mas elas não eram como as cinco mulheres do bando. Não tinha gostado de suas companheiras, percebia-as todas como estrangeiras, cem vezes mais distantes do que suas amigas francesas cristãs. Sentira incômodo e compaixão pela passividade, ignorância, e modos primitivos delas, pela resignação muda com que tinham ido para as câmaras de gás...

Câmaras de gás? A expressão era nova. Francine teve que explicar, e o fez com palavras breves, sem olhar no rosto os combatentes judeus que a interrogavam, quase como juízes. Câmaras de gás, claro, como podiam não saber disso? aos milhares, aos milhões; ela não sabia quantos, mas as mulheres do Lager evaporavam ao redor dela, dia após dia. Em Auschwitz a regra era morrer, viver era uma exceção, ela era uma exceção: justamente, todo judeu vivo era uma pessoa de sorte. E ela? Como sobrevivera?

"Não sei", disse. Também Francine, como Schmulek, como Edek, quando falava de morte baixava a voz. "Não sei: encontrei uma francesa que era médica na enfermaria, ajudou-me, deu-me de comer, durante algum tempo me fez trabalhar como enfermeira. Mas isso não teria bastado, muitas mulheres comiam mais que eu e morriam igualmente, deixavam-se ir para o fundo. Resisti, mas nem sei por quê; talvez porque amasse a vida mais que elas, ou porque acreditasse que a vida tinha um sentido. É estranho: era mais fácil acreditar nisso lá do que aqui. No Lager ninguém se suicidava. Não havia tempo, havia outras coisas em que pensar, no pão, nos furúnculos. Aqui há tempo, e as pessoas se suicidam. Até por vergonha."

"Vergonha de quê?", perguntou Line. "A gente sente vergonha de uma culpa, e eles não têm culpa."

"Vergonha de não ter morrido", disse Francine. "Eu também tenho: é estúpido mas tenho. É difícil explicar. É a impressão de que os outros morreram em seu lugar; de estar vivo gratuitamente, por um privilégio que você não mereceu, por uma injustiça que você cometeu contra os mortos. Estar vivo não é uma culpa, mas nós sentimos como uma culpa."

Gedale não saía de perto de Francine, Bella estava enciumada, e Gedale não se importava com os ciúmes de Bella.

"É assim mesmo", dizia Bella, "ele sempre faz isso, é natural para ele. Interessam-lhe as forasteiras, corre sempre atrás da última novidade que encontra."

Diante das perguntas de Gedale e dos demais, Francine respondia com volubilidade nervosa. Havia sido enfermeira, sim; tinha compaixão pelas doentes, mas às vezes batia nelas. Não por maldade, só para se defender, não sabia como explicar, defender-se de suas exigências, de suas lamúrias. Ela sabia das câmaras de gás, todas as veteranas sabiam, mas não contava para as recém-chegadas, não teria servido para nada. Fugir? Uma loucura: fugir para onde? E ela, então, que falava mal o alemão e nada de polonês?

"Venha conosco", disse-lhe Sissl, "agora tudo acabou, você pode ser o nosso médico."

"E dentro de alguns meses nascerá também uma criança. Meu filho", acrescentou Isidor.

"Não sou como vocês", respondeu Francine, "vou voltar para a França, é minha terra." Viu o romance na mão de Bella, leu "Victor Hugo", e se apoderou dele com um grito de alegria: "Oh, um livro francês!"; mas logo viu o título polonês, indecifrável, e devolveu o volume a Bella, que recomeçou a ler com frieza ostensiva.

Durante alguns dias Pavel cortejou Francine, com a graça de um urso; mas ela ria de seu francês de cabaré, e Pavel desistiu sem fazer drama, ou melhor, contando algumas vantagens entre os dentes: "Não era o meu tipo, fiz com que entendesse. Fina demais, delicada demais: meio *meschugge*, talvez por causa dos sofrimentos por que passou, mas só pensa em comer. Eu vi como faz, põe no bolso todas as migalhas que encontra. E se lava demais".

No acampamento de Glogów o tempo passava de um modo estranho. Os dias eram vazios, todos iguais, transcorriam tediosos e longos, mas na memória se achatavam, tornavam-se curtos e se confundiam uns com os outros. As semanas passavam, os russos eram distraídos, freqüentemente estavam bêbados, mas não davam permissões para sair. No terreno havia um vaivém contínuo: chegavam prisioneiros de todas as nacionalidades e condições, outros eram liberados em virtude de critérios indecifráveis. Partiram os gregos, depois os franceses e Francine com eles; os poloneses e os alemães ficaram. O comandante do acampamento era gentil, mas omisso: ele não sabia de nada, não dependia dele, executava ordens que recebia dos Comandos. Gentil mas firme; de fato a guerra estava ganha, mas ainda se combatia, e não muito longe: ao redor de Breslau, e também nos montes dos Sudetos ocidentais. As disposições eram severas, ninguém devia obstruir as estradas.

"Tenham paciência por alguns dias mais, e não me peçam coisas que não posso lhes conceder. E não tentem fugir; é uma cortesia que lhes peço."

Gentil, firme e curioso. Chamou Gedale no seu escritório, depois todos os outros, um por um. Sua mão esquerda fora mutilada, e ele trazia no peito uma medalha de prata e outra de bronze; aparentava cerca de quarenta anos, era magro e calvo, de pele escura, tinha grandes sobrancelhas negras, falava com voz tranqüila e educada e parecia muito inteligente.

"Acho que não faz muito tempo que o capitão Smirnov se chama Smirnov", declarou Gedale de volta do interrogatório.

"O que está querendo dizer?", perguntou Mottel, que ainda não fora chamado.

"Quero dizer que conseguiu trocar de nome. Que é judeu, mas não quer que ninguém saiba. Observem vocês também, quando chegar a vez de cada um, mas sejam cautelosos."

"O que devemos dizer e o que não devemos dizer?", perguntou Line.

"Devemos dizer o menos possível. Que somos judeus, é óbvio. Que estávamos armados, não podemos negar; se perguntar, admitam que são da resistência, é sempre melhor que passar por bandidos. Insistam no fato de que combatemos contra os alemães: digam onde e quando. Silêncio sobre o bando de Edek e seus contatos com a Organização Hebraica de Combate. Silêncio, se possível, também a respeito do caminhão, porque exageramos um pouco; na pior das hipóteses, digam que o encontramos avariado e o consertamos. Quanto ao restante, é melhor serem genéricos: aonde vamos e de onde estamos vindo. Quem esteve no Exército Vermelho, guarde isso para si: sobretudo você, Piotr; prepare uma história convincente. Mas não creio que seja da polícia, é curioso por conta própria, e nós lhe interessamos."

A vez de Mendel chegou no final de abril, quando já se abriam os brotos das bétulas e a chuva insistente já tinha lavado dos tetos das cabanas a poeira marrom da lignita. As notícias da guerra eram triunfais. Bratislava e Viena tinham caído, as tropas do 1º Front Ucraniano já combatiam nos subúrbios de Berlim. Também no front ocidental a Alemanha agonizava, os americanos estavam em Nuremberg, os franceses em Stuttgart e em Berchtesgaden, os ingleses no rio Elba. Na Itália, os Aliados tinham alcançado o Pó, e em Gênova, Milão e Turim os da resistência italiana tinham expulsado os nazistas antes mesmo de chegarem as tropas libertadoras.

O capitão Smirnov era elegante em sua farda bem passada, falava um russo sem sotaque, e reteve Mendel por quase duas horas, oferecendo-lhe uísque irlandês e charutos cubanos. A fábula que Mendel havia preparado, aliás pouco plausível, revelou-se supérflua: Smirnov sabia bastante sobre ele, inclusive seu nome completo e o apelido. Sabia onde e quando se desgarrara, conhecia os acontecimentos de Novoselki e de Turov. Mas lhe fez muitas perguntas sobre o encontro com o bando de Venjamín. Quem o teria informado? O próprio Ulybin? Polina Gelman? Os dois mensageiros do avião? Mendel não conseguiu esclarecer essas dúvidas.

"Portanto, foi esse Venjamín que não os aceitou? E por quê?"

Mendel ficou nas generalidades:

"Não sei. Não saberia dizer: um chefe da resistência tem que ser desconfiado, e naqueles bosques circulava gente de toda espécie. Ou talvez não nos tenha considerado aptos a fazer parte de seu bando, não conhecíamos aquela região..."

"Mendel Nachmanovic, ou melhor, Mendel ben Nachman", disse Smirnov, sublinhando o sobrenome hebraico, "comigo pode se abrir. Gostaria de convencê-lo de que não sou um inquisidor, embora recolha informações e faça perguntas. É o seguinte: gostaria de escrever a sua história, para que não se perca. Queria escrever a história de todos vocês, dos soldados judeus do Exército Vermelho que fizeram a sua escolha, e que permaneceram russos e judeus mesmo quando os russos lhes deram a entender, com palavras ou fatos, que era preciso decidir, que não se podia ser um e outro. Não sei se conseguirei, e se escrever esse livro não sei se poderei publicá-lo: os tempos podem mudar, para melhor ou para pior."

Mendel ficou calado, atônito, perplexo, indeciso entre a reverência e a suspeita. Por um hábito arraigado, desconfiava de quem mostrava benevolência e fazia perguntas. Smirnov continuou:

"Você não confia, e não está errado. Eu também sei as coisas que você sabe; eu também confio em poucas pessoas, e freqüentemente faço esforço para resistir à tentação de me abrir. Pense no caso; mas quero lhe dizer uma coisa, admiro-o e a seus companheiros, e até os invejo um pouco."

"Inveja-nos? Não somos gente para ser invejada. Não tivemos um caminho fácil. Por que nos inveja?"

"Porque a escolha de vocês não lhes foi imposta. Porque inventaram o próprio destino."

"Companheiro capitão", disse Mendel, "a guerra não acabou, e não sabemos se esta guerra não irá parir outra. Talvez seja cedo para escrever a nossa história."

"Sei disso", disse Smirnov. "Sei o que é a guerra da resistência. Sei que um combatente da resistência pode ter feito, visto ou dito coisas que não deve contar. Mas sei também que tudo o que aprenderam nos pântanos e no bosque não pode se perder; e não basta que sobreviva num livro."

Smirnov tinha pronunciado essas últimas palavras destacando as sílabas e olhando fixo nos olhos de Mendel.

"O que quer dizer?", perguntou Mendel.

"Sei para onde vão, e sei que a guerra de vocês não acabou. Vai recomeçar, dentro de alguns anos, não saberia dizer quando, e não mais contra os alemães. Não pela Rússia, mas com a ajuda da Rússia. Serão necessárias pessoas como você, por exemplo; poderia ensinar a outros as coisas que aprendeu, no front de Kursk, em Novoselki, em Turov, e talvez ainda em outros lugares. Pense nisso, artilheiro: pense também nisso."

Mendel se sentia como se tivesse sido preso por uma águia e ela o arrastasse para o alto no céu.

"Companheiro capitão", disse, "esta guerra ainda não acabou e já me fala de outra. Somos gente cansada, temos feito e suportado muitas coisas, e muitos de nós morreram."

"Não posso discordar. E se você me dissesse que pretende voltar a ser relojoeiro, também não poderia discordar. Mas pense bem."

O capitão serviu uísque para Mendel e para si, ergueu o copo e disse: "L'khàyim!". Mendel levantou a cabeça bruscamente: essa expressão é o equivalente hebraico de "À sua saúde!", e se diz justo quando se bebe; contudo, tem um voto mais amplo, pois literalmente significa "À vida!". Poucos russos a conhecem, e quase sempre a pronunciam mal; Smirnov, ao contrário, havia reproduzido corretamente a aspiração dura do *kh*.

Nos dias seguintes Smirnov chamou um por um todos os gedalistas para conversar, alguns até mais de uma vez. Foi extremamente gentil com todos, mas nasceram discussões infindáveis sobre sua pessoa e sua verdadeira identidade. Um judeu convertido; um judeu disfarçado; um judeu que se finge cristão, ou um cristão que se finge judeu. Um historiador. Um intrometido. Muitos o consideraram pelo menos ambíguo, alguns disseram claramente que ele era espião da NKVD, só um pouco mais hábil que a média; mas a maior parte dos gedalistas, e entre eles Mendel e o próprio Gedale, confiaram nele e contaram as ações do bando e suas vivências pessoais, pois, como se diz: "Ibergekúmene tsòres iz gut tsu dertséylin", é bom contar os problemas passados. O provérbio vale em todas as línguas do mundo, mas em iídiche soa particularmente apropriado.

Nos dias tumultuados e memoráveis em que a Segunda Guerra Mundial acabou nos fronts europeus, no início de maio de 1945, o comando russo que administrava a constelação dos pequenos Lagers de Glogów desapareceu como por encanto. Durante a noite, sem cumprimentos, sem despedidas, todos foram embora, inclusive o capitão Smirnov: ninguém soube se transferidos, desmobilizados, ou simplesmente absorvidos pelo frenesi coletivo do Exército Vermelho, embriagado com a vitória. Não havia mais sentinelas, os portões foram abertos, as lojas saqueadas; porém, os gedalistas encontraram pregado do lado de fora da porta de sua cabana um bilhete escrito às pressas: "Temos que partir. Cavem atrás da chaminé das cozinhas; há um presente para vocês, não nos serve mais. Boa sorte. Smirnov".

Atrás das cozinhas encontraram algumas granadas, três pistolas, uma pistola-metralhadora alemã, um pequeno estoque de munições, um mapa militar da Saxônia e da Baviera, e um maço de oitocentos dólares. O bando de Gedale se pôs a caminho outra vez: não mais à noite, não mais por trilhas furtivas nem por terras desertas e selvagens, mas pelas estradas da Alemanha antes próspera e soberba e agora devastada, entre duas sebes de cara fechada, marcadas pela impotência nova, das quais o velho ódio extraía novo alimento. "Primeira regra, não nos separemos", dissera Gedale; marchavam sobretudo a pé, pedindo carona de vez em quando a veículos militares soviéticos, mas só no caso em que a capacidade do veículo era suficiente para carregar a todos. Ròkhele Branca já estava no sétimo mês de gravidez: só ela Gedale permitia que fosse transportada em carroças puxadas por cavalos, mas então o bando inteiro a acompanhava como escolta.

Contra o fundo indiferente do campo na primavera, aquelas estradas fervilhavam de uma humanidade dividida, aflita e festiva. Cidadãos alemães, a pé ou em veículos, regressavam às cidades devastadas, cegos de cansaço; em outros veículos afluíam os camponeses, para alimentar o câmbio negro. Em contraste, soldados soviéticos, de bicicleta, de motocicleta, em veículos militares, em automóveis requisitados, corriam como doidos nos dois sentidos, cantando, tocando, atirando para o alto. Por pouco os gedalistas não foram atingidos por um caminhão Dodge que carregava dois pianos de cauda: dois oficiais fardados tocavam em uníssono, com empenho e solenidade, a *Ouverture 1812* de Tchaikovski, enquanto o motorista manobrava entre os carros com guinadas bruscas, a sirene no volume máximo, e sem se preocupar com pedestres que encontrava pela frente. Ex-prisioneiros de todas as nacionalidades se deslocavam em grupos ou solitários, homens e mulheres, civis com roupas rasgadas, militares aliados em suas fardas cáqui com as grandes letras KG nas costas: todos na estrada de retorno à pátria ou em busca de uma acomodação qualquer.

Por volta do final de maio o bando acampou às portas da cidadezinha de Neuhaus, não distante de Dresden. Desde que entraram em terras alemãs tinham percebido que era quase impossível comprar víveres nos grandes centros, semidestruídos, quase desertos e famintos. Pavel, Ròkhele Negra e outros dois homens, em missão de aprovisionamento, bateram à porta de uma casa de fazenda, duas, três vezes; ninguém respondeu. "Vamos entrar?", propôs Pavel. Os postigos das janelas estavam pintados com tinta fresca, em cores vivas. Cederam logo, mas atrás não havia vidros: havia uma parede compacta de concreto armado, e na altura da janela se abria a boca de uma seteira. Não era uma casa de fazenda, mas um bunker camuflado, agora abandonado e vazio.

A cidadezinha, ao contrário, fervilhava de gente. Era cercada por muralhas, e pelas portas entravam e saíam anciãos e mulheres, com ar furtivo e famélico, arrastando carrinhos com víveres ou quinquilharias. Dos lados do portal se achavam dois sentinelas de expressão dura, à paisana, aparentemente desarmados. "O que desejam?", perguntaram aos quatro, que tinham reconhecido como forasteiros.

"Comprar algo para comer", respondeu Pavel em seu melhor alemão. Um dos sentinelas fez sinal com a cabeça para que entrassem.

A cidadezinha não fora danificada. As ruelas calçadas de pedra corriam encerradas entre pitorescas fachadas de cores vivas entrecortadas por traves aparentes pintadas de preto. O fundo era sereno, mas a presença humana era inquietante. As ruas estavam apinhadas de gente que caminhava em todas as direções, aparentemente sem rumo nem objetivo: pessoas idosas, crianças, mutilados. Não se viam homens válidos. Também as janelas estavam repletas de rostos temerosos e desconfiados.

"Parece um gueto", murmurou Ròkhele, que tinha estado em Kosovo.

"E é", respondeu Pavel; "devem ser refugiados de Dresden. Agora é a vez deles." Tinham falado em iídiche, e talvez em voz demasiado alta, porque uma mulher de corpo maciço, metida num par de botas de homem, virou-se para um velho que a acompanhava e lhe disse ostensivamente: "Veja, estão aqui de novo, mais descarados que antes". Depois, dirigindo-se diretamente aos quatro judeus, acrescentou:

"O lugar de vocês não é aqui."

"Onde é, então?", perguntou Pavel de boa-fé.

"Atrás do arame farpado", respondeu a mulher.

Pavel, num impulso, agarrou-a pelas abas do capote, mas logo a deixou ir, pois com o canto do olho vira que começara a juntar gente ao redor deles. No mesmo instante ouviu acima de sua cabeça um tiro seco, e ao seu lado Ròkhele Negra vacilou e caiu dobrada sobre si mesma. As pessoas que estavam em volta desapareceram num segundo, as janelas também se esvaziaram. Pavel se ajoelhou ao lado da moça: respirava, mas seus membros estavam frouxos, inertes. Não sangrava, não se viam feridas. "Desmaiou; vamos levá-la embora", disse aos outros dois.

No acampamento, Sissl e Mendel a examinaram melhor. Havia uma ferida, sim, quase invisível, oculta sob a densa cabeleira negra: um furo nítido pouco acima da têmpora esquerda; não havia furo de saída, a bala se depositara no crânio. Os olhos estavam fechados; Sissl ergueu as pálpebras e viu só o branco da esclerótica, as íris estavam viradas para cima, escondidas nas órbitas. Ròkhele respirava cada vez mais devagar, irregularmente, e já não se sentia sua pulsação. Enquanto viveu, ninguém ousou falar, como por receio de extinguir aquele sopro; no início da noite a jovem estava morta. Gedale disse: "Vamos, com todas as armas".

Partiram à noite, todos; no acampamento permaneceram só Bella e Sissl, cavando a sepultura, e Branca recitando a oração dos mortos sobre o corpo da companheira Negra. As armas não eram muitas, mas o ódio os impelia como a tempestade impele um navio. Uma mulher, de vinte anos, nem sequer uma guerreira; uma mulher sobrevivente do gueto e de Treblinka, assassinada em tempo de paz, à traição, sem motivo, por mão alemã. Uma mulher sem armas, trabalhadora, alegre e despreocupada, aquela que aceitava tudo e nunca se lamentava, a única que não conhecia a paralisia do desespero, a foguista de Mendel, a mulher de Piotr. Piotr era o mais furioso, e também o mais lúcido.

"Para a Rathaus", disse, breve. "Aqueles que mandam estarão lá." Alcançaram rápidos e silenciosos a porta da cidade; não havia sentinelas, irromperam correndo pelas ruas desertas, enquanto a Mendel voltavam as imagens distantes, desbotadas e importunas, imagens que pesam na gente em vez de nos empurrar adiante. Simão e Levi se vingando com sangue da afronta praticada pelos siquemitas à sua irmã Dina. Tinha sido justa aquela vingança? Existe uma vingança justa? Não existe; mas somos homens, e a vingança grita em nosso sangue, e então nós corremos, destruímos e matamos. Como eles, como os alemães.

Cercaram a Rathaus. Piotr tinha razão: em Neuhaus ainda faltava energia elétrica, as estradas estavam escuras, e escuras a maior parte das janelas, mas as do primeiro andar da prefeitura se achavam debilmente iluminadas. Piotr pedira e obtivera a pistola automática com que Smirnov os presenteara; da sombra onde se escondera, com dois únicos tiros, matou os dois homens que estavam de guarda diante da entrada. "Rápido, agora!", gritou. Correu para a porta e tentou arrombá-la freneticamente, primeiro com a coronha da pistola, depois com os ombros. Era pesada e resistia, e já se ouviam vozes exaltadas no interior do prédio. Arié e Mendel se afastaram da fachada, e lançaram simultaneamente uma granada cada um contra as janelas iluminadas; pedaços de vidro choveram na rua, passaram-se três longuíssimos segundos, depois se ouviram as duas explosões: todas as janelas do andar estouraram e vomitaram fragmentos de madeira e papel. Entretanto, Mottel tentava inutilmente ajudar Piotr a abrir a porta. "Espere!", gritou-lhe; trepou como um raio na janela do térreo, quebrou os vidros com um golpe dos quadris e pulou para dentro. Poucos segundos depois se ouviram três, quatro disparos de sua pistola, e logo depois a fechadura da porta se abriu por dentro. "Fiquem aqui fora, e não deixem ninguém escapar!", ordenou Piotr a quatro dos homens de Ruzany; ele e todos os outros se precipitaram pelas escadas, pulando o corpo de um ancião que jazia atravessado nos degraus. Na sala do conselho se encontravam quatro homens com as mãos erguidas; outros dois estavam mortos, e o sétimo gemia num canto e se agitava fracamente. "Quem é o burgomestre?", berrou Gedale; mas Piotr já tinha apertado o gatilho várias vezes e matara a todos.

Ninguém interviera, ninguém fugira, e os quatro homens de guarda não tinham visto ninguém se aproximar. Nas tabernas da Rathaus, os gedalistas encontraram pão, presunto e toucinho, e voltaram carregados e ilesos ao acampamento, mas Gedale disse:

"Temos que ir embora daqui. Enterrem a Negra, desmontem as tendas, e marchemos imediatamente: os americanos estão a trinta quilômetros."

Caminhavam na noite, com pressa, remorso pela vingança fácil e alívio porque tudo acabara. Branca andava valentemente, amparada em turnos pelos outros para que não ficasse para trás. Mendel caminhava à frente da coluna, entre Line e Gedale.

"Contaram quantos eram?", perguntou Line.

"Dez", respondeu Gedale. "Dois junto à porta, um que Mottel eliminou nas escadas, sete no salão."

"Dez contra um", disse Mendel. "Fizemos como eles: dez reféns por um alemão morto."

"Sua conta está errada", disse Line. "Os dez de Neuhaus não entram na conta de Ròkhele. Entram na conta dos milhões de Auschwitz. Lembre-se do que a francesa nos contou."

Mendel disse: "O sangue não se paga com sangue. Sangue se paga com justiça. Quem atirou na Negra é um animal, e eu não quero me tornar um animal. Se os alemães mataram em câmaras de gás, devíamos matar todos os alemães em câmaras de gás? Se os alemães matavam dez por um, e nós fizermos como eles, ficaremos como eles, e não haverá mais paz".

Gedale se intrometeu: "Talvez tenha razão, Mendel. Mas então como se explica que agora estou me sentindo melhor?".

Mendel refletiu, depois admitiu: "Sim, eu também estou me sentindo melhor, mas isso não prova nada. Em Neuhaus eram refugiados de Dresden. Smirnov contou: em Dresden, morreram cento e quarenta mil alemães numa única noite. Naquela noite, em Dresden, havia uma fogueira que derreteu o ferro-gusa dos lampiões".

"Não fomos nós que bombardeamos Dresden", disse Line.

"Chega", disse Mendel. "Foi a última batalha. Vamos, caminhemos até os americanos."

"Vamos ver que cara eles têm", disse Gedale, que não parecia muito envolvido com os problemas que preocupavam Mendel. "A guerra acabou: é difícil entender, aos poucos vão entender, mas acabou. Amanhã será um novo dia, em que não será mais necessário atirar nem se esconder. É primavera, e temos o que comer, e todas as estradas estão abertas. Vamos procurar um lugar no mundo onde ele possa nascer em paz."

"Ele quem?", perguntou Line.

"O menino. Nosso filho, o filho dos dois inocentes."

Penetraram em terra de ninguém com os ânimos divididos. Estavam incertos e tímidos, sentiam-se recém-lavados, como páginas brancas, de novo crianças. Crianças adultas e selvagens, amadurecidas em meio a desastres, no isolamento, nos bivaques e na guerra, ineptos diante do limiar do Ocidente e da paz. Ali estava, sob suas botas vinte vezes remendadas, o solo da inimiga, da exterminadora, a Alemanha-Deutschland-Dajcland-Niemcy: um campo nítido, não tocado pela guerra, mas atenção, é só aparência, a Alemanha verdadeira é aquela das cidades, aquela vislumbrada em Glogów e em Neuhaus, a de Dresden, Berlim e Hamburgo, das quais tinham ouvido falar horrorizados. Aquela é a verdadeira Alemanha, a que se embriagara de sangue e tivera que pagar; um corpo prostrado, ferido de morte, já corrompido. *Nu*: junto com a alegria bárbara da revanche experimentaram um mal-estar novo; sentiam-se indiscretos e impudicos, como quem descobre uma nudez proibida.

Dos dois lados da estrada se viam casas com janelas tapadas, como olhos vidrados ou que não querem ver; algumas ainda cobertas com o telhado de palha, outras descobertas, ou com o telhado queimado. Campanários destruídos, campos de jogos onde já cresciam ervas daninhas. Nos centros habitados, montes de entulhos sobre os quais se liam cartazes: "Não pisar: corpos humanos"; longas filas diante das poucas lojas abertas, e moradores atarefados em apagar e arrancar os símbolos do passado, aquelas águias e suásticas que deviam ter durado mil anos. Nas sacadas tremulavam estranhas bandeiras vermelhas: traziam ainda a sombra da suástica preta que tinha sido descosturada com pressa enorme; mas logo, com o progredir da caminhada, as bandeiras vermelhas se tornaram mais raras e enfim desapareceram. Gedale disse a Mendel: "Se o seu inimigo cai, não se alegre; mas não o ajude a levantar".

A linha de demarcação entre os dois exércitos ainda não fora consolidada. Na manhã do segundo dia de marcha se viram numa encantadora terra verde e marrom, repleta de colinas, coberta de fazendas e de casarões; nos campos os camponeses já estavam trabalhando. "Americanos?"; os camponeses encolhiam os ombros com desconfiança e apontavam vagamente para oeste. "Russos?" "Nada de russos; aqui, nenhum russo."

Viram-se no meio dos americanos sem perceber. As primeiras patrulhas com que se depararam, olharam de lado, sem interesse, a caravana estraçalhada dos gedalistas: na Alemanha só havia refugiados, já tinham visto piores. Só em Scheibenberg uma ronda os deteve e os escoltou ao ponto de parada. O pequeno escritório, improvisado no térreo de um casarão requisitado, transbordava de gente, quase todos alemães, evacuados de cidades bombardeadas ou em fuga diante do Exército Vermelho. Os homens do bando deixaram as bagagens (e as armas escondidas nas bagagens) sob a custódia de Mottel e se puseram ordenadamente em fila.

"Fale você por todos", disse Gedale a Pavel. Pavel estava intimidado:

"Mas não sei inglês. Finjo que sei, só mastigo as palavras, como fazem os atores e os papagaios."

"Não importa, fará o interrogatório em alemão. Você responde em mau alemão, diz que somos italianos e que vamos para a Itália."

"Não vai acreditar em mim. Não temos jeito de italianos."

"Tente. Se der certo, ótimo; se não funcionar, veremos. Não arriscamos muito, agora Hitler não existe mais."

O americano sentado atrás da escrivaninha estava suado, com a camisa aberta e entediado, e interrogou Pavel num alemão surpreendentemente bom; por isso, Pavel teve que se esforçar bastante para inventar uma linguagem que soasse plausível na boca de um italiano. Para sorte deles o americano parecia bastante indiferente ao que Pavel dizia, e como o dizia, ao bando, à composição do bando, às suas intenções, passado e futuro. Depois de alguns instantes disse a Pavel: "Por favor, seja mais conciso"; depois de mais um minuto o interrompeu e lhe disse que esperasse fora do casarão, ele e seus companheiros. Pavel saiu, todos voltaram a pôr as mochilas nas costas, e foram embora de Scheibenberg "erguendo as mãos para o céu". Gedale disse:

"Não é provável que todos os americanos sejam assim tão distraídos, e não saibam os acordos que existem entre russos e americanos. Pensando bem, quem ainda está usando fardas e distintivos soviéticos ou os conserva na bagagem, é melhor se livrar de tudo; se nos mandassem de volta não seria agradável."

Agora não tinham mais pressa. Prosseguiam rumo ao poente em pequenas etapas, parando com freqüência para descansar, num cenário sempre novo, idílico e trágico. Era comum serem ultrapassados por tropas militares americanas, motorizadas ou a pé, em marcha rumo ao coração da Alemanha, ou cruzarem com colunas derrotadas de prisioneiros de guerra alemães escoltados por soldados americanos, brancos ou negros, com a metralhadora pendendo indolentemente do ombro. Na estação de Chemnitz, parado numa plataforma para manobras, havia um trem de carga com cinqüenta vagões, destinado à linha de demarcação; carregava a maquinaria completa de uma fábrica de papel, os equipamentos de reserva, os enormes rolos de papel recém-fabricado, e os móveis dos escritórios. Vigiando o comboio havia apenas um soldado, muito jovem e louro, com farda soviética, deitado numa poltrona encaixada no meio da maquinaria; Piotr o cumprimentou em russo, começaram a conversar, e o elegante soldado explicou que a fábrica de papel ia para a Rússia, não sabia para onde; era um presente dos americanos para os russos, porque todas as fábricas russas estavam *kaputt*. O soldado não perguntou nada a Piotr. Pouco adiante havia uma fábrica bombardeada, talvez uma oficina mecânica; um pelotão de prisioneiros de guerra estava separando os escombros, vigiado por oficiais e técnicos americanos. Não trabalhavam como escavadores, mas antes como arqueólogos: com a ponta das pás, freqüentemente com as mãos nuas, e sobre cada achado metálico os americanos se curvavam atentos, examinavam-no, etiquetavam-no e o colocavam cuidadosamente de lado.

Ròkhele nunca se queixava, mas estava cansada, e suas condições preocupavam a todos. Tinha dificuldade para caminhar: seus tornozelos inchavam cada dia mais, teve que renunciar às botas, cortar de qualquer jeito o couro do sapato que Mottel conseguira para ela, e por fim se restringiu a andar de sandálias. Por trechos breves a carregaram de maca, mas estava claro que era preciso encontrar uma solução. Chegaram em meados de junho a Plauen, na linha ferroviária Berlim—Munique—Brenner, e Gedale mandou Pavel e Mottel estudarem a situação, que era confusa; os trens passavam irregularmente, com horários imprevisíveis, carregados além de qualquer limite razoável. Acamparam na sala de espera, que assumira a aparência de um dormitório público. Não tinham mais dinheiro suficiente para pagar as passagens do bando inteiro até Brenner, como queria Gedale; e ainda precisaram gastar mais dinheiro para uma consulta ginecológica de Branca, que foi internada numa clínica e saiu de lá entusiasmada com a limpeza e a ordem que encontrara; estava bem, a gravidez corria normal, só um pouco de cansaço. Caminhar, sim, mas não muito. Entretanto, a maior parte dos componentes do bando vagabundeava pela cidade, como turistas e ao mesmo tempo para tentar vender qualquer coisa e assim obter dinheiro. "As roupas pesadas, sim, pois vamos rumo ao sul e ao verão", dissera Gedale. "Os utensílios de cozinha só se o preço for conveniente; as armas de jeito nenhum."

Nenhum dos gedalistas tinha experiência de vida urbana; apenas Leonid vivera tal experiência, e muitos o deploravam. Em Plauen estavam intimidados e surpresos com as contradições: no meio das estradas ainda entupidas de escombros o leiteiro circulava com o carrinho e a buzina, pontual, todas as manhãs à mesma hora. O café e a carne tinham preços absurdos, mas a prataria custava pouco. Mottel comprou por poucos marcos uma bela máquina fotográfica já carregada; dispuseram-se em grupo, alguns de pé, outros de cócoras na primeira fila, todos com as armas bem à vista. Ninguém queria faltar na foto, assim tiveram que pedir gentilmente a um passante que os fotografasse contra o pano de fundo de casas em ruínas. Os trens funcionavam mal, porém o Reisebüro, o único escritório de viagens da cidade, funcionava bem: a linha telefônica fora recuperada, e sabiam mais coisas que na estação. Apesar disso, Gedale jamais se afastava muito da estação. Viam-no com freqüência com um dos funcionários das estradas de ferro; Gedale era generoso com ele, oferecia-lhe cerveja na estalagem, um dia foram vistos juntos num canto do jardinzinho da estação: Gedale tocava violino e o alemão flauta, ambos sérios e absortos. Gedale, sem dar explicações, recomendou que ninguém se ausentasse: talvez precisassem partir logo, todos deviam poder ser encontrados em poucos minutos.

Todavia, na estação transcorreram ainda algumas semanas, numa atmosfera de preguiça e de espera vaga. Fazia calor, na estação funcionava um posto da Cruz Vermelha que distribuía todo dia uma sopa a quem quisesse, refugiados e desgarrados de todas as raças e nacionalidades chegavam e partiam em pequenos grupos. Alguns dos moradores de Plauen estabeleceram relações cautelosas com os gedalistas acampados: estavam curiosos mas não faziam perguntas. Os diálogos eram dificultados pelo conflito lingüístico; quem fala iídiche, compreende muito bem quem fala alemão e vice-versa, e além do mais quase todos os gedalistas se viravam falando alemão, mais ou menos corretamente, e com sotaque iídiche mais ou menos marcado, porém as duas línguas, historicamente irmãs, parecem aos respectivos falantes caricatura uma da outra, assim como a nós, homens, os macacos parecem caricaturas nossas (e certamente nós assim também parecemos a eles). Talvez isso contribua para o antigo ressentimento dos alemães contra os judeus asquenazes, enquanto corruptores do alto-alemão. Mas outras questões mais profundas interferiam na compreensão mútua. Aos alemães, aqueles estrangeiros judeus, tão diferentes dos burgueses judeus locais, que disciplinadamente tinham se deixado prender e massacrar, pareciam suspeitos: demasiado prontos, demasiado enérgicos, sujos, esfarrapados, orgulhosos, imprevisíveis, primitivos, "russos". Aos judeus, resultava impossível, e ao mesmo tempo necessário, distinguir os caçadores de cabeças, aos quais haviam escapado e dos quais tinham apaixonadamente se vingado, desses velhotes tímidos e fechados, dessas crianças louras e gentis que se debruçavam nas portas da estação como diante das grades do zoológico. Não são eles, não: mas são seus pais, seus professores, seus filhos, eles próprios ontem e amanhã. Como resolver o enredo? Não é possível resolvê-lo. Partir, o mais rápido possível. Também esta terra queima: queima este lugar apaixonado pela ordem, queima este ar doce e suave de pleno verão. Partir, partir: não viemos do fundo da Polessia para adormecer na Wartesaal de Plauen-sobre-o-Elster, e para enganar a espera com as fotos de grupo e a sopa da Cruz Vermelha. Mas no dia 20 de julho o sinal chegou de repente, em plena noite, para satisfazer o calado desejo coletivo. Gedale pulou no átrio, entre os que dormiam:

"Todos de pé, já, com as bagagens amarradas. Venham comigo em silêncio, partimos em quinze minutos." Na confusão que se seguiu se entrecruzaram as perguntas e as explicações apressadas: que todos o seguissem, não distante, até a plataforma de manobras. Seu amigo, o flautista, o ferroviário, fizera o milagre. Lá estava, quase novo, como novo, o vagão que os levaria para a Itália: comprado, sim; comprado por poucos dólares, uma transação não totalmente legal; um vagão acidentado, consertado havia pouco, ainda por ser legalizado; enfim, arrumado. Arrumado? Sim, é assim que se diz, como se dizia nos guetos, nos Lagers, em toda a Europa nazista; uma coisa que alguém consegue ilegalmente se chama "arrumada". E o trem chegaria em breve, o sino da estação já estava tocando.

Todos se aprontaram em poucos instantes, mas na chamada estava faltando Pavel. Gedale blasfemou em polonês (porque o iídiche não possui blasfêmias) e mandou rápido alguém do grupo procurá-lo; foi encontrado ali perto, com uma prostituta alemã, e reconduzido à estação enquanto ainda abotoava as calças. Ele também blasfemava, em russo, mas não fez objeções. Subiram todos no vagão sem fazer barulho.

"Quem vai engatá-lo no trem?", perguntou Mendel.

"Ele, Ludwig. Prometeu-me. Se for preciso, nós lhe daremos uma ajuda."

"Mas como conseguiu fazer amizade com ele?"

"Com o violino. Como aquele, na Antiguidade, que amansava os tigres com a lira. Não que Ludwig seja um tigre, é gentil e cheio de talento, foi um prazer tocar com ele; e para fazer este serviço para nós se contentou com pouco."

"Mas não deixa de ser um alemão", esbravejou Pavel.

"Certo, e daí? Não foi à guerra, sempre trabalhou como ferroviário, toca flauta e em 1933 não votou em Hitler. Você sabe o que teria feito se tivesse nascido na Alemanha, de pai e mãe puros-sangues, e se na escola tivessem lhe ensinado todas aquelas *bubkes* do sangue e da terra?"

As mulheres prepararam um leito para Branca, com palha e cobertores, num canto do vagão. Bella se voltou para Gedale e disse:

"...mas, diga a verdade, você sempre gostou de trens. Creio que se aquela freira de Bialystok não tivesse interferido, você não teria se tornado um violinista e sim um ferroviário."

Gedale riu feliz e confirmou que era verdade, gostava de trens e de todos os veículos: "Mas desta vez o jogo deu bom resultado, vamos para a Itália com um vagão todo nosso, patronal. Só viajam assim os chefes de Estado!".

"*Nu*", disse Isidor, pensativo, "você ainda é bastante jovem. Agora que a guerra acabou os da resistência já não servem. Por que não se torna ferroviário? Também eu gostaria de ser ferroviário, lá na Terra de Israel."

Naquele momento se ouviu um fragor de rodas, viu-se nos trilhos o brilho do farol, e um comprido trem de carga entrou na estação. Freou estridente, permaneceu parado durante cerca de meia hora, depois manobrou lentamente: empoleirado nos amortecedores do último vagão, um homem agitou a lanterna em sinal de saudação, era ele, Ludwig. O trem retrocedeu devagar, houve uma batida, depois se ouviu a barulheira dos ganchos. O trem tornou a partir, levando rumo aos Alpes o vagão especial dos gedalistas.

12

JULHO-AGOSTO DE 1945

Jamais tinham viajado assim: não a pé mas num vagão engatado num trem; não com frio, não expostos à fuzilaria, não famintos, não desgarrados. Legitimamente não, ainda não, e quem sabe até quando, mas na lateral do vagão estava afixado o cartaz com o itinerário, Munique—Innsbruck—Brenner—Verona: Ludwig tinha pensado em tudo. "Saiam do vagão o menos que puderem", disse Gedale; "quanto menos aparecermos, menos provável é que alguém pense em fazer uma inspeção."

Mas não houve inspeções; em toda aquela linha, e na maior parte das estradas de ferro européias, havia muito mais o que fazer; consertar trilhos, remover escombros, pôr de novo a sinalização para funcionar. O trem viajava lentamente, quase só à noite; durante o dia parava interminavelmente em plataformas de manobras, torrando ao sol para dar passagem a outros trens que tinham precedência. Poucos eram trens de passageiros: tratava-se de comboios de vagões cargueiros que transportavam seres humanos, mas amontoados como mercadorias; as centenas de milhares de italianos, homens e mulheres, militares e civis, assalariados e escravos, que tinham trabalhado nas oficinas e nos campos do Terceiro Reich destruído. Misturados com eles, viajavam outros passageiros, menos barulhentos, menos numerosos, desejando passar despercebidos, os alemães que debandavam da Alemanha ocupada para fugir à justiça dos Aliados; militantes das SS, funcionários da Gestapo e do Partido; paradoxalmente, para eles como para os judeus em trânsito, a Itália era o lugar de menor resistência, o melhor trampolim para regiões mais hospitaleiras: a América do Sul, a Síria, o Egito. Às claras ou camuflada, com documentos ou não, essa maré multicolor apontava para o sul, rumo a Brenner: Brenner se tornara o estreito gargalo de um funil imenso. Através de Brenner se chegava à Itália, ao país do clima ameno e da ilegalidade notória, aberta; ao país afetuoso-mafioso cuja fama ambígua chegara até a Noruega e a Ucrânia e os guetos fechados da Europa Oriental; ao país das proibições contornáveis e da tolerância anárquica, onde todo estrangeiro é acolhido como um irmão.

Nas paradas das estações mantinham as portas fechadas; abriam-nas, porém, quando o trem estava em movimento, e nas paradas freqüentes em pleno campo. Sentado no chão, com as pernas pendentes, Mendel assistia ao desdobramento solene da paisagem: os campos férteis, os lagos, os bosques, as fazendas e os casarões do Alto Palatinato, depois da Baviera. Nem ele nem nenhum de seus companheiros jamais tinham morado numa terra tão rica e civilizada. Atrás deles, como pontilhada por seus inumeráveis passos, alongava-se a trilha do caminho que haviam percorrido, sem fim, como um sonho atormentado, através de pântanos, vaus, florestas repletas de armadilhas, neve, rios, e mortes sofridas e infligidas. Sentia-se cansado e estrangeiro. Sozinho, agora: sem mulheres, sem objetivo, sem país. Sem amigos? Não, isso não podia dizer; os companheiros permaneciam, acabariam ficando: preenchiam o seu vazio. Não lhe importava de onde o trem o arrastava; tudo estava feito, havia cumprido com o seu dever, não facilmente, nem sempre de boa vontade, mas o cumprira. Encerrado, acabado. A guerra tinha acabado, e o que faz um artilheiro em tempo de paz? O que é capaz de fazer? Relógios? Quem sabe: talvez nunca mais, para atirar os dedos se tornam duros, insensíveis, e os olhos se habituam a olhar para longe, através da mira. Da Terra Prometida não lhe vinha nenhum apelo, talvez lá também tivesse que caminhar e combater. Bem, é o meu destino, eu o aceito, mas não me aquece o coração. É um dever, e deve ser cumprido, como quando matei o ucraniano da polícia auxiliar. O dever não é uma riqueza. Tampouco o futuro o é; eles sim, deles sou rico, eles permanecem em mim. Todos: com suas rudezas e defeitos, também aqueles que me ofenderam, também aqueles a quem ofendi. Também as mulheres, mesmo Sissl, a quem deixei estupidamente, mesmo Line, que sabe o que quer, que quer todos, e que me deixou; mesmo Bella, que é chata e lenta, mesmo Ròkhele Branca, com seu ventre temerário, que cresce como uma fruta.

Olhou para os lados e para trás. Eis Piotr, cândido como uma criança e terrível na batalha, doido como todos os russos de bem. Você daria a vida por Piotr? Sim, daria, sem hesitar: como não hesita quem sabe estar fazendo uma troca conveniente. Sobre a face da terra é melhor que esteja ele do que eu. Vem à Itália conosco, alegre e confiante como um menino que sobe no carrossel. Escolheu combater conosco e por nós, como os cavaleiros de antigamente, porque é generoso, porque acredita naquele Cristo em que nós não acreditamos; contudo, o pope lhe terá dito também que fomos nós que o pregamos na cruz.

Eis Gedale. É estranho que se chame Gedale: o Gedale da Bíblia era um homem de pouca importância. Nabucodonosor, o caldeu, tinha-o nomeado governador da Judéia, era um dos poucos judeus remanescentes em Jerusalém após a deportação: naquele tempo como agora, como os governadores que Hitler nomeava; era um colaboracionista, em suma. E tinha sido morto por Ismael, um da resistência, um como nós. Se temos razão, tinha razão Ismael, e fizera bem em matar aquele Gedale... Que idéias estúpidas! Um homem não tem culpa do nome que carrega: eu me chamo o Consolador e não consolo ninguém, nem sequer a mim mesmo. De qualquer modo, para Gedale seria melhor um outro nome; por exemplo, Jubal, aquele que inventou a flauta e a guitarra; ou Jabal, seu irmão, que foi o primeiro a andar pelo mundo e a dormir em tendas; ou Tubalcaim, o terceiro irmão, que ensinou a todos como trabalhar o cobre e o ferro. Eram todos filhos de Lamec. Lamec fora um misterioso vingador, ninguém sabe mais qual era a ofensa que ele tinha vingado. Lamec em Liuban, Lamec em Chmielnik, Lamec em Neuhaus. Talvez também Lamec tivesse sido um vingador alegre, como Gedale; à noite, sob a tenda, após a vingança, tocava flauta com os filhos. Não entendo Gedale, não saberia prever nenhum de seus gestos nem nenhuma de suas decisões, mas Gedale é meu irmão.

E Line? Que dizer de Line? Não é minha irmã: é muito mais e muito menos, é uma mãe-mulher-filha-amiga-inimiga-rival-mestra. Foi carne de minha carne, entrei nela, há mil anos, numa noite de vento dentro de um moinho de vento, quando ainda havia guerra e o mundo era jovem e cada um de nós era um anjo com a espada em punho. Não é alegre mas é segura, e eu não sou nem alegre nem seguro e tenho mil anos e carrego o mundo nas costas. Ei-la junto a mim, não me olha mas olha fixamente para esta paisagem alemã e sabe sempre com precisão o que se deve fazer. Há mil anos, nos pântanos, eu também o sabia e agora ela ainda sabe e eu não sei mais. Ela não olha para mim mas eu olho para ela, e sinto prazer em olhar para ela, e perturbação, e dilaceração, e desejo da mulher dos outros. Line, Emmeline, Raab: a santa pecadora de Jericó. Mulher de quem? De todos, que é como dizer de ninguém; prende e não se deixa prender. Mulher não importa de quem, mas quando revejo o seu corpo na lembrança, quando o adivinho sob as roupas, sinto-me dilacerar, e gostaria de recomeçar, e sei que não se pode e justamente por isso me sinto dilacerar. Mas me sentiria dilacerar de qualquer maneira, mesmo sem Line, mesmo sem Sissl. Mesmo sem Rivke? Não, Mendel, isso você não sabe, não pode dizer. Sem Rivke seria um outro homem, que pensa sabe-se lá como, um não-Mendel. Sem Rivke, sem a sombra de Rivke, estaria pronto para o futuro. Pronto para viver, para crescer como uma semente: há sementes que vingam em todas as terras, também na Terra de Israel, e Line é uma semente dessa espécie, e todos os outros também. Saem da água e se sacodem como cachorros e se enxugam de suas lembranças. Não têm cicatrizes. Ora, como pode dizer isso? Sim, têm cicatrizes, mas não falam delas; talvez cada um deles, neste momento, esteja pensando como você.

O trem havia ultrapassado Innsbruck, e estava subindo com esforço rumo a Brenner e à fronteira italiana. Gedale, sentado num canto do vagão, com as costas apoiadas na parede de madeira, tocava a seu modo, baixinho, distraído. Tocava um motivo cigano ou hebraico ou russo: os povos mutuamente estrangeiros com freqüência se tocam na música, fazem trocas na música, por meio da música aprendem a se conhecer, a não desconfiar. Um motivo humilde, ouvido cem vezes, grosseiro, vulgarmente nostálgico; e eis que de repente o ritmo se fazia vivaz, e o motivo, assim acelerado, tornava-se outro: álacre, novo, nobre e cheio de esperança. Um ritmo dançante, alegre, que convidava a segui-lo balançando a cabeça e batendo as mãos; e muitos do bando, de barba hirsuta, tostados pelo sol, endurecidos pelas fadigas e pela guerra, seguiam-no assim, deleitando-se com a desgraça, imemoriais e selvagens. Findas as insídias, finda a guerra, a estrada, o sangue e o gelo, morto o satã de Berlim, vazio e vago o mundo, a ser recriado, a ser repovoado, como depois do dilúvio. Em subida, em alegre subida rumo à passagem: subida, *alià*, assim se chama o caminho quando se sai do exílio, do profundo, e se sobe rumo à luz. Também o ritmo do violino subia, cada vez mais rápido, tornava-se desenfreado, orgíaco. Dois gedalistas, depois quatro, depois dez, soltaram-se no vagão, dançando em duplas, em grupos, ombro contra ombro, batendo os saltos das botas no pavimento sonoro. Gedale também se levantara, e dançava tocando, girando sobre si mesmo, levantando os joelhos no alto.

Ouviu-se de repente um baque seco, e o violino se calou. Gedale ficou com o arco suspenso; o violino se partira.

"Fidl kapút!", grunhiu Pavel; outros também riram, mas Gedale não riu. Contemplava o violino veterano, aquele que lhe salvara a vida em Luninets, e talvez também em outras vezes inadvertidas, mantendo-o à tona ou acima do tédio e do desespero; o violino ferido na batalha, furado pelas balas destinadas a ele, que ele tinha condecorado com a medalha de bronze do húngaro. "Não é nada, nós o consertaremos", disse Ròkhele Branca; mas não era assim. Talvez o sol e as intempéries tivessem amolecido a madeira, talvez o próprio Gedale o tivesse forçado na dança de roda que estava tocando: de qualquer modo, o estrago era irreparável. O cavalete afundara, rompendo o ventre delicadamente bojudo do instrumento e penetrando no seu interior; as cordas pendiam ignóbeis e lentas. Não havia mais nada a fazer. Gedale estendeu o braço para fora da janela, abriu a mão, e o violino caiu no saibro da estrada de ferro com um toque fúnebre.

O trem chegou a Brenner ao meio-dia de 25 de julho de 1945. Nas paradas das estações anteriores Gedale nunca deixara de fechar as cortinas, mas agora parecia ter esquecido: contudo, era importante, aquela era uma estação de fronteira, era quase certo que haveria uma inspeção. Line tomou providências, antes mesmo que o trem parasse; mandou os que estavam sentados no vão se levantarem, fechou as duas janelas, amarrou-as por dentro com pedaços de arame, e recomendou a todos que fizessem silêncio. Nas plataformas houve a princípio uma certa agitação, mas depois reinou o silêncio também do lado de fora, e as horas começaram a passar e a impaciência a crescer. Aumentava também o calor, no vagão fechado e parado em pleno sol. Os gedalistas, trinta e cinco pessoas amontoadas em poucos metros quadrados, sentiam-se ainda uma vez numa armadilha. Ouviam-se cochichos:

"Já estamos na Itália? Passamos pela fronteira?"

"Talvez tenham desengatado o vagão."

"Não, teríamos ouvido o barulho."

"Vamos abrir, descer e verificar."

"Vamos todos sair e continuar a pé."

Mas Line impôs silêncio; na plataforma deserta se ouviam passos e vozes. Pavel espiou por uma fenda na janela:

"São militares. Parecem ingleses."

As vozes se aproximaram: eram quatro ou cinco pessoas, e pararam para conversar exatamente junto ao vagão. Pavel apurou o ouvido:

"...mas não falam inglês", disse com um fio de voz. Depois alguém bateu com o nó dos dedos na janela, e fez uma pergunta incompreensível; mas Line entendeu, adiantou-se através do amontoado de gente e respondeu. Respondeu em hebraico: não no hebraico litúrgico e embalsamado das sinagogas, ao qual todos tinham o ouvido acostumado, mas no hebraico fluido, vivo, que se fala desde sempre na Palestina, e que entre eles só Line compreendia e falava: aprendera-o com os sionistas de Kiev, antes que o céu se fechasse, antes do dilúvio. Line abriu a janela.

Na plataforma havia quatro jovens de fardas cáqui, limpas e bem passadas. Usavam engraçados calções largos e curtos, sapatos baixos, meias de lã até o joelho; traziam na cabeça um casquete preto com as insígnias britânicas, mas na camisa de mangas curtas estava costurada a estrela de seis pontas, o Escudo de Davi. Judeus ingleses? Judeus prisioneiros dos ingleses? Ingleses disfarçados de judeus? Para os gedalistas, a estrela no peito era um símbolo de escravidão, era a marca imposta pelos nazistas aos judeus nos campos de concentração. Os judeus perplexos no vagão e os judeus tranqüilos na plataforma se encararam em silêncio durante alguns instantes. Depois falou um deles, jovem, corpulento, com rosto alegre, louro e rosado: em hebraico, perguntou: "Quem sabe hebraico?".

"Só eu", respondeu Line. "Os outros falam iídiche, russo e polonês."

"Então falemos iídiche", disse o jovem; mas o falava com esforço e com hesitações freqüentes. Seus três companheiros davam sinais de entender, mas não o falavam. "Não precisam ter medo de nós. Somos da Brigada Palestina, estamos vindo da Terra de Israel mas pertencemos ao exército inglês. Subimos a Itália combatendo, junto com os ingleses, os americanos, os poloneses, os marroquinos, os indianos. Vocês vêm de onde?"

A pergunta não era fácil; todos responderam um pouco confusamente, vinham da Polessia, de Bialystok, de Kosovo, dos guetos, dos pântanos, do Cáucaso, do Exército Vermelho. O jovem, que os companheiros chamavam de Chàim, fez com as mãos o gesto de quem acalma as águas. "Fale você, moça", disse. Line, antes de falar, consultou a meia voz Gedale e Mendel: contar tudo? dizer a verdade? Estes são soldados estranhos: judeus, mas com farda inglesa. A quem obedecem? A Londres ou a Tel Aviv? Podemos confiar neles? Gedale parecia indeciso, ou melhor, indiferente: "Veja você", disse, "fique nas generalidades". Mendel disse: "Com que direito nos fazem perguntas? Espere para responder, e trate de interrogá-los; depois veremos que linha seguir".

Chàim observava; sorria, depois riu abertamente:

"'O sábio ouve uma palavra e entende sete': já lhes disse, esta farda é inglesa, mas agora a guerra acabou, e nós agimos de acordo com a nossa cabeça. Não estamos aqui para obstruir o caminho de vocês, ao contrário, nosso objetivo é exatamente o oposto. Nós e toda a nossa companhia estamos andando pela Alemanha, Hungria e Polônia: vamos buscar os judeus que se salvaram dos Lagers, os que se esconderam, os doentes, as crianças."

"E o que fazem com eles?"

"Nós os ajudamos, cuidamos deles, nós os reunimos e os escoltamos até aqui, na Itália. O meu pelotão estava em Cracóvia há duas semanas; amanhã estará em Mauthausen e em Gusen, depois de amanhã vai a Viena."

"E os ingleses sabem o que vocês fazem?"

Chàim deu de ombros:

"Também entre eles há sábios, que entendem e deixam fazer. Há também tolos, que não se dão conta de nada. E há os homens da ordem; estes são os que mais atrapalham, aqueles que põem obstáculos no nosso caminho. Mas nós não nascemos ontem, e existe remédio também para eles. Vocês querem ir para onde?"

"Para a Terra de Israel; mas estamos cansados, sem dinheiro, e aquela mulher vai dar à luz em breve", disse Line.

"Estão armados?"

Apanhada de surpresa, Line disse que não, mas com um tom tão pouco convincente que Chàim teve que rir de novo:

"*Nu*, já lhes disse que não nascemos ontem. Pensam que, com o trabalho que fazemos há três meses, não sabemos distinguir um veterano de um refugiado, e um refugiado de um membro da resistência? Vocês trazem escrito na cara quem são; e por que deveriam se envergonhar?"

Mottel interveio:

"Ninguém se envergonha, mas as armas ficam conosco."

"Nós não vamos tirá-las, certamente: já disse que estamos aqui de passagem. Porém, devem ser razoáveis. Um pouco para baixo da passagem está o nosso comando de brigada; não sei se vão se ocupar de vocês, mas o mais sensato seria que vocês se apresentassem e entregassem as armas para eles. Mais ao sul, fica Bolzano, lá está o comando inglês, e na certa vão revistá-los; melhor entregá-las a nós do que deixar que eles as requisitem, estou certo?"

Pavel disse: "Você tem a sua experiência, mas nós temos a nossa. E a nossa experiência é que as armas servem sempre. Na guerra e na paz, na Rússia e na Polônia, na Alemanha e na Itália. Há dois meses, com a guerra já terminada, os alemães mataram uma companheira nossa, e nós a vingamos; como teríamos feito se não tivéssemos as armas? E na Polônia, sob domínio russo, os fascistas poloneses atiraram uma bomba entre nossos pés".

Chàim disse:

"Não nos comportemos como inimigos: não somos inimigos. Desçam do vagão, vamos nos sentar no gramado; desengataram a locomotiva, pelo menos antes de duas horas o trem de vocês não parte. Vocês vão ver, vamos ter uma conversa importante para todos nós." Desceram todos do vagão e sentaram em círculo no gramado, sentindo o perfume de resina, sob um céu varrido pelo vento forte. "Entre nós, isto se chama um *kum-sitz*, um 'venha-e-sente'", disse Chàim. E prosseguiu:

"É a conversa do leão e da raposa. Vocês vêm de um mundo terrível. Nós o conhecemos pouco: pelos relatos de nossos pais, e por aquilo que vimos em nossas missões; mas sabemos que cada um de vocês está vivo por milagre, e que deixaram o inferno para trás. Vocês e nós combatemos o mesmo inimigo, mas de dois modos diferentes. Vocês tiveram que agir sozinhos: foram obrigados a inventar tudo, as defesas, as armas, os Aliados, os ardis. Nós tivemos mais sorte: estávamos organizados, enquadrados num grande exército. Não tínhamos inimigos nos flancos, mas apenas à frente; as armas, não as conquistamos, foram entregues a nós, e nos ensinaram a usá-las. Tivemos batalhas duras, mas por trás de nós havia retaguardas, as cozinhas, as enfermarias, e um país que nos saudava como libertadores. Neste país as armas não lhes servirão mais."

"Por que não nos servirão?", perguntou Mottel: "E em que este país difere dos outros? Somos estrangeiros aqui como em toda parte: ou melhor, mais estrangeiros aqui do que na Rússia ou na Polônia, e um estrangeiro é um inimigo."

"A Itália é um país estranho", disse Chàim. "É preciso muito tempo para entender os italianos, e nem nós, que subimos a Itália de Brindisi até os Alpes, não conseguimos entendê-los bem; mas uma coisa é certa, na Itália os estrangeiros não são inimigos. Poderíamos dizer que os italianos são mais inimigos de si mesmos que dos estrangeiros: é curioso mas é assim. Talvez isso advenha do fato de que as leis não agradam aos italianos, e como as leis de Mussolini, e também a sua política e a sua propaganda, condenavam os estrangeiros, justamente por isso os italianos os ajudaram. As leis não agradam aos italianos, gostam é de desobedecer a elas: é o jogo deles, como o jogo dos russos é o xadrez. Gostam de enrolar; mas não lhes desagrada tanto ser enrolados: quando alguém os enrola, pensam: 'Veja que coisa, foi mais esperto que eu', e não preparam a vingança mas no máximo a revanche. Como no jogo de xadrez, exatamente."

"Então vão enrolar também a nós", disse Line.

"É provável, mas é o único risco que correm; por isso disse que as armas não lhes servirão. Mas a esta altura devo lhes dizer a coisa mais estranha de todas: os italianos se mostraram amigáveis com todos os estrangeiros, mas com ninguém se mostraram mais amigáveis do que conosco da Brigada Palestina."

"Talvez não tenham percebido que vocês eram judeus", disse Mendel.

"Com certeza perceberam, e de resto não o escondemos. Ajudaram-nos não *apesar de* sermos judeus, mas *porque* o éramos. Ajudaram também os seus judeus; quando ocuparam a Itália, os alemães fizeram todos os esforços que podiam para capturá-los, mas capturaram e mataram só um quinto deles; todos os demais encontraram refúgio nas casas dos cristãos, e não só os judeus italianos, mas muitos judeus estrangeiros que tinham se refugiado na Itália."

"Talvez isso tenha acontecido porque os italianos são bons cristãos", propôs ainda Mendel.

"Pode ser", disse Chàim coçando a cabeça, "mas não tenho certeza. Até como cristãos os italianos são estranhos. Vão à missa mas blasfemam. Pedem graças à Madona e aos santos, mas parece que crêem pouco em Deus. Sabem os dez mandamentos de cor, mas respeitam no máximo dois ou três. Creio que ajudam quem precisa porque são gente boa, que sofreu muito, e que sabe que aquele que sofre deve ser ajudado."

"Os poloneses também sofreram muito: no entanto..."

"Não sei o que lhes dizer: poderiam ser encontradas dez razões, todas boas e todas ruins. Uma coisa, porém, precisam saber: os judeus italianos são estranhos como os católicos. Não falam iídiche, ou melhor, nem sequer sabem o que é o iídiche. Só falam italiano; ou melhor, os judeus de Roma falam romano, os judeus de Veneza veneziano, e assim por diante. Vestem-se como os outros, têm a mesma cara dos outros..."

"E então como se distinguem dos cristãos quando passam pela rua?"

"Aí é que está, não se distinguem. Não é um país singular? Afinal, não são tantos; os cristãos não se ocupam deles, e eles pouco se preocupam em ser judeus. Na Itália jamais houve um *pogrom*, nem quando a Igreja de Roma incitava os cristãos a desprezá-los e os culpava por serem todos usurários, nem quando Mussolini impôs as leis raciais, nem quando a Itália do Norte foi ocupada pelos alemães; na Itália ninguém sabe o que é um *pogrom*, nem sequer o que significa essa palavra. É um país-oásis. Os judeus italianos foram fascistas quando todos os italianos eram fascistas e batiam palmas para Mussolini; e quando os alemães vieram, alguns fugiram para a Suíça, outros entraram para a resistência, mas a maior parte permaneceu escondida na cidade ou no campo; e poucos foram descobertos ou denunciados, embora os alemães tenham prometido muito dinheiro a quem colaborasse com eles. Pronto, este é o país onde estão entrando; um país de gente boa, a quem agrada pouco fazer a guerra, e ao contrário agrada muito enganar no jogo de baralho; e como nós, para mandá-los à Palestina, temos que enganar os ingleses, este é mesmo o lugar ideal, poderíamos dizer que é um porto na posição certa, colocado ali de propósito para nós."

Aos gedalistas, de cócoras e deitados no gramado de Brenner, não apetecia a idéia de entregar as armas a quem quer que fosse e por qualquer motivo; mas diante dos quatro soldados que vinham da Palestina, que vestiam a farda dos Aliados, e que pareciam tão seguros em seu discurso, não ousavam manifestar sua divergência. Ficaram mudos durante algum tempo, depois começaram a discutir entre si em voz baixa. Chàim e seus três companheiros não deram sinais de impaciência; afastaram-se alguns passos e se puseram a passear pelo gramado. Voltaram depois de alguns minutos, e Chàim perguntou: "Quem é o chefe de vocês?".

Gedale levantou a mão:

"O chefe seria eu. Bem ou mal, fui eu quem conduziu o bando, da Rússia Branca até aqui; mas veja, nós não temos patentes, jamais tivemos. Quase nunca tive necessidade de comandar. Eu fazia uma proposta, ou algumas vezes um dos outros fazia, discutia-se e se chegava a um acordo; mas na maioria das vezes entrávamos em acordo mesmo sem discutir. Vivemos e combatemos assim, por dezoito meses, e caminhamos dois mil quilômetros. Eu era o chefe deles porque inventava as coisas, porque as idéias e as soluções me vinham à mente; mas por que precisamos ter um chefe agora que a guerra acabou e entramos num país tranqüilo?"

Chàim se virou para seus companheiros e lhes disse alguma coisa em hebraico; eles responderam, sem demonstrar menosprezo ou intolerância e sim paciência e respeito. Chàim disse:

"Entendo-os, ou pelo menos penso que sim. Vocês também são aves estranhas, mais do que os italianos; mas cada um é estranho para um outro, faz parte da ordem das coisas, e a guerra é uma grande mistura. Bem, com relação ao chefe, façam como quiserem; elejam um, tornem a confirmá-lo" (e indicou Gedale, que se retraiu), "ou fiquem sem. Mas no que diz respeito às armas é outra história. Nós os entendemos bem, mas os ingleses e os americanos não vão entendê-los de jeito nenhum. Estão com o saco cheio de resistentes; foram úteis para eles enquanto se combatia, mas agora não querem mais ouvir falar neles. Queriam até mandar os da resistência italiana descansar, neste último inverno, antes mesmo que a guerra acabasse; e agora, medalhas e diplomas tudo bem, mas nada de armas. Se os encontram com armas dependuradas, ou escondidas em casa, metem-nos na cadeia; imaginem resistentes estrangeiros, sobretudo se vêm da Rússia. Por isso, devem ser razoáveis e entregar as armas para nós; saberemos o que fazer com elas. Em suma, conservem aquelas que puderem esconder junto ao corpo e entreguem as outras. Está bem?"

Gedale hesitou um momento, depois deu de ombros e disse amuado:

"Caros companheiros, aqui voltamos a entrar na ordem." Tornou a subir no vagão, e desceu com a pistola automática de Smirnov e outras poucas armas. Os quatro militares não se mostraram rigorosos, não pediram mais nada, e carregaram tudo no jipe que tinham estacionado ali perto.

"Bem. E agora, o que será de nós?", perguntou Gedale quando voltaram.

"Simples", disse Chàim. "Agora que estão desarmados, ou quase, não são mais tão estranhos. Tornaram-se DP."

"O que é que nos tornamos?", perguntou Line, desconfiada. "O que é um DP?"

"Um DP é uma *displaced person*: um refugiado, um desgarrado, um apátrida."

"Nós não somos DP", disse Line. "Tínhamos uma pátria, e não é nossa culpa se não a temos mais; e com certeza vamos construir outra. Está adiante de nós, e não atrás. Desgarrados encontramos muitos, ao longo de nosso caminho, e não eram como nós. Nós não somos DP, somos resistentes, e não só no nome. Construiremos o nosso futuro com as nossas mãos."

"Calma, moça", disse Chàim. "Este não é o momento de se preocupar com definições, não devemos atribuir demasiado peso às palavras. Ao contrário, é necessário que sejamos flexíveis. Agora, os Aliados estão aqui; cedo ou tarde vocês vão encontrar a Polícia Militar. Não são como os nazistas, mas são enfadonhos, e vão prender vocês sabe-se lá onde e por quanto tempo. Vão lhes dar de comer e de beber, mas poderão ficar na cadeia até acabar a guerra com o Japão; isso se nesse intervalo não tiver começado a guerra entre americanos e russos. Não lhes farão muitas perguntas; para eles um resistente é um comunista, e se vem do Leste é comunista duas vezes: fui claro? Em resumo, a fraternidade de armas acabou. Gostariam de terminar num campo de concentração justo agora?"

Os gedalistas responderam à pergunta com um murmúrio confuso em que Chàim distinguiu alguns fragmentos de palavras.

"Cair na clandestinidade? Nem pensem nisso, a Itália não é como os países de onde vocês vêm; sobretudo a Itália do Norte. É populosa como um galinheiro. Não existem bosques, tampouco pântanos, e o terreno vocês não conhecem. Os camponeses não os entenderiam, iriam considerá-los bandidos, e é isso que vocês acabariam se tornando. Sejam flexíveis, entreguem-se."

"Onde, como, e a quem?", perguntou Gedale.

"Tratem de chegar a Milão sem dar muito na vista, e lá se apresentem neste endereço."

Escreveu alguma coisa num pedaço de papel e o entregou a Gedale, depois acrescentou:

"Se por acaso nos encontrarmos de novo, vão me dizer que meus conselhos foram bons. Agora subam em seu vagão: estão engatando a locomotiva."

Quando desceram do vagão na Estação Central de Milão, sob o telheiro alto de vidro e aço esburacado pelas bombas, pensaram que tivesse explodido outra guerra. Havia gente acampada em toda parte, entre os trilhos, nas plataformas, nas escadarias que desciam até o pátio, nas escadas rolantes que não funcionavam, no próprio pátio. Havia italianos voltando para casa vestidos com farrapos, estrangeiros esfarrapados que esperavam partir quem sabe para onde; havia militares aliados, de pele branca e negra, em suas fardas elegantes, e civis italianos, bem vestidos, com malas e mochilas, que partiam para as férias. No pátio diante da feia fachada de pedra circulavam alguns bondes e raros automóveis; havia canteiros, que foram transformados em hortas de guerra, depois foram saqueados e abandonados, e estavam se cobrindo de mato. Tinham sido montadas tendas diante das quais mulheres de aspecto miserável cozinhavam em fogões improvisados. Outras mulheres se amontoavam ao redor dos chafarizes, com latas, panelas e quaisquer recipientes que encontrassem. Ali ao redor só havia palácios destruídos pelas bombas.

Somente Pavel conhecia algumas palavras de italiano, aprendidas no período em que perambulava pela Europa como ator. Mostrou o endereço a um passante que o encarou no rosto com desconfiança e depois lhe respondeu irritado: "Não existe mais!". O que não existia mais? O endereço estava errado? Ou tinham derrubado o edifício? O diálogo era penoso, atrapalhado pela incompreensão recíproca: "*Fascio*, fascismo, fascistas, nada, acabou", repetia o passante. Pavel acabou por entender que naquele endereço houvera um comando fascista importante, mas que agora não existia mais; de qualquer modo, o milanês lhe explicou da melhor forma possível o caminho que devia seguir. Era preciso caminhar três quilômetros: o que são três quilômetros? Era para se rir. Puseram-se a caminho, tímidos e curiosos; nunca, em todo o seu longuíssimo caminho, tinham se sentido tão estrangeiros.

Era o início da tarde. Marchavam em fila desordenada, atentos para não perder de vista Pavel, que andava à frente, mas com freqüência o detinham para poderem olhar ao redor. Ruínas enegrecidas se alternavam com altos edifícios intactos, suntuosos; muitas lojas estavam abertas, as vitrines transbordavam de mercadorias tentadoras sob as placas incompreensíveis. Só ao redor da estação havia gente miserável; os passantes que encontravam nas ruas do centro estavam bem vestidos e respondiam amavelmente às perguntas deles, procurando entender e se fazer entender. Rua

Unione? Reto, em frente, ainda dois quilômetros, mais um; Duomo, Duomo, não entender? Piazza del Duomo, e ainda em frente. Diante da construção enorme do Duomo, bexigosa por causa dos bombardeios, detiveram-se sombrios, sujos e intimidados, carregando seus embrulhos desbotados pelo sol; furtivamente, Piotr fez o sinal-da-cruz com três dedos juntos, à maneira russa.

Na rua Unione encontraram uma atmosfera que lhes era mais familiar. O Escritório de Assistência pululava de refugiados, poloneses, russos, tchecos, húngaros; quase todos falavam iídiche; todos precisavam de tudo, e a confusão era imensa. Havia homens, mulheres e crianças acampados nos corredores, famílias que tinham construído abrigos com folhas de compensado ou cobertores pendurados. Para baixo e para cima nos corredores, e atrás dos guichês, trabalhavam mulheres de todas as idades, ofegantes, suadas, infatigáveis. Nenhuma delas entendia iídiche e poucas alemão; intérpretes improvisados se esgoelavam no esforço de estabelecer ordem e disciplina. O ar era tórrido, com odores de latrina e de cozinha. Uma seta e um cartaz escrito em iídiche indicavam o guichê correspondente aos recém-chegados; entraram na fila e aguardaram com paciência.

A fila andava devagar, e Mendel tinha pensamentos informes e contrastantes. Jamais tão estrangeiro, ele também: russo na Itália, judeu diante do Duomo, relojoeiro de aldeia numa cidade grande, resistente em tempo de paz; estrangeiro de língua e de espírito, estrangeiro tornado estranho por anos de vida selvagem. Contudo, nunca antes, em nenhuma das centenas de lugares que tinham atravessado, respirara o ar que respirava ali. Estrangeiro, mas aceito, e não só pelas senhoras gentis do Escritório de Assistência. Não tolerado mas aceito; nos rostos dos italianos aos quais desde Brenner tinham se dirigido havia às vezes um lampejo de desconfiança ou de malícia, porém jamais a sombra turva que os separa do russo ou do polonês quando os reconhecem como judeus. Neste país são todos como Piotr; talvez menos corajosos, ou mais sutis, ou apenas mais velhos. Sutis como os velhos, que já viram tantas coisas.

Mendel e Pavel se apresentaram no guichê um ao lado do outro; atrás do guichê estava uma senhora de uns trinta anos, vestindo uma blusa branca bem passada, uma senhora miúda, graciosa, polida, com cabelos castanhos recém-tratados por uma cabeleireira. Estava perfumada, e junto à onda de seu perfume Mendel sentiu com desagrado o cheiro pesado, caprino, do corpo suado de Pavel. A senhora entendia alemão e o falava muito bem: não havia grandes dificuldades para se entenderem, mas Pavel insistia em falar italiano, e ao fazê-lo complicava a situação em vez de simplificá-la. Nome, mais uma vez: idade, procedência, nacionalidade. Três ou quatro responderam ao mesmo tempo, e se formou alguma confusão. A senhora compreendeu que se tratava de um grupo, e sem dar sinais de impaciência pediu a Pavel que respondesse por todos: tratava-o na terceira pessoa, e até isso era agradável, embaraçoso, e jamais acontecera antes. Era literalmente um escritório de assistência: procuravam assisti-los, ajudá-los, não se livrar deles nem fechá-los numa caixa de arame farpado.

A senhora escrevia e escrevia; trinta e cinco nomes são tantos, e a lista ia se alongando. Nomes e sobrenomes exóticos, cheios de consoantes; era preciso parar, conferir, pedir para repetir, perguntar a grafia. Pronto, acabou. A senhora se debruçou para fora do guichê para vê-los. Um grupo, um grupo estranho; refugiados diferentes dos habituais, diferentes dos restos humanos que fazia vários dias desfilavam diante daquele escritório. Sujos e cansados, mas de cabeça erguida; diferentes nos olhos, na fala, na atitude.

"Sempre estiveram juntos?", perguntou a Pavel em alemão.

Pavel não perdeu a oportunidade de fazer boa figura. Apelou para todos os fragmentos de italiano que reunira anos antes nas viagens, o que ouvira entre as cenas, nos trens, nos hoteizinhos e nos bordéis. Inflou o peito:

"Grupo, graciosa senhora, grupo. Sempre juntos. Rússia, Polônia. Caminhar. Bosque, rio, neve. Alemães mortos, tantos. Nós *partisani*, todos, *porca miseria*. Nada DP, nós guerra, *partisani*. Todos soldados, *madosca*; também mulheres."

A graciosa senhora estava perplexa. Rogou aos gedalistas que ficassem de lado e esperassem, e se pendurou ao telefone. Falou durante muito tempo, em tom exaltado, mas cobrindo a boca com a mão para não ser ouvida; no final, disse a Pavel que tivesse paciência; teriam que passar uma outra noite acampados, que se arranjassem o melhor que pudessem nos corredores, mas no dia seguinte encontraria uma acomodação melhor para eles. Lavar-se? Não era fácil; nada de chuveiros, o edifício fora restaurado havia pouco, mas água sim, pias, sabão, e talvez três ou quatro toalhas. Poucas para tanta gente, claro, mas que fazer, não era culpa dela nem dos seus colegas, todos faziam o máximo, inclusive ofereciam contribuições pessoais. Em suas palavras e no seu rosto, Mendel leu reverência, piedade, solidariedade e apreensão.

"Para onde está nos mandando?", perguntou-lhe em seu melhor alemão.

A senhora abriu um belo sorriso, e fez com as mãos um gesto complicado e alusivo que Mendel não entendeu:

"Não vamos mandá-los para o campo de refugiados, mas a um lugar mais adequado a vocês."

De fato, na manhã seguinte vieram dois caminhões para carregá-los; a senhora lhes garantiu, não iriam longe, para uma fazenda, nos arredores de Milão, no máximo meia hora de viagem; iriam se sentir bem, melhor que na cidade, mais à vontade, mais tranqüilos... Assim ela também ficará mais tranqüila, pensou Mendel. Perguntou-lhe por que falava alemão: são muitos os italianos que falam alemão? São poucos, respondeu a senhora, mas ela era professora de alemão; sim, tinha ensinado numa escola, até que apareceu Hitler e ela fugiu para a Suíça. A Suíça fica a quarenta quilômetros de Milão. Ficara asilada na Suíça com o marido e o filho pequeno; não estavam mal; tinha voltado para Milão fazia poucas semanas. Assistiu ao espetáculo dos gedalistas subindo nos caminhões com suas bagagens de ciganos; disse que retomaria o contato com eles, despediu-se e entrou de novo no escritório.

A fazenda fora danificada nos últimos dias da guerra e restaurada da melhor maneira possível. Lá encontraram cerca de cinqüenta refugiados poloneses e húngaros, mas os dormitórios eram amplos, previstos para pelo menos duzentas ou trezentas pessoas, e bem equipados com camas dobráveis e beliches. Olharam ao redor: não, nada de sentinelas nem de arame farpado, pela primeira vez. Não uma casa, mas pouco menos; nenhuma pressão, se quiser entrar entre, se quiser ir embora pode ir. Comida na hora certa, água, sol, gramados, um leito: quase uma hospedaria, que mais desejavam? Mas a gente sempre quer mais alguma coisa: nunca nada é tão perfeito como a gente imagina; mas também nunca nada é tão feio como a gente imagina, pensava Mendel, lembrando os dias de operosidade febril em Novoselki no meio da neblina e dos pântanos, e a embriaguez insensata das batalhas.

Houve uma segunda inscrição diante de um segundo guichê; um jovem magro e despachado, que falava bem iídiche mas era de Tel Aviv, alistou-os sem escrever tanto, mas se deteve diante de Bella e de Ròkhele Branca: estas não, estas devem voltar para Milão, não estão aptas para o trabalho agrícola; sobretudo esta, o que fazem na rua Unione, enlouqueceram? O que deu na cabeça de vocês, mandar uma mulher grávida para nós? Intervieram Line, Gedale, Pavel e Isidor, que gritava mais que todos: nós não nos separamos, não somos refugiados, somos um bando, uma unidade. Se Branca for para Milão, vamos todos para Milão. O jovem fez uma cara estranha mas não insistiu.

Mas teve que insistir no dia seguinte. Havia trabalho a ser feito, um trabalho urgente: os gedalistas perceberam que aquela era uma fazenda estranha, onde a atividade agrícola contava pouco, e em vez disso havia uma grande circulação de mercadorias. Eram caixas de víveres e de remédios, mas algumas eram demasiado pesadas para que se pudesse acreditar nos escritos que apareciam impressos em inglês. O jovem disse que todos tinham que ajudar a levar as caixas para os caminhões. Três ou quatro dos homens de Ruzany resmungaram que não tinham percorrido as estradas combatendo da Bielo-Rússia até a Itália para ser carregadores, e um chegou a murmurar entre os dentes: "Kapo". Zvi, o jovem administrador da fazenda, ignorou a afronta, deu de ombros e disse: "Quando o navio de vocês chegar, isso será útil também para vocês"; e depois, ajudado por dois jovens húngaros, começou de boa vontade a carregar ele mesmo as caixas. Então todos pararam de protestar e puseram mãos à obra.

Na fazenda havia um grande movimento também de pessoas; refugiados de todas as idades chegavam e partiam, assim era difícil travar amizade. Todavia, os gedalistas notaram logo que alguns indivíduos eram fixos: procuravam se manter discretos, mas deviam exercer alguma função essencial. Dois sobretudo chamaram a atenção de Mendel. Tinham cerca de trinta anos, eram atléticos, ágeis nos movimentos; de poucas palavras, falavam russo entre si. Freqüentemente saíam do terreiro com um grupo de jovens, com foices, forcados e ancinhos, e desapareciam na direção do rio. Só regressavam à noite; do matagal que margeava o rio se ouviam de vez em quando tiros isolados.

"Quem são aqueles dois?", perguntou Mendel a Zvi.

"Instrutores: vêm do Exército Vermelho. Dois jovens excelentes. E se algum de vocês..."

"Voltaremos a conversar", disse Mendel, sem se comprometer. "Acabamos de chegar; deixem-nos respirar um pouco. E, depois, não creio que tenhamos ainda muito que aprender."

"*Nu*, não queria dizer isso, pelo contrário. Queria dizer que vocês têm muito a ensinar", disse Zvi escandindo as palavras. Voltou à cabeça de Mendel a proposta que Smirnov lhe fizera no campo de Glogów, e que ele por cansaço não havia aceitado. Não, não sentia remorso. Conscientemente, não; a nossa parte já fizemos, eu e todos os outros. Não agora, de qualquer modo: ainda estamos ofegantes, ainda não aprendemos a respirar o ar deste país.

Dois dias depois chegou à fazenda uma carta de Milão: estava escrita em alemão, e era endereçada ao senhor Pavel Jurevic Levinski e assinada pela senhora Adele S.; exalava o mesmo perfume da graciosa senhora da rua Unione, e trazia o convite para um chá, domingo à tarde, às cinco, em sua casa da rua Monforte. Não era limitado só a Pavel, mas dizia vagamente: "O senhor e alguns de seus amigos"; não muitos, em suma, não o bando inteiro: mais que razoável. Houve uma grande excitação, e o bando se dividiu em três facções: os que queriam ir ao chá, os que não queriam ir de jeito nenhum, e os indecisos ou indiferentes. Queriam ir o próprio Pavel, Bella, Gedale, Line, e um bom número dos demais, movidos por razões diferentes. Pavel, porque se considerava indispensável como intérprete, e porque o envelope trazia o seu nome; Bella e Gedale, por curiosidade; Line, por razões ideológicas, isto é, por ser a única do bando que tinha recebido uma educação sionista; e os outros porque esperavam encontrar alguma coisa boa para comer. Não queriam ir Piotr e Arié por timidez e porque não entendiam o alemão; Branca, porque havia alguns dias sentia dores no abdômen; Isidor, para não se separar de Branca; e Mottel, porque dizia que as maneiras *goyische* da senhora não o deixavam à vontade, e que não conseguia se ver num salão burguês.

Foram Pavel, Bella, Line, Gedale e Mendel. Mendel, para dizer a verdade, estava entre os indecisos, mas os outros quatro insistiram para que fosse: porque era uma ocasião única para ver como se vive na Itália, que iam se divertir e se distrair, porque teriam oportunidade de ouvir notícias proveitosas; mas sobretudo porque ele, gostando ou não, era o homem-chave do bando, o que melhor o representava e o que tinha participado de todas as ações; e não fizera parte do Exército Vermelho? Claro que para os italianos isso devia ser importante, ou no mínimo interessante.

Vestiram suas melhores roupas. Line, que não possuía nada exceto as pesadas vestes militares que usava desde Novoselki, disse que iria à recepção assim como estava:

"Se me vestisse de outro modo, seria como se estivesse me disfarçando. Como se estivesse dizendo uma mentira. Se me querem, devem me receber como sou."

Mas todos procuraram convencê-la a se vestir um pouco melhor, especialmente Bella e Zvi. Zvi foi buscar nos depósitos da fazenda uma blusa de seda branca, uma saia pregueada de cor marfim, um cinto de couro, meias de náilon e sandálias com sola de cortiça. Line se deixou persuadir e se retirou com o enxoval; poucos minutos depois saiu do quarto de vestir uma criatura inédita, como uma borboleta de um casulo. Quase irreconhecível: menor que a Line que todos conheciam, mais jovem, quase uma menina, desajeitada com a saia que não usava fazia anos e com as altas sandálias ortopédicas; mas os olhos castanhos e firmes, distantes entre si, e o nariz afilado, reto e pequeno, eram os mesmos, bem como a palidez insistente das bochechas, que o sol e o vento não conseguiam bronzear. O náilon conferia graça aos tornozelos e às pernas vigorosas; Bella as tocou com as mãos, como para se certificar de que não estavam nuas.

No salão da senhora S. havia muitos convidados, todos italianos. Alguns estavam vestidos com elegância, outros usavam roupas gastas, outros ainda trajavam as fardas dos Aliados. Só dois ou três entendiam o alemão e nenhum o iídiche, razão por que a conversa logo se tornou complicada. Os cinco do bando, como para se defender de uma agressão, tendiam a ficar juntos, mas só o conseguiram por poucos minutos: rapidamente cada um se viu isolado, no meio de uma roda de curiosos, e submetido a uma saraivada de perguntas melodiosas e incompreensíveis. Pavel e a senhora se desdobravam na tradução, mas com escassos resultados, a oferta era muito inferior à demanda. Através de um respiradouro entre duas costas, Mendel vislumbrou Line cercada por cinco ou seis senhoras elegantes. "Como animais no zoológico!", sussurrou-lhe a moça em iídiche.

"Animais ferozes", respondeu Mendel. "Se soubessem tudo o que fizemos, teriam medo de nós."

A dona da casa estava ansiosa. Eram seus, aqueles cinco: uma *trouvaille* pessoal, uma descoberta dela, e reivindicava o seu monopólio. Cada palavra dita por eles lhe pertencia, não podia se perder; fazia um grande esforço para segui-los no meio da multidão de convidados e para pedir que repetissem as tiradas que não ouvira. Mas estava ansiosa por outro motivo: era uma senhora fina e bem-educada, e algumas coisas que os cinco contavam feriam seus ouvidos. Pavel e Gedale, em particular, não tinham limites. A gente sabe, essas coisas existem, aconteceram, a guerra não é brincadeira, menos ainda a guerra de que esta pobre gente participou; mas num salão, convenhamos, no salão dela... Sim, tudo bem com os atos de bravura, as represálias contra os alemães, as sabotagens, as marchas na neve; mas podiam evitar comentários sobre os piolhos, e sobre os trapos amarrados nos pés, e sobre os enforcados nas latrinas... Estava quase arrependida de tê-los convidado: sobretudo por causa de Pavel, que infelizmente sabia algumas palavras de italiano, mas, sabe-se lá por quê, parecia ter uma preferência acentuada pelas blasfêmias e pelas palavras pouco polidas. Havia pouco com que se iludir, seus amigos dariam risadas loucas, e contariam a história a meia Milão. Após cerca de meia hora se refugiou no divã do canto, ao lado de Bella, que parecia menos grosseira, falava pouco, e comia chocolates admirando os quadros pendurados nas paredes. De vez em quando olhava para o relógio de pêndulo: seu marido estava atrasado. Se ao menos se apressasse! Podia ajudá-la a manter as rédeas da *party*, para que cada convidado, exótico ou local, tivesse o que lhe cabia, e que não houvesse transgressões.

O senhor S. chegou pouco antes das seis e se desculpou diante de todos: o trem havia saído de Lugano no horário, mas perdera tempo na fronteira por causa das inspeções de hábito. Beijou a esposa e se desculpou também diante ela. Era gorducho, cordial, espalhafatoso, calvo com uma coroa de cabelos claros ao redor da nuca. Ele também falava alemão, mas bem solto, sem gramática, tinha aprendido viajando. Era comerciante, ia ao exterior com freqüência. Viu-se cara a cara com Mendel e logo começou a lhe contar coisas pessoais como se o conhecesse havia muito, e como costumam fazer aqueles que têm grande auto-estima e pouca preocupação com a pessoa a quem se dirigem. Como era incômodo viajar, como era difícil reatar os contatos comerciais... Mendel pensou na maneira como eles tinham viajado e no coelho do usbeque trocado por sal, mas não disse nada. O outro finalmente se interrompeu: "Mas o senhor deve estar com sede: venha, venha comigo!".

Agarrou Mendel pelo pulso e o arrastou até a mesa dos refrescos. Mendel se deixou ficar, aturdido: experimentava uma intensa sensação de irrealidade, como nos sonhos que a gente tem quando está com o estômago muito cheio. Aproveitou o momento em que S. levava o copo à boca, e encontrou coragem para lhe fazer as perguntas que não lhe saíam da cabeça desde o início da recepção. Quem era toda aquela gente? Eram mesmo judeus, ele e a mulher? E a casa era deles? Os alemães não tinham chegado até Milão? Como tinham escapado, eles e todas as coisas bonitas que se viam ali? Todos os judeus italianos eram ricos como eles? Ou todos os italianos? Todos tinham casas assim bonitas?

O anfitrião olhou para ele com uma cara estranha, como se Mendel tivesse feito perguntas idiotas ou pouco oportunas, e lhe respondeu com paciência, como se faz com os meninos não muito espertos. Claro que eles eram judeus, todos aqueles que se chamam S. são judeus. Os hóspedes não, não todos: mas afinal é uma coisa tão importante? Eram amigos, só isso, pessoas de bem, que desejavam conhecê-los, a eles que vinham de tão longe. E a casa era dele, por que não? Ele ganhava bem, antes da guerra, e também nos primeiros anos da guerra, antes que os nazistas chegassem. Depois, a casa tinha sido requisitada, tinham posto um prócer do *fascio* para morar lá, mas ele, assim que regressara da Suíça, havia mexido os pauzinhos e o mandaram embora. Não, nem todos tinham uma casa como a dele: nem cristãos nem judeus. Não todos mas muitos, Milão é uma cidade rica. Rica e generosa, muitos judeus tinham permanecido na cidade, escondidos ou com documentos falsos; os vizinhos e os amigos que os encontravam fingiam não conhecê-los, mas às ocultas levavam comida para eles.

Foram interrompidos por um homenzarrão de voz leve e juvenil que não falava nem entendia alemão mas se mostrou extremamente amigável com Mendel. Pediu que o apresentassem a ele; S. anuiu, deturpou o nome de Mendel, e disse a Mendel: "Este é o advogado Longo". O advogado se mostrou mais discreto que o dono da casa; ouviu com silêncio respeitoso a história que Mendel contou de forma resumida e que o dono da casa traduziu frase por frase, e no final disse a este último:

"Devem estar cansados, estes seus amigos: precisam descansar. Pergunte a eles se querem ser meus hóspedes, em Varazze; há lugar na minha *villa* e talvez eles nunca tenham visto o mar!"

O convite pegou Mendel de surpresa. Hesitou, ganhou tempo, depois procurou se aproximar dos companheiros para se aconselhar. Ele não, por ele não aceitaria, sentia-se distante, outro, desagradável, selvagem; parecia-lhe ainda carregar o cheiro sepulcral da toca de Schmulek. Todavia, se os outros dissessem que sim, ele diria o mesmo. Também Bella, Line e Gedale estavam propensos a recusar o convite: apresentaram pretextos vagos, de fato estavam intimidados, não se sentiam à altura do papel que lhes era atribuído. Pavel, ao contrário, gostaria de aceitar, mas não sozinho; assim se ateve ao voto da maioria, e todos agradeceram e declinaram do convite, contentes de que suas palavras canhestras fossem traduzidas para o italiano harmonioso da senhora S. "Contudo, ver o mar não teria me desagradado", sussurrou Bella para Gedale.

A dona da casa aproveitou o momento em que os cinco estavam reunidos e lhes apresentou um outro amigo, um jovem alto e ossudo de ar enérgico, que vestia camisa e calças com aspecto militar, mas sem divisas nem distintivos. "Este é Francesco, um colega de vocês!", disse com um sorriso alusivo; mas Francesco permaneceu sério. "Ele também foi da resistência", prosseguiu a senhora. "Na Valtelina, nos Alpes, enfim, naquelas montanhas que vêem lá longe. Um rapaz corajoso; pena que seja comunista."

Com a mediação da senhora, a conversa progredia difícil e tortuosa, mas quando Francesco soube que Mendel pertencera ao Exército Vermelho, aproximou-se e o abraçou: "Desde o dia em que a Alemanha os atacou, não duvidei mais que seria derrotada. Diga-lhe, Adele. Diga-lhe que nós também combatemos, mas que se a União Soviética não tivesse resistido, teria sido o fim da Europa". A senhora traduziu o melhor que pôde, e acrescentou da própria lavra: "É um bom rapaz, mas tem cabeça dura e idéias estranhas. Se dependesse dele, não se pensaria duas vezes: ditadura do proletariado, a terra para os camponeses, as fábricas para os operários, e boa noite. No máximo, para nós que somos amigos, um lugarzinho no soviete municipal".

Francesco entendeu metade, não quis alimentar a questão, e sempre sério mandou dizer que seu partido tinha sido a espinha dorsal da resistência e a verdadeira voz do povo italiano; depois pediu que perguntasse a Mendel por que ele e seus amigos tinham saído de sua terra. Mendel estava confuso. Tinha idéias vagas sobre o que acontecera na Itália durante a guerra, estava surpreso que a senhora dissesse tão abertamente que o amigo era comunista: talvez fosse uma brincadeira? E também brincava quando se referia ao seu medo do comunismo? Ou teria medo de verdade? Em caso afirmativo, tinha razões para ter medo? Mas agora precisava responder à pergunta desse Francesco. Como lhe explicar que ser judeu na Rússia ou na Polônia não era como ser judeu na Suíça ou em Milão, na rua Monforte? Teria que lhe contar toda a história deles. Limitou-se a dizer que ele e seus companheiros não tinham nada contra Stalin, ao contrário, eram gratos a ele por ter abatido Hitler; mas que suas casas estavam destruídas, tinham o vazio atrás de si, e esperavam encontrar uma casa na Palestina. A senhora traduziu, e Mendel teve a impressão de que a tradução era mais longa que o texto original; Francesco fez uma cara não muito convencida e se afastou. Para Mendel, tampouco as expressões dos italianos eram claras; não conseguia ler as expressões das pessoas, nem suas caretas, temia lê-las de modo equivocado. Francesco. Um membro da resistência, um camarada. Quanto tempo combateu, Francesco? Dezesseis meses, dezoito: desde que o rádio de Venjamín às margens do Dnieper informou que Mussolini estava na cadeia, desde que Dov soube que a Itália havia capitulado. Quanto você caminhou, Francesco? Quantos amigos perdeu? Onde é a sua casa? Talvez em Milão ou naquelas montanhas cujo nome não sei repetir; mas você tem uma casa, a casa pela qual combateu, além de lutar por suas idéias. Uma casa, uma terra sob os pés, um céu acima da cabeça, que é seu e é sempre o mesmo. Mãe e pai; uma namorada ou uma esposa. Você tem alguém e alguma coisa que lhe dão alegria de viver. Se falasse a sua língua tentaria lhe explicar.

Às suas costas, a senhora Adele estava falando com Line:

"...mas agora são eles que mais nos ajudam. As armas vêm deles, através da Tchecoslováquia. É o Partido Comunista Italiano quem decide as greves; quando os ingleses detêm um navio de refugiados, todos os operários do porto entram em greve, e os ingleses têm que deixá-los partir..."

Mendel se sentia desorientado: num salão cheio de coisas bonitas e de pessoas gentis, e ao mesmo tempo um peão de um jogo gigantesco e cruel. Talvez desde sempre, um peão desde sempre, desde que desgarrara, desde que tinha encontrado Leonid: a gente pensa que toma uma decisão mas na verdade segue o destino que alguém já escreveu. Quem? Stalin ou Roosevelt ou o Deus dos Exércitos. Voltou-se para Gedale:

"Vamos embora, Gedale: vamos nos despedir. Este lugar não é para nós."

"Como?", perguntou Gedale, surpreso: talvez temesse não ter entendido, ou estava seguindo outro fio de idéias. Naquele momento tocou o telefone no canto em que Bella estava sentada, e a senhora foi atender. Pouco depois pousou o fone e disse a Mendel:

"É Zvi, da fazenda. A companheira de vocês, aquela que chamam de Branca, não está passando bem. Tiveram que trazê-la para a cidade; está numa clínica, perto daqui."

Chegaram à clínica obstétrica todos os cinco, espremidos no carro do advogado Longo. Era uma clínica particular, arrumada e limpa, mas muitos vidros das janelas tinham sido substituídos por placas de madeira compensada, e nos outros estavam coladas faixas de papel sobrepostas. Ròkhele estava num quarto com outras três mulheres; estava pálida, tranqüila e se queixava baixinho: talvez tivessem lhe dado um calmante. No corredor, diante da porta do quarto, estava Isidor, nervoso e com a testa franzida, junto com Izu, o pescador de mãos nuas, e outros três conterrâneos de Blizna, os mais rudes do bando. Isidor passeava de um lado para outro, e tinha uma pistola na cintura. Dois de seus companheiros estavam sentados no chão e pareciam bêbados; os outros dois conversavam no vão da janela. Mendel reconheceu através do couro de suas botas gastas o volume do cabo do facão. No parapeito da janela havia uma garrafa de vinho tinto e dois pães camponeses.

"Como ela está?", sussurrou Bella a Isidor. Sem baixar a voz, Isidor respondeu:

"Não está bem. Está passando mal. Antes gritava. Agora lhe deram uma injeção." No fundo do corredor surgiram duas freiras, trocaram algumas palavras e logo desapareceram.

"Vamos embora, ela está em boas mãos", disse Mendel. "O que estão fazendo aqui?"

"Não vou sair daqui", disse Isidor. Os outros quatro não disseram nada; limitaram-se a fulminar Mendel e os outros com um olhar hostil.

"Vocês não ajudam em nada e ainda atrapalham", disse Line.

"Não vou sair daqui", repetiu Isidor. "Vou ficar aqui; não confio."

Os cinco se afastaram. "O que vamos fazer?", perguntou Gedale.

"Somos demais aqui", disse Mendel. "Vou ficar para ver o que acontece; tentarei acalmá-los. Desçam e voltem à fazenda: o advogado está esperando lá embaixo. Se ela piorar eu telefono."

"Eu também vou ficar", disse Line inesperadamente. "Uma mulher pode ser útil." Gedale, Bella e Pavel foram embora; Line e Mendel sentaram nas poltronas da sala de espera. Pela porta entreaberta podiam vigiar os cinco homens acampados no corredor.

"Isidor também está bêbado?", perguntou Line.

"Não parece", respondeu Mendel. "Banca o valentão porque está com medo."

"Medo do parto? Por Ròkhele?"

"Sim, mas talvez não só por isso. É um jovem, e tem necessidade de se sentir importante. Gedale fez mal em deixá-lo dirigir o caminhão."

Line, com as insólitas roupas femininas, parecia mudada também interiormente. Respondeu, suave:

"Quando foi? Em fevereiro, não? Ainda havia neve."

"Estávamos no início de março, quando saímos de Wolbrom; sim, devia ser exatamente 1º de março."

"É difícil pôr as lembranças em ordem, não? Não acontece também com você?"

Mendel concordou com um sinal de cabeça, sem falar. Uma enfermeira entrou na sala, disse-lhes qualquer coisa em italiano; Line e Mendel não entenderam, a enfermeira deu de ombros e foi embora. Line entrou no quarto de Ròkhele e voltou logo: "Está dormindo", disse; "parece tranqüila, mas o pulso está acelerado".

"Quem sabe isso não acontece com todas as mulheres que dão à luz?"

"Não sei", respondeu Line. Calou-se, depois continuou:

"Não fomos feitos do modo certo. Você acha justo que um homem se torne pai aos dezessete anos?"

"Talvez nunca seja justo se tornar pai", disse Mendel.

"Cale a boca, Mendel. Afaste esses pensamentos. Esta noite deve nascer uma criança."

"Você acredita que nossos pensamentos possam tocá-la? Fazê-la nascer diferente?"

"Quem sabe?", disse Line. "Uma criança que nasce é uma coisa tão delicada! Onde foi concebida?"

Mendel calculou mentalmente:

"Quando estávamos com Edek, perto de Tunel. Em novembro. Será uma criança polonesa? Ou ucraniana como Ròkhele? Ou italiana?"

"Narische bucher, vos darfst du fregen?", disse Line rindo, e citando a canção que tinha marcado a passagem do front. "Rapaz tolo, como pode perguntar?" Estranhamente, Mendel não ficou nada ofendido por ser chamado assim: ao contrário, enterneceu-se. Esta nova Line não era mais Raab, mas a *meidele* piedosa-esperta da canção.

"Como pode perguntar?", continuou Line, apoiando a mão no antebraço de Mendel. "Uma criança é uma criança; torna-se alguma coisa só depois. Por que se preocupa? Afinal, nem é nosso filho."

"É. Nem é nosso filho."

"Nós também fomos paridos", afirmou Line de repente. Mendel a interrogou com o olhar, e Line procurou precisar seu pensamento:

"Paridos, expulsos. A Rússia nos concebeu, alimentou-nos, fez-nos crescer em sua escuridão, como numa matriz; depois teve as dores, contraiu-se e nos lançou para fora, e agora eis-nos aqui, desnudos e novos, como recém-nascidos. Não pensa assim também?"

"Narische meidele, vos darfst du fregen?", improvisou Mendel, sentindo nos lábios um sorriso afetuoso e um véu passageiro diante dos olhos.

Houve movimento no corredor, passos, sussurros. Mendel se levantou e foi olhar: Branca respirava pesadamente e gemia a intervalos regulares. De repente se contorceu e gritou alto, duas, três vezes. Os quatro de Blizna se puseram de pé num salto, belicosos e sonolentos; Isidor se ajoelhou ao lado da cama, depois saiu pelo corredor em grandes passadas. Voltou depois de um minuto, arrastando uma freira e o médico de plantão. Todos os três estavam assustados, por motivos diferentes; Isidor gritava em iídiche:

"Esta mulher não pode morrer, senhor doutor, entende? É minha mulher, viemos da Rússia até aqui, combatemos, caminhamos. E a criança é meu filho, tem que nascer. Não pode morrer, entendeu? Ai de vocês se a mulher ou a criança morrerem: somos da resistência. Vamos, senhor doutor, faça o que deve ser feito, e preste atenção no que faz."

Line se aproximou de Isidor para acalmá-lo e encorajá-lo, mas Isidor, que mantinha a mão no cabo da pistola enfiada na cintura, afastou-a com um empurrão. O doutor não entendia o iídiche, mas entendia o que significava uma pistola na mão de um rapaz aterrorizado; falou rápido com a freira, depois deu um passo em direção ao telefone no canto do corredor, mas Isidor lhe barrou o caminho. Então ele e a freira pegaram a maca de rodinhas que estava próxima, puseram ali Branca, que continuava a gritar, e se dirigiram para a sala de parto. Isidor fez um sinal para os seus e os seguiu; Mendel e Line seguiram Isidor.

Isidor não ousou forçar a entrada na sala de parto. Os sete sentaram diante da porta, e as horas começaram a passar. Várias vezes Mendel procurou acalmar Isidor e fazê-lo entregar a pistola. Teria tentado arrancá-la se não tivesse visto os quatro conterrâneos às suas costas. Não conseguiu nada: Isidor estava diante dele mas não o escutava, de início arrogante, depois totalmente atento aos ruídos abafados que vinham da sala.

Sentado junto de Line, Mendel olhava para os joelhos dela, que escapavam da saia. Era a primeira vez que os via: nunca antes, exceto com os dedos videntes, trêmulos de desejo, na escuridão de suas enxergas diferentes a cada noite, ou através do pano opaco das calças. Não ceda. Não ceda a eles. Não recomece, seja sábio, resista. Não viveria uma vida junto dela, não é uma mulher para a vida inteira, e você nem completou trinta anos. Aos trinta anos a vida pode recomeçar. Como um livro, quando se acaba o primeiro volume. Recomeçar de onde? Daqui, de hoje, deste amanhecer milanês, que surge atrás dos vidros esmerilhados: desta manhã. Este é um bom lugar para começar a viver. Talvez você devesse ter feito como eles, tiveram razão eles, os dois *nebech*; não fizeram como você com Line, fecharam os olhos e se abandonaram e a semente do homem não desgarrou e uma mulher concebeu.

Passou uma freira empurrando um carrinho. Line, que cochilava, cansada, despertou e disse:

"Fazia tempo que não passávamos uma noite em claro."

"Fazia tempo que não passávamos uma noite juntos", respondeu Mendel. Não, não viveria uma vida junto com Line, mas não posso deixá-la e não quero deixá-la. Vou carregá-la sempre dentro de mim, mesmo que estejamos separados, como fui separado de Rivke.

Ouvia-se a cidade acordando, os bondes circulando, as portas metálicas das lojas sendo levantadas. Saiu da sala uma enfermeira, depois o próprio médico saiu e voltou a entrar em seguida. Isidor, não mais arrogante mas suplicante, fez perguntas que foram entendidas a despeito da língua: o médico fez gestos tranqüilizadores, mostrou o relógio de pulso, dentro de duas horas, dentro de uma hora. Ouviram-se gritos repetidos, o ronco de um motor, depois silêncio. Finalmente, dia alto, saiu uma enfermeira com o rosto alegre, segurando um embrulhinho. "Homem, homem", ria. Ninguém entendeu, ela deu uma volta, encontrou Izu, o hirsuto, ao alcance da mão, e lhe deu um puxão na barba: "Macho, como ele!".

Todos ficaram em pé. Mendel e Line abraçaram Isidor, cujos olhos, avermelhados pela vigília, tinham se tornado límpidos. O doutor também saiu, bateu a mão nas costas de Isidor e se dirigiu para o corredor, mas se deparou com um colega que avançava com o jornal dobrado e se deteve para discutir com ele. Ao redor dos dois se agruparam outros médicos, freiras, enfermeiras. Mendel também se aproximou, e conseguiu ver que o jornal, constituído de uma única folha, trazia um título em corpo muito grande, cujo significado não entendeu. Aquele jornal era da terça-feira, 7 de agosto de 1945, e trazia a notícia da primeira bomba atômica lançada sobre Hiroshima.

Turim, 11 de janeiro - 20 de dezembro de 1981

NOTA

Este livro nasceu do que me contou há muitos anos um amigo meu que, em Milão, no verão de 1945, tinha trabalhado no escritório de assistência delineado no último capítulo. Naquele período, junto com uma enxurrada de repatriados e refugiados, chegaram realmente à Itália alguns bandos semelhantes àquele que me propus descrever: homens e mulheres que anos de sofrimento tinham endurecido mas não humilhado, sobreviventes de uma civilização (pouco conhecida na Itália) que o nazismo tinha destruído pela raiz, extenuados mas conscientes de sua dignidade.

Não tracei como meta escrever uma história real, mas reconstruir o itinerário, plausível porém imaginário, de um desses bandos. Na maior parte, os fatos que descrevi realmente aconteceram, embora nem sempre nos lugares e nos períodos de tempo que lhes destinei. É verdade que membros da resistência judeus combateram contra os alemães, quase sempre em condições desesperadoras, ora incorporados em bandos mais ou menos organizados soviéticos ou poloneses, ora em formações constituídas só de judeus. Existiram bandos errantes como os de Venjamín, que por vezes aceitaram ou rechaçaram (ou até desarmaram ou mataram) os combatentes judeus. É verdade que grupos de judeus, num total de 10 mil ou 15 mil pessoas, sobreviveram por muito tempo, alguns até o final da guerra, em acampamentos fortificados como aquele que arbitrariamente situei em Novoselki, ou também (por incrível que possa parecer) em catacumbas como aquela onde coloquei Schmulek. Ações "diversionistas", como as sabotagens ferroviárias e o desvio de lançamentos de pára-quedas, acham-se amplamente documentadas na literatura sobre a guerra da resistência na Europa Oriental.

As personagens, no entanto, com a única exceção de Polina, a moça piloto, são todas imaginárias. Em especial, é imaginária a figura do *chan-*

sonnier Martin Fontasch, mas é verdade que muitos cantores e poetas judeus, famosos e obscuros, nas cidades e nas aldeias remotas, foram assassinados como esse Martin; e não só nos anos 1939-45, e não só pela mão dos nazistas. Inventada é também a canção dos "gedalistas", mas o seu estribilho, juntamente com o título do livro, foi-me sugerido por algumas palavras que encontrei nas *Pirkê Avoth* ("As máximas dos Pais"), uma coletânea de sentenças de rabinos famosos que foi redigida no século II depois de Cristo e que faz parte do Talmude. Ali se lê (cap. I, § 13): "Ele [o rabino Hillel] dizia também: 'Se não for eu por mim, quem será por mim? E quando também eu pense em mim, o que sou eu? E se não agora, quando?'". Naturalmente, a interpretação que da referida sentença atribuo às personagens não é a ortodoxa.

Porque tive que reconstruir um período, um cenário e uma linguagem que conheci só superficialmente, recorri a diversos documentos, tendo sido preciosa a consulta a muitos livros. Cito os principais:

AINSZTEIN, R. *Jewish resistance in nazi occupied Eastern Europe.* Londres, P. Elek, 1974.

ARMSTRONG, J. A. *Soviet partisans in World War II.* Madison, University of Wisconsin Press, 1964.

ARTUSO, A. *Solo in un deserto di ghiaccio.* Turim, Tipografia Bogliani, 1980.

AYALTI, H. J. *Yiddish proverbs.* Nova York, Schocken Books, 1963.

ELIAV, A. *Tra il martello e la falce.* Roma, Barulli, 1970.

ELKINS, M. *Forged in fury.* Nova York, Ballantine Books, 1971.

KAGANOVIC, M. *Di milchamà fun di jiddische partisaner in Mizrach-Europe* (A guerra dos resistentes judeus na Europa Oriental). Buenos Aires, Unión Central Israelita Polaca, 1956.

KAMENETSKY, J. *Hitler's occupation of Ukraine.* Milwaukee, The Marquette University Press, 1956.

KAROL, K. S. *La Polonia da Pilsudski a Gomulka.* Bari, Laterza, 1959.

KOVPAK, S. A. *Les partisans soviétiques.* Paris, La Jeune Parque, 1945.

LANDMANN, S. *Jüdische Witze.* Munique, DTV, 1963.

LITVINOFF, B. *La lunga strada per Gerusalemme.* Milão, Il Saggiatore, 1968.

MINERBI, S. *Raffaele Cantoni.* Roma, Carucci, 1978.

PINKUS, O. *A choice of masks.* Englewood Cliffs (N. J.), Prentice-Hall, 1969.

SERENI, A. *I clandestini del mare.* Milão, Mursia, 1973.

SORRENTINO, L. *Isba e steppa.* Milão, Mondadori, 1947.

VACCARINO, G. *Storia della Resistenza in Europa 1938-1945.* Milão, Feltrinelli, 1981, vol. I.

Agradeço a todos os autores, juntamente com todos aqueles que me encorajaram com seus pareceres, e cujas críticas me serviram de leme. Devo um agradecimento particular a Emilio Vita Finzi, que me contou o núcleo desta história e sem o qual o livro não teria sido escrito, e a Giorgio Vaccarino, que me acompanhou afetuosamente e pôs à minha disposição o seu portentoso arquivo.

ESTA OBRA FOI COMPOSTA PELA HELVÉTICA EDITORIAL EM GARAMOND E IMPRESSA PELA GEOGRÁFICA EM OFF-SET SOBRE PAPEL PÓLEN SOFT DA COMPANHIA SUZANO PARA A EDITORA SCHWARCZ EM JUNHO DE 1999.